Sexy
LITTLE
LIARS

LINDA
KAGE

Sexy LITTLE LIARS

ROMAN

Traduit de l'anglais (États-Unis) par
SOPHIE A. H.

Titre original :
SECRETS THAT WE KEEP

Ce livre est publié avec l'aimable autorisation de Brower Literary Agency.

HARPERCOLLINS FRANCE
83-85, boulevard Vincent-Auriol, 75646 PARIS CEDEX 13.

www.harlequin.fr

ISBN 978-2-2804-6649-3 — ISSN 2271-0256

Protagonistes

Famille Lowe

Reese : *mère des jumeaux Gracen et Bella, épouse de Mason.*
Mason : *père des jumeaux Gracen et Bella, époux de Reese.*
Gracen (parfois surnommé Gray)
Bella (parfois appelée Isabella ou Bells)

Famille Parker

Knox : *père de Fox et Bentley, époux de Felicity, grand-père de Braiden.*
Felicity : *mère de Fox et Bentley, épouse de Knox, grand-mère de Braiden.*
Bentley : *fille aînée de Knox et Felicity, sœur de Fox, épouse de Beau, mère de Braiden.*
Fox
Beau : *époux de Bentley, beau-frère de Fox, père de Braiden.*
Braiden : *petit-fils de Knox et Felicity, fils de Bentley et Beau, neveu de Fox.*

Famille Nicksen

Yellow

Chapitre 1

BELLA

L'alcool et moi : toujours une mauvaise idée. Chaque fois que je buvais, j'avais tendance à oublier tout ce que je faisais et à prendre des décisions stupides ou imprudentes, comme aller sur Internet et acheter une douzaine de paires de chaussures ou commander trente-huit paquets de chewing-gum d'un coup.

Véridique.

Alors j'avais arrêté de picoler. Enfin, jusqu'à aujourd'hui.

J'avais commencé à boire avec les filles dans l'après-midi pour aider Haven à surmonter sa rupture. Et après que Gracen m'avait déposée – seule – à la maison, je m'étais dirigée d'un pas vacillant vers ma réserve d'alcool et m'étais servie un autre verre.

Il faut dire que la situation de ma pauvre cousine avait fait remonter de mauvais souvenirs. Vous voyez, Haven avait surpris son petit ami en flagrant délit d'adultère.

Tout comme moi.

Plus ou moins.

Dans mon cas, c'était le lendemain matin et personne ne s'envoyait vraiment en l'air. Mais ils étaient quand même nus et blottis l'un contre l'autre dans le lit, endormis après une nuit enfiévrée de sexe. Et j'étais officiellement fiancée à ce connard de traître. Haven ne l'était pas. Alors si vous voulez mon humble avis, mon expérience avait été aussi traumatisante.

Pourtant, aucun membre de la famille n'en avait parlé à Haven au moment de la consoler.

Pas de : « Hé, Bella comprend totalement ; demande-lui comment elle a surmonté cette épreuve. »

Pas de : « Yo, Bella vient de traverser la même chose ; tu t'en sortiras, toi aussi. »

Non, rien de tout cela.

Mais peut-être savaient-elles que je ne m'étais pas encore vraiment remise de cette histoire, en fin de compte. J'étais encore coincée dans un marasme de désespoir.

Bien que, honnêtement, j'avais plus eu l'impression qu'elles avaient carrément oublié que j'avais moi aussi le cœur brisé. OK, ça faisait presque six mois et je ne pensais plus du tout à ce connard. Mais le sentiment de tromperie et de trahison était encore très vivace, surtout après avoir vu Haven pleurer aujourd'hui.

On avait essayé de la convaincre de se changer les idées en se tapant un autre mec. En fait, pour ma part, j'étais plutôt dans l'équipe « vibromasseur et *girl power* », mais peu importe. Je m'étais finalement jointe aux filles et l'avais encouragée à coucher avec un autre pour oublier son ex. Se rapprocher de son nouveau coloc canon ne pourrait pas lui faire de mal. Et Wick était super canon. Et super viril. Et puisqu'elle vivait maintenant avec lui, super facile d'accès.

C'était vraiment dommage que je n'aie pas mon propre Wick pour m'aider à tourner la page « Ethan » – enfin, pas Ethan lui-même, mais ce que j'avais pensé vivre avec Ethan. Qu'il aille se faire foutre. Ce connard était mort pour moi depuis que je l'avais trouvé au lit avec cette traînée alors que la photo de nos fiançailles était posée sur la table de chevet, juste à côté de sa tête endormie de sale hypocrite. Mais depuis je n'arrivais plus à faire confiance à personne. Pas même à moi. Et je n'avais pas eu envie de coucher avec quelqu'un d'autre. Ce qui me donnait l'impression d'être brisée.

Je ne voulais pas être brisée.

Ça me rendait irritable. Et qui voulait se sentir irritable ?

Je fis la grimace au *sex toy* dans ma main et le lançai dans le tiroir encore ouvert de mon guéridon avant de le refermer. Le plastique froid ne me donnait pas envie. Tout ça à cause de cette satanée Teagan. La grossesse devait sacrément augmenter le taux d'hormones, car cette dernière avait rendu l'idée du sexe avec une personne vivante vraiment intéressante quelques heures plus tôt, dans la cuisine d'Haven, ce que je ne pensais plus possible pour moi.

Mais maintenant…

Maintenant, je ne pouvais plus me sortir de la tête l'idée de mains chaudes et empressées, d'une bouche mouillée avide de goûter la mienne, d'abdos fermes et sculptés. À un seul détail près : la panique me saisissait à la gorge chaque fois que j'essayais d'associer un visage à toute forme de plaisir.

Argh ! Je détestais être aussi déboussolée.

Je devrais peut-être faire comme Haven et me forcer à me remettre en selle. Ouais, comme ça je comprendrais que le sexe n'était pas synonyme d'avoir sa confiance et sa fierté piétinées. Qu'avoir été trompée ne voulait pas dire que j'étais une imbécile détruite et naïve. Et tout rentrerait dans l'ordre.

Ouais ! Je devais juste trouver un mec partant et…

Oh ! merde, c'est vrai.

Les mecs.

Bouh, tsss, laissez tomber.

Pour l'heure je ne voulais rien avoir à faire avec quiconque affublé d'un pénis. Sauf peut-être un. Mais c'était mon frère, alors il ne comptait pas du tout. Les frères n'avaient pas de parties génitales. Ou du moins, ils ne devraient pas en avoir. Ce serait étrange. Et j'allais arrêter de penser à des choses étranges en étant bourrée.

Sachant que je pouvais toujours compter sur mon Gracen, je me tournai vers ma table de chevet et attrapai mon portable posé dessus, renversant accidentellement le verre de whisky-coca posé à côté.

— Oups.

Waouh, combien de verres est-ce que j'avais bus ? Ma vision était franchement trouble. Clignant les yeux pour essayer de dissiper le brouillard, je rampai jusqu'au bord du lit et me penchai par-dessus le rebord, essayant d'attraper le verre renversé. Il ne s'était pas cassé, dieu merci, mais une flaque d'alcool et de glaçons fondus était en train de tacher mon tapis.

Ah, merde. C'était trop loin. Je nettoierais demain.

Reportant mon attention sur mon téléphone, je souris bêtement devant l'écran pour le déverrouiller puis ricanai en tombant sur la dernière conversation de groupe que j'avais eue avec les filles.

HAVEN : Que suis-je censée faire ?

BENTLEY : À son retour, réessaie. Et s'il tente encore de prendre la fuite…

LUCY : Retiens-le.

BELLA : Retiens-le ! !

TEAGAN : Retiens-le coûte que coûte.

La pauvre Haven avait eu la frousse de séduire son coloc mais on l'avait encouragée à réessayer. Si tout allait bien en ce bas monde, Haven et Wick étaient en ce moment même en train de prendre leur pied chez eux.

Une vague de désespoir me retourna l'estomac. Moi aussi, je voulais passer du bon temps. Mais dans un genre totalement différent. Donc j'avais besoin de mon Gracen. Là, tout de suite.

Quittant l'appli SMS, j'allai dans mon répertoire pour l'appeler. Dès que j'arrivai dans les G, j'appuyai sur son prénom. Du moins, il me sembla que c'était son nom.

— Allô ? répondit-il quelques secondes plus tard.

Hum, il semblait étrange. Peut-être mes oreilles ivres entendaient-elles des choses bizarres. Peu importe. Tant qu'il venait, qu'il se lovait sur le canapé avec moi, qu'il me servait du chocolat chaud et du pop-corn et qu'on regardait des rediffusions de notre série préférée ensemble, il pouvait avoir l'air aussi bizarre qu'il le voulait.

— Tu peux venir ? Maintenant ? J'ai vraiment besoin de toi ce soir.

Et je raccrochai avant qu'il puisse répondre.

Quand je parlais à mon jumeau, je n'avais jamais rien besoin d'ajouter d'autre. Il se pointait toujours. Je savais qu'il se pointerait ce soir.

Il me comprenait. On était comme… imaginez moi en train de croiser les doigts. Oui, on était comme ça. Les gens trouvaient notre lien fraternel fusionnel « chelou » et contre nature. Mais on s'en fichait. On était le meilleur ami l'un de l'autre et on était heureux comme ça.

Vingt minutes plus tard, on sonna à ma porte.

— Pas trop tôt, ronchonnai-je.

Puis je fronçai les sourcils. Pourquoi est-ce que Gracen sonnait à la porte ? Généralement, chaque fois qu'il passait, il entrait directement. Et si la maison était fermée, il avait une clé.

— Pourquoi est-ce que tu sonnes à la… Oh !

Voyant qui se tenait de l'autre côté de l'entrée, je clignai les yeux.

Ce n'était pas du tout mon frère jumeau.

Je courbai les épaules et fusillai l'intrus du regard.

— Qu'est-ce que tu fais ici ?

— Euh…

Il haussa les sourcils de surprise.

— Tu m'as appelé.

— Non.

Je secouai la tête.

— Je ne t'ai pas appelé.

— Si, rétorqua-t-il. Tu m'as appelé.

Entrant dans le salon sans même attendre que je l'y invite, il jeta un œil alentour comme s'il cherchait d'autres gens, puisqu'il y avait toujours du monde ici quand il venait.

Mais ce soir, il n'y avait que moi, Jim Beam[1]…

Et, maintenant, lui.

Étrange.

Se retournant, il ajouta :

— Tu m'as demandé de venir, disant que tu avais vraiment besoin de moi.

— Non.

Je fronçai les sourcils d'un air confus et secouai la tête.

C'est moi où je secoue beaucoup la tête, ce soir ?

— J'ai appelé Gracen. J'ai parlé à Gracen.

Attrapant mon visage entre ses mains pour l'immobiliser, il me regarda droit dans les yeux et répondit :

1 Marque de bourbon et whisky.

— Tu m'as appelé, moi.

Plissant les yeux, je lui donnai une tape sur la main pour qu'il me lâche et couinai :

— Mais ce n'est pas toi que je veux.

Il n'était pas mon adorable, fiable et drôlissime frère jumeau.

— Waouh.

Il baissa la tête pour masquer ses yeux sous la visière de sa casquette. Mais son regard ne m'avait pas échappé. C'était celui qu'il lançait aux gens chaque fois qu'il estimait qu'ils venaient de dire quelque chose d'incroyablement stupide.

— Heureusement que j'ai une bonne estime de moi. Sinon je l'aurais mal pris.

— Je pensais que je parlais à Gracen, grommelai-je. Ton nom est juste au-dessus du sien sur mon téléphone. C'était une stupide erreur de numéro.

— Quoi qu'il en soit, je suis là, *baby doll.*

Se frottant les mains, il se dirigea vers la cuisine.

— S'il te plaît, dis-moi qu'il y a de la bonne bouffe ici. Je meurs de faim.

— Tu fais quoi, là ? lui dis-je, totalement horrifiée. Tu ne peux pas rester. Tu n'as pas été invité.

— Oh que si, j'ai été invité, répondit-il de la cuisine.

— Argh.

Penchant la tête en arrière, je fusillai du regard le plafond un moment, puis je courbai les épaules et suivis le malotru dans ma cuisine.

Resserrant ma robe de chambre autour de mon T-shirt taché et de mon jogging – car je n'étais pas du tout habillée pour recevoir des visiteurs autres que Gracen –, je me laissai tomber lourdement sur une chaise et croisai les jambes pour pouvoir balancer avec rage un pied nu dans le vide, histoire de montrer mon mécontentement.

M'ignorant complètement, l'enfoiré continua de fouiller dans mon frigo. Alors je soupirai – bruyamment – et regardai avec irritation son jean s'étirer sur son cul tandis qu'il se penchait, cherchant je ne sais quoi.

J'étais sur le point de me plaindre qu'il avait du culot de faire comme chez lui, mais la scène plaisante qui se déroulait sous mes yeux me distrayait. Je me contentai alors de cligner des yeux en me demandant depuis quand il avait un cul si sexy.

Puis, parce que j'étais ivre, je lâchai :

— Depuis quand est-ce que tu as un cul si sexy, Fox ?

Il se redressa brusquement et fit volte-face, me lançant un regard surpris. Mais, une seconde plus tard, il renifla d'un air indigné.

— De quoi est-ce que tu parles ? J'ai toujours eu un cul sexy.

— C'est ça, ouais.

Je levai les yeux au ciel.

Son cul n'était pas aussi canon quand il était petit. Ça, je pouvais en témoigner. Quand on était enfants, Gracen, lui, et quelques autres garçons couraient cul nu dans notre jardin et s'aspergeaient d'eau. Nous, les filles, voyeuses qu'on était, les espionnions par les fenêtres en gloussant dans nos mains. On était toutes tombées d'accord, en dehors de sa sœur : Beau avait le cul le plus mignon à cette époque.

Se retournant vers mon frigo, mon invité m'ignora et ferma la porte, ne trouvant visiblement rien de très intéressant à l'intérieur. Il ouvrit alors le congélateur.

Je couinai presque de déception car son cul était bien plus attrayant quand il se penchait. Non pas qu'il était horrible quand il se tenait droit, mais son jean s'était trop distendu pour voir avec précision la courbe magnifique de son fessier.

— Tu sais, les glaces à l'eau que tu achètes sont vraiment les meilleures, disait-il, la tête enfouie dans les profondeurs glacées. Ma saveur préférée, c'est pêche.

— Ah ouais ? Eh bien, il n'y en a plus, rapportai-je avec une joie diabolique.

Bien fait pour lui. Il était entré chez moi sans y avoir été invité et, en plus, il ne se penchait plus pour que je puisse le reluquer.

— Ah bon ? Tu crois ?

Souriant largement, il recula, se tourna et me montra une glace à la pêche avec triomphe.

J'en restai bouche bée.

— Où l'as-tu trouvée ?

— Sous un sachet de petits pois surgelés.

Il me fit un clin d'œil.

— Exactement là où je l'ai planquée la dernière fois que je suis venu.

— La dernière fois…

Avec une moue irritée, je secouai la tête.

— Mais ça fait un an que tu n'es pas venu ici.

— Je sais.

Déballant sa gourmandise, il haussa et baissa les sourcils avec malice.

— Je te connais ; je sais que tu ne manges pas de légumes.

Je le fusillai du regard.

— Elle est probablement toute sèche depuis le temps, marmonnai-je.

Du moins, je l'espérais. C'était tout ce qu'il méritait pour avoir caché l'un de mes desserts préférés afin de pouvoir se l'accaparer.

Mais dès qu'il enfonça un bout dans sa bouche, il ferma les yeux et poussa un gémissement de plaisir.

— Mm. Nope, pas de brûlure de congélation. Elle est absolument parfaite. Mm-mm…

— T'es vraiment trop con, râlai-je.

— Vraiment ? Je suis trop con ? Alors je suppose que je devrais faire ça ensuite.

Il fit lentement remonter sa langue sur la sucette puis la redescendit pour me narguer. Je l'aurais traité d'un autre nom d'oiseau, mais un peu trop concentrée sur le chemin parcouru par sa langue, je perdis le fil de mes pensées.

Quand mon cerveau bourré se demanda ce qu'il pouvait faire d'autre avec une langue pareille, des sensations s'éveillèrent dans les endroits les plus surprenants de mon corps.

Je sursautai, ne m'attendant pas à ce genre de réaction, surtout quand c'était lui qui en était la cause.

Ne remarquant pas mon trouble, il sourit d'un air narquois. Puis tout en continuant de sucer ma glace, il attrapa une chaise de l'autre côté de la table, la retourna et s'y assit à califourchon en posant ses avant-bras sur le dossier.

Posant son regard profond sur moi, il soupira.

— Allez, crache le morceau. Pourquoi tu as lancé un SOS ?

Je levai le menton avec arrogance.

— Je ne sais pas du tout de quoi tu parles.

Il roula les yeux.

— Oh ! allez.

Transformant sa voix pour qu'elle soit plus aiguë, il imita :

— « Tu peux venir ? Genre, maintenant. J'ai vraiment besoin de toi ce soir. »

— Ce n'est pas du tout comme ça que je l'ai dit, protestai-je. Et en plus, cet appel ne t'était pas destiné.

— Oui, ça, je l'ai toujours su. Mais…

Il haussa les épaules.

— Je suis là. Alors autant parler.

Il lécha de nouveau l'esquimau. Incapable de détourner le visage, je suivis des yeux le chemin lent et sensuel de sa langue, jusqu'à ce qu'il enfourne le tout dans sa bouche et brise l'envoûtement.

Merde, qu'est-ce qui clochait chez moi ce soir ?

Me giflant mentalement pour chasser ces pensées coquines de mon esprit, je pris un air furieux.

— Si tu savais que j'avais appelé la mauvaise personne, alors pourquoi es-tu venu ?

Il haussa encore les épaules.

— Je ne sais pas. Je m'ennuyais, sans doute. Et je commençais à tourner en rond. Quoi qu'il en soit…

Son regard noisette interrogea le mien.

— Pourquoi est-ce que je ne pourrais pas t'aider aussi bien que quelqu'un d'autre ? On est de la même famille ; c'est ce que font les gens d'une même famille.

J'émis un bruit de gorge sarcastique.

— Mon pote, toi et moi ne sommes en aucun cas de la même famille.

— Tu sais ce que je veux dire par là, rétorqua-t-il sèchement. On fait partie du groupe. Du cercle. Nos parents sont plus proches que s'ils partageaient le même sang. Admets-le. On fait partie de la même famille, *baby doll*.

Il avait raison, alors je me contentai de lever les yeux au ciel et de rester muette.

Finissant la glace avec un soupir de contentement, il lança

l'emballage vide vers ma poubelle de l'autre côté de la cuisine. Ayant réussi un lancer parfait, il se tourna vers moi et sourit fièrement.

Jusqu'à ce que mon regard noir lui fasse perdre sa contenance.

— Allez, Bells, m'encouragea-t-il. Tu peux me parler. Je suis un professionnel, je te rappelle. C'est mon boulot d'aider les gens.

Je ricanai. Le terme professionnel était vraiment exagéré. Mais quand il posa sur moi son regard insistant, je me tortillai sur mon siège.

— Je suis ballonnée et j'ai des crampes horribles, marmonnai-je, espérant que ça le fasse changer de sujet. En fait, je crois que je vis les pires menstruations de l'Histoire des menstruations. Et arrête de m'appeler Bells. C'est un surnom débile.

Que j'aimais bien, en réalité.

Presque autant que j'aimais la façon dont il le disait.

Ça faisait s'envoler des papillons dans mon ventre.

Le bâtard me fit un clin d'œil. Et évidemment ça le rendait d'autant plus sexy.

— Bien essayé, dit-il, d'une voix toute veloutée, profonde et masculine. Mais j'ai une sœur. Les problèmes de nana ne m'ébranlent pas. Et, tu dois l'admettre, « Bells » est beaucoup mieux que le surnom que je te donnais avant.

Je fronçai les sourcils, incapable de me rappeler comment il m'appelait, alors il fit un moulinet de la main.

— Isabella, chantonna-t-il doucement. Sent le caca. A chié du Nutella.

— Sérieusement ! m'exclamai-je. C'est toi le crétin diabolique qui a inventé cette chanson affreuse ?

J'attrapai une orange qui était posée dans la corbeille à fruits sur la table entre nous et la lançai sur lui avec violence. Il éclata de rire et l'évita, repoussant le projectile de son avant-bras musclé.

— Quoi ? demanda-t-il avec une innocence feinte. À 12 ans, tu étais plus mûre que moi qui en avais 10. Il fallait bien que je fasse baisser le niveau.

— J'avais 13 ans quand tu en avais 10, pointai-je, histoire de dire quelque chose.

— 12 ans et demi, concéda-t-il.

— Tu étais un vrai un petit merdeux.

Il hocha la tête avec satisfaction, comme s'il était fier de cette étiquette.

— Ouais, carrément. La belle époque.

— Et tu n'as pas beaucoup évolué à cacher mes glaces et m'enquiquiner, ajoutai-je pour le provoquer... C'est inacceptable, tu sais.

— Alors que dis-tu de ça ?

Il battit des cils.

— Je t'achèterai une boîte entière de glaces à l'eau aromatisées aux fruits si tu me dis ce qui ne va pas.

J'en restai stupéfaite. Il voulait vraiment savoir ce qui me dérangeait. Gracen n'aurait pas autant insisté. Ou bien il serait déjà au courant, ou bien il attendrait patiemment que je lui dise une fois que je serais prête.

Je ne savais pas comment gérer l'idée qu'on me demande de me confier. Ma poitrine me paraissait brûlante et douloureuse. Je déglutis. J'étais tentée, mais également très hésitante.

— C'est ça le problème, admis-je finalement en ramassant une autre orange pour pouvoir la faire sauter entre mes mains et combattre l'anxiété soudaine qui s'éveillait dans mon ventre. Rien ne va mal. Je n'ai même pas mes règles. Je me sentais juste... Je ne sais pas. Grognon, seule et déprimée. Je ressassais de mauvaises décisions.

En matière de relations amoureuses.

J'osai un regard vers lui.

— Gracen aurait compris.

— OK, dit-il, claquant des mains et les frottant l'une contre l'autre. C'est un point de départ. Que ferait Gracen pour toi en ce moment même ? On verra comment je m'en sors.

Je fronçai les sourcils.

— Tu as vraiment envie de m'aider ? Comme il le ferait ?

Il haussa une épaule.

— Pourquoi pas ? Comme je te l'ai dit, je m'ennuie. J'ai besoin d'une distraction.

Remarquant qu'il n'était effectivement pas dans son assiette, je me redressai. Il avait toujours un style plus ou moins négligé mais ses vêtements étaient plus froissés, sa barbe de trois jours plus épaisse, et les cernes sous ses yeux plus prononcés que jamais. Avait-il des problèmes de sommeil ?

Soudain inquiète et prête à botter le cul de la personne qui l'avait mis dans cet état, je demandai :

— Et toi alors ? Qu'est-ce qui te fout le cafard ?

— Ah, rien.

Il secoua la main et marmonna un charabia incompréhensible en levant les yeux vers le plafond, comme s'il essayait de minimiser ses problèmes.

— Angie n'arrête pas d'appeler pour me demander de passer.

— Angie ?

Je fis la grimace.

— Je croyais que tu avais rompu avec elle il y a de ça des mois.

— C'est le cas.

Il soupira et se frotta le visage.

— Elle est méchante et instable, et honnêtement je ne la

supporte pas. Je voudrais en être débarrassé pour de bon. Mais elle appelle de temps en temps, lorsqu'elle est seule et déprimée...

Il leva les yeux vers moi.

— Et... Je ne sais pas. Je commence à me sentir coupable.

Son téléphone se mit à sonner dans sa poche. Je le fusillai du regard.

— C'est elle ?

Il haussa les épaules, l'air misérable.

— Probablement.

Je levai une main.

— Donne.

Il me lança un regard méfiant mais je secouai les doigts avec insistance.

— Dépêche-toi. Je n'ai pas que ça à faire. Donne-moi ton téléphone.

Avec un soupir, il me le tendit.

— Ne sois pas trop dure. Elle souffre.

— Oh ! je ne vais pas lui parler, le rassurai-je.

Je n'avais jamais pu supporter Angie, et apprendre qu'elle continuait de tourmenter Fox me rendait encore moins fan du personnage. J'aurais été bien incapable de lui dire quoi que ce soit de productif.

Alors j'éteignis le téléphone. Voilà. Maintenant, ni lui ni moi n'étions obligés de l'entendre sonner.

Ses épaules retombèrent aussitôt de soulagement. Je me sentis mieux. Je l'avais aidé. Ce qui me donna envie de l'aider encore plus.

Posant le téléphone sur la table, je le regardai avec pitié.

— Tu devais vraiment être désespéré pour venir chez moi plutôt que d'aller retrouver Angie.

— Hé, ne dis pas ça, grogna-t-il en triturant le bois à l'arrière de la chaise sur laquelle il était assis. Tu n'es pas si terrible. Je ferais équipe avec toi plutôt qu'avec Gracen au *beer pong*, n'importe quel jour de la semaine. Et crois-moi, je prends le *beer pong* très au sérieux.

Sauf qu'il n'y avait aucun jeu alcoolisé auquel jouer ce soir, alors je haussai les épaules à mon tour.

— Mouais.

Puis je lui offris un sourire forcé.

— Au moins, je sers à t'empêcher d'aller chez ton ex pour faire quelque chose que tu regretterais par la suite.

Il fit la grimace.

— Je ne comptais pas y aller.

— Hum-hum. C'est pour ça que tu as l'air si tenté ?

Il me lança une moue indignée.

— Je t'assure. Je ne comptais pas y aller.

Je levai les mains en l'air.

— OK, très bien.

Poussant un soupir, je regardai autour de la cuisine et posai les mains sur la table avant de reporter mon attention sur mon invité.

— Quelle drôle d'équipe on fait, hein ?

Il soupira d'un air morose et tritura le bois avec plus d'intensité, comme s'il essayait vraiment d'en arracher un morceau.

Prenant soudain la décision qu'il pouvait rester chez moi, je lui dis :

— Gracen m'aurait préparé du chocolat chaud et du pop-corn.

— Vraiment ?

Il se leva aussitôt.

— Je peux faire ça, annonça-t-il.

— Et ensuite il aurait traîné avec moi sur le canapé toute la soirée devant *Gilmore Girls*, tout en me faisant des câlins.

Il marqua une pause.

— *Gilmore Girls* ?

Je hochai la tête. Il émit un grognement.

— Tu te moques de moi ? Non. Impossible. Je refuse.

Je battis des cils.

— Gracen n'aurait pas refusé, lui.

Il ricana.

— Impossible que Gray aime *Gilmore Girls*. Ces filles ne font que parler. Constamment. Blablabla, tout le temps. Ça me donne mal au crâne.

— Il craque pour Rory, argumentai-je. Et pas qu'un peu.

— Putain, j'aurais dû m'en douter. Ton frère a toujours craqué pour les visages innocents.

Un autre grognement plus tard, il fit rouler sa tête sur ses épaules comme s'il essayait de se convaincre. Mais cela ne fonctionna pas car il demanda soudain :

— Pourquoi pas des rediffs de *Supernatural* ? Ou, hé, je sais que tu aimes *Stranger Things*. Qu'est-ce que tu en dis ?

Il leva les sourcils d'un air suggestif pour rendre les alternatives plus attrayantes. Sauf que j'étais vraiment d'humeur à regarder *Gilmore Girls*.

— Laisse tomber, marmonnai-je, en abandonnant l'orange avec laquelle je jouais et en me levant. Tu ne peux pas comprendre. Je vais m'occuper de moi-même toute seule. Tu es probablement nul en câlins, de toute façon.

Et je sortis de la cuisine.

— Attends une minute.

Il se précipita dans le couloir pour me retenir de monter à l'étage. Attrapant mon coude à la hâte, il me tacla presque, me retourna et me souleva dans ses bras.

— On m'a dit que j'étais super doué en câlins. Regarde.

— Selon qui ? demandai-je, la voix étouffée contre son torse dur comme la pierre. Ton ex folle à lier ? Lâche-moi.

Je poussai ses mains.

— Je ne peux pas respirer. C'est le pire câlin qu'on m'a jamais fait.

Mais ce crétin ne me relâcha pas. Il nous repositionna jusqu'à ce que je puisse tourner mon visage sur le côté pour inspirer de grandes bouffées d'air.

— Détends-toi, OK ? J'ai l'impression d'enlacer un cactus.

J'enfonçai un doigt dans ses côtes.

— Pas drôle.

Il gloussa et le son résonna en moi, faisant frémir toutes mes terminaisons nerveuses. Je m'immobilisai complètement, me demandant pourquoi je continuais d'avoir cette réaction intense.

Pour lui.

L'alcool. Ça devait être l'alcool. Ou les effets secondaires des paroles de Teagan, lorsqu'elle avait souligné plus tôt les bienfaits du sexe. Parce que rien – et j'insiste, rien – ne m'avait donné envie de coucher avec quelqu'un dernièrement. Du moins, pas avec un homme en chair et en os.

— Laisse-moi une chance, Bella. Je te tiendrai compagnie et t'aiderai à te changer les idées si tu m'aides à en faire de même et m'empêches de faire quelque chose d'incroyablement stupide en retour. OK ?

Sa remarque me fit réfléchir.

Après tout, il avait raison. On pourrait faire équipe et s'aider mutuellement. Et peut-être qu'ensemble on pourrait oublier nos ex le temps d'une soirée. Tout comme Haven avec son nouveau coloc sexy.

J'écarquillai les yeux. Soudain, toutes sortes de façons créatives de se tenir compagnie me vinrent à l'esprit. Oh ouais, ça pourrait marcher.

Me détendant dans ses bras, j'appuyai la joue plus lourdement contre son cœur, appréciant le battement régulier contre ma mâchoire.

Inspirant sa présence rassurante, je posai une main sur sa taille. Il émit un son réconfortant. Je fermai les yeux, relâchant tous mes muscles telle une poupée de chiffon tandis que je le laissais supporter mon poids.

Peut-être qu'il n'était pas si mauvais en câlin, après tout. Il était vraiment chaud. Et musclé.

Et tellement viril.

Mais par-dessus tout : je savais que je pouvais lui faire confiance, qu'il ne me ferait jamais de mal. Avec lui je ne risquais rien. Il était solide. Il était fiable. Il faisait pratiquement partie de la famille. Il y avait un niveau de complicité entre nous que je n'avais connu avec aucun de mes petits amis. Et pour l'heure, c'était très séduisant.

Je me sentais en confiance. Presque comme lorsque l'on rentre chez soi après une longue absence.

Oui. Chez soi.

Je battis des paupières. Mes yeux se posèrent sur sa pomme d'Adam. Avec lui, je me sentais chez moi. Et puis, bon sang, il était devenu canon.

Cela faisait bien longtemps que je ne m'étais pas sentie aussi féminine, à l'aise et en sécurité dans les bras d'un homme sexy. Je me lovai dans sa masculinité enivrante et poussai un soupir. Je parie qu'il pourrait prendre soin de moi parfaitement, d'un tas de façons différentes et délicieuses.

— Détends-toi, susurra-t-il à mon oreille en caressant mes cheveux.

Sa voix basse fit se contracter les muscles de mon ventre.

— Voilà, on y arrive. Tu vois, ce n'est pas si horrible.

Non. Non, ce n'était pas si horrible.

Est-ce que ce serait étrange de lui dire que j'avais l'impression que sa voix me faisait l'amour ? Chaque fois qu'il parlait, j'avais l'impression qu'il me caressait. Cela faisait pulser mon clitoris.

Ouais, c'était probablement mieux de ne pas mentionner ce détail super étrange.

— Tu sens bon, concédai-je en frottant ma joue contre son T-shirt, comme un chat en manque d'affection.

Avec un autre gloussement, il embrassa ma tempe.

— Ouais, j'ai pris une douche aujourd'hui. Ça m'arrive parfois.

Oh ! Alors comme ça, on s'autorisait à embrasser une partie du corps de l'autre, maintenant ?

Suivant le mouvement, je levai les lèvres vers sa gorge.

— Tu devrais prendre une douche tous les jours.

Avec moi.

Fredonnant de plaisir, j'appuyai ma bouche à l'endroit où son pouls battait dans son cou avant de lécher sa peau.

Mm. Il avait bon goût, aussi.

Il s'immobilisa contre moi. Ses muscles se raidirent.

Je le mordillai. Pas fort, mais juste assez pour avoir son attention.

— Waouh !

Il recula brusquement et me fixa, bouche bée.

Ouaip. Là, j'avais toute son attention.

— Euh…, commença-t-il.

Il s'interrompit et fronça les sourcils.

— Bella ?

— Oui ? murmurai-je, avant de coincer ma lèvre entre mes dents et de regarder son torse musclé.

Je levai la main et fis courir mes doigts sur son T-shirt qui moulait parfaitement ses pecs sculptés.

Mon Dieu, il était bâti à la perfection.

Il attrapa mon poignet comme pour m'arrêter et s'écarta.

— Hum…, lâcha-t-il, l'air très incertain. Qu'est-ce que tu fabriques ?

Je le regardai. Ses yeux marron étaient écarquillés de choc et de peur. Mais j'y discernai également une lueur d'intérêt.

— Quoi ? le taquinai-je, en souriant. Tu as dit qu'on pouvait se changer les idées.

— Mais je ne voulais pas dire…

Il fronça les sourcils, perplexe.

— Tu as cru que je voulais dire quoi exactement ?

Puisqu'il semblait avoir du mal à déchiffrer mes intentions, je baissai la main et empoignai son entrejambe.

— Oh ! merde ! s'écria-t-il.

M'approchant jusqu'à ce que mon visage soit à quelques centimètres du sien, je commençai à le masser avec audace, découvrant ses courbes à travers son jean.

— Je voulais dire… que tu ne partiras pas d'ici ce soir tant qu'on n'aura pas eu les orgasmes dont on a tous les deux visiblement besoin.

— Putain, Bells.

Il ferma les yeux. La bosse sous mes doigts commença à grossir et durcir. Il entrouvrit les lèvres et pencha légèrement la tête en arrière, laissant les sensations l'enivrer.

— Tu…, commença-t-il, l'air drogué.

Mais ensuite il ouvrit les yeux et se concentra sur mon visage.

— Bon sang.

Il s'écarta brusquement et leva les mains pour montrer au monde entier qu'il n'était pas en train de me toucher.

— Tu as bu, accusa-t-il.

Je haussai les épaules et lui lançai un sourire vitreux.

— Peut-être un peu.

— Ou beaucoup, protesta-t-il.

Il se tourna sur le côté et baissa la main pour remettre son paquet en place.

— Bordel, je n'arrive pas à croire que je… Hé !

Je fis glisser ma main sur son cul ferme. Il bondit en arrière, puis se tint les jambes légèrement écartées comme s'il était face à une menace.

— Non.

Il leva le doigt pour me mettre en garde.

— On ne va pas… Tu es soûle.

— Pas tant que ça, protestai-je.

Je m'avançai. Il recula.

— Bella, me mit-il en garde. Ne fais pas un pas de plus. Je suis sérieux.

— Oh ! murmurai-je en feignant d'avoir un frisson.

Je me fendis d'un large sourire et me rapprochai plus près encore. Il recula vers le mur du couloir. Désormais, il ne pouvait plus s'échapper.

— Tu es sérieux, là ? Ce qui se passe entre nous m'a pourtant l'air intense. Et tellement sexy. Pourquoi ne te glisserais-tu pas vraiment en moi ?

Un tourbillon de chaleur anima son regard. Il déglutit, secoua la tête et leva les mains plus haut, refusant de rentrer dans mon jeu. De la sueur commençait à perler sur son sourcil.

— J'ai dit non, Bella. Toi et moi n'allons pas coucher ensemble. Pas maintenant. Jamais. Pigé ?

Waouh.

Jamais, hein ? C'était très définitif. Et grossier, si vous voulez mon opinion bourrée.

Je m'arrêtai net et serrai les dents, sentant la pilule du rejet passer difficilement.

Surpris, il baissa les mains et avança vers moi.

— Non. Ne me regarde pas comme si je te repoussais.

Je plissai les yeux.

— C'est exactement ce que tu viens de faire.

— Non, non, répéta-t-il, en se rapprochant encore et en secouant vigoureusement la tête. Je ne t'ai pas repoussée. Je te le jure.

Je posai les mains sur mes hanches et lui jetai un regard noir.

— Donc ta façon d'accepter mon invitation, c'est de dire qu'on ne couchera jamais ensemble ?

— Mais non, putain.

Il grinça des dents et tira sur sa casquette, pour qu'elle tombe plus bas.

— Je… Toi et moi, enfin on… Putain, Bells. Ne me fais pas ça maintenant. Tu vas me faire regretter de ne pas avoir répondu à Angie.

J'en restai bouche bée.

— Pardon ?

— Quoi ?

Il croisa mon regard. Mon indignation le surprenait. Mais dès qu'il vit mon expression blessée, il leva les yeux au ciel.

— Oh ! allez. Angie est une erreur que je peux me permettre. Toi, non.

Cela n'aida pas du tout.

— Waouh…

Les larmes me montèrent aux yeux. Je dus battre rapidement des cils pour les repousser. Puis je reculai d'un pas et levai la tête vers le plafond car le clignement ne marchait pas si bien que ça.

— Donc je représente une erreur plus grande encore que Angie, la psycho ? Ça fait plaisir à entendre.

— Quoi ? Mais non !

Il attrapa mon coude.

— Ce n'est pas ce que je voulais dire.

Je reniflai et le dévisageai. Il semblait sincèrement inquiet pour moi. M'essuyant le visage, j'essayai de me calmer.

— Tu voulais dire quoi, alors ?

— Que tu es beaucoup plus importante pour moi qu'elle l'a jamais été. Et tu ne vas pas bien en ce moment. Alors je sais exactement comment les choses tourneraient si toi et moi… Tu sais. Tu le regretterais demain matin et tu commencerais à m'éviter. On finirait par ne plus jamais se parler. Ce qui me tuerait. Donc, non. On ne couchera pas ensemble. Je refuse de te perdre. Angie, je peux la perdre. Pas toi.

— Eh bien, trop tard, annonçai-je, un sourire triste aux lèvres. J'ai déjà tout gâché. Car si on ne couche pas ensemble, je serai tellement gênée de m'être jetée sur toi sans aucune honte et d'avoir été repoussée que je ne serai plus jamais capable de te regarder dans les yeux de toute façon.

Il en resta stupéfait et eu l'air anéanti.

— Tu es sérieuse, là ? demanda-t-il à voix basse. Je suis foutu dans les deux cas ?

— Désolée, répondis-je, sans un soupçon d'excuse. Mais ouais, on dirait bien.

— Merde.

Il arracha sa casquette et se passa une main sur la tête.

— Ne me dis pas ça. Je ne veux pas être foutu. Je ne veux pas te perdre. Je t'apprécie. Tu es une des nanas les plus cools dans le groupe. À qui est-ce que je pourrai bien voler des glaces à l'eau si les choses deviennent bizarres entre nous ?

— Laisse-moi te poser une question…, dis-je en reniflant pour évacuer mes dernières larmes. Est-ce que tu me rejetterais aussi si je n'avais pas bu la moindre goutte d'alcool ?

— Je…

Il expira longuement. La question le laissait sans voix. Puis, il secoua la tête.

— Honnêtement, je ne sais pas. Mais probablement… pas.

Il grimaça comme s'il craignait d'avoir mal répondu mais je poussai un soupir de soulagement.

— Vraiment ?

Ça devait vouloir dire qu'il était au moins dans une certaine mesure, attiré par moi.

C'était un début.

Il haussa les épaules, rougissant légèrement.

— Je veux dire, ouais. On n'a jamais exploré ce chemin mais ça ne veut pas dire que je ne me suis pas demandé comment ce serait de coucher avec toi. Je me suis posé la question. Plus d'une fois. Mais…

Je posai un doigt contre ses lèvres ; j'en avais assez entendu.

— Alors ne me repousse pas maintenant.

— Bells, lâcha-t-il d'une voix rauque, retirant mon doigt de ses lèvres et me serrant la main.

Ses yeux cherchèrent désespérément les miens.

— Tu ne sais pas ce que tu dis. Si on couche ensemble, ça change tout. Genre absolument tout. Tu t'en rends compte, n'est-ce pas ?

J'ouvris la bouche pour balayer ses doutes mais il secoua la tête. Il me connaissait trop bien.

— On ne pourra jamais s'en tenir au coup d'un soir, avoir une relation sans attache ou encore être *sex friends*. Nos familles sont trop proches pour ça. Non… Il faudrait que ce soit sérieux, dès le début. Et désolé, mais tu n'es pas capable de prendre ce genre de décision pour l'instant. Alors…

Il me relâcha pour agripper la visière de sa casquette des deux mains.

— On ne peut pas faire ça. Je ne suis pas dans une position assez stable pour prendre ce genre de décision.

Il baissa lourdement les bras et recula, mettant de l'espace entre nous. Mon cœur se serra.

— On ne peut pas, répéta-t-il. OK ?

Réalisant qu'il avait raison – on ne pouvait pas se lancer dans un truc pareil avec insouciance et dans la précipitation – je hochai la tête et enroulai les bras autour de moi, me sentant soudain mal d'avoir ne serait-ce qu'abordé le sujet.

— OK, murmurai-je.

Mon menton se mit à trembler ; un sanglot déchira ma gorge. C'était plus fort que moi.

— Je suis désolée.

— Quoi ? Non.

Avançant vers moi, il me prit dans ses bras et m'enlaça.

— Arrête, Bells. Ne sois pas désolée. C'est moi qui le suis. S'il te plaît, ne pleure pas.

— Non, c'est…

Je hoquetai, empoignai fermement le tissu de son T-shirt et cachai mon visage dans son torse.

— Ce n'est pas ta faute. Tu te montres très honorable et gentil, tu essaies de faire ce qui est juste. Et je suis…

Reniflant tandis que d'autres larmes coulaient, je baissai la tête de honte et fermai les yeux. Je n'étais peut-être pas bourrée au point d'être incapable de décider si je voulais coucher ou non avec lui mais j'étais visiblement trop ivre pour garder le contrôle de mes émotions.

— Je suis perdue depuis que j'ai mis fin à mes fiançailles. Je ne savais pas que j'étais le genre de personne qu'on pourrait duper si facilement. Je pensais que j'étais une badass maligne et perspicace, capable de repérer les menteurs et les mecs infidèles, mais je suis juste une nana idiote et naïve. Et pa… pardon. Je suis désolée d'avoir tout gâché entre toi et moi. Je…

— Non, non, insista-t-il. Tu n'es pas une idiote du tout. Tu ne pourras rien gâcher entre nous. Pas à cause d'une nuit d'ivresse.

Reculant pour regarder mon visage, il posa un doigt sous mon menton pour me faire lever la tête vers lui. Quand je refusai d'ouvrir les yeux, il me déposa un baiser délicat sur le front.

— Écoute-moi. Ce soir ne changera pas du tout ce que je ressens pour toi. Je t'apprécie sans doute encore plus maintenant.

Surprise, je battis des cils.

— Vraiment ?

D'habitude, les gens partaient en courant quand ils découvraient combien j'étais pathétique.

Mais il avait l'air sérieux à en mourir. Je ne l'avais pas fait fuir du tout.

— Vraiment, confirma-t-il. Pour moi, tu es toujours cette fille badass, maligne et perspicace. Mais te voir en douter te rend plus accessible. Et adorable.

Une lueur d'espoir prit naissance dans ma poitrine. Peut-être que je n'étais pas un cas désespéré, en fin de compte. Peut-être qu'on pouvait m'aimer telle que j'étais.

Je croisai son regard. Il inspira brusquement.

— Tu es si belle et tu prends un air si tragique quand tu es triste, murmura-t-il. Personne ne pleure aussi joliment que toi.

Je souris à travers mes larmes et posai la main contre sa joue chaude.

— Merci.

Quand il ferma les yeux et frémit sous mes caresses, je murmurai son prénom et appuyai mon front contre le sien.

Il souffla avant de poser sa main large, chaude et masculine sur ma joue. Quand son pouce caressa doucement mon menton, essuyant au passage une larme solitaire, je poussai un soupir et me détendis plus profondément contre lui.

Il se raidit et passa les doigts dans mes cheveux avec une lenteur enivrante. Approchant mon visage plus près et sentant son souffle sur mes lèvres, je frémis de plaisir.

Je levai les yeux vers les siens.

— Merde, merde, merde, souffla-t-il.

La tentation se lisait de manière évidente sur ses traits.

— Rien qu'un baiser, proposa-t-il.

— Oui.

Je hochai bêtement la tête et m'étirai vers lui. Il souffla un grand coup et posa sa bouche sur la mienne.

C'était doux et délicat. Puis un grognement vorace résonna dans sa gorge et il remua légèrement ses lèvres pour voir comment je réagirais.

Je le laissai faire lentement. Au moment où nos langues se touchèrent, des étincelles jaillirent dans mes veines. La surprise me fit sursauter. Il prit mon visage dans ses mains pour me maintenir en place.

J'attrapai ses poignets et penchai la tête sur le côté pour approfondir le baiser, absorbant sa chaleur.

On se rapprocha l'un de l'autre.

Nos fronts se frôlèrent accidentellement et ensuite en le faisant exprès, jusqu'à ce qu'on se tienne aussi serrés l'un de l'autre que possible. Ses mains se promenaient sur mon visage. Sa casquette tomba au sol. Ou je la fis peut-être valser pour pouvoir enfoncer mes doigts dans ses cheveux épais et brillants.

Quand il frotta les hanches contre moi, je sentis son érection contre mon ventre. Je la voulais en moi. Instinctivement, je me collai contre lui, chevauchant son membre dressé et l'imaginant pulsant et chaud, contre mon intimité, soudain devenue trop étroite et sensible.

— Bordel, s'exclama-t-il.

Il sursauta, recula et secoua la tête.

J'étais trop enivrée pour réagir. Alors, la vue trouble, je me contentai de le regarder.

Il s'essuya lentement la bouche puis se passa les mains sur la tête et poussa un long soupir.

Ensuite, sans un mot, il s'écarta et traversa le couloir.

Je me laissai tomber contre le mur, haletante. Je voulais le rappeler, lui courir après, faire quelque chose pour qu'il revienne dans mes bras, mais je savais que ce ne serait pas une bonne idée. Alors j'enroulai les bras autour de moi et baissai les yeux. Aussitôt, je vis sa casquette par terre.

Il n'allait jamais nulle part sans sa casquette ! Ni une, ni deux, je me dépêchai de la récupérer sur le tapis.

— Fox ! Attends ! appelai-je.

Il était arrivé jusqu'à la porte et l'avait ouverte le temps que je déboule dans le salon. Mais à la vue de sa casquette il marqua une pause et baissa la tête comme s'il se demandait quoi faire.

Puis il tourna le visage vers l'endroit où je me tenais, hésitante, la casquette serrée contre ma poitrine.

— Putain de merde, murmura-t-il dans sa barbe.

Il referma la porte et pivota entièrement vers moi.

Je réalisai alors avec stupeur ce que j'avais fait.

— Désolée, dis-je, le visage rouge et la respiration saccadée. Désolée, je…

Je ne pus m'empêcher de fermer les yeux.

— Tu peux partir. Vraiment.

Mais il n'irait nulle part et on le savait tous les deux.

Fox ne répondit pas ; j'ouvris les yeux. Sa main encore sur la poignée, il me regardait. Cela dura un moment avant qu'il passe sa langue sur sa lèvre inférieure et avance vers moi.

— Tout ira bien, assura-t-il à voix basse.

Il me prit sa casquette de la main, baissa les yeux vers elle un moment puis fit courir son pouce sur la visière élimée avant de la lancer à l'aveugle sur la table basse derrière lui.

— Même mieux que bien, promit-il.

Et ma culotte devint trempée.

Ses narines se dilatèrent comme s'il pouvait sentir mon excitation, ses paupières se firent lourdes.

Mon Dieu, il pourrait faire jouir une femme rien qu'en la regardant.

— Voilà ce qui va se passer, déclara-t-il en prenant doucement ma main. Je vais te conduire jusqu'à ta chambre, retirer tes vêtements et te faire l'amour toute la nuit. Et demain matin…

Il souleva les sourcils d'un air entendu.

— Tu ne regrettas absolument rien.

Serrant mes doigts, il demanda :

— Ça te va ?

Oh putain.

— Oui, répondis-je, me sentant déjà au bord de mon premier orgasme. Ça me va.

Fox hocha la tête.

— Parfait. Alors suis-moi.

Et je le suivis.

Chapitre 2

GRACEN

Huit mois plus tard

J'arrivai tôt pour avoir la meilleure place au cinéma : avant-dernière rangée, siège côté couloir pour être aussi proche du centre que possible. Oh yeah ! Il n'y avait pas grand-monde, ce qui voulait dire que j'aurais probablement toute la rangée pour moi avec plein de place pour m'étaler, poser ma boisson dans le porte-gobelet d'un côté et mon pop-corn de l'autre.

Si la soirée se passait bien et que personne ne s'asseyait devant moi, je pourrais même mettre les pieds sur le siège devant et vraiment me détendre.

C'était la belle vie.

Si seulement j'avais un peu de compagnie.

Posant les boîtes de bonbons que je venais d'acheter sur ma poitrine, je sortis mon téléphone de ma poche et pris un selfie, tout sourires, avant de l'envoyer à Bella.

GRACEN : Tu es sûre de ne pas vouloir te joindre à moi ? J'ai tout prévu : pop-corn, *slushy*[1] à la cerise, AirHeads, Reese's Pieces, Red Hots, et Junior Mints[2].

Si passer du temps avec son jumeau préféré ne la convainquait pas, alors peut-être que des Junior Mints le pourraient.

BELLA : Pas ce soir, frérot. Je veux rester à la maison.

Rester à la maison ? Un vendredi soir ? Après la semaine stressante de boulot qu'elle avait eue ? À qui est-ce que j'étais en train de parler ?

C'étaient des conneries. J'étais capable de repérer ses mensonges, même par texto. On avait partagé le même utérus, bonté divine. J'étais sa moitié depuis la naissance et son confident attitré depuis qu'on avait appris l'existence des secrets. Je connaissais Bella. Et elle était en train de mentir.

Elle me cachait beaucoup de choses ces derniers temps.

Je n'avais pas encore découvert le pourquoi du comment. Mais je ne m'inquiétais pas trop. Elle finirait par se confier. Elle le faisait toujours. On ne se cachait jamais les choses pendant longtemps.

Ce soir, cependant, qu'elle ait des secrets ou non, j'avais vraiment besoin de sa compagnie. Je détestais aller au cinéma tout seul. Ça me donnait toujours l'impression d'être… Quel était ce mot horrible, pathétique, que je détestais utiliser ?

Ah, oui.

Abandonné.

Je détestais me sentir abandonné. Mais personne dans notre

1 Boisson populaire aux États-Unis qui ressemble au granité.

2 Les AirHeads, Reese's, Red Hots et Junior Mints sont des confiseries américaines.

immense famille n'avait les mêmes goûts ciné que moi. Dommage pour eux ; j'étais un as en matière de films alors qu'eux ne regardaient toujours que les mêmes nullités insipides. Quand bien même, je n'aimais pas aller seul au cinéma.

Bella comprenait généralement et prenait sur elle pour m'accompagner, raison pour laquelle j'essayai de la faire culpabiliser à mort pour qu'elle change d'avis et ramène son cul ici.

Ce n'était pas comme si elle avait un petit ami avec qui passer ses soirées. Elle pouvait certainement octroyer quelques heures de son temps à sa personne préférée au monde.

GRACEN : Mais je suis tout seul. Tu ne vas pas laisser ton frère jumeau au…

Je ne finis pas mon SMS.

Quelqu'un passa dans l'allée centrale à côté de mon siège, laissant dans son sillage une odeur plaisante de fleurs.

Alors, bien sûr, je levai les yeux.

Elle était seule aussi et, de dos, elle était jolie. Vraiment jolie. Ses cheveux blonds étaient relevés en une queue-de-cheval haute et floue. Quelques mèches lui tombaient dans le cou. Ses hanches se balançaient de façon hypnotique quand elle marchait et son cul était parfaitement moulé dans un jean.

Un de mes sourcils se haussa avec intérêt.

Elle ne trimballait ni boisson ni gourmandise, simplement un sac à main qui était suspendu à son épaule. Elle n'était probablement pas seule ; son compagnon était sans doute déjà assis, ou traînait derrière pour acheter leur pop-corn – car qui pouvait regarder un film sans sucreries ? Toutefois, elle ne regardait pas autour d'elle comme si elle cherchait quelqu'un ou une bonne place pour que plusieurs personnes puissent s'asseoir ; elle marchait d'un air déterminé, sachant exactement où elle voulait aller.

Comme moi, elle avait un spot préféré dans la salle.

Cool !

Peut-être que, comme moi, elle n'avait trouvé personne pour l'accompagner au ciné. Ou peut-être qu'elle faisait partie de ces nanas cools qui étaient assez sûres d'elles pour y aller seule. Je préférais cette version-là.

Quand elle atteignit la rangée qu'elle avait choisi – beaucoup trop bas et proche de l'écran à mon goût – elle se tourna et se faufila pour rejoindre la place qu'elle désirait.

Quelque chose de familier dans son profil me fit froncer les sourcils.

Il me semblait la connaître mais je n'en étais pas sûr. Du moins, jusqu'à ce que quelqu'un assis plus haut et de l'autre côté de la salle lance :

— Hé, bébé. Ne t'assieds pas là-bas toute seule. Pourquoi ne viendrais-tu pas planter ce joli cul à côté de moi ?

Je grimaçai. Sérieusement ? « Planter ce joli cul ? » Quel genre d'abruti disait de telles conneries à voix haute ?

C'était une chose de mater un cul en silence et de l'apprécier dans sa tête. C'en était une autre de partager de telles pensées avec le chef-d'œuvre admiré. Dévoiler ce qu'il y avait dans sa tête demandait un talent dont seuls quelques-uns savaient faire preuve dans ce genre de situation, et ce mec en était clairement incapable.

Joli-cul regarda vers lui. Je vis alors son visage.

Oh ! putain.

Je venais de reluquer Yellow Nicksen ? Pas cool. Pas cool du tout, en fait. Bella me dépècerait vivant si elle le savait. Et en parlant de Bella… Inquiet qu'elle change d'avis et se précipite pour regarder le film avec moi, je jetai un œil à l'écran de mon téléphone et effaçai rapidement mon message, avant d'en taper un nouveau.

GRACEN : Pas de problème. Prends soin de toi. Je t'appelle demain matin.

Envoyé.

Rien ne gâcherait davantage la soirée de Bella que se retrouver coincée dans la même pièce que la femme qui avait couché avec son fiancé l'année dernière, causant la rupture de leurs fiançailles.

Tournant la tête vers Yellow, je plissai les yeux à la recherche d'un défaut pour me remettre dans l'état d'esprit approprié. Il s'agissait quand même de l'ennemie jurée de ma sœur.

Ne trouvant aucun trait à critiquer – Yellow Nicksen avait de sérieux atouts esthétiques – je critiquai son nom. Je veux dire, ouais c'était original, et j'aimais l'originalité. Mais, sérieusement ? Yellow ? Comment s'était-elle retrouvée affublée d'un tel surnom ? Peut-être qu'elle faisait beaucoup pipi au lit quand elle était enfant. Ou qu'elle le faisait encore. Ouais. J'aimais ce scénario pour quelqu'un qui avait causé du tort à ma jumelle.

Mais la moquerie s'arrêta là. La tentation de la reluquer était trop grande.

C'était vraiment dommage qu'elle ait un si joli visage ; c'était probablement comme ça qu'elle avait convaincu Ethan de tromper Bella. Même la façon dont elle venait de grimacer d'un air gêné au mec qui l'avait invitée à s'asseoir près de lui était adorable. Elle avait froncé son petit nez tout mignon et ses lèvres pulpeuses avaient formé une moue contrariée. Quant à ses yeux foncés…

Non. Son apparence n'avait pas la moindre importance. Par loyauté, j'étais obligé de la détester. Elle avait fait du mal à ma meilleure amie. Seule une personne malveillante et diabolique pouvait faire une chose aussi atroce.

Je reniflai, l'air amer, et la regardai répondre au gars.

— N-non, merci. Je, euh, j'attends quelqu'un.

Pendant qu'elle s'enfonçait nerveusement dans son siège, je soupirai de déception et secouai la tête. Elle mentait aussi mal que Bella. Yellow n'attendait personne et son nouvel admirateur le savait très bien.

— Tu m'attends moi, je parie.

L'air narquois, il se leva de son siège et la rejoignit en roulant des mécaniques.

Non mais j'hallucinais. Je n'étais pas là pour assister à un tel spectacle ; je voulais juste voir mon film et rentrer chez moi.

Mais la scène dont j'étais témoin était bel et bien en train d'avoir lieu, que ça me plaise ou pas.

Je devrais peut-être prévenir ce dragueur ringard qu'elle n'en valait pas la peine. Cette femme empoisonnée était une briseuse de ménage. Mais quelque chose dans sa démarche fanfaronne me rebiffa. Tant pis, qu'il découvre de lui-même l'erreur qu'il commettait.

M. Pas-si-Suave-Que-Ça rejoignit Yellow d'un pas lent et se pencha au-dessus d'elle, posant les mains sur les sièges de devant et derrière pour la coincer dans la rangée.

Pas cool.

— Qu'est-ce qui ne va pas, bébé ? demanda-t-il. Je ne mords pas. Viens t'asseoir avec moi.

Je levai les yeux au ciel. Waouh. Quelle façon minable de briser la glace. Je perdrais tout respect pour Yellow si elle tombait dans le panneau. Sauf que, attendez, je n'avais déjà aucun respect pour elle, si ? Alors ouaip, elle allait sûrement se lever et le suivre comme la traîtresse qu'elle était.

Elle me surprit, cependant. Reculant sur son siège, elle bafouilla maladroitement :

— Non. Euh, non, merci.

Sa réponse n'avait rien d'agressif. Bella aurait dit au loser d'aller se faire voir d'une façon beaucoup plus créative et violente. Et elle n'aurait pas eu l'air aussi innocente et intimidée que Yellow.

Pourquoi donc ? Elle n'était visiblement pas intéressée par ses avances. Pourquoi ne le menaçait-elle pas d'un coup de pied dans les couilles ? Pourquoi est-ce qu'elle ne se défendait pas du tout ?

Ce fut alors que je compris...

Merde. L'idiot l'avait effrayée. Je pouvais pratiquement la sentir frémir de peur jusqu'ici. Et terroriser une femme était mal, même si cette dernière était diabolique. Mon estomac se noua.

— Allez, répéta son harceleur, en attrapant son épaule. Tu sais bien que tu en as envie.

Serrant les dents, je le mis silencieusement en garde d'arrêter.

Mais il continua.

Yellow bondit en arrière avant de se lever précipitamment pour s'éloigner de lui.

— Non, vraiment. Je-je suis bien ici.

— Quoi ? Je ne te plais pas, chérie ? la défia-t-il, tout en la suivant jusqu'à ce qu'elle soit encore plus piégée qu'avant.

Quand son dos toucha le mur, elle poussa un cri de surprise et fit la grimace. Son visage était marqué par la méfiance.

— Pardon.

Elle essaya de le contourner.

— Je voudrais passer.

Mais il se mit devant elle pour l'en empêcher.

— Impossible, bébé.

Il gloussa.

— Pas tant que tu ne m'auras pas dit pourquoi tu ne veux pas t'asseoir avec moi.

— S'il te plaît, essaya-t-elle, tournant le visage sur le côté quand il se pencha trop près. Je veux juste voir le film en paix.

— Moi aussi, rétorqua-t-il. À côté de toi.

— Je… Je…

Et merde, est-ce qu'elle allait se mettre à pleurer ?

Oui, elle allait se mettre à pleurer.

Je regardai autour de moi. Il n'y avait personne d'autre dans la salle de ciné qui semblait vouloir intervenir pour l'aider. Comme si personne ne voyait qu'elle s'apprêtait à faire une crise d'angoisse parce qu'un gros con sans cervelle la harcelait.

J'aurais aimé que quelqu'un agisse. Pour ne pas que j'aie à m'en mêler. Parce que je ne voulais vraiment, mais vraiment pas aider cette femme.

N'importe qui d'autre mais pas elle.

Sauf que l'enfoiré l'attrapa par l'épaule. Sa peur fut si viscérale qu'elle devait être au bord de l'évanouissement.

Je pétai les plombs.

— Bordel de merde.

Poussant un soupir écœuré, je regroupai mes affaires, me levai et me précipitai vers eux, super énervé de devoir en arriver là. Pourquoi l'abruti ne l'avait-il pas laissée tranquille ? Sérieusement. Où allait le monde ?

Bella me tuerait si elle savait que j'étais sur le point de sauver le cul de son ennemie jurée.

Mais quel cul.

Attendez. Merde. Non, je ne pensais plus à son cul.

— Désolé, je suis en retard, lançai-je en les rejoignant, faisant semblant d'être essoufflé comme si je m'étais dépêché. Mon connard de patron ne voulait pas me laisser partir plus tôt. Je nous ai pris de quoi grignoter.

Yellow et son admirateur effrayant lancèrent des regards ahuris vers moi. Je levai le nez de la pile débordante de friandises et sursautai comme si j'étais surpris de voir qu'elle avait de la compagnie.

— Euh… bonjour ? dis-je au mec d'un air confus avant de pencher la tête sur le côté. Qu'est-ce qui se passe ?

Il leva les mains comme pour prouver qu'il n'était pas en train de la toucher, ce qui ne fit que lui donner l'air plus coupable.

— Rien, répondit-il sur un ton de défi.

Il recula.

— Tu es avec elle ?

Je levai les sourcils et regardai les snacks dans mes bras avant de recroiser son regard.

— À ton avis ?

Puis je pointai du menton Yellow mais gardai les yeux sur lui.

— Y'a un problème ?

— Nope.

Il secoua la tête et se tourna pour sortir de la rangée sans me toucher.

— Aucun problème du tout, ajouta-t-il.

— Bien, dis-je, le regardant avec condescendance. Parce qu'on aurait dit que tu la retenais contre ce mur et la touchait contre sa volonté.

— Pas du tout, aboya-t-il, plissant les yeux avant de s'éloigner vers son siège. Achète-toi des lunettes, mec. Et ne laisse pas ta nana seule dans un ciné la prochaine fois.

— Ouais, merci du conseil, grognai-je.

Puis je me laissai tomber lourdement sur le siège à côté de celui de Yellow.

— Enfoiré.

Elle se rassit lentement à sa place.

J'étais trop occupé à fusiller du regard son harceleur pour lui prêter attention. Mais j'eus tout de même la présence d'esprit de me pencher vers elle et siffler :

— Quel crétin. Il doit vraiment apprendre à lire le langage corporel. Le tien lui disait clairement de dégager. J'ai raison ?

Quand je daignai enfin regarder vers elle, j'eus le souffle coupé. J'avais oublié qu'elle était belle à ce point. Ou peut-être n'avais-je pas réalisé qu'elle serait encore plus belle de près.

Merde. Nos regards se croisèrent ; mon cœur fit un bond dans ma poitrine et je me sentis étourdi.

Elle était encore perturbée suite à son échange avec l'autre mec. Ses lèvres et ses épaules tremblaient.

Je fis la moue devant tant de faiblesse. Seule une personne faible et sans aucun cran gérerait la situation aussi mal. Elle ne s'était pas défendue du tout.

Sauf que…

Au lieu de la rabaisser dans mon esprit, je pensai : *Tout ira bien maintenant. Je suis là. Personne ne te fera de mal, je veille sur toi.*

Instinct protecteur stupide.

Il me donnait envie de la prendre dans mes bras et de la tenir jusqu'à ce qu'elle arrête de trembler, d'embrasser sa tempe et lisser les cheveux de sa queue-de-cheval avant d'appuyer mon nez contre sa gorge pour inspirer son parfum enivrant.

Elle cligna ses grands yeux marron en se tournant vers moi.

— Tu as tout à fait raison.

Ah bon ? Attendez, de quoi est-ce qu'on parlait déjà ?

Bon sang. Pourquoi fallait-il qu'elle me regarde d'un air si innocent et plein d'espoir ? Une onde électrique de désir me parcourut. Mes membres devinrent lourds et je me sentis flotter. Le désir me gagnait. Je ne devais pas être en forme pour ressentir des choses pareilles.

— Je, euh…

Merde, c'était mauvais signe. Très, très mauvais signe. M'éclaircissant la gorge, j'écarquillai les yeux et levai les sourcils avant de me redresser sur mon siège pour me forcer à retrouver la raison.

— Est-ce que ça va ? demandai-je.

— Je…

Elle secoua la tête puis souffla.

— Ouais, ça va.

Elle me lança un sourire qui m'aurait fait tomber sur le cul si je n'étais pas déjà assis.

— Merci de m'avoir aidée. Je n'ai pas été à la hauteur, hein ?

— Non, m'empressai-je de répondre.

Mais ensuite je haussai les épaules. Parfois j'étais trop honnête.

— Je veux dire, ouais, tu n'es vraiment pas douée pour repousser les mecs.

Bordel. Maintenant c'était moi qui n'étais pas à la hauteur.

Non pas que je devrais booster sa confiance en elle. Elle était l'ennemie numéro un.

Pas vrai ?

Pfff. J'étais perdu.

Il fallait que je mette fin à cette mission vite fait bien fait avant de penser une autre chose positive à son sujet.

Yellow me lança un sourire gentil, presque indulgent.

— Ça ne se voit probablement mais je me suis entraînée pour ça.

Ça, quoi ? voulus-je demander.

Repousser les hommes ?

Parler au frère de son ennemie jurée ?

Réduire un mec en bouillie d'un simple sourire. Car elle excellait au numéro 3.

Elle fit une grimace gênée.

— C'est en cours d'apprentissage.

Je hochai la tête bêtement. Quelque chose chez elle me faisait perdre mes moyens et néanmoins me sentir si vivant.

Je fis grincer l'arrière de mes dents et passa un pouce par-dessus mon épaule.

— Je devrais, euh, je devrais probablement retourner à mon siège maintenant.

Sauf que je ne bougeai pas.

— Attends, dit-elle, avant d'attraper mon avant-bras.

Chaque muscle dans mon corps se tendit d'anticipation.

Même si je l'avais voulu, je n'aurais pu aller nulle part. La légère pression de ses doigts m'empêchait de bouger. J'avais soudain l'impression de lui appartenir, que ça me plaise ou non.

Ne remarquant pas l'envoûtement sous lequel j'étais, Yellow fit la grimace. Ses grands yeux noisette se firent suppliants.

— Penses-tu que tu pourrais… Je veux dire, est-ce que tu pourrais rester ? Ici. Jusqu'à la fin du film. Ce type…

Elle jeta un œil vers lui par-dessus mon épaule et frémis d'horreur.

— Il m'a vraiment foutu les jetons.

— Ouais, murmurai-je.

Puis je m'éclaircis la gorge, secouai la tête et revins au présent.

— Je veux dire, ouais. Je peux rester. Pas de problème.

Mais aussitôt je grimaçai intérieurement. Non mais qu'est-ce que je fabriquais ?

Je ne devrais pas rester près de cette femme. Alors j'ajoutai rapidement :

— Mais qu'une seule fois, d'accord ?

Elle me lança un regard surpris. Je faillis me taper le front.

— Je veux dire…

Je fis un moulinet de la main.

— Je ne peux plus t'aider. Parce que je… Enfin, tu sais. Car toi et moi sommes…

Merde, c'est moi ou il faisait super chaud dans ce cinéma ? Je tirai sur mon col. J'avais vraiment l'impression de passer pour un imbécile.

Alors je marquai une pause, rembobinai et recommençai.

— Tu ne te rappelles sûrement pas de moi.

— Tu es Gracen, répondit-elle aussitôt. Gracen Lowe. Le frère d'Isabella. On s'est rencontrés le jour où elle a essayé de m'arracher les yeux. Tu l'en as empêchée.

— Exact, articulai-je lentement. C'est bien moi.

— Donc on pourrait dire que c'est la deuxième fois que tu la trahis, répondit-elle avec un sourire chagriné.

— Quoi ? Non ! Non, non, non. Je ne suis pas quelqu'un qui trahit. Je n'ai jamais trahi personne de ma vie.

Et je ne commencerais certainement pas avec la nana qui avait couché avec le fiancé de Bella, bien que je n'aie pas de petite amie que je pourrais tromper avec elle. Ce serait une trahison envers ma sœur. Ce qui serait pire.

Tellement pire.

Trahir était hors de question.

— Je… euh…

Yellow cligna les yeux vers moi comme si j'avais perdu l'esprit. Puis elle rougit et secoua la tête.

— Je plaisantais, Gracen. Je disais seulement ça car c'est la deuxième fois que tu me viens en aide malgré ce que ta sœur pense de moi.

Je la fixai, bouche bée, totalement perdu.

— Tu as empêché Bella de me botter le cul, me rappela-t-elle. Et tu m'as aidée à me débarrasser de ce type.

— Oh ! marmonnai-je, en me redressant. Oh !

Exact.

— Eh bien, je...

Je fis un geste de la main. C'était la soirée la plus humiliante et la plus gênante de ma vie.

— Tu te trompes. La première fois, il s'agissait surtout de sauver Bella, pour l'empêcher d'aller en prison pour agression. Mais je suppose...

— Ça m'a rendu service à moi aussi, finit-elle par dire sur un hochement de tête.

— Super, murmurai-je, avant de grimacer.

Non, ce n'était pas super. Je n'étais pas censé faire quoi que ce soit pour rendre service à Yellow Nicksen. Qu'est-ce qui clochait chez moi ?

— Donc ta sœur..., murmura-t-elle, regardant derrière moi. Est-elle, euh, est-ce qu'elle vient voir le film avec toi ?

Je fronçai les sourcils. Voulait-elle essayer de m'éloigner de Bella, tout comme elle avait éloigné Ethan d'elle ?

Son expression était si apeurée que je compris qu'elle s'inquiétait plutôt d'affronter la colère de ma jumelle.

Ayant pitié, je secouai la tête.

— Nan. C'est juste toi et moi ce soir.

Juste elle et moi. Sans aucun siège entre nous.

J'avais des hallucinations ou il faisait chaud comme dans un four dans cette salle de ciné ? Ou peut-être que l'enfer me donnait un avant-goût de mon avenir. Je brûlerais certainement là-bas un jour pour toutes les pensées traîtresses que j'avais en ce moment même.

Bella ne me pardonnerait jamais d'être attiré par son ennemie jurée.

Yellow relâcha les épaules de soulagement et regarda autour de nous avec un air soulagé.

— Oh ! tant mieux.

Je ne l'en blâmais pas. Si j'étais elle, je ne voudrais pas croiser Isabella Lowe non plus. Ni maintenant, ni jamais.

Mais elle semblait tellement soulagée de ne pas avoir Bella dans les parages que je le pris quand même mal.

— Ouais, marmonnai-je sèchement, retrouvant enfin ma loyauté de frère jumeau. C'est moi qui me retrouve coincé à côté de toi jusqu'à la fin du film. Génial, hein ?

Elle tourna brusquement la tête vers moi et me lança un regard surpris. Puis elle fit la moue.

— Je suis désolée. Je parie que ça te met dans une position délicate vis-à-vis de ta sœur. Tu n'es pas obligé de rester avec moi si tu n'en as pas envie. Je vais bien.

Elle avait raison. Seul un frère horrible, terrible et bon à rien voudrait rester assis près d'elle.

Et j'étais un frère génial. Alors même si c'était la dernière chose que je ferais, je détesterais Yellow.

Mais ça m'aiderait vraiment si elle arrêtait d'agir de façon aussi adorable et compréhensive.

Je craquais sérieusement pour les choses adorables.

Me penchant vers elle, je murmurai :

— Je vais rester mais tu as raison, Bella me castrerait probablement si elle savait que je suis en train de te parler en ce moment même. Et c'est la personne la plus importante au monde pour moi, alors je ne suis vraiment pas autorisé à t'apprécier. OK ?

Elle me dévisagea, surprise. Je cherchai aussitôt comment reformuler mes propos. Je ne voulais pas donner l'impression que je devais rendre des comptes à Bella ni qu'elle contrôlait tous mes faits et gestes. Ce n'était pas le cas.

— Il faut je sois méchant avec toi.

Mince. Ça ne sonnait pas mieux du tout. C'était même pire. Alors je poussai un soupir écœuré et ajoutai :

— Tu vois ce que je veux dire, hein ?

— Je… je crois, dit-elle lentement.

— Bien.

Je hochai la tête.

— OK. Super. Content qu'on ait éclairci ce point.

Je levai le pot de cochonneries entre nous et demandai :

— Du pop-corn ?

Elle baissa les yeux, puis les releva, l'air perplexe.

— Hum. M'offrir du pop-corn n'est pas vraiment méchant, expliqua-t-elle.

— Merde. Tu as raison.

Récupérant le pot, je lui offris un sourire contrit.

— Être méchant, c'est en cours d'apprentissage pour moi.

Entendre ma bouche citer ses propres paroles la fit sourire.

Mon Dieu, que son sourire était beau. Il illuminait tout son visage.

— Donc, euh…

Je m'éclaircis la gorge et serrai le pot contre moi d'un air possessif

— Bas les pattes de mon pop-corn, mademoiselle.

Elle gloussa. Je ressentis une montée d'adrénaline. Ça me plaisait de savoir que je l'amusais. Mais c'était mal. Alors je m'éclaircis la gorge et me penchai plus près.

— Encore que, partager du pop-corn ne veut pas dire que je te demande en mariage. Alors prends-en si tu en veux.

Me tournant pour la regarder directement, je secouai le maïs soufflé vers elle pour la tenter.

— En plus, je ne t'intéresserais pas ; je n'ai pas de petite amie que tu pourrais me convaincre de tromper.

Voilà ! Voilà la réplique de la mort qui tue que j'aurais dû sortir dès le début.

Je redressai les épaules, fier de moi.

Avec un cri indigné, Yellow retira la main de mon pot de pop-corn comme si j'avais dit l'impensable. Mais, oh, j'en avais plein d'autres en réserve.

Elle siffla :

— Éloigne ça de moi.

— Très bien.

Je reposai les sucreries sur mes genoux.

— Ça en fait plus pour moi.

Du coin de l'œil, je la regardai croiser les bras serrés sur sa poitrine et se tourner vers l'écran pour regarder les publicités.

Je souris, réalisant que l'énerver et l'amuser me procuraient la même montée d'adrénaline.

Alors je me penchai vers elle et enfournai une poignée de pop-corn dans ma bouche.

— Mm, gémis-je de plaisir. Trop bon.

Elle me lança un regard furieux qui avait tout l'air de dire « tu te moques de moi » ?

Content d'avoir à nouveau son attention, j'avalai d'une traite et dis :

— Tes goûts en matière de place sont merdiques, au fait. J'avais le meilleur siège dans la salle avant que tu joues ton petit drame et me force à descendre ici pour intervenir.

— Pardon ? grogna-t-elle, soulevant les sourcils. Je n'ai rien joué du tout. Et tu n'étais pas obligé de descendre…

— Pourquoi es-tu ici toute seule ? la coupai-je. Aucune de tes amies n'a voulu t'accompagner ce soir ? Tu as couché avec tous leurs petits amis aussi ?

Elle ouvrit la bouche, bafouilla puis s'énerva :

— Tu sais quoi ? Va te faire foutre. Tu devrais avoir honte de faire du *slut-shaming*[1], mon pote. Tu peux partir.

J'eus un mouvement de recul. L'étiquette qu'elle utilisa me surpris. Je secouai aussitôt la tête pour nier une telle accusation.

— Waouh. Non. Je ne fais pas dans le *slut-shaming*, insistai-je. Je critique simplement les briseuses de ménage. Grande différence.

Quand elle me lança un regard incrédule, je levai les mains en signe de capitulation.

— Vraiment. Je m'en fous de savoir avec combien de mecs tu as couché. C'est la partie ruiner-la-vie-de-ma-sœur qui ne passe pas.

J'appuyai une main sur la poitrine et ajoutai :

— C'est moi qui ai dû l'aider à remonter la pente après que tu as royalement foutu sa vie en l'air. Tu lui as vraiment fait du mal, tu sais.

Une multitude d'expressions passèrent sur ses traits. Choc, horreur, culpabilité, humiliation, désespoir, indignation, rage.

— Ras le bol, cracha-t-elle, les dents serrées. Je voulais vraiment voir ce film mais si tu n'arrêtes pas de me parler, je m'en vais.

Je déglutis, comprenant que j'étais allé trop loin. Merde, je la harcelais encore plus que le dernier mec. Levant le menton pour donner l'impression que je ne ressentais pas la moindre honte, j'annonçai :

— Ne t'inquiète pas ; je me tais. Je n'ai rien d'autre à te dire, de toute façon.

1 Le *slut-shaming* est la stigmatisation de femmes dont le comportement ou l'aspect physique serait jugé trop provocant ou sexuel.

— Dieu merci, siffla-t-elle avant de se tourner vers l'écran, fixant avec détermination les publicités.

Je me tournai également, prêt à l'ignorer en retour.

Excepté que la culpabilité m'envahit. Je m'étais vraiment emballé. Incapable de le supporter, je commençai à taper du pied par terre.

Autour de nous, les lumières se tamisèrent et les publicités laissèrent place aux bandes annonces. Le profil de Yellow fut masqué par la pénombre mais je pouvais encore la sentir à mon côté de manière très vivace.

Malgré moi, je pivotai pour la regarder. Les lumières des bandes-annonces se reflétaient sur son visage. Elle savait pertinemment que j'étais en train de la regarder. Elle se redressa d'un air de défi et pressa les lèvres pour s'empêcher de réagir.

— J'ai vraiment envie de voir ce film aussi, murmurai-je en guise d'excuse.

Elle m'ignora. Je poussai un soupir.

— Je suis désolé de m'être comporté en sale con. On dirait que je suis plus doué pour être méchant que je le pensais.

Puis, juste pour voir ce qu'elle ferait, je levai le pot de pop-corn, lui en offrant silencieusement une fois encore.

Elle poussa un soupir contrarié mais leva la main et prit une poignée sans même me regarder.

Mes lèvres frémirent tandis que je réprimais un gloussement. C'était plutôt cool de savoir que je pouvais susciter de la colère en elle, la faire cracher du feu et sortir les griffes là où les autres n'y arrivaient pas. Ça me donnait l'impression d'être victorieux. Exclusif. Spécial.

Et même si j'avais honnêtement eu hâte de voir ce film, j'eus du mal à me concentrer lorsqu'il commença. Je n'arrêtais pas de m'interroger au sujet de la femme assise à côté de moi.

Si je n'avais pas été forcé de la détester par loyauté envers ma sœur, j'aurais eu envie d'apprendre à la connaître un peu mieux. Il y avait une multitude de contradictions chez elle que j'étais curieux d'explorer.

Mais Bella me couperait les couilles rien que de savoir que j'y pensais. Alors ouais, aucune importance. Je n'étais pas intéressé du tout.

Chapitre 3

YELLOW

Deux heures plus tard

Le nez et les yeux humides, je sortis un paquet de mouchoirs de mon sac à main.

Bon, OK. Je pleurais carrément à chaudes larmes.

— Je n'arrive pas à croire qu'elle soit morte, me lamentai-je, encore étourdie et horrifiée tandis que le générique de fin défilait à l'écran.

— Je sais, répondit une voix brisée à côté de moi. Je ne l'avais pas vu venir.

Je croisai le regard étourdi de Gracen Lowe.

— On dirait que la série est bel et bien terminée, hein ? ajouta-t-il en secouant la tête.

Un sanglot secoua mes épaules.

— Mais je ne suis pas prête à ce qu'elle soit terminée. Elle était trop géniale ; incroyable. J'en veux plus.

Il acquiesça de la tête avant de pousser un juron.

— Putain ! Comment suis-je censé reprendre le reste de ma vie maintenant ?

Aucune idée.

Moi aussi j'avais soudain du mal à envisager l'avenir.

Je me mouchai.

Autour de nous, les six autres spectateurs se levèrent et sortirent en file du cinéma. Même le gars craignos qui m'avait foutu les jetons plus tôt sortit comme s'il était pressé de retourner à ses affaires.

Mais Gracen m'avait agréablement surprise. Dès le début du film, il s'était penché vers moi pour commenter les scènes. Je n'avais pas pu résister. Étant autant investie dans l'intrigue que lui, j'en avais fait de même. Finalement, c'est moi qui avais fait la plupart des prédictions et je m'étais bien amusée.

J'avais l'impression qu'on avait survécu à cette catastrophe galactique de voyage dans le temps ensemble.

Gracen et moi regardâmes le reste de la salle sortir, secouant nos têtes d'un air confus. On attendait que quelqu'un lance le vrai film, dans lequel notre héroïne bien-aimée ne mourait pas à la fin. Pourquoi étions-nous les seuls à être si affectés ? Les autres n'avaient-ils pas de cœur ? Ou aucun goût en matière de cinéma ? On était en pleine tragédie, là.

Tout en posant une main sur son ventre, Gracen grimaça.

— Je vais être malade. Sérieusement, je n'arrive pas à croire qu'elle soit morte.

Je secouai la tête pour repousser les larmes et fourrai le mouchoir dans mon sac. Il fallait que j'arrête de pleurer.

— Au moins on aura toujours les rediffusions.

Il me lança un regard incrédule.

— Tu plaisantes ? Les rediffs n'arriveront jamais à la hauteur d'un premier visionnage.

Il avait raison. Je soupirai, ne sachant plus comment nous réconforter.

— Putain, siffla-t-il. C'est vraiment la merde.

Il se leva pour regrouper pot de pop-corn, boisson et boîtes vides de bonbons. L'une d'entre elles glissa de la pile et tomba par terre.

— Merde.

Il essaya de se pencher pour la ramasser mais fit tomber plus d'emballages.

— Laisse, je m'en occupe.

— Merci.

Il se redressa et attendit que j'aie tout ramassé pour qu'on marche côte à côte jusqu'au bout de la rangée.

— Peut-être qu'ils pourraient remonter le temps et montrer des *prequels* la montrant plus jeune, proposa-t-il tandis qu'on se dirigeait vers la sortie.

Je secouai la tête.

— Mais alors ils choisiraient une actrice différente, plus jeune. Je ne supporterais pas de voir quelqu'un d'autre dans ce rôle.

— Ouais, dit-il, courbant les épaules tandis qu'il jetait les déchets dans la poubelle en poussant un soupir apitoyé. C'est vraiment fini, hein ?

— Peut-être qu'elle n'est pas morte après tout, suggérai-je d'une voix pleine d'espoir, bien qu'il n'y ait aucune chance que cela soit possible car…

— On les a regardés brûler son corps en mer, me rappela-t-il.

Je fronçai le nez.

— Ouais…

Après avoir jeté les deux boîtes que je portais, je remontai la anse de mon sac sur mon épaule et passai les portes de la salle en direction de l'entrée principale du bâtiment.

— C'est trop dur de me dire que c'est terminé, alors je vais juste continuer d'espérer qu'une sorte de miracle bizarre se produise.

Il hocha la tête, considérant mes paroles. Puis il répondit doucement :

— Moi aussi.

Mais alors, il poussa un cri d'exclamation.

— Sa jumelle se pointe de nulle part et continue sa mission pour elle. C'est faisable, non ?

Sauf que mentionner une jumelle me fit penser à la sienne.

Retrouvant mon sérieux parce que je venais de passer les deux dernières heures avec mon épaule appuyée contre le frère de Bella Lowe tout en appréciant sa compagnie, je m'éclaircis la gorge discrètement.

— Euh ouais, je suppose que ça pourrait marcher.

On s'entendait bien. C'était mal. Je ne pouvais pas être amie avec lui.

Ce qui voulait dire que je devais m'éloigner de Gracen, maintenant.

— Carrément, répondit-il. C'est super brillant. Ils feraient bien d'aller dans cette direction. Autrement, je me révolterai.

Une fois qu'on eut atteint les portes, il en ouvrit une et la tint grande ouverte pour que je sorte devant lui.

Touchée par sa galanterie, je regardai timidement vers lui.

— Merci, murmurai-je.

Mais je m'arrêtai brusquement, horrifiée. Le mec qui m'avait draguée avant le film était appuyé contre le mur à l'extérieur du bâtiment, comme s'il nous attendait.

Je le fixais bouchée bée, me demandant pourquoi il traînait là quand la large et chaude silhouette de Gracen me rentra dedans par-derrière.

— Oups.

Je trébuchai en avant ; il me saisit par la taille pour me rattraper.

— Qu'est-ce que… ? s'étonna-t-il, avant de remarquer le type chelou lui aussi.

Il se raidit, et m'attira à lui d'un air protecteur.

— C'est quoi ton problème, mec ?

Un sourire narquois aux lèvres, le *weirdo*[1] sortit un chewing-gum de sa poche.

— Salut, lança-t-il. J'étais simplement curieux de voir si vous alliez continuer vos rôles d'amoureux transis jusqu'à vos voitures ou non.

— Rôles ? s'exclama Gracen avec indignation.

Il me contourna pour faire face à son adversaire.

— C'est quoi ton problème, mec ? Même si elle n'était pas ici avec moi – elle l'est – elle ne veut rien avoir à faire avec toi. Pigé ?

— Ouais, eh bien…

Il enfourna son chewing-gum dans sa bouche, fit une boule de l'emballage dans son poing et le jeta par terre comme si jeter des détritus sur la voie publique faisait *bad boy*.

— Je ne l'ai jamais entendue dire ça.

Je me dressai sur la pointe des pieds pour pouvoir m'adresser à lui par-dessus l'épaule de Gracen.

— Il a raison. Je ne veux rien à voir à faire avec toi.

Avec un rire, Gracen pivota pour m'inclure dans la conversation puis tendit le bras vers moi.

— Voilà, mec, tout droit sorti de la bouche de la nana en question. Elle n'est pas intéressée.

M'offrant son coude pour que je l'attrape, il proposa :

— Partons loin de ce taré.

Je hochai la tête et acceptai son biceps.

— Allons-y.

1 Expression anglophone pour signifier « personne étrange ».

Il me sourit avant de lâcher un rictus mauvais en direction de l'autre crétin.

— Monsieur, dit-il avec une cordialité feinte.

Avant de poursuivre par :

—Suis-nous et je te casse ta putain de gueule.

Puis il me fit tourner dans la direction opposée et on avança sur le trottoir.

— Oh mon Dieu, merci, soufflai-je, en m'agrippant à son bras comme à une bouée de sauvetage.

Puis j'ajoutai à voix basse :

— Tu me ramènes jusqu'à ma voiture, n'est-ce pas ?

— Oh que oui, grogna-t-il. J'ai vraiment besoin de ta protection parce que ce mec me fout les jetons.

Quand je ris doucement à sa blague, il se rapprocha de moi.

— Dis-moi que tu connais des mouvements badass d'arts martiaux.

Je grimaçai et décidai de ne pas mentionner le seul cours d'autodéfense que j'avais pris.

— Je pourrais lui donner un coup de genou dans ses parties intimes pour toi.

Il hocha la tête et leva les sourcils.

— Ça fera l'affaire. Cette prise a toujours marché sur moi.

Alors qu'il se mettait à avancer dans la mauvaise direction, je serrai son bras plus fort pour nous remettre sur la bonne trajectoire.

— Est-ce que beaucoup de femmes t'ont frappé à cet endroit-là, par le passé ?

Ça me mettait un peu mal à l'aise d'apprendre qu'il avait harcelé une fille au point qu'elle se défende d'une façon aussi drastique et violente.

— Seulement Bella, répondit-il avec un sourire amusé. Et crois-moi, elle n'a eu aucune pitié.

— Qu'est-ce que tu lui avais fait pour mériter ça ?

Il fallait que sache. J'étais toujours méfiante.

— Rien, s'écria-t-il avec une innocence feinte, en appuyant une main sur son torse. Je le jure. Mais je ne couperai plus jamais les cheveux d'une poupée Barbie, tu peux me croire.

Je gloussai, soulagée d'apprendre qu'il n'avait rien de dangereux. Au vu de notre rencontre particulière, un peu plus tôt, je n'aurais jamais deviné qu'il était si drôle et plein d'esprit.

Il jeta un œil par-dessus son épaule. La lueur amusée disparut de ses yeux.

— Ouaip. Il continue de nous regarder, déclara-t-il en se retournant.

— Vraiment ?

Je me collai à lui, tremblante.

— Je ne sais même pas ce que j'ai fait pour l'encourager.

— Tu n'avais pas besoin de faire quoi que ce soit, m'assura doucement Gracen, le regard empli de compassion.

Je m'arrêtai net.

— Comment ça ?

Il s'arrêta brusquement à côté de moi et me lança un regard interrogateur.

— Quoi ?

— Tu penses que j'ai fait quelque chose pour attirer l'attention de ce fou ?

— Hein ? cracha-t-il, stupéfait. Non, pas du tout.

Mais il y avait eu ce ton dans sa voix. Il l'avait totalement pensé.

Je croisai les bras sur la poitrine.

— Très bien. Alors qu'est-ce que j'ai fait ?

— Rien !

Il secoua la tête, l'air complètement stupéfait.

— J'ai tout vu et tu n'as absolument rien fait pour l'encourager, OK ? C'est juste un type louche qui n'a aucune limite. Et je ne peux pas te dire pourquoi c'est un type louche. Alors arrête de me regarder comme si je le pouvais.

— J'ai accidentellement regardé vers lui, c'est ça ?

— Non, insista-t-il. Tu n'as regardé personne. C'est ce qui te rendait si attirante.

Je clignai les yeux à plusieurs reprises, abasourdie.

— En quoi est-ce qu'ignorer tout le monde est attirant ?

— Je ne sais pas ! cria Gracen, qui commençait à avoir l'air paniqué comme s'il se pensait acculé. Tu as descendu l'allée avec détermination, prête à prendre possession de ton siège.

— C'était le cas, marmonnai-je, incapable de comprendre en quoi c'était mal.

— Tu avais l'air sûre de toi, expliqua-t-il. Ce qui est déjà attirant en soi, mais associé à ton apparence…

Il secoua la tête et fit un moulinet de la main comme si le reste s'expliquait de lui-même.

Je déglutis et baissai les yeux vers mon corps avant de les relever vers lui. Toutes sortes de sensations s'éveillèrent en moi.

Me trouvait-il jolie ?

— Quoi, mon apparence ? demandai-je, attendant sa réponse avec impatience.

— Tu…

Il plissa les yeux, réfléchissant à sa réponse.

—Tu es canon dans ce jean, me dit-il en me reluquant rapidement.

Ses yeux se posèrent sur mes cheveux.

— Et puis il y a la queue-de-cheval, ajouta-t-il.

Levant une main, je me touchai les cheveux.

— Qu'est-ce qui cloche avec ma queue-de-cheval ?

— Absolument rien. Elle est mignonne et pétillante, et elle te donne une touche de fun, d'innocence et de vulnérabilité. En plus, tu sentais merveilleusement bon quand tu es passée à côté de moi. Du coup j'y ai regardé à deux fois. Entre ça, ton look et ta démarche pleine d'assurance, je ne vois pas pourquoi tu n'attirerais pas l'attention de chaque mec hétérosexuel sur la planète.

— Donc tu es en train de dire que tout ça c'est ma faute ? C'est à cause de ce à quoi je ressemble ? demandai-je avec curiosité, m'arrêtant près de ma voiture pour pouvoir sortir mes clés.

— Quoi ? s'exclama-t-il. Non, ce n'est pas du tout ce que j'étais en train de dire.

Mais plus je pensais à cette idée, plus elle me dérangeait.

Une fois mes clés en main, je le fusillai du regard.

— Que les choses soient claire, mon pote. Ce n'est pas parce que je portais un jean moulant, une queue-de-cheval et que j'étais seule, que je l'ai aguiché, pigé ? Il m'a draguée parce que c'est un mec perturbé qui est incapable de contrôler ses pulsions stupides.

— Hé ! Calme-toi.

Gracen leva les mains d'un air innocent.

— J'ai pigé. Je suis totalement d'accord. Je suis de ton côté. Et pour ta gouverne, j'ai déjà dit que ce n'était pas ta faute et que tu n'avais rien fait pour attirer son attention. Arrête de me faire porter le chapeau. Je te disais simplement comment moi je t'ai perçue quand tu es entrée.

Oh.

C'était vrai. Il n'avait fait que décrire sa réaction en me voyant entrer dans la salle, pas celle de mon harceleur. Et cela changeait tout.

De la chaleur envahit mes veines.

Pourquoi est-ce qu'attirer Gracen ne me dérangeait pas ?

Étrange comme les pensées très semblables de deux hommes avaient suscité deux réactions très opposées de ma part.

Je m'éclaircis la gorge, ne sachant comment gérer la situation. Alors je fronçai les sourcils et marmonnai :

— Mais toi tu n'as pas essayé de me draguer.

Il avait été grossier et méchant pendant quelques minutes mais n'avait fait aucune tentative. Et ça faisait toute la différence.

— Ça ne veut pas dire que je n'y ai pas pensé, rétorqua-t-il d'un air suffisant.

Mais un instant plus tard, ses yeux trahirent sa surprise. Il n'en revenait pas d'avoir laissé échapper ça. Détournant le regard d'un air coupable, il s'éclaircit la gorge.

— Je veux dire, avant de réaliser qui tu étais et de me rappeler que je te détestais, bien sûr.

Il me détestait ?

Aïe. Ça ne me plaisait pas qu'il parle de moi en ces termes.

Pour cacher mon pincement au cœur, je lui lançai un regard noir.

— Détester, hein ? Waouh. Merci.

Il grimaça.

— Hé. Ce n'est pas moi qui ai poignardé Bella dans le dos et érigé une barrière entre nous.

Je fus aussitôt prise de sueurs froides. Des points noirs dansèrent dans ma vision. Sérieusement, pourquoi fallait-il qu'il continue de mentionner cette histoire ? J'avais tellement envie de m'expliquer pour qu'il arrête d'avoir une telle image de moi que je me sentais malade. Même si je ne savais pas bien pourquoi je m'en souciais Je devrais le détester, moi aussi.

Mais le fait de voir un film ensemble et qu'il m'ait apporté son aide pour repousser le type chelou nous avaient rapprochés.

Du moins, je le croyais.

Donc, non, ça ne me plaisait pas qu'il me déteste. Ça me dérangeait beaucoup, en fait.

Mais il avait raison. Avec tout ce qui s'était passé entre moi, Bella, et ce monstre-dont-on-ne-devait-pas-prononcer-le-nom, c'était probablement mieux de ne pas avoir de contact avec lui.

Même s'il avait des goûts géniaux en matière de cinéma.

C'était probablement le plus bel homme que j'avais jamais vu, avec les plus jolis yeux bleu-gris orageux et les cheveux foncés les plus soyeux.

Et il avait un sens de l'honneur héroïque.

Et c'était facile de lui parler.

Et il me donnait l'impression d'être en sécurité.

Rien ne pourrait jamais se passer entre nous. Je ne voulais pas avoir quoi que ce soit à faire avec quiconque pourrait me rappeler la pire période de ma vie et c'était exactement ce qui se passerait avec lui.

Je lui lançai alors mon sourire le plus railleur.

— Sache que je ne suis pas fan non plus d'un mec qui me rabâche que j'ai des goûts minables en matière de sièges de ciné, répondis-je.

Il ouvrit grand la bouche de surprise.

— C'est beaucoup trop proche de l'écran, bafouilla-t-il. Comment peux-tu voir tout ce qu'il se passe quand tu es aussi proche ?

— Sans compter que tu m'as fait du *slut-shaming*, ajoutai-je en ignorant sa question.

— Hé !

Il leva les mains.

— Je n'ai pas…

— Quoi ? Tu ne m'as pas traitée de « briseuse de ménage » ?

— C'est un simple constat.

— Ou dit que j'ai « provoqué » l'attention de ce fou ?

— Attends, tu sais que je n'ai pas…

— Et puis, tu m'as accusée d'avoir couché avec les petits copains de mes amies.

— OK, très bien !

L'air sévère, il pointa un doigt vers mon visage.

— C'était méchant et déplacé. Je l'admets volontiers. Et je m'en excuse. Encore une fois. Mais je l'ai seulement dit car on est ennemis, et les ennemis sont censés cracher l'un sur l'autre. En règle générale, je suis un mec très sympa.

Je levai les yeux au ciel.

— Les mecs qui se sentent obligés de dire qu'ils sont très sympas sont généralement les plus gros connards de la planète.

— Je ne suis pas un…

S'interrompant, Gracen prit une profonde inspiration et recula d'un pas.

— Je n'arrive pas à croire que j'aie partagé mon pop-corn avec toi, marmonna-t-il, avant de passer une main dans ses cheveux puis de me lancer un regard outré. Et je t'ai aidée ce soir. En quoi suis-je un connard ?

Je croisai les mains sur ma poitrine et reniflai.

— Tu t'es mêlé de ce qui ne te regardait pas, rétorquai-je, ne croyant pas vraiment à mon accusation, mais l'énonçant quand même pour marquer notre différent.

Il s'approcha et plissa les yeux.

— C'est pour ça que tu m'as demandé de m'asseoir avec toi jusqu'à la fin du film et de te ramener jusqu'à ta voiture ?

Merde. Il m'avait eue et il le savait. Son regard scintillait de triomphe.

— Rien qu'un léger moment d'égarement, je t'assure, répondis-je, les yeux plissés.

Ma réplique était tellement minable qu'il soupira d'un air moqueur. Mon estomac se noua aussitôt. Pas parce que je venais de perdre le combat, mais parce que j'avais l'impression que ma répartie minable l'avait déçu.

Bon sang. Qu'est-ce qui n'allait pas chez moi ? Je n'essayais pas de l'impressionner avec ma conversation. Si ?

Mince, ça devenait bizarre. Le fusillant du regard, j'agitai les doigts pour lui faire signe de partir.

— Va-t'en, Gracen Lowe. J'en ai fini avec toi.

Il le fallait.

Il me lança un rictus assorti d'une petite révérence moqueuse.

— Tes désirs sont des ordres, Yellow Nicksen. Je ne sais même pas pourquoi je suis encore là à me farcir ces conneries, de toute façon.

Il se redressa et se tourna, avant de s'arrêter brusquement.

— Putain de merde, grommela-t-il.

Se retournant vers moi, il secoua la tête. La colère et la contrariété animaient ses traits.

— Le *weirdo* continue de nous mater.

Mon cœur rata un battement.

— Impossible.

J'essayai de regarder derrière lui mais Gracen se rapprocha, bloquant ma vue. Puis il appuya la main sur le toit de ma voiture, au-dessus de la portière conducteur, et se pencha en avant, envahissant mon espace intime.

C'était la première fois qu'il se mettait aussi près de moi. J'en eus le souffle coupé.

— Penche-toi dans ma direction, ordonna-t-il d'une voix basse, qui semblait beaucoup plus sensuelle qu'autoritaire. Cachés derrière mon bras, on donnera l'impression de s'embrasser.

— Quoi ? m'écriai-je, reculant déjà. Je ne vais pas…

— Yellow, grogna-t-il, ne laissant aucune place à la protestation.

Il me prit par la taille et me tira vers lui.

Poussant un cri de surprise, je levai les mains et les appuyai contre son torse pour nous empêcher de tamponner.

— Quelque chose cloche chez ce type, murmura-t-il à mon oreille. Ne testons pas sa santé mentale, OK ?

Son souffle chaud contre mon cou fit bouger les cheveux courts à la base de ma nuque en me chatouillant. Une onde électrique remonta le long de ma colonne vertébrale. Ayant l'impression de manquer d'air, j'inspirai à grandes bouffées.

Au début, je crus ressentir de la panique et de la peur. Mais lorsque je levai la tête vers lui, je sentis quelque chose de chaud et lourd au creux de mon ventre. À l'intérieur de mon soutien-gorge, mes seins durcirent douloureusement et mon intimité devint si sensible que le frottement de ma culotte me gêna.

Sous les lampadaires du parking, Gracen était beau à en couper le souffle.

Je voulais qu'il m'embrasse. Qu'il m'embrasse vraiment.

Je léchai inconsciemment mes lèvres, m'y préparant. Son regard tomba sur ma bouche.

Aussitôt, des sueurs froides me gagnèrent. J'avais peur qu'il m'embrasse. Ou qu'il ne le fasse pas.

Alors je hochai rapidement la tête pour casser le contact visuel et reculai d'un pas en arrière.

— OK, dis-je arrachant mon regard du sien.

Mais mes yeux tombèrent sur son arc de cupidon.

— Je-je vais jouer le jeu. Mais je n'ai plus beaucoup de choses méchantes à te dire.

— Attends.

Une de ses paupières tressauta.

— Donc tu ne pensais pas vraiment les choses que tu as dites ?

Je levai les yeux au ciel.

— C'est toi qui as dit qu'on devait être ennemis et se dire du mal.

Il sourit ; un sourire vrai et chaleureux.

— Tu as raison.

Puis, prenant une expression sévère, il s'éclaircit la gorge.

— Bon travail, Nicksen. Performance très crédible.

Inspirant lentement, il leva sa main libre pour glisser une mèche de cheveux derrière mon oreille.

— Tu veux que je te suive jusqu'à chez toi pour m'assurer qu'il ne reste pas dans tes pattes ?

Oui. Et ensuite je voulais qu'il me suive à l'intérieur et…

Waouh, à quoi est-ce que je pensais ? Me tenir si proche de lui me rendait zinzin.

Prenant sur moi pour ne pas succomber à son charme, je secouai la tête et déglutis.

— Non. Je, euh… Non, merci. Ça ira.

La déception envahit brièvement ses traits mais il hocha la tête.

— Comme tu veux.

Il déposa un baiser rapide et chaste sur mon front et lâcha ma voiture avant de reculer d'un pas.

L'air frais de la nuit m'entoura aussitôt. Frissonnante, j'enroulai les bras autour de moi.

— Je resterai dans le coin quelques minutes après ton départ, me dit-il, avant d'enfoncer les mains avec décontraction dans ses poches tandis qu'il me regardait avec une intensité qui fit pointer mes tétons. Pour m'assurer qu'il ne te suit pas.

— OK.

Je hochai la tête.

— Merci, Gracen.

— De rien.

Je me tournai vers ma voiture et la déverrouillai, avec la sensation d'être toute tendue.

Une fois que j'eus ouvert la porte, il lança :

— Bonne soirée, Yellow.

Je jetai un œil vers lui par-dessus mon épaule. Il haussa un sourcil et leva sa main contre sa poitrine pour que personne d'autre ne puisse voir qu'il me faisait un doigt d'honneur. Il m'informait qu'on était censés être des adversaires, après tout.

Au lieu d'en être offensée, je ris doucement.

— Bonne soirée, répondis-je, en m'installant derrière le volant et en secouant la tête.

Il tint sa promesse. Il resta là, immobile, tandis que je quittais mon emplacement de parking en marche arrière. Avant de sortir, je jetai un autre regard dans mon rétroviseur. Loyal et soucieux de ma sécurité, il était toujours là.

De la chaleur et quelque chose qui ressemblait beaucoup à de l'excitation m'envahirent.

Je ne le reverrais probablement jamais mais certaines envies en moi qui étaient endormies depuis longtemps venaient de se réveiller.

Gracen Lowe était devenu mon ennemi préféré.

Chapitre 4

FOX

Le lendemain matin

Je me réveillai avec un cul de femme, chaud et nu, contre mon érection matinale. Exactement la façon dont les hommes aimaient se lever. Littéralement.

Un sourire illumina mes lèvres.

Gardant les yeux fermés, je trouvai la hanche connectée à ce cul et fis courir mes doigts sur les douces courbes avant de plonger vers sa taille. Avec sa poitrine ferme pour cible, je fis remonter ma main sur le côté de sa cage thoracique, bougeant lentement pour ne pas manquer un centimètre de toute la beauté qui se trouvait à mi-chemin.

Mais, alors que je m'apprêtais à empoigner l'un de ses seins délicieux, elle poussa un gémissement qui ne disait pas du tout « oui, j'ai envie de toi ». Non, c'était clairement un ces gémissements qui disait plutôt : « Fait chier, il veut encore faire l'amour. » Elle se tortilla même pour s'éloigner d'un centimètre.

Et merde.

Changeant de tactique car je connaissais cette femme sur le bout des doigts, j'abandonnai ma mission et évitai ses seins et tout geste qui pourrait sembler sexuel. De nouvelles caresses coquines la refroidiraient encore plus. Alors je fis remonter ma main sur son bras de façon très affectueuse et platonique.

Tu vois, je n'essayais pas de te séduire, pas du tout. Je voulais juste te prendre dans mes bras.

Maintenant, elle pouvait se dire que je n'avais rien d'autre en tête qu'un câlin. Ce qui était un mensonge éhonté.

Quand j'atteignis sa gorge, je repoussai délicatement ses cheveux et déposai un baiser chaste sous son oreille. Je savais qu'elle adorait ça.

— Bonjour, mon rayon de soleil, murmurai-je.

Elle grogna. Non seulement elle n'était pas dupe – elle me connaissait tout autant que je la connaissais – mais, en plus, elle ne comptait pas me donner ce que je voulais de sitôt.

Je ne pouvais pas la blâmer ; je l'avais tenue éveillée tard hier soir. Ce matin, elle était donc sûrement épuisée, sensible, et voulait faire la grasse matinée.

Je n'avais pas pu me retenir. Ça faisait deux semaines que je ne l'avais pas vue. Je n'avais qu'une hâte : rattraper tout ce temps perdu. J'avais tellement envie d'elle. Et je comptais bien profiter autant que possible d'être auprès d'elle ce matin avant de retourner au travail.

Devoir garder notre relation secrète et la voir en cachette commençait à me fatiguer. On devait toujours attendre le moment propice pour se retrouver, de sorte que personne ne soupçonne quoi que ce soit. Ça me soûlait. Je devenais accro. Je ne voulais plus me cacher.

À la base, ce n'était pas mon idée de cacher ce qu'on faisait. Mais je savais qu'elle était nerveuse à l'idée de sortir avec quelqu'un, après ce que son connard d'ex lui avait fait endurer. J'avais essayé d'être compréhensif, patient et de me contenter de ce qu'elle voulait bien me donner.

Sauf que, huit mois plus tard, je perdais patience. J'en voulais plus. Je n'avais jamais eu envie d'être avec une femme comme j'avais envie d'être avec elle. Ça me rendait anxieux et fébrile ; je me demandais si elle se ferait un jour à l'idée d'un *nous*.

Mais je n'allais pas penser à ça maintenant. Pour le moment, l'objectif était de la convaincre de s'envoyer en l'air avant qu'on doive se séparer dans moins d'une heure. Qui sait quand je serais autorisé à la revoir...

Sachant qu'elle réagissait au quart de tour à la provocation, je massai doucement son épaule et me dressai sur un coude afin de pouvoir observer sa réaction.

— Qu'est-ce qui ne va pas, *baby doll* ? J'ai été trop dur avec toi hier soir ? Tu es trop fatiguée pour remettre le couvert ce matin ?

Aussitôt, elle tourna la tête pour me transpercer du regard.

— Trop fatiguée ? siffla-t-elle.

Elle ne supportait pas la moindre critique. Je savais que j'allais affronter sa colère.

Je souris innocemment, content d'avoir son attention, et j'effleurai l'arrière de son bras de la plus légère des caresses.

— Ce n'est pas grave, tu sais, ajoutai-je doucement, tu as eu une semaine longue et stressante au boulot. Je n'aurais pas dû t'épuiser comme je l'ai fait.

— Tu ne m'as pas épuisée, riposta-t-elle, les yeux plissés.

Je roulai pour m'écarter d'elle.

— Non, vraiment, bébé. Je comprends. Tu as juste besoin de récupérer un peu...

Elle attrapa mon bras et me tira vers elle.

— Tu comprends que dalle. Je ne suis pas fatiguée.

Je haussai les sourcils et souris face à ses yeux bleu-gris furieux.

— Oh vraiment ? Tu n'es pas fatiguée du tout ? Tu es pleine d'énergie et prête à t'envoyer en l'air, hein ?

— Ouais, répondit-elle du tac au tac.

Je haussai les sourcils, la mettant au défi de me le prouver. Puis je m'approchai et murmurai :

— Foutaises.

Elle entrouvrit les lèvres. Elle venait de comprendre mon stratagème. Pourtant, je n'étais pas en train de jouer. La provoquer pour parvenir à mes fins était minable, mais j'étais le plus vicieux de tous.

— Admets-le, *baby doll.* Tu n'arrives pas à garder le rythme avec ton mec plus jeune que toi.

— Espèce d'enfoiré, siffla-t-elle en secouant lentement la tête.

Mes tactiques étaient certes sans scrupule mais je n'allais pas culpabiliser. Parce que, grâce à elles, j'étais sur le point de devenir extrêmement chanceux, peut-être même assez chanceux pour qu'elle me grimpe dessus pour me montrer combien d'énergie il lui restait.

— Tu crains, tu le sais ça, Fox-nard ? grommela-t-elle.

Elle roula sur le dos, me tira l'oreille pour me rapprocher jusqu'à ce que j'atterrisse sur elle, mes hanches entre ses jambes.

Elle était vraiment contrariée. Elle avait utilisé le surnom qu'elle avait inventé et qui était un mélange entre mon prénom et connard. Bella le sortait seulement quand elle était très contrariée.

— Je sais, lâchai-je d'une voix rauque, frottant ma queue contre elle dans l'espoir de réveiller sa libido. Pas pu m'en empêcher. J'ai trop envie de toi.

— Tricher pour parvenir à tes fins, c'est mal, sermonna-t-elle en se frottant contre moi.

Elle pencha sa tête et gémit tandis que sa chatte devenait humide contre ma bite.

— Tu me dois deux orgasmes pour ça.

— Oui, M'dame.

J'attrapai l'arrière de ses cheveux d'une main et plongeai mon regard dans le sien en accélérant le mouvement.

— Tout ce que tu voudras. Mais pour qu'on soit clairs, tu n'es pas obligée de me prouver que tu n'es pas épuisée. Si tu veux arrêter maintenant, on arrête.

Elle me fusilla du regard.

— Non, on n'arrête pas, marmonna-t-elle, en agrippant mon cul et en s'assurant que ses ongles s'enfonçaient dans ma chair tandis qu'elle me tenait contre elle. Tu ne me laisseras jamais tranquille si je te donne l'impression que je n'arrive pas à suivre le rythme.

— C'est vrai, dis-je, haletant. Tout à fait vrai.

Je n'aurais de cesse de la taquiner, mais avec amour.

Je relâchai un souffle en entrant en elle. Les yeux fermés, je penchai la tête en arrière pendant que je savourais la sensation de ses muscles internes qui se resserraient autour de moi.

— Putain, ça fait du bien.

Je commençai à rouler des hanches et bouger en elle langoureusement. Elle se cambra dans un gémissement de plaisir, essayant de prendre plus que ce que je lui donnais.

Je plongeai mon regard dans le sien et souris d'un air reconnaissant.

— Tu es la meilleure, tu le sais ?

— Oh que oui, je le sais.

Le sourire aux lèvres, je me penchai et embrassai le bout de son nez.

— Je triche seulement parce que je ne me lasse pas de toi. Je suis vraiment accro. Alors si je suis aussi fourbe, c'est ta faute.

— Dans ce cas, que dieu me bénisse, murmura-elle, avant de pencher la tête en arrière et de remuer contre mon membre dressé. Oui. Là. Juste là. Oh ! waouh.

— Ici ? demandai-je, en caressant le point sensible par deux fois.

— Oui ! Oui…

Le souffle court, elle se mordit la lèvre et se contracta plus fort autour de moi.

Je poussai un grognement et martelai des hanches un peu plus fort. Son corps enserra davantage le mien. Ma vue se troubla. Ouais, elle arrivait à suivre le rythme ce matin, sans aucun doute.

Mais merde. Si on gardait cette allure, je ne tiendrais pas longtemps.

— Bébé, couinai-je d'une voix essoufflée.

Sauf qu'elle se rapprochait dangereusement de l'orgasme. Elle resserra les cuisses autour de mes hanches et enfonça ses talons au creux de mon dos. Empoignant mes cheveux, elle gémit tandis que ses muscles internes se contractaient et tremblaient autour de moi.

Elle était superbe quand elle jouissait. Enfouissant le visage dans le creux de son cou, je m'enfonçai jusqu'à la garde et me répandit profondément en elle.

On se tint serré jusqu'au bout et je m'effondrai sur son corps, épuisé. Avec le recul, j'étais sûrement trop KO ce matin pour cette partie de jambes en l'air. Mais, merde, la vague de plaisir et la sensation de flottement qui l'accompagnaient en valaient la peine.

— Bouge, ordonna-t-elle un instant plus tard en tapant sur mes côtes.

Poussant un grognement épuisé, je roulai en l'emportant avec moi et atterrit sur le dos, mes bras le long du corps.

Quelques mèches foncées de ses cheveux soyeux s'éparpillèrent sur mon torse une microseconde avant qu'elle s'asseye et saute du lit avec une vitalité que je n'avais certainement pas à cet instant. Puis elle disparut dans la salle de bains.

Je m'étais presque rendormi le temps qu'elle en sorte, mais le bruit du tiroir de sa commode qui s'ouvrait me réveilla. Elle sortit une culotte propre.

— Hé, marmonnai-je d'une voix endormie. Qu'est-ce que tu fabriques ? Reviens ici. Tu as demandé deux orgasmes ce matin et si je me souviens bien, tu n'en as eu qu'un pour l'instant.

Elle me lança un regard amusé par-dessus son épaule.

— Ne t'en fais pas, flemmard. Tu as fait de ton mieux.

Elle enfila la culotte.

Je haussai les sourcils.

— J'ai fait de mon mieux ? répétai-je lentement en m'asseyant. Non mais je rêve.

— De quoi ? demanda-t-elle distraitement tandis qu'elle relevait ses cheveux en une queue-de-cheval avant de se diriger vers la porte de la chambre.

Je l'attrapai par la taille. Avec un cri de surprise, elle battit des bras et des jambes tandis que je la tirais en arrière sur le matelas et la jetais sur les draps défaits à côté de moi.

Elle rebondit légèrement, atterrit sur le dos et laissa échapper un rire triomphant.

— Admets-le, provoqua-t-elle tandis que je faisais glisser sa culotte sur ses jambes. Tu ne supportes pas la provocation non plus. Tu aimes relever les défis autant que moi.

— Écarte davantage les genoux, *baby doll*, ordonnai-je.

Les sourcils haussés, elle resserra les jambes.

— Admets-le d'abord, nargua-t-elle.

Je plongeai mon regard dans le sien.

— Ouais, je l'admets. On est pareils. C'est pour ça qu'ensemble on est si explosifs.

Je plaçai les mains sur ses genoux et j'écartai doucement ses jambes. Cette fois, elle se laissa faire.

— Maintenant, tiens-toi. Ça pourrait devenir intense.

Elle prit une inspiration.

— J'adore quand tu dis ça.

Elle tendit le bras au-dessus de sa tête et s'accrocha à la tête de lit. Je souris, mes pecs se gonflant de fierté. Cette tête de lit n'avait que deux mois. Elle l'avait achetée une semaine après que je lui avais confié que les rails de métal dans une chambre me faisaient fantasmer.

Penchant la tête, je soufflai légèrement sur elle pour faire trembler ses cuisses. Puis je la léchai lentement de bas en haut.

Son goût emplit ma bouche. J'inspirai et gémis d'appréciation. Lui faire un cunnilingus était si satisfaisant. Elle était si vulnérable mais si puissante dans ces moments-là : elle était ouverte, me donnait toute sa confiance et en même temps, elle tenait toutes les cartes en main. C'était un grand honneur pour moi d'être autorisé à approcher cet espace sacré et à m'incliner devant elle. Chaque gémissement, chaque grognement était une victoire. Ils m'appartenaient.

Autour de mon visage, les muscles de ses jambes se tendirent. Son plaisir s'intensifia. Je dessinai le contour de son entrée d'un doigt et suçai son clitoris avec plus de vigueur.

Alors que j'enfonçais mon index à l'intérieur, une voix lança de l'entrée de la maison :

— Hé, Bella ! T'es réveillée ?

— Oh ! merde, siffla-t-elle, repoussant ma tête pour essayer de s'asseoir. C'est Gracen.

Je levai la bouche alors que j'enfonçais mon majeur en elle.

— Mais tu n'as pas encore joui.

On entendit des bruits de pas dans le couloir.

— Fox ! chuchota-t-elle bruyamment, les yeux affolés. Il va passer le pas de cette porte dans environ 2 secondes et demie.

— Alors tu ferais mieux de l'arrêter. Parce que je compte finir ce que j'ai commencé.

Et je reposai ma bouche sur elle, léchant sa chatte et remuant les doigts sans pitié.

Elle se cambra contre ma bouche mais me frappa l'épaule.

— Putain, Fox !

Elle marqua un temps d'arrêt puis cria d'une voix aiguë :

— Ne viens pas ici ! Je, euh… Je ne suis pas habillée.

Les pas s'arrêtèrent immédiatement.

— Je vais commencer à préparer le petit déj, lança son jumeau à travers la porte fermée. Rejoins-moi dans la cuisine.

— B-bonne idée.

Je levai les yeux vers elle ; de la sueur perlait sur son visage.

Je levai le pouce de ma main libre dans sa direction enfonçai encore un autre doigt en elle.

— Seigneur, gémit-elle, mordant son poing pour atténuer le bruit.

Une vague de plaisir la submergea et elle fut prise de tremblements. Ses jambes et son corps se raidirent tandis qu'elle luttait pour s'empêcher de crier de plaisir.

Puis, elle se laissa retomber sur le matelas et fixa le plafond, bouche bée.

— Je n'arrive pas à croire qu'on vient de faire ça. Mon frère est dans la maison, putain.

— C'était dingue, hein ? répondis-je, le sourire aux lèvres en me laissant tomber à côté d'elle.

Elle me lança un regard noir mais se radoucit dès qu'elle croisa le mien. Puis ses lèvres se soulevèrent en un léger sourire avant qu'elle roule vers moi pour m'embrasser sur la bouche.

— C'est toi qui es dingue, riposta-t-elle.

On s'embrassa pendant quelques secondes avant qu'elle recule.

— Question. Veux-tu te cacher ici dans ma chambre jusqu'à son départ, ou dois-je le garder occupé dans la cuisine pendant que tu te faufiles jusqu'à la porte d'entrée ?

Je jouai avec une mèche folle de ses cheveux.

— Ou alors…, commençai-je en la fixant. Troisième option : on pourrait entrer dans la cuisine ensemble. Ça ne me dérange pas que Gray soit au courant.

Elle grimaça. Je sus aussitôt qu'elle rejetait mon idée.

Mais cette fois, je fus incapable de cacher ma déception et elle s'en rendit compte.

Elle se mordit la lèvre et caressa ma joue

— Pas encore, fit-elle avec une grimace. Fox. Je… si Gracen le sait, alors tout le monde le saura, et je ne suis pas encore prête pour ça. Je…

— Pas encore, l'interrompis-je. OK. C'est bon.

Je tournai la tête, prétendant chercher mes vêtements du regard Mais elle me connaissait trop bien. Elle prit doucement mon visage dans ses mains.

— Bébé, murmura-t-elle, appuyant son front contre le mien. S'il te plaît, ne sois pas fâché.

— Je ne suis pas fâché, répondis-je en caressant sa hanche.

Je dormais avec cette femme incroyable chaque fois qu'on réussissait à s'organiser pour se voir. En aucun cas je n'étais en colère.

— J'aime que tu sois mon petit secret, déclara-t-elle en caressant mes cheveux. Cette situation ne te plaît pas ? Pas de stress, pas de drame… C'est… agréable.

L'inquiétude et le doute envahirent ses traits.

— Tu ne trouves pas ?

— Si, si, répondis-je, avant d'embrasser le côté de sa gorge. C'est génial.

Raison pour laquelle je voulais que notre relation devienne sérieuse et publique.

Que tout le monde sache qu'elle m'appartenait.

Qu'on formait un nous.

— Bien.

Comme si elle pensait qu'on était sur la même longueur d'onde, elle s'écarta avec un grand sourire.

— Je ferais mieux de sortir d'ici avant qu'il revienne me chercher.

Tandis qu'elle s'habillait dans la précipitation, j'enfilai mes vêtements plus lentement.

— J'attendrai ici jusqu'à ce qu'il soit parti, décidai-je finalement.

Elle enfila un T-shirt et se tourna vers moi.

— Tu es sûr ? Je croyais que tu avais rendez-vous avec un client ce matin ?

— Exact.

Je consultai mon téléphone.

— Mais j'ai encore du temps.

Je ne pouvais pas partir tout de suite. Mon monde s'écroulait quand je la quittais.

J'allais donc traîner ici encore quelques minutes.

Avec un sourire, elle prit mon visage dans ses mains.

— Bien.

Elle m'embrassa légèrement sur la bouche.

— Je pourrai te donner un au revoir digne de ce nom, dans ce cas.

Elle ouvrit la porte. Des effluves de bacon en train de griller flottèrent dans la chambre.

L'eau me monta aussitôt à la bouche.

— Hé.

J'attrapai son poignet avant qu'elle puisse partir et lui fit un clin d'œil.

— Garde-moi du bacon.

Elle leva les yeux au ciel puis me souffla un baiser par-dessus son épaule.

— C'est noté.

Quand la porte se referma, je soupirai et me rassis sur le lit. Puis je secouai la tête et finis de m'habiller.

Ne sachant quoi faire ensuite, je me mis à tourner en rond pendant une minute puis fis le lit. Une fois que ce fut terminé, je me remis à arpenter la chambre et consultai l'heure.

Gracen avait probablement fait des œufs pour accompagner le bacon. J'espérais que Bella m'en mettrait de côté, aussi.

Mon estomac gargouilla.

Je continuai de faire les cent pas.

Soudain, je réalisai que Gray ne partirait pas de sitôt. Satanés jumeaux fusionnels. Ces deux-là pouvaient parler pendant des heures.

Pourquoi avais-je dit que j'attendrais ? Je consultai ma montre et grinçai des dents. Je devais rentrer chez moi, prendre une douche et me changer. Si je partais maintenant, je pourrais encore être à l'heure. Mais alors je n'obtiendrais pas l'au revoir spécial de Bella.

Tant pis. Je prendrais le petit déjeuner sur le chemin du boulot. Ouvrant discrètement la porte de la chambre, je tendis l'oreille pour savoir dans quelle pièce les deux complices se trouvaient.

Heureusement, ils avaient quitté la cuisine et étaient déjà retournés dans le salon. Gracen devait donc être sur le point de partir. Oui ! J'allais avoir droit à un au revoir digne de ce nom, finalement

Traversant le couloir à pas de loups, je fonçai dans la cuisine. Bingo ! Il restait deux tranches de bacon et des œufs sur l'assiette de Bella. Je m'assis à table et ingurgitai la nourriture en trente secondes à tout casser. Puis je passai la tête dans le couloir.

— Je t'appellerai, disait Bella, qui était visiblement pressée que son frère s'en aille.

— Ouais, commença-t-il.

Avant de marquer une pause.

— Euh.

Une seconde plus tard, il ajouta :

— Ce n'est pas la casquette de Fox ?

Je fronçai les sourcils et tapotai ma tête. Elle était nue.

Merde.

Bella avait fait valser ma casquette hier soir, environ une demi-seconde après m'avoir plaqué contre la porte et s'être enroulée autour de moi comme un singe araignée.

Curieux de savoir comment elle se sortirait de là, je me rapprochai de l'entrée du couloir.

— Ah bon ? demanda-t-elle.

Je jetai un œil dans le salon pile au moment où Gray lui lançait un regard très étrange.

— Elle a pour logo un renard, dit-il en le pointant du doigt. Comme celle de Fox. À qui d'autre est-ce qu'elle appartiendrait ?

— Oh. Hum.

Bella s'éclaircit la gorge.

— Je ne sais pas. Il a dû la laisser ici la dernière fois qu'on s'est tous vus.

Gracen lui lança un autre regard incrédule.

— Étrange, murmura-t-il. Fox ne va jamais nulle part sans sa casquette. J'ai du mal à croire qu'il l'oublierait ici pendant aussi longtemps.

Avec un haussement d'épaules, il plia la visière en deux et la fourra dans sa poche arrière.

Me sentant mourir à l'intérieur, je serrai le poing. *Putain mec,* voulus-je hurler. *Vas-y doucement avec mon bébé.* Sérieusement, il était obligé de la plier comme ça ? Cette casquette était trop vieille et fragile pour être manipulée avec tant de brutalité. Et je tenais vraiment à elle. Hors de question que j'en achète une nouvelle.

— Je peux lui rendre aujourd'hui, disait Gracen, qui ne se doutait pas que j'étais en train de crever dans le couloir. Les mecs vont boire un verre ce soir. Je suis sûr qu'il sera là.

J'y serais, pas de doute, ne serait-ce que pour récupérer ma casquette des mains de ce tortionnaire.

Jetant un regard gêné vers le couloir, Bella vit que je m'agrippais la tête avec désespoir. Je lui articulai de sauver ma satanée casquette. Elle se retourna brusquement vers son frère et hocha la tête.

— Euh, ouais. C'est super. Merci.

Quoi ? Non ! Ce n'était pas super. Pas du tout.

— Ouaip.

Gracen ouvrit les bras et la tira vers lui pour un câlin.

— Prends soin de toi. On se parle plus tard, OK ?

— Ouaip.

Elle lui tapota le dos et me lança un regard d'avertissement pour que je me taise par-dessus son épaule.

Je pointai du doigt avec insistance la poche arrière de Gray pour qu'elle la fasse tomber par accident. Mais elle se contenta de lui sourire et il partit, fermant la porte derrière lui.

En possession de ma casquette.

Je me précipitai aussitôt dans le salon.

Bella se tourna immédiatement vers moi, les sourcils froncés.

— Est-ce qu'il t'a semblé pertur…

— Il a pris ma casquette, lançai-je d'un ton accusateur. Pourquoi est-ce que tu l'as laissé prendre ma casquette ?

Elle cligna les yeux.

— Qu'est-ce que tu voulais que je fasse ? Que je me jette sur lui et que je lui arrache des mains ?

— Oui ! m'écriai-je. Je ne peux pas passer une journée sans elle. J'ai l'impression d'avoir la tête nue.

— Oh mon Dieu.

Une main posée sur son front, elle secoua la tête et soupira avant de lever les yeux au ciel.

— Tu la récupèreras ce soir.

Je ricanai.

— C'est ça, ouais. Tu sais combien Gray est tête en l'air. Qui sait quand il se souviendra de me la rapporter ? Et je ne peux pas directement la lui demander non plus. Il saura que j'étais ici, avec toi, quand il l'a prise. Et tu as vu comment il l'a pliée ? Il a plié ma casquette, putain. Puis il l'a mise dans sa poche arrière. Ma casquette – que je porte sur la tête chaque jour de l'année – a maintenant touché le cul de ton frère. Ah, ça me dégoûte.

— Oh ! pauvre bébé, gazouilla-t-elle, tout en s'approchant pour prendre doucement mon visage dans ses mains et déposer un baiser dans mon cou. Tu veux que je t'offre une nouvelle casquette ?

— Non, ronchonnai-je, avant de tourner le visage sur le côté pour qu'elle continue de m'embrasser. Je veux récupérer ma casquette. Ça m'a pris des années pour l'user de façon à ce qu'elle m'aille à la perfection. Elle porte mon odeur et elle est toujours là pour moi. Je ne veux pas d'une nouvelle casquette.

Avec un grognement irrité, elle s'écarta.

— OK, très bien. Que dis-tu de ça ?

Elle prit son téléphone sur la table basse et tapa rapidement un SMS. Une seconde plus tard, mon téléphone vibra dans ma poche arrière. Là où était sa place. Un peu comme un portefeuille. Mais pas comme les putains de casquettes !

Je sortis mon portable. Bella nous avait envoyé un texto de groupe à son frère et moi.

BELLA : Salut, Fox. Gracen vient de trouver ta casquette chez moi. Il dit qu'il vous retrouve tous ce soir pour boire un verre, alors assure-toi qu'il ne l'oublie pas.

Je lui lançai un regard perplexe.

— Quoi ?

Elle fit un moulinet de la main.

— Je t'ai officiellement dit que mon frère devait te rendre ta casquette ce soir, alors maintenant tu peux l'enquiquiner pour qu'il…

— Oh putain ! Tu as raison.

Un grand sourire se dessina sur mon visage tandis que je me penchais pour déposer un baiser reconnaissant et sonore sur sa joue.

— Tu es un génie, *baby doll*. Merci.

Puis je répondis immédiatement au message.

FOX : Tu n'as pas intérêt à oublier ma putain de casquette ce soir, trouduc. Je l'ai cherchée partout. Et ne la plie pas. Elle est vieille et fragile. Prends-en soin.

Bella lut le texto et leva les yeux au ciel.

— Oh mon Dieu, marmonna-t-elle. Tu parles de ta casquette comme si c'était une femme et pas un objet.

— Et comment ! Je ne serai jamais aussi intime sur la durée avec quelqu'un.

Elle gloussa tandis que son frère répondait. Mais aucun de nous ne prêta attention à ce qu'il avait à dire.

Bella passa les bras autour de mon cou et me sourit.

— Tu es vraiment trop adorable parfois, susurra-t-elle.

— Ah ouais ?

J'appuyai mon nez contre le sien en lui lançant un regard enflammé.

— Adorable comment ?

— Assez adorable pour qu'on fasse l'amour sur le canapé là tout de suite, murmura-t-elle en en glissant sa joue contre la mienne pour mordiller mon oreille.

Je poussai un grognement. Mon corps réagit au quart de tour. J'adorais cette façon de penser. Mais…

— Merde. J'ai un client qui m'attend. Il ne faut pas que je sois en retard.

— Il ne faut pas ? demanda-t-elle, passant les doigts dans mes cheveux et me caressant le cou du bout de son nez. Ou tu ne peux pas ?

— Ah, putain, grognai-je. Il ne faut pas. Il ne faut pas.

— Ça me soûle que tu doives travailler tous les samedis matin, se plaignit-elle tandis que ses doigts descendaient sur mes épaules et mes hanches direction la braguette de mon jean. Je ne suis jamais rassasiée.

J'étais complètement d'accord.

— Je suis là maintenant, alors profites-en.

— Oh ! c'est ce que je compte faire, promit-elle en baissant ma braguette.

Elle n'eut pas besoin de le répéter deux fois.

Chapitre 5

YELLOW

Presque une heure plus tard

Je jetai un œil à la montre sur mon poignet tout en levant mon pied derrière moi de mon autre main. J'appuyai ensuite le talon de ma chaussure contre mes fesses et étirai profondément mes quadriceps.

Je ne savais pas combien de temps j'étais supposée attendre Parker, mais je m'échauffais depuis si longtemps que je commençais à me sentir un peu cruche.

J'étais sur le point de commencer mon footing toute seule quand je repérai enfin sa silhouette familière qui joggait vers moi.

Il me fit coucou de la main et me lança un sourire contrit.

— Salut. Pardon d'être en retard. Mais merci d'avoir attendu.

Je lâchai mon pied et haussai les épaules.

— Pas grave. Tant que ça valait le coup.

Il me lança un regard surpris.

Je me figeai aussi, ignorant pourquoi j'avais dit ça. Je ne faisais jamais d'allusions sexuelles.

C'était inapproprié.

Mais alors que j'allais ouvrir la bouche pour retirer mes paroles, il se fendit d'un sourire très satisfait.

— Crois-moi, j'ai pris mon pied.

Il me fit un clin d'œil et j'en restai bouche bée.

— Euh…

Je secouai la tête, stupéfaite.

— Je n'arrive pas à croire que tu aies dit ça.

— Hé, c'est toi qui as abordé le sujet ! C'est moi qui n'arrive pas à y croire.

Il pencha la tête sur le côté et plissa les yeux d'un air pensif.

— Pourquoi as-tu dit ça ?

— Hum…

Ne sachant comment répondre et sentant mon visage brûler, je frottai ma nuque avec gêne. Puis j'évitai la question, trop effrayée par les raisons que je pourrais donner.

— T'es prêt à courir ou tu dois t'étirer avant ?

Il me fixa longuement, et d'une façon qui m'était inconfortable ; je me sentis mise à nu. Mais au lieu d'insister, il me fit signe d'y aller.

— Je suis prêt, répondit-il. Je te suis, fille à l'esprit dépravé.

Je levai les yeux au ciel mais me mis à courir. J'avais plus l'impression de prendre la fuite que de faire du sport.

Il resta à mon côté, ne traînant pas derrière et n'essayant pas de me distancer. J'en profitai pour lui jeter un regard en biais et le reluquer de la tête aux pieds.

Il avait à peu près mon âge, d'épais cheveux foncés, et portait un short de sport noir qui tombait bas sur ses hanches chaque fois qu'il faisait de l'exercice assorti d'un T-shirt gris avec un col en V qui était juste assez moulant pour révéler qu'il était tout en muscles. La tenue avait beau être simple, elle le mettait vraiment en valeur.

Mon esprit se mit à vagabonder. J'essayai alors de visualiser sa petite amie. Il n'en parlait pas souvent mais quand il en parlait, son visage s'illuminait. Il était visiblement très épris, ce que je trouvais adorable.

Parker était canon, présentait bien, alors il pouvait être aussi exigeant qu'il le voulait. Sa petite amie était sûrement sportive, aussi. Sûre d'elle, belle, intuitive, mais également réaliste, avec la tête sur les épaules. Une version féminine de lui, en somme. Il y avait quelque chose d'incroyable chez lui alors elle devait l'être aussi.

Quand l'agence m'avait assigné Parker, j'avais aussitôt demandé un autre coach. Il était trop attirant, trop viril, trop mâle. C'était précisément ce que je ne voulais pas. Je m'étais sentie intimidée et effrayée. Mais personne d'autre n'était disponible, alors on était coincés ensemble, sauf si j'étais prête à perdre tout l'acompte que j'avais versé – ou plutôt, celui que j'avais supplié mes parents de verser. J'avais détesté leur demander de participer à tout ça, alors il était vraiment important que je fasse bon usage de cet argent.

Alors…

Malgré mon inconfort, j'avais persévéré, et un an plus tard, je ne pouvais pas imaginer traiter mes problèmes avec quelqu'un d'autre que Parker.

Il était devenu mon meilleur ami.

En silence, on fit le tour du complexe sportif et on entra dans le gymnase pour aller sur le terrain qu'on réservait chaque samedi matin. Mes sessions avec lui incluaient toujours un tour de jogging rapide pour s'échauffer et un match de basketball en un contre un.

Au départ, on n'avait pas prévu de faire tourner mes séances autour de l'activité physique, mais dès qu'il avait compris quel était mon problème, il avait personnalisé le programme pour que je me retrouve exposée à autant de contact au corps à corps que je pouvais le supporter.

La première session de basket avait dû être écourtée, car j'avais été prise de sueurs froides et avais commencé à faire une crise d'angoisse quand Parker s'était approché à moins d'un mètre de moi. Mais aujourd'hui je pouvais le tamponner sans même y prêter attention.

En progrès.

C'était ce qu'il affirmait, en tout cas.

Je savais que j'avais encore un long chemin à parcourir.

— Échauffée et prête pour une autre demi-heure de défaite ? lança-t-il avec son habituel sourire espiègle, avant de me lancer le ballon.

Aujourd'hui, je me sentais prête.

Sans attendre qu'il se mette en position défensive, je plongeai en avant, dribblant à tout va. Il se rua vers moi et essaya de me bloquer. Mais je le contournai et réalisai un *jump shot*, marquant deux points dès les trois premières secondes de jeu.

— Ouaip. Je suis prête.

Je pointai mon doigt vers lui.

— Pour ta défaite.

Sa bouche fit un « o » de surprise tandis que son regard suivait la trajectoire du ballon. Il se retourna ensuite lentement vers moi, les sourcils dressés.

— Ah ouais ? On la joue comme ça ?

Ravi de relever le défi, il eut un immense sourire.

— Dans ce cas…

Il prit son téléphone et mit de la musique.

Quand *What's Up Danger* de Blackway et Black Caviar sortit des enceintes, il récupéra le ballon et annonça :

— Maintenant on joue pour de vrai.

Pendant la demi-heure suivante, on se donna à fond. Je lui donnai même un coup de hanche qui lui valut de rater son tir. Il me lança un autre regard stupéfait. Mais je ne pouvais pas m'en empêcher. Ce matin j'avais la pêche, et l'adrénaline me donnait envie de gagner ce match.

À partir de ce moment-là, il n'eut aucune pitié. Je compris rapidement que, tout ce temps, Parker avait été doux avec moi. Il ne m'avait jamais laissée gagner auparavant, mais aujourd'hui… Aujourd'hui il sortait l'artillerie lourde.

Je lui en fis quand même baver. On se mit à jouer en faisant l'impasse sur les règles, en nous poussant l'un l'autre au niveau du ventre, des hanches, et en nous attrapant par les bras, commettant faute sur faute.

À un moment donné, il me poussa si fort du coude, pour me dégager du chemin dans le but de marquer un tir à trois points, que je perdis l'équilibre et tombai par terre.

— Oh ! merde, s'exclama-t-il, réalisant qu'il avait été un chouia trop agressif. Pardon. Ça va ?

Il mit le jeu en pause pour me tendre la main. Mais quand je levai les yeux, la première chose que je vis n'était pas sa paume ouverte, mais le devant de son short noir, où je pouvais discerner les contours de sa bite.

Mes joues s'empourprèrent aussitôt. Je n'avais jamais posé les yeux sur sa bite avant. C'était probablement la première fois qu'elle était là devant mon visage, mais quand bien même…

Étrangement, je ne ressentais aucune panique.

Pire encore, j'étais si curieuse que c'en était gênant.

Oh ! bon sang.

Qu'est-ce qui n'allait pas chez moi ? J'évitai sa main tendue et me relevai toute seule. Lorsque je croisai son regard, je découvris qu'il m'avait prise en flagrant délit.

Putain, la honte.

— Ça va ? s'enquit-il, un sourcil arqué.

Pas du tout. Mais je m'éclaircis la gorge et me frottai la nuque pour masquer mes joues rouges de honte derrière mon bras levé.

— Ouaip, répondis-je.

Il hocha la tête et ramassa le ballon avant de me le lancer.

— À toi.

À partir de ce moment-là, gênée par ma propre réaction, je calmai un peu le jeu. Parker finit par me battre de deux points.

— Bon match, haleta-t-il.

Je m'assis par terre et me ruai sur mon eau. Parker se laissa tomber à côté de moi et vola ma bouteille pour étancher sa soif à son tour.

— Mais bon sang, s'exclama-t-il avant de lever un doigt et marquer une pause pour reprendre son souffle. Qu'est-ce qui t'arrive ce matin ?

De la chaleur me monta aux joues mais j'essayai de garder un visage impassible, bien que je sois probablement aussi écarlate qu'une tomate.

— Que veux-tu dire ?

— Qu'est-ce que je…

Il me regarda bouche bée.

— T'es sérieuse ? Premièrement, tu fais une blague de cul dès que je me pointe. Ça ne te ressemble pas. Du tout. Ensuite tu cours deux kilomètres en deux minutes, joue au basket comme une athlète badass et puis… et puis tu reluques ma bite à travers mon short.

— Oh mon Dieu ! explosai-je, couvrant mon visage des deux mains. Non, non, je n'ai pas…

— Si, riposta-t-il lentement. T'as carrément regardé.

— Pas exprès, dis-je en gémissant, morte de honte. S'il te plaît, on peut arrêter d'en parler ? Je suis si désolée. Mais elle était genre, juste là. Dans mon visage. Je n'ai pas pu m'en empêcher, je…

Il gloussa et me donna une tape sur l'épaule pour stopper le disque rayé que j'étais devenue.

— Ne t'en fais pas. Je ne suis pas fâché. En fait je suis plutôt fier de toi. Tu n'as pas paniqué comme si tu pensais qu'elle allait sortir de mon short pour t'attaquer. C'est en progrès.

Il me redonna un coup dans l'épaule.

— C'est bien, El. Assume-le.

Donc il pensait que reluquer la bite d'un gars était sain. OK. J'avais officiellement le coach le plus étrange qui soit. De toute façon, je l'avais engagé pour la raison la plus étrange qui soit.

— Je devine que l'exercice d'hier soir s'est bien passé, conclut-il, sortant son carnet de son sac de sport.

Après m'avoir renvoyé ma bouteille, il feuilleta le carnet jusqu'à trouver la page qu'il cherchait.

— Voyons voir, on avait fixé pour objectif que tu ailles au ciné toute seule.

Je pris une profonde inspiration pour me donner du courage et hochai la tête.

— Exact.

Voyant que je n'ajoutais rien d'autre, il leva les yeux.

— Alors ? Comment ça s'est passé ? Tu es restée jusqu'à la fin du film ?

— Je…

Je hochai la tête, tout en rougissant au souvenir des yeux bleu-gris de Gracen Lowe et de son sourire espiègle.

— Ouais, je, hum, je suis restée jusqu'au bout.

À côté de moi, Parker fronça des sourcils confus.

— Attends… Tu as rencontré un mec là-bas, non ?

Je poussai un gémissement de honte et enfouis mon visage dans mes mains.

— Mon Dieu. Comment est-ce que tu as deviné ?

— Parce que tu as l'air troublée. Et les hommes sont la seule chose qui te troublent. Mais, là, c'est différent de ton habituel…

Il marqua une pause.

— Oh putain, s'exclama-t-il. Il t'a plu.

J'allais mourir de honte.

— S'il te plaît, arrête, le suppliai-je.

Je baissai les mains pour le fusiller du regard. Il souriait d'un air dément.

— Pourquoi ? insista-t-il. C'est bon signe. C'est l'objectif, non ? Combattre ta peur des hommes ? S'il t'a plu, cela signifie que tu n'avais probablement pas peur de lui, non ? Attends, tu n'avais pas peur de lui, si ?

J'expirai.

— Non, je n'avais pas peur de lui. Mais…

Je grimaçai.

— Je me suis sentie en sécurité avec lui uniquement parce qu'il m'a sauvée des griffes d'un taré avant même que le film commence. Mais ensuite… Ensuite il m'a dit des choses vraiment horribles et impardonnables. Mais uniquement parce qu'on est…

— Attends, attends, interrompit Parker. Il va falloir que tu rembobines et que tu m'expliques quelques petites choses. Qu'est-ce qu'il t'a dit ? Et c'est quoi cette histoire de taré ?

Comprenant que je devais en dire plus que ce je voulais, je poussai un grognement, me demandant comment éviter cette conversation. Je ne voulais plus rien révéler d'autre. Parker allait se rendre compte que je n'avais pas progressé après tout.

— El, insista-t-il. Je ne peux pas t'aider si tu ne me dis pas ce qu'il s'est passé.

Je levai les yeux au ciel.

— Tu veux juste tous les détails croustillants, marmonnai-je pour éviter le sujet.

— Oh que oui, je veux les détails croustillants, s'écria-t-il en claquant des doigts. Maintenant crache le morceau, femme. Que s'est-il passé ? C'est qui ce mec ? Pourquoi te fait-il autant rougir ? Et comment a-t-il fait pour te donner une pêche pareille ? Waouh, attends. Est-ce que tu t'es envoyée en l'air hier soir ?

— Oh ! là, là ! stop.

Je levai une main.

— Non, je n'ai pas couché avec lui. Il ne s'est rien passé entre nous. Et je ne le reverrai jamais. Ce mec représente une zone plus qu'interdite.

— Interdite ?

Parker arqua un sourcil.

— Maintenant je suis encore plus intrigué. Pourquoi est-il interdit ?

Je l'observai un moment. Puis je poussai un soupir.

— Laisse-moi commencer par le début.

Il leva les yeux au ciel et commença ses exercices de récupération, étirant les jambes devant lui et touchant ses orteils.

— Excellente idée, répondit-il avec sarcasme.

Je soupirai.

— Je suis arrivée au ciné, nerveuse comme tout. Je n'y avais jamais été seule avant.

— Je te suis. Continue.

— Je voulais m'arrêter pour acheter du pop-corn car le pop-corn au ciné c'est sacré, mais…

Je m'interrompis et secouai les mains pour essayer de calmer mon rythme cardiaque qui s'était emballé. Rien que penser à mon anxiété rendait ma respiration difficile.

— Je n'arrêtais pas de me dire que je devais garder les mains libres au cas où je devrais prendre la fuite ou me battre. Alors je ne me suis pas arrêtée pour en acheter.

— Bon sang El, souffla Parker, me lançant une grimace pleine de compassion. Je déteste que ton cerveau raisonne de cette façon.

— S'il te plaît, arrête de me regarder comme ça, lui demandai-je.

Il leva les mains en signe d'excuse ; il avait accepté de ne jamais me témoigner de pitié.

— Pardon. Continue.

— OK, chuchotai-je, la voix tremblante. Mais c'était une bonne chose que j'aie les mains libres car avant même que je m'installe sur mon siège, ce type…

Penser à lui me donnait mal au cœur. Je secouai la tête et soufflai un grand coup.

— Ce type a commencé à me draguer. Il savait que j'étais seule, alors il a m'a rejointe jusqu'à mon siège, et il… il…

— El.

Parker tendit la main vers moi, l'air inquiet. Mais je m'écartai avant qu'il puisse me toucher et remontai les genoux contre ma poitrine pour pouvoir les enlacer.

— Ça va, le rassurai-je. Je vais bien.

Mais non, je n'allais pas bien. Et on le savait tous les deux.

— Qu'a-t-il fait ? insista Parker, la voix basse et tendue.

— Il m'a fait peur, admis-je tandis que mes yeux commençaient à larmoyer. Il était lourd et insistant. Et quand j'ai essayé de me lever pour m'éloigner de lui, il m'a coincée contre un mur pour m'empêcher de lui échapper.

— Il a fait quoi ? explosa mon coach semblant prêt à commettre un meurtre.

Je hochai la tête.

— Ça m'a foutu les jetons. J'ai oublié tout ce qu'on avait travaillé ensemble et tout ce pour quoi je m'étais entraînée. Et je veux dire, tout. Je... je n'ai pas du tout été à la hauteur.

— Putain, El, murmura-t-il. Je suis navré. Est-ce que ça va ? Pourquoi ne m'as-tu pas appelé ?

— Je vais bien, répétai-je. Enfin, j'aurais sûrement fait une méga crise d'angoisse si cet autre mec ne s'était pas pointé et ne l'avait pas fait dégager.

Parker poussa un soupir de soulagement.

— Dieu merci.

Je lui jetai un regard noir.

— Non, pas dieu merci. J'aurais dû être capable de me débarrasser de lui toute seule. Il est parti dès que mon héros s'est pointé, alors que je suis sûre que j'aurais pu le rembarrer avec quelques mots bien placés. Mais je ne l'ai pas fait. Je n'en ai pas été capable. Bon sang. Quand est-ce que je m'en remettrai ?

— El, dit Parker doucement. Tu as été violée.

Aussitôt, comme chaque fois que j'entendais ce mot, un sanglot me déchira la gorge. Je me repliai sur moi-même et me retrouvai seule dans une pièce sans fin, plongée dans l'obscurité. J'essayai de me calmer pour ne pas me briser en mille morceaux. Je mis une éternité à retrouver mon souffle. Mais j'y arrivai enfin. J'étais en sécurité. Je n'étais pas en détresse. Tout allait bien.

Quand je retournai au monde extérieur, le temps ne s'était pas écoulé. Parker était toujours là et toujours en train de me regarder.

— Il faudra du temps avant de t'en remettre, ajouta-t-il.

Des larmes inondèrent mes joues. Fermant les yeux, j'appuyai les mains sur mes genoux et serrai mes jambes plus fort contre ma poitrine.

— Je suis fatiguée d'être toujours si faible et effrayée.

Parker me toucha doucement l'épaule. Mais, lorsque je sursautai, il eut un mouvement de recul.

Il me laissa pleurer quelques minutes sans rien dire. Puis il soupira.

— Je sais que tu as rejeté cette idée les cinq douzaines de fois où je te l'ai suggérée, mais tu as peut-être besoin de consulter un vrai thérapeute. Ce n'est pas mon domaine d'expertise. Oui, j'aide les gens avec leurs problèmes personnels, mais je suis surtout habitué à trouver des stratégies de paiement de facture, à rédiger des CV et lettres de motivation, à gérer des livres de comptes. Je ne suis pas qualifié pour…

Je levai le visage.

— S'il te plaît, le suppliai-je. Ne me fais pas voir quelqu'un d'autre. J'ai mis un an pour avoir autant confiance en toi. Je ne peux pas recommencer de zéro avec un inconnu.

Quand on avait commencé les séances, je n'avais pas parlé de ce qui m'était arrivé. Je n'en avais pas l'intention. J'étais si épuisée d'être dans un tel état que j'avais décidé de consulter un coach pour retrouver confiance en moi, pensant que cela me permettrait de surmonter ce problème-là toute seule. Mais Parker était incroyablement intuitif et perspicace : il lui avait à peine fallu trois séances pour comprendre d'où venaient mes problèmes. Et il n'avait eu aucune pitié ; il avait tout de suite trouvé des idées pour que j'affronte mes peurs.

— Tu sais que je serai là pour toi aussi longtemps que tu auras besoin de moi, assura-t-il doucement. Je dis simplement qu'un thérapeute en plus de ces séances pourrait…

— J'y réfléchirai, coupai-je rapidement, lui faisant savoir que je ne voulais plus en parler.

Puis je lui lançai un sourire d'excuses.

— Et tu m'as plutôt bien aidée pour quelqu'un qui n'est pas « qualifié », comme tu dis.

— Ouais, c'est vrai, s'exclama-t-il. Ce matin, en fait, j'aurais juré que tu étais complètement… Hé.

Il fronça les sourcils.

— Tu étais vraiment pleine de peps ce matin malgré la soirée que tu as passée. Qu'est-ce que… ?

Son expression se durcit une fraction de secondes avant de se transformer en un sourire.

— Je pense que je vais vouloir en entendre plus sur ce héros.

— Il n'y a pas grand-chose à dire, marmonnai-je, me remettant à rougir et évitant de croiser son regard. Il s'avère que je le connaissais déjà un peu. C'est, euh, son frère à elle.

Parker fit la grimace.

— Elle ?

J'écarquillai les yeux. Il n'y avait qu'une seule elle dont je lui avais parlé de cette manière. Un instant plus tard, il comprit et hocha la tête.

— Oh. OK. Tu veux dire, l'autre femme.

Je grimaçai.

— Techniquement, c'est moi qui serais considérée comme l'autre femme.

Il fronça le nez et secoua la tête, complètement en désaccord.

— Donc ce mec était…

— Son frère. Oui.

— Waouh.

Il prit un instant pour absorber la nouvelle et pencha la tête sur le côté d'un air confus.

— Donc il t'est venu en aide ? Alors qu'il savait qui tu es ?

— Ouais. Étrange, hein ?

Parker haussa les épaules.

— Hum. Pour moi, ça semble normal.

— Mais il pense que sa sœur et moi sommes…

— Un homme normalement constitué intervient s'il voit une femme se faire harceler, qu'il l'apprécie ou pas.

— D'une certaine manière, il m'a fait penser à toi, en fait.

— Moi ?

Cela piqua immédiatement l'attention de mon coach de vie. Il haussa les sourcils.

— Oh donc tu dis qu'il était canon, hein ?

Je ris et secouai la tête.

— Il fallait que tu dises ça…

— Attends, attends.

Il plissa les yeux comme s'il essayait de lire dans mes pensées puis il ouvrit la bouche et poussa un cri horrifié.

— Oh ! Putain. Tu le trouves plus mignon que moi ? El ! Comment est-ce possible ?

Je levai les yeux au ciel.

— C'est… Mon Dieu. Tu es ridicule. Vous comparer tous les deux serait comme comparer des pommes et des oranges. Tu es brut de décoffrage, viril, alors qu'il est…

— Délicat ? hasarda sèchement Parker.

— Non, m'écriai-je, horrifiée. Il est… Je ne sais pas. Cultivé. Et charmant.

Gracen était une œuvre d'art.

— Ah…, articula lentement Parker. C'est un joli garçon, tu veux dire

Toute cette conversation me fit soupirer de défaite.

— Ouais. C'est un joli garçon, capitulai-je.

Parker leva les mains comme s'il n'y avait aucun espoir pour moi.

— Si c'est ce genre de mecs qui t'attire...

Puis il plissa le front.

— Mais sérieux, sur une échelle de 1 à 10...

— C'est un 12, débitai-je précipitamment. Sans aucun doute.

Les sourcils arqués comme s'il était impressionné, Parker hocha la tête.

— Très bien. Alors joli garçon est un 12. Et un gentleman doublé d'un héros, apparemment. En quoi est-ce que ça te rappelle moi ?

Son étonnement me fit sourire.

— C'est ce qu'il s'est passé avec lui qui m'a rappelé mes séances avec toi, pas son apparence. Nos séances se déroulent dans un cadre sécurisant. Tu essaies de m'acclimater au contact physique et de m'habituer à être plus proche des hommes, mais il n'y a rien de sexuel là-dedans. Je sais que si le moindre contact va trop loin pour moi ou si je commence à paniquer, tu arrêteras. Immédiatement.

Parker acquiesça de la tête.

— Exact.

— C'était comme ça hier soir aussi. Il est intervenu pour faire fuir l'autre type puis il est resté assis près de moi durant tout le film pour que le taré ne m'approche pas...

Je secouai la tête.

— J'avais l'impression qu'un filet de sécurité avait été mis sous nos pieds. Si j'avais besoin de faire machine arrière, je savais instinctivement qu'il n'insisterait pas.

Marquant une pause, je fronçai le nez.

— Est-ce possible de savoir qu'on est en sécurité avec une personne lorsqu'on la rencontre pour la première fois ?

Mon coach haussa les épaules.

— Je pense que oui. Et puisqu'il a joué au héros, il semble que tu ne te trompais pas.

— Mais il m'a également dit des choses vraiment grossières et horribles.

— Comme quoi ?

— Oh…

Je balayai sa question de la main.

— Il a critiqué ma personnalité parce qu'il me voit comme l'autre femme. Mais étrangement, alors même qu'il me disait toutes ces choses, je…

Je secouai la tête.

— Je ne sais pas. C'était comme si je l'avais déjà pardonné car il les disait seulement pour la défendre. Tout ce qu'il a fait hier soir était soit par inquiétude pour moi, soit par compassion pour sa sœur. C'est dur d'en vouloir à un mec qui est comme ça.

Quand je vis que Parker m'observait, je rougis.

— Quoi ?

— Rien, répondit-il, avant de rire. Quand je te regarde, je vois une femme très différente de celle que j'ai rencontrée il y a un an. Peut-être que mon aide te suffit, effectivement.

— J'espère bien. La nana paumée que je suis ne veut pas payer quelqu'un d'autre pour l'aider à résoudre ses problèmes.

Je ne pouvais pas me le permettre, de toute façon, et en aucun cas je n'irais supplier mes parents pour financer un thérapeute. Ils voudraient savoir pourquoi j'avais besoin d'en consulter un et je ne voulais pas aborder ce sujet avec eux. Jamais.

Levant les yeux au ciel, Parker reporta son attention sur son carnet.

— Tu n'es pas paumée. Et je vais marquer l'objectif d'hier soir comme une victoire.

Il griffonna quelque chose dans son carnet.

— Même si tu n'as pas dit au premier type de dégager, tu es allée seule au cinéma, tu es restée jusqu'à la fin du film et tu as même interagi avec une personne de sexe masculin.

Il leva son stylo comme pour m'empêcher de protester, et ajouta :

— Même si tu l'avais déjà croisé, je vais noter que c'est une nouvelle rencontre. Donc non seulement tu as atteint tes objectifs mais tu es allée au-delà de ces derniers. Un point pour El.

Il sourit d'un air encourageant.

— Maintenant, passons au côté professionnel et ennuyeux des choses. As-tu envoyé de nouvelles candidatures ?

Je mordis ma lèvre et hochai la tête. En ce moment, je travaillais comme intérimaire. Mais ce n'était pas ce que je voulais faire pour le reste de ma vie, donc Parker avait insisté pour que je poursuive mon rêve et postule dans de nouveaux endroits, même si j'étais quasi sûre que je n'avais aucune chance d'avoir le poste.

J'avais écouté son conseil.

— Une des agences m'a répondu, admis-je, rougissant de nouveau. On a eu un court entretien téléphonique. Si mes références leur conviennent, je pense que j'aurai un entretien physique avec eux par la suite.

— Vraiment ? Waouh.

Il siffla d'un air admiratif.

— Bravo, El. Je suis impressionné.

Il le nota dans son carnet.

Maintenant venait la partie où on discutait de nouveaux objectifs à atteindre. Mon estomac se contractait toujours à ce moment-là. Je craignais qu'il me demande d'accomplir une chose pour laquelle je n'étais pas prête ou dont j'étais incapable. Mais Parker excellait lorsqu'il s'agissait de lire dans le cœur de ses clients. Il ne rendait jamais les choses trop difficiles, vous poussait juste assez hors de votre zone de confort pour que vous pensiez : « Je peux le faire. » Pour lui, vous alliez toujours plus haut.

Après avoir déterminé quelques nouveaux objectifs à atteindre, on rangea nos affaires et on sortit de la salle de sport ensemble.

— Donc on se voit la semaine prochaine. Même heure, ajouta-t-il. Mais attends-toi à perdre de façon beaucoup plus spectaculaire.

— Ouais, on verra, répondis-je du tac au tac.

Le pointant du doigt, j'ajoutai :

— Et s'il te plaît, mets ta casquette la semaine prochaine. Ta tête est bizarre quand tu n'en mets pas.

Portant immédiatement la main à ses cheveux, il grimaça.

— Ne m'en parle pas. Je suis censé la récupérer ce soir si mon crétin de pote ne l'oublie pas.

Je secouai lentement la tête, les yeux rivés sur ses cheveux.

— Honnêtement je ne savais pas que tu avais autant de cheveux. J'ai toujours pensé que si tu cachais ton crâne, c'était parce que tu devenais chauve.

— Pfff. Bien sûr que j'ai des cheveux. Mais je dois dissimuler ma chevelure de rêve au reste du monde. Seule *bae*[1] a le droit de voir toute cette beauté.

Il dessina un halo imaginaire autour de sa tête en souriant. Je lui rendis son sourire. J'adorais quand il parlait de sa petite amie. Les hommes qui adoraient ouvertement leurs moitiés étaient, à mes yeux, la crème de la crème.

Il ne l'appelait jamais autrement que *bae* quand il parlait d'elle, mais c'était probablement car la première lettre de son prénom était un B. Il mentionnait souvent les membres de sa famille et de son groupe d'amis. Mais, j'aimais épeler le prénom de son amoureuse b-a-e dans ma tête, histoire de la rendre plus vivante.

1 Le terme provient d'une expression anglo-saxonne : *before anyone else*.

— Tu as bien raison, répondis-je dans un sourire avant de pivoter et de m'éloigner.

Mais une seconde plus tard, il lança :

— Hé, El.

Je jetai un regard en arrière, marquant une pause.

— Je sais que notre séance est terminée, me dit-il, l'air inquiet, mais je ne veux pas que tu t'inquiètes des réactions que tu as eues hier soir, OK ? Tu es en train de progresser. Concentre-toi là-dessus. Pense à toutes les choses dont tu es capable aujourd'hui, et dont tu étais incapable il y a un mois. Ne laisse pas un petit revers te démoraliser. Tu t'en sors très bien.

Et il se demandait pourquoi je ne voulais pas consulter quelqu'un d'autre au sujet de mes problèmes…

C'était parce que j'avais déjà le meilleur auprès de moi.

Je hochai la tête.

— D'accord. Merci, Parker.

Chapitre 6

FOX

Cinq jours plus tard, avec sa casquette de retour sur sa tête

Après avoir travaillé tard avec un client, je rentrai à la maison, enlevai le costume et la cravate que je portais habituellement au bureau, et commençai à fouiller dans mes placards à la recherche de nourriture. Puis je m'arrêtai net, me disant que je verrais bien ce qu'il y avait à manger chez Bella.

J'attrapai mon téléphone, mes clés et mon portefeuille, et ressortis cinq minutes après être rentré. Je savais qu'elle n'avait pas d'autres plans alors je ne pris même pas la peine de l'appeler.

Après notre première partie de jambes en l'air, ce que je redoutais était arrivé.

Les choses étaient devenues bizarres entre nous.

Elle s'était mise à m'éviter.

Je l'avais moi aussi évitée. J'avais peur et j'étais terriblement inquiet qu'elle ait regretté nos ébats. Alors j'avais pris du recul, lui laissant prendre l'initiative pour la suite.

Sauf qu'elle ne m'avait pas contacté. Cinq semaines étaient passées – ouais, je les avais comptées. Exactement 38 jours sans aucun message. Mais, ensuite, la famille s'était réunie et elle n'était pas venue. Même Gracen s'était pointé. Et, s'il allait à un événement, elle y allait aussi.

J'avais demandé à son frère où elle était ; il avait répondu de manière évasive, disant qu'elle avait préféré rester à la maison ce soir-là.

Rester à la maison, mon cul. Je connaissais la vérité. Elle m'évitait.

J'avais quitté la fête tôt et m'étais précipité chez elle. J'avais tambouriné si fort à sa porte qu'elle avait hurlé « Putain, quoi ? » en me fusillant du regard. Elle était en T-shirt, bas de pyjama et portait la satanée robe de chambre tachée de confiture que je lui avais arrachée la première fois qu'on avait couché ensemble.

J'avais bandé de ouf.

Ce qui m'avait prodigieusement énervé. J'avais pointé mon doigt vers elle et grogné :

— Tu...

J'étais entré chez elle et avais claqué la porte derrière moi.

— Menteuse.

Les sourcils levés, elle avait posé les mains sur ses hanches et m'avait lancé un regard noir.

— Je te demande pardon ?

— Tu m'as entendu. Je t'ai traitée de menteuse.

— Je...

— Tu as dit que tu ne paniquerais pas et que tu ne m'éviterais pas. Pourquoi n'étais-tu pas à la fête ce soir ?

— Je n'avais pas envie de sor...

— Foutaises !

— Mais, merde, tu veux bien arrêter de m'interrompre ?

— Ouais. Quand tu arrêteras de m'éviter.

— Je ne…

Elle s'était interrompue et avait levé les yeux au ciel en me maudissant. Une fois calmée, elle m'avait regardé dans les yeux.

— Je ne t'évite pas, Fox. La raison pour laquelle je n'y suis pas allée ce soir n'avait rien à voir avec toi.

Je m'étais approché d'elle, les yeux flamboyants de colère.

— Ah ouais ? Prouve-le.

Elle avait dégluti, visiblement effrayée de me sentir si près, et avait reculé d'un pas.

Quelque chose s'était brisé en moi. Bella ne devrait jamais avoir peur de s'approcher de moi. On aurait dit le début de la fin. J'allais la perdre, putain.

Mais ensuite ses yeux avaient lancé des éclairs. En fin de compte, elle n'était pas intimidée du tout.

— Prouver quoi ? s'était-elle écriée avec un reniflement incrédule. Que je n'y suis pas allée ce soir à cause de…

— Prouve que tu ne m'évites pas.

Elle était partie d'un rire stupéfait.

— Comment prouver une chose pareille ?

J'avais haussé les épaules.

— Ça n'est pas mon problème. Fais-le. Maintenant.

Elle avait écarquillé les yeux.

— Mainte…

— Maintenant. Oui.

— Maintenant ?

— Il y a un écho ici ? avais-je demandé, une main à l'oreille pour faire mine d'écouter ce qu'il se passait, et un œil sur ma montre. Tic-tac, *baby doll.*

— Oh mon Dieu, avait-elle explosé.

Elle avait lâché un rire incrédule. Je ne savais pas si mon côté têtu l'amusait ou si elle était agacée.

— T'es un vrai emmerdeur.

— Ouais. Un emmerdeur que tu évites.

Elle avait plissé les yeux.

— Ça devient ridicule.

Elle avait balayé la pièce du regard, probablement à la recherche de quelque chose de lourd pour me frapper.

— Je n'arrive pas à croire que tu me fasses faire ça.

J'avais poussé un bâillement.

— Pas encore convaincu.

— Oh ! c'est bon, j'en ai ras le bol.

Soûlée par mes facéties, elle avait attrapé le devant de mon T-shirt.

— Tu veux que je te prouve que j'ai pris mon pied avec toi ? Bien ! Je vais le faire.

J'avais ouvert la bouche pour répondre *non, je n'ai pas besoin que tu me dises si j'ai assuré ou pas.* Je voulais simplement qu'elle ne me déteste pas. Mais avant que je puisse dire quoi que ce soit, elle avait plaqué sa bouche contre la mienne.

À partir de ce moment-là, j'avais perdu le fil de mes pensées, et ma colère avait disparu.

Mes vêtements aussi.

On avait fini par coucher ensemble une nouvelle fois. Contre sa porte d'entrée.

Trois jours plus tard, elle m'avait envoyé un texto.

BELLA : C'est Bella, la fille avec qui tu as couché récemment. Je t'écris pour te rassurer : je ne regrette rien et je ne t'évite pas, trouduc.

J'avais souri.

Vingt minutes plus tard, j'étais devant chez elle.

Dès que Bella avait ouvert la porte, j'avais levé un sourcil réprobateur.

— Trouduc, hein ?

On s'était jetés l'un sur l'autre sans dire un mot.

Ainsi, notre histoire avait commencé.

Au début, je me pointais chez elle deux ou trois fois par mois quand je savais qu'elle était seule. Et elle me laissait toujours rester dormir.

Après trois mois, j'avais pris mon courage à deux mains.

— On est ensemble ou pas ?

Elle m'avait lancé un regard qui disait combien ma question était stupide.

— Non, avait-elle répondu.

Euh, OK.

Je n'avais plus abordé le sujet.

Certains soirs, je fermais son frigo en faisant la moue.

— Il n'y a rien à manger ici. Sortons dîner.

Mais elle ripostait par :

— Commandons quelque chose à la place.

Elle s'assurait de ne jamais faire quoi que ce soit avec moi qui pourrait être interprété comme un vrai rendez-vous, ne sortait jamais seule en public avec moi, ne me disait jamais ce qu'elle ressentait pour moi, n'avait pas informé la famille qu'on était devenus exclusifs. Elle n'avait jamais rendu les choses officielles.

Même Gracen n'était pas au courant. Et je ne savais pas pourquoi ; c'était son meilleur ami, son confident. Elle lui disait tout. Du moins, avant, elle lui disait tout. S'il savait, il y aurait sans doute des remarques – beaucoup de remarques –, mais il ne me ferait pas le coup du grand frère macho. Il ne s'opposerait pas à notre histoire. Alors, honnêtement, pourquoi ne lui disait-elle pas ?

Je savais que sa rupture avec Ethan avait été très douloureuse. Elle avait cessé de faire confiance aux hommes et de croire en l'amour alors j'avais décidé de ne pas forcer les choses, de ne pas le prendre personnellement. Elle avait des problèmes à régler et n'était pas prête pour une relation sérieuse. Mais ça piquait quand même qu'elle ne soit pas capable de me faire confiance. Ça aurait dû être différent avec moi. On se connaissait depuis toujours.

Mais si tout ce dont elle avait besoin c'était du temps, je pouvais lui en donner. Elle valait le coup d'attendre.

Pour Bella, je pouvais être patient.

En attendant, le sexe était génial. Ce qui voulait dire que chaque fois que l'opportunité de se voir se présentait, j'allais chez elle. Je pouvais tout aussi bien dormir chez elle tous les soirs pendant une semaine que ne pas la voir pendant quinze jours. Mais on s'envoyait des messages tous les jours quoi qu'il en soit, c'est pour ça que je savais déjà qu'elle n'avait aucun plan pour ce soir.

Chaque fois qu'elle commençait à se plaindre que je vidais son frigo, je me pointais la fois suivante avec des courses. On passait alors la soirée à déguster des glaces à l'eau dans le lit.

J'étais en train de me demander si je devais passer au *fast-food* avant d'aller chez elle quand mon téléphone sonna.

C'était probablement elle qui me demandait où j'étais.

Ouais, ma nana ne pouvait pas se passer de moi. C'était génial.

Mais je fus surpris d'entendre mon beau-frère à l'autre bout du fil.

— Salut, tu pourrais venir garder Braiden quelques heures ? Bentley ne se sent pas bien, elle doit consulter un médecin.

Il était évasif, pas dans son assiette. Beau n'était jamais évasif. Il était généralement un peu trop direct. Aussi je fus immédiatement sur mes gardes.

— Bien sûr, répondis-je, tournant à l'intersection suivante pour me diriger vers chez eux. Que se passe-t-il ?

À cette heure-ci, les cabinets médicaux n'étaient plus ouverts. Ça voulait dire qu'ils allaient aux urgences, et que…

C'était sérieux.

Beau poussa un son étranglé. Il semblait stressé, inquiet et contrarié tout à la fois.

— Tout ira bien, déclara-t-il. Mais ne lui pose aucune question et n'en parle à personne pour l'instant. Elle n'est pas prête, d'accord ?

— Hum…

Cela ne me rassura pas du tout.

Qu'est-ce qui arrivait à Bentley ?

— OK.

J'appuyai sur l'accélérateur pour arriver chez eux le plus rapidement possible.

Une fois arrivé, je remontai l'allée à la hâte et sonnai. J'entendis des bruits de pas et la voix étouffée de Beau à travers la porte.

— … grossesse extra-utérine, oui. Mais je pense qu'il est trop tard pour sauver…

La porte s'ouvrit. Beau me fit signe d'entrer. Il avait une mine affreuse.

— Entrer par la porte Est ? Compris. On sera là sous peu. Merci.

Il raccrocha et se tourna vers l'entrée du couloir sans même me jeter un regard.

— Bébé, appela-t-il. Fox est là.

Puis il se tourna enfin vers moi.

— La soirée devrait être tranquille. Braiden est déjà endormi et on espère être de retour avant qu'il se réveille demain matin alors tu ne devrais pas avoir à faire quoi que ce soit.

Ils espéraient être de retour demain matin ?

Bon sang, que se passait-il ?

Bentley entra en boitant dans le salon, son sac à main à l'épaule. Blanche de douleur, les yeux rouges et scintillant de larmes, une main plaquée sur son estomac, elle avait une mine affreuse.

— Bent ?

J'avançai vers elle, mais Beau se précipita pour l'atteindre en premier, prenant son bras pour qu'elle puisse s'appuyer de tout son poids sur lui pour marcher.

Plusieurs questions me vinrent aussitôt mais Beau m'avait demandé de ne rien dire. De plus, Bentley était en train de pleurer et j'en avais suffisamment entendu pour comprendre la situation. Ravalant mes interrogations, je me contentai de leur ouvrir la porte.

— Merci, frérot, hoqueta Bentley.

Elle marqua une pause lorsqu'ils me croisèrent comme si elle voulait en dire plus.

Je la tirai vers moi et l'enlaçai délicatement pour ne pas qu'elle ait à parler.

— Va te soigner, la pressai-je doucement.

Un sanglot lui déchira la gorge. Elle me serra plus fort.

— OK. Je t'aime.

— Moi aussi, murmurai-je en m'écartant.

Je croisai le regard de Beau. On aurait dit qu'il allait se mettre à pleurer. Le poing serré, il me donna un léger coup dans l'épaule et hocha la tête.

— Merci encore.

Après leur départ, je fermai la porte derrière eux et me tins là un moment, essayant de calmer mon inquiétude. Puis j'allai voir comment allait le petit gars.

Mon neveu de 6 ans était endormi, allongé sur le ventre, une jambe en dehors de la couette.

Je souris et rejoignis le salon, sortis mon téléphone et lançai une recherche sur les grossesses extra-utérines.

Apparemment, l'ovule fécondé n'a pas atteint l'utérus.

Le gamin avait déjà l'air aussi têtu que son père.

Mais qu'est-ce que...

— Oh putain, chuchotai-je, pris de sueurs froides.

La mère pouvait faire une hémorragie mortelle. Les fausses couches étaient extrêmement fréquentes.

Je me rappelai alors que Beau avait dit : « Je pense qu'il est trop tard ».

— Non..., murmurai-je.

Pas étonnant qu'ils aient souhaité garder le secret et qu'ils n'aient même pas annoncé à la famille que Bentley était enceinte. Il n'y avait pas eu de nouveau-né dans notre groupe pendant un moment après la naissance de Braiden. Et puis, Teagan et JB avaient eu Harper. Après ça, notre groupe s'était transformé en pouponnière.

Julian et Nia attendaient leur premier, ainsi que Skylar et Dominic. Rory et Tucker allaient entrer dans leur troisième trimestre et la sœur de Beau, Lucy Olivia, avait choqué tout le monde la semaine dernière en annonçant qu'elle était enceinte elle aussi. Personne ne savait qui était le père de ce bébé, et elle n'était pas sortie avec quiconque depuis une éternité.

Avec quatre enfants en route dans notre grande famille, je comprenais pourquoi Beau et Bentley n'avaient pas voulu effrayer les autres avec leur malheur. De plus, ça devait être délicat d'en parler s'ils étaient déjà quasi certains que l'enfant ne survivrait pas.

Mais quand même…

Si la vie de ma sœur était en danger, j'aurais aimé le savoir.

Avant que je puisse quitter mon navigateur, une notification arriva sur le haut de mon écran.

BELLA : T'es où ?

S'ensuivit un message comprenant un émoji chaussure et un émoji téléphone.

Je sortis de ma recherche et l'appelai.

— Chaussure, téléphone ? demandai-je dès qu'elle décrocha.

— C'est une botte ! corrigea-t-elle. Et le téléphone veut dire *call.*

Je fronçai les sourcils, perplexe.

— Euh…

— *Booty call*[1], grogna-t-elle. Je t'envoyais un *booty call,* OK ? Mon Dieu. Excuse-moi d'essayer d'être sexy et drôle à la fois…

Je secouai la tête.

— Tu voulais être sexy et drôle, alors tu m'as envoyé une chaussure et un téléphone ? Oh ! bébé, c'est tellement… Waouh.

J'éclatai d'un rire tonitruant.

— Tu sais comment exciter un mec !

— Trouduc, marmonna-t-elle. Je trouvais que c'était mignon.

— Un cœur et un smiley sourire seraient mignons, ripostai-je. Ou un baiser et un pouce levé. Une aubergine et des gouttes d'eau feraient passer le message. Mais une chaussure ?

Je gloussai de plus belle.

La séduction n'était vraiment pas le truc de Bella. Mais ça lui ressemblait tellement de faire ça.

1 Expression anglophone signifiant un appel destiné à arranger un « plan cul ».

— Je ne comprends toujours pas la comparaison faite entre le pénis et l'aubergine, répondit-elle sèchement. Ils ont tous deux une forme phallique mais je te préviens que si ta bite devient violette et que des trucs verts commençaient à pousser au bout, je ne m'en approcherai plus jamais.

Je ris encore plus fort, la tête basculée en arrière.

— Oh mon Dieu, c'est énorme. Mais bonne nouvelle : rien de vert ou de moisi n'est sorti de ma bite aujourd'hui.

— Dieu merci, marmonna-t-elle. Alors pourquoi n'est-elle pas déjà là à réaliser mes quatre volontés ?

Bon sang, j'adorais quand elle parlait comme ça. La Bella directe était la plus séduisante de toutes. Et puisque ma bite adorait lui faire plaisir, je poussai un soupir déprimé car elle ne s'approcherait pas d'elle de sitôt, la pauvre.

— Désolé, *baby doll*. Je ne peux pas venir jouer ce soir.

— Quoi ?

Elle semblait terriblement déçue.

— Mais je pensais…

— J'étais en route pour chez toi quand Beau a appelé car il avait besoin d'un baby-sitter. Alors je suis chez eux, peinard, pendant que le gamin dort à poings fermés dans sa chambre.

— Un baby-sitter ? Pourquoi auraient-ils besoin d'un baby-sitter de dernière minute si tard un jeudi soir ? demanda-t-elle, perplexe.

— Je, euh…

Je me frottai la nuque et grimaçai. Beau m'avait dit de ne le dire à personne mais c'était Bella. Elle me refuserait toutes formes de galipettes – et ma bite deviendrait probablement violette par manque d'action – s'ils finissaient par dire à tout le monde ce qu'il se passait, et que Bella se rendait compte que j'étais au courant mais que je ne l'en avais pas informée. Alors je poussai un grognement et racontai à contrecœur :

— Je pense que Bentley fait une fausse couche.

— Elle quoi ? s'écria Bella.

Je grimaçai et écartai le téléphone de quelques centimètres de mon oreille.

— Interdit de le dire à qui que ce soit. Pigé ?

— Pourquoi n'as-tu pas commencé par ça ? Qu'est-ce qui se passe ? Tu savais qu'elle était enceinte ? Oh mon Dieu. Je l'appelle.

— Non ! Bells. Merde. Arrête.

Grimaçant, j'agrippai la visière de ma casquette.

— Je ne sais même pas si j'ai raison. Ce n'est qu'une spéculation de ma part. Beau était au téléphone quand je suis arrivé, et il a dit les mots grossesse extra-utérine, que je n'étais même pas sensé entendre.

Bella soupira avec tristesse.

— Une grossesse extra-utérine ? Oh non ! Pauvre Bentley. Il faut que je l'appelle.

— Non, ordonnai-je sévèrement. Ils m'ont demandé de ne le dire à personne, et ils ne m'ont même pas vraiment expliqué ce qu'il se passait. Beau a juste spécifié que je ne devais mentionner à personne avoir gardé Braiden pendant qu'ils allaient aux urgences pour que ma sœur en larmes, qui tenait son ventre, pliée en deux, se fasse ausculter.

— Elle était en larmes ?

Bella semblait bouleversée.

— Je vais l'appeler. Histoire d'aller à la pêche aux infos et voir si elle me dit quelque chose.

— Bella.

Je poussai un grognement impatient.

— Ne la dérange pas maintenant. S'il te plaît. Si c'est grave, elle ne pourra pas répondre de toute façon.

— Si c'est grave alors je devrais être là. Ne me demande pas de ne rien faire. Putain, Fox. Bentley est l'une de mes meilleures amies au monde. Si elle traverse quelque chose de difficile, je dois être avec elle.

— Non. Beau est avec elle.

— Beau ? cracha-t-elle. Beau et la compassion ça fait deux.

— C'est son mari, et elle l'a choisi lui comme partenaire dans la vie. Je suis sérieux, si tu appelles maintenant, elle va savoir que tu sais quelque chose. Tu es nulle quand il s'agit d'aller à la pêche aux infos, Bells. Tu es beaucoup trop directe, tu manques de subtilité. Elle comprendra que l'info vient de moi. Ensuite elle comprendra que tu couches avec son petit frère dans son dos depuis plus de six mois.

Je marquai une pause, sachant que ça la ferait réagir.

— Ça ne me gêne pas que tout le monde sache qu'on est ensemble. Mais Bentley verra ça comme une tromperie de notre part à tous les deux, alors je doute que faire la grande révélation pendant qu'elle fait une fausse couche soit une bonne idée, si c'est effectivement une fausse couche.

Bella soupira d'un air contrarié. Mais elle ne dit rien pendant une bonne minute. J'avais obtenu gain de cause.

— D'accord, bougonna-t-elle.

Je penchai la tête en arrière et articulai « merci » en fixant le plafond.

— Je ne l'appellerai pas ce soir, ajouta Bella. Mais crois-moi, je découvrirai ce qu'il se passe, et je serai subtile. Appelle-moi si tu as des nouvelles, ok ?

— Bien sûr.

— Occupe-toi bien de Braiden.

Elle raccrocha et je relâchai un souffle. J'étais sûr d'avoir commis une bourde. Je n'aurais rien dû lui dire du tout.

Merde. Je m'enfonçai sur le canapé, fermai les yeux et pris mon visage dans mes mains. C'était l'une des raisons pour lesquelles je n'aimais pas garder mon histoire avec Bella secrète. Tous les gens qu'on connaissait et aimait étaient liés les uns aux autres ; ils allaient penser qu'on leur avait menti si on ne leur disait pas ce qu'il se passait. De plus, je n'aimais pas cacher que j'étais en train de tomber amoureux d'une de mes meilleures amies.

Pour Bella, j'attendrais. Mais, étrangement, j'avais le pressentiment que toute cette histoire ne finirait pas comme je l'espérais.

Chapitre 7

GRACEN

Huit jours plus tard

Cette fois, je n'appelai même pas Bella pour la supplier de m'accompagner car je savais qu'elle avait une soirée entre filles. Lorsque l'un des films que je voulais voir sortit, je traversai la ville pour me rendre dans un autre cinéma et achetai un ticket.

Oui, OK, j'allai dans un autre cinéma spécifiquement pour éviter de croiser son chemin – pas celui de Bella, celui de l'autre femme. Yellow. Bien que les chances que je sois frappé par la foudre soient probablement plus élevées que la croiser de nouveau, je préférais ne pas courir le moindre risque.

Je pensais à elle – une fois encore, je ne parlais pas de Bella – beaucoup trop dernièrement et ça me donnait déjà l'impression d'être le pire des frères.

Donc lorsqu'une petite partie de moi pleine d'espoir se demanda « est-ce que je vais la revoir ? » quand je décidai d'aller visionner ce film, je l'écrabouillai en me rendant carrément dans un autre cinéma.

Je mis une heure de plus pour y arriver, mais pour rester un frère jumeau loyal et fidèle, c'était un mal nécessaire.

Au moment où j'entrai sur le parking, mon portable sonna. Voyant que c'était mon père qui appelait, je souris avec affection.

— Salut, vieil homme, répondis-je. Tu as trouvé quoi prendre à maman pour son anniversaire ou pas encore ?

Le rire familier de papa emplit mon oreille. Je coupai le moteur et restai assis pour lui parler.

— Je savais que tu étais mon enfant préféré.

— Oh waouh.

Je levai immédiatement une main, bien que ces mots fassent toujours plaisir à entendre.

— Waouh, waouh, waouh, répétai-je.

Je secouai la tête en comprenant son stratagème.

— Si tu essaies de m'embobiner pour que je te dise quoi lui offrir, c'est non direct.

— Oh ! allez, gamin, couina-t-il. Je suis marié à cette femme depuis presque trente ans.

— Alors tu devrais être capable de trouver un cadeau tout seul.

— Mince alors, on dirait ta sœur.

Je marquai une pause, aussitôt soupçonneux. Puis je poussai un cri indigné.

— Tu as appelé Bella en premier, n'est-ce pas ?

Je l'entendis marmonner « Et merde » dans sa barbe.

— Je n'en reviens pas, lui dis-je, accusateur.

L'indignation me gagna aussitôt.

— Mais je suis plus âgé !

Il devrait donc toujours m'appeler avant Bella quand il s'agissait d'aborder le même sujet. Ce n'était que justice. Je n'avais pas respiré dans ce monde onze minutes de plus qu'elle pour rien. Je devais en tirer quelques avantages.

— C'est une femme, commença papa. Je pensais qu'elle aurait des idées que tu…

Je le coupai, pas fan de cette logique à la Mason Lowe.

— Ne finis pas cette phrase. Je ne partage peut-être pas la même plomberie que maman mais je connais aussi bien ses goûts que Bella, bon sang. Certains diraient même que je la connais mieux car je lui ressemble beaucoup plus que Bella. Tu aurais dû m'appeler en premier.

— Eh bien, si tu la connais mieux que ta sœur, alors tu devrais être capable de me…

— Oh sûrement pas. Je ne te dirai plus rien. Tu as appelé Bella en premier, alors tu n'as qu'à te servir de son idée de cadeau.

Je l'entendis pratiquement lever les yeux au ciel à travers l'appareil.

— Ta sœur et toi êtes beaucoup trop en compétition sur des sujets très superficiels et triviaux, tu sais ça ?

Je clignai les yeux.

— Et donc ?

Où voulait-il en venir ?

— Donc…, grogna-t-il. Laisse tomber et concentre-toi sur mes problèmes. Et comme je disais, avant que tu m'interrompes, je suis marié à Reese depuis presque trente ans et je lui ai déjà offert tout ce qu'elle a jamais demandé. J'ai organisé des fêtes pour elle, l'ai emmenée en voyage, lui ai construit une nouvelle maison, lui ai offert une tonne de bijoux, de vêtements, cartes cadeaux et tout ce dont elle rêvait. Bon sang, on a même tous les appareils ménagers dernier cri. Et elle ne m'a pas donné un seul indice sur ce qu'elle aimerait avoir. Le pire c'est qu'elle dit non à tout ce que je suggère.

« C'est bon », elle me dit. « Non, merci ». Bon sang, Gray. Qu'est-ce que je suis censé faire avec « Non, merci, c'est bon » ?

Le pauvre homme semblant vraiment désespéré, j'eus pitié.

— As-tu envisagé la possibilité qu'elle n'a peut-être tout simplement pas envie de quelque chose de nouveau cette année ? Peut-être qu'elle ne veut rien faire d'extravagant ni aller dans un restaurant chic ni même qu'on lui rappelle qu'elle vieillit. Elle préfère peut-être une soirée simple et douillette à la maison. Comme tu as dit, elle a déjà tout. Alors tu as fait ton boulot ; maman est comblée. Tu peux être fier de toi.

— Arrête, grogna papa. Je dois faire quelque chose. C'est important pour moi. C'est l'anniversaire du jour où ma personne préférée est entrée dans ce monde. Je ne peux pas ne pas marquer le coup. Reese mérite…

— Papa, dis-je doucement. Tu te rends compte que tu viens de dire que c'était un jour important pour toi ?

— Je…

Il s'interrompit.

— C'est vrai, admit-il finalement. Merde, j'ai dit ça, n'est-ce pas ?

Je hochai la tête.

— Ouais, tu l'as dit. Alors peut-être que tu devrais arrêter de penser à toi et penser à elle une minute.

Il ne répondit pas. Je grimaçai, craignant de l'avoir offensé. Mais ensuite il poussa un soupir défaitiste.

— J'étais persuadé que je pensais à elle, murmura-t-il, mais tu as probablement raison.

— Tu la gâtes comme un fou, papa. Et c'est bien. Je pense que, du coup, elle n'aura besoin de rien d'autre pendant un temps. Et honnêtement je sais que rien ne la rendrait plus heureuse que passer une soirée tranquille avec sa personne préférée sur Terre. Et je parle de toi – pas de moi – si tu te posais la question.

— Tu penses vraiment que c'est tout ce qu'elle veut ?

Sa voix était pleine de doute mais aussi d'espoir ; il se rapprochait enfin d'une solution.

Je gloussai et ouvris ma portière.

— Je ne sais pas, papa. Tu la connais mieux que moi. Qu'est-ce que tu en penses, toi ?

— Je pense que j'ai élevé un gamin super intelligent.

— Oh que oui, répondis-je en souriant.

Tout en me dirigeant vers l'entrée du cinéma, je jetai un œil vers le groupe de gens devant moi qui entraient. Une femme seule approchait de la droite et au début, je crus qu'elle était avec la foule, mais quand je me concentrai sur elle, je vis qu'elle ralentissait le pas pour rester séparée du monde.

Et bordel de merde !

Je reconnaîtrais cette queue-de-cheval blonde et cette démarche familière partout.

Je m'arrêtai net.

— Putain, j'hallucine, balbutiai-je.

Évidemment il fallait qu'elle se pointe ici. Quel manque de bol.

— Quoi ? demanda papa à mon oreille.

Je sursautai. J'avais oublié que j'étais en train de lui parler.

— Quoi ? répétai-je bêtement, bifurquant à droite pour passer derrière un énorme van afin que Yellow ne me remarque pas, si toutefois elle regardait dans cette direction.

Mais sérieusement, qu'est-ce qu'elle foutait ici ? Elle n'était pas censée être là. C'était mon cinéma maintenant.

— Gracen ? Ça va, mon grand ?

— Hein ?

Merde. Papa. C'est vrai.

Je secouai la tête, me reconcentrant sur notre conversation.

— Pardon. Je, euh, ouais. Ça va. Je viens juste de voir quelqu'un que je voulais éviter. Ce n'est rien.

— Hm, murmura-t-il, l'air curieux. Très bien. Je te laisse à ton évasion. Bonne chance, gamin.

— Toi aussi, papa, dis-je, totalement distrait. Gros bisous.

— Gros bisous, répondit-il, amusé, comme s'il avait compris que mon esprit était déjà bien loin de l'anniversaire de maman.

Une fois qu'il eut raccroché, je jurai et m'attrapai les cheveux.

Je voulais vraiment voir ce film en plus.

C'était le problème d'être un fan de ciné. Vous deviez voir les films que vous attendiez le jour de leur sortie ; autrement, ça ne valait pas le coup. Et si vous tombiez sur un *spoiler* par accident et que votre expérience était gâchée ?

Qui pouvait prendre un tel risque ?

Mais Bella était plus importante à mes yeux qu'une nouvelle sortie de film. De loin. Et j'avais accidentellement, sans le faire exprès du tout, aimé partager une séance avec Yellow la dernière fois. Elle comprenait ma passion pour le cinéma, ce qui était dangereux. La nana représentait une *No Go Zone*. Je devais étouffer cette petite fascination dans l'œuf maintenant et rester aussi loin d'elle que possible.

Faisant demi-tour, je retournai à ma voiture et déverrouillai la portière. Mais tandis que je l'ouvrais, j'aperçus l'affiche du film que je voulais voir à l'entrée du parking.

Merde.

Je claquai la portière fermée, sans entrer dans la voiture.

Qu'est-ce que je fabriquais ? C'était stupide. Rater un film que je voulais absolument voir dans le seul but d'éviter une personne que je ne croiserais sûrement pas à l'intérieur de toute façon. C'était naze.

De plus, sept autres films passaient dans ce cinéma ce soir. Quelles étaient les probabilités qu'elle voie exactement le même que moi ?

Et puis, si elle regardait celui-là, ça changeait quoi ? C'était un lieu public. On pouvait voir le même film dans la même salle immense sans pour autant se saluer. D'où elle s'asseyait, tout devant, elle ne remarquerait même pas ma présence.

Bien. C'était réglé.

J'allais voir le film. J'étais un grand garçon. Je pouvais gérer la situation.

Elle avait bel et bien choisi le même film que moi. Après le dernier, j'aurais dû m'y attendre. On avait des goûts similaires.

Génial, pensai-je avec toute la joie et le sarcasme d'un homme mangeant son plat préféré avant de passer sur la chaise électrique.

J'étais foutu.

Poussant un soupir écœuré, j'étudiai l'agencement de la salle. Il n'y avait pas d'allée centrale comme dans mon cinéma. Du coup je ne savais pas où était ma place préférée. Sauf que cela n'avait pas d'importance parce que – grand cri indigné – une tonne de gens se dirigeaient déjà vers la zone où je me serais installé. Visiblement, ils ne savaient pas que c'était là où j'étais censé m'asseoir, probablement car c'était ma première visite dans ce cinéma. Mais quand même…

Tout le monde devrait le savoir. Gracen Lowe avait un siège préféré et personne ne devait le lui prendre.

Décidément, cette soirée se passait de mieux en mieux.

Serrant les dents, je jetai un œil vers Yellow. Elle était seule. Je la regardai un moment. Personne d'autre n'était assis en bas parce que franchement, quelle drôle d'idée, mais je me sentis mal pour elle. La nana avait besoin d'un compagnon avec qui regarder ce film. Tout comme moi.

Oh et puis merde. Ce n'était pas un crime de s'asseoir à côté d'une autre personne dans un cinéma. Ma boisson, mon pop-corn et mon assortiment de snacks dans les bras, je me dirigeai d'un pas nonchalant vers elle.

Je devais affronter mes peurs, de toute façon. Un petit *crush* ne voulait pas dire que j'allais tomber amoureux d'elle après avoir regardé un seul, euh, deux films en sa compagnie. Il était temps de m'en assurer.

— Sois honnête, dis-je en me laissant tomber à côté d'elle. As-tu déjà essayé un siège plus éloigné ?

Sursautant brusquement, elle pivota et me regarda avec des yeux écarquillés tandis que je m'installais et plaçais mes snacks où je les voulais.

— Tu n'as pas mal au cou à force de devoir tourner la tête pour voir d'un côté et de l'autre de l'écran ?

Quand je croisai son regard, elle cligna les yeux avant de les baisser vers mes cochonneries, puis les releva de nouveau.

— Où est-ce que tu t'assois d'habitude ? demanda-t-elle finalement.

Je passai le pouce par-dessus mon épaule.

— À l'arrière. Comme une personne normale.

Elle fronça le nez et fit une moue de dégoût.

— Tu n'as pas besoin de jumelles pour voir d'aussi loin ?

— Hé.

Je pris une poignée de pop-corn.

— On ne critique pas tant qu'on n'a pas essayé.

— Qu'est-ce que tu fais assis ici, alors ? riposta-t-elle, arquant un sourcil.

— Tous les gens normaux ont pris ma place habituelle là-haut.

Levant les yeux au ciel avec irritation, je tournai mon attention vers l'écran où était affichée une question.

— Harrison Ford, répondis-je en pointant du doigt l'espace devant moi.

Je reportai mon attention sur elle et pris une poignée de pop-corn.

— Donc c'est une coïncidence de te croiser ici ? demandai-je. Ou est-ce que tu me suis, maintenant ?

— Oui, railla-t-elle sèchement. Tu m'as pris en flag. Je te suis. C'est pour cette raison que je suis arrivée avant toi.

— Tous les meilleurs harceleurs arrivent avant leurs cibles, acquiesçai-je.

Je soupirai et secouai la tête, reprenant mon sérieux.

— Mais, sérieusement, pourquoi es-tu dans ce cinéma ?

Si j'avais su qu'elle serait là, je serais allé dans mon vieux cinéma fétiche près de la maison.

Où personne ne piquait jamais mon satané siège.

— À ton avis ? riposta-t-elle amèrement. J'évite…

Elle s'interrompit et jeta un œil dans ma direction, me faisant comprendre qu'elle était venue ici pour la même raison que moi : afin qu'on ne se croise pas.

Une onde de chaleur se diffusa sous mon T-shirt.

— … les hommes louches, finit-elle par ajouter.

Ce qui me rappela qu'elle avait été harcelée par un mec relou la dernière fois.

Exact. J'aurais dû prendre cet incident en compte avant de venir ici.

Je hochai la tête avec une nonchalance feinte.

— Ah, oui. Moi aussi.

Elle haussa les sourcils d'un air intrigué.

— Tu évites les hommes louches aussi ?

Plongeant la main dans mon pop-corn avant que je puisse même lui en offrir, elle porta une poignée à sa bouche mais s'arrêta à mi-chemin.

— « Si tu n'étais pas aussi joli, tu sais, ils ne te dragueraient sûrement pas autant », lança-t-elle.

Touché. Je voulus la féliciter. Bonne répartie. Mais je me contentai de pousser un soupir.

— Si tu savais.

Puis je lui donnai un coup de coude et penchai la tête vers la nouvelle question sur l'écran.

— *Terminator 2*, répondis-je.

Elle leva les yeux au ciel.

— Tu réponds seulement aux questions faciles, je ne suis pas impressionnée par ta culture cinématographique.

Je haussai les sourcils.

— Ah ouais, tu veux la jouer comme ça ? Bien.

Me tournant vers l'écran pour lire les questions suivantes, j'ajoutai :

— C'est parti.

— Hum. Je ne me rappelle pas t'avoir lancé le moindre défi.

— Alors tu ne prêtais pas attention.

Je répondis immédiatement :

— *Days of Thunder.*

— *Far and Away*, contra Yellow.

Je reniflai. La réponse sur l'écran indiqua que *Days of Thunder* et *Far and Away* étaient toutes deux des réponses correctes.

Fronçant les sourcils, je lui jetai un regard.

— Ex-aequo.

Elle leva les yeux au ciel, se concentrant déjà sur la suite.

— Tom Hanks, répondit-elle en claquant des doigts.

Je lus la question et reniflai.

— Trop facile.

À partir de ce moment-là, ce fut la course pour voir qui répondait en premier, pas seulement qui répondait juste. Et quand les questions s'arrêtèrent et que la salle s'assombrit, je fus un peu contrarié que le film commence.

J'étais dans de beaux draps. Mon tout petit *crush* n'était plus si petit, après tout.

Quand le générique de fin défila, on sortit ensemble.

— Dieu merci celui-ci était beaucoup mieux que le dernier, s'enthousiasma Yellow tandis qu'on s'arrêtait pour jeter nos déchets. S'il s'était terminé comme l'autre film, je t'aurais accusé d'avoir porté la poisse à toute l'industrie cinématographique.

— Hé ! m'écriai-je. En quoi est-ce que ce serait ma faute ? Si j'avais eu mon mot à dire, le dernier film se serait terminé complètement différemment.

Une lueur espiègle dans le regard, elle leva la tête vers moi et haussa un sourcil.

— Si ça finit mal chaque fois que tu t'assieds à côté de moi, ça craint. Je serais obligée de t'accuser. Je veux dire, qui d'autre pourrais-je accuser ?

— Toi, répondis-je aussitôt. Ça pourrait être ta faute.

Les joues rouges et le visage rayonnant – elle était visiblement autant investie que moi dans notre échange et s'amusait clairement – elle me lança un regard coquin qui diffusa une chaleur folle en moi.

— Sauf que ce n'est pas moi qui abandonne toujours ma place favorite pour m'asseoir à côté de toi, rétorqua-t-elle. Tu t'installes systématiquement là où je suis. Donc tout serait ta faute. C'est toi qui causes un déséquilibre.

— Oh !

Je lâchai un rire incrédule et regardai alentour sur le parking sombre tandis qu'on sortait.

— Tu le prends comme ça, hein ?

Je la suivis vers sa voiture en secouant la tête.

— Je remercie le ciel que ce film se soit mieux terminé que l'autre, dans ce cas.

Elle gloussa, sans doute car elle ne s'attendait pas à ce que j'acquiesce si rapidement, puis elle s'arrêta devant son véhicule. Alors que sa main fouillait l'intérieur de son sac, sans doute à la recherche de ses clés, elle leva le regard vers moi.

— Tu te montres raisonnable pour une fois.

Une brise légère fit voler quelques mèches de sa queue-de-cheval vers son visage. L'envie fut si forte de les lui glisser derrière l'oreille que j'enfonçai précipitamment les mains dans mes poches.

Les épaules haussées et les bras le long du corps, je fis semblant de trembler et reculai d'un pas, l'informant qu'il était temps que je parte.

Elle repoussa ses cheveux de sa main libre et sortit l'autre de son sac, ses clés coincées contre sa paume.

— Eh bien…

Elle souffla un grand coup.

— Merci. De, tu sais…

Elle désigna vaguement les environs.

— De m'avoir encore une fois raccompagnée jusqu'à ma voiture.

J'écarquillai les yeux.

— Oh ! tu croyais que c'était mon intention ? Merde, désolé.

Avec une grimace, je secouai la tête.

— Non, en fait, j'ai fait ça pour moi.

Elle fronça les sourcils d'un air confus. Je hochai la tête.

— C'était pour ma protection. Ouais. Tu vois, j'espérais que tu flanquerais un coup de genou dans les couilles à quiconque essaierait de me racketter.

Le sourire aux lèvres, elle leva les yeux au ciel et se tourna pour déverrouiller sa voiture.

— Bonne soirée, Gracen.

— Bonne soirée, murmurai-je, la regardant un moment tandis qu'elle se préparait à partir.

La panique me submergea. Je ne voulais pas qu'elle s'en aille déjà. Ce serait peut-être la dernière fois que je la verrais.

Ça devrait être la dernière fois, mais quand même...

Et si c'était vraiment la dernière ?

Je m'ordonnai de faire demi-tour et de partir. Mais je traînai, la regardant ouvrir sa portière.

— Hé ! appelai-je.

Je grimaçai aussitôt. Elle se retourna immédiatement, les sourcils arqués.

Idiot, idiot, idiot.

J'aurais dû la laisser partir. Mais c'était au-dessus de mes forces.

— Donc...

Je coinçai ma lèvre inférieure entre mes dents avant de désigner le parking du doigt. Mince, quand est-ce que mes mains s'étaient échappées de mes poches ? Elles ne devraient pas être autorisées à se balader ainsi. C'était dangereux.

Je m'éclaircis la gorge et reportai mon attention sur Yellow.

— Est-ce que ce cinéma deviendra ton cinéma ? Si c'est le cas, je suppose que je retournerai à mon ancien cinéma.

Elle me regarda sans bouger pendant cinq bonnes secondes. Puis elle ferma sa portière et fit un pas dans ma direction.

Merde. Que faisait-elle ? Elle s'approchait, les yeux pétillant d'intérêt. Ça lui allait bien. Trop bien.

Je trébuchai d'un pas en arrière, le cœur tambourinant d'anticipation.

— Tu…

Essoufflée, elle s'arrêta un moment, déglutit bruyamment et rougit avant de sourire.

— Es-tu en train de dire que tu es venu ici ce soir pour m'éviter ?

Merde, c'était ce que je venais d'admettre.

Je lui lançai un regard incrédule, assorti d'un reniflement dédaigneux.

— Quoi ? Non.

Sous mon T-shirt, une sueur nerveuse serpenta le long de ma colonne.

Yellow s'arrêta, soudain hésitante, mais elle étudia mon visage un peu plus longtemps et fit un autre pas déterminé vers moi.

— Oh que si. Tu as aimé regarder le premier film avec moi mais tu t'es senti coupable à cause de ta sœur, alors tu as essayé de m'éviter en venant dans ce cinéma, pour ne pas qu'on passe encore un bon moment.

Un rire nerveux m'échappa.

— Tu te trompes.

Je reculai encore, jusqu'à percuter l'aile du *truck* garé à côté de sa voiture. Piégé, je la regardai tandis qu'elle se rapprochait plus près et plongeait des yeux scintillants dans mon regard désespéré.

— Est-ce que je t'intimide, Gracen Lowe ?

— Oui ! lâchai-je.

Bon sang, n'était-ce pas évident ?

Mais, merde, je n'aurais pas dû l'annoncer de façon aussi flagrante.

— Je veux dire, non.

Merde, j'étais vraiment un gros ringard. Pas étonnant que les mecs se foutent constamment de ma gueule, disant que je n'aurais jamais perdu ma virginité si je n'avais pas une si jolie gueule. Je savais que j'étais un gros nul niveau drague. C'était super humiliant. Mais les niveaux d'inaptitude dont je faisais preuve en présence de Yellow étaient pires que d'habitude.

Devant moi, se tenant si près que je dus baisser la tête pour croiser son regard, cette dernière sourit. Les effluves de son parfum me chatouillèrent les narines.

— Si, murmura-t-elle, absolument rayonnante. Je t'intimide.

Ma détresse lui plaisait.

Un filet de sueur coula le long de ma tempe. Elle s'approcha de nouveau. J'en oubliai de respirer. Passant les mains derrière moi pour m'empêcher de la toucher, je chuchotai :

— Arrête. S'il te plaît.

Elle obtempéra et prit une longue inspiration comme si elle était ravie d'avoir autant de pouvoir sur moi.

— Mais pourquoi ? demanda-t-elle. Comment est-ce que, moi, je peux t'intimider toi ? Je suis la personne la moins intimidante du monde.

— Ouais, c'est ça, pouffai-je, avant de réaliser qu'elle ne plaisantait pas.

Elle ne comprenait honnêtement pas. Fronçant les sourcils, j'ajoutai :

— Tu ne comprends pas ?

— Bien sûr que non.

— Mais, commençai-je, avant de m'interrompre, me sentant idiot.

Puis je lâchai :

— N'est-ce pas évident ? J'ai certaines envies, mais je ne devrais pas...

Dès que les mots furent sortis, je plaquai une main sur ma bouche.

Seigneur. Quel effet me faisait cette fille ? Pourquoi est-ce que je n'arrêtais pas de débiter tout ce qui me passait par la tête ?

Pourtant, elle ne comprenait toujours pas. Elle secoua la tête.

— Quoi ?

— Je commence à bien t'aimer, expliquai-je en faisant un moulinet de la main. Genre, vraiment bien t'aimer. Pas juste pour aller voir des films. Peut-être que tu ne ressens pas ce que je ressens, mais…

— Si, coupa-t-elle précipitamment.

Je déglutis. Merde.

— OK.

Je hochai la tête, incapable de soutenir son regard, de crainte de faire une chose que je regretterais. Comme l'embrasser.

— On joue avec le feu, annonçai-je. Vouloir que quelque chose arrive entre nous, c'est mal. Même si on ne fait jamais rien de plus ensemble, ce qu'on ne fera pas est suffisant pour contrarier Bella si elle le découvrait. Et je refuse de faire quoi que ce soit qui pourrait la contrarier. Alors, non. Il n'y a aucun futur à imaginer ici.

Mon doigt navigua entre nous.

— Ceci – quoi que ce soit – se termine maintenant.

Le regard incertain, elle recula d'un pas et secoua la tête.

— Mais tout ce qu'on a fait c'était voir un film ensemble, balbutia-t-elle.

Je baissai lentement la main alors qu'elle levait les yeux au ciel pour se corriger :

— OK, deux films.

— C'est plus que ça, dis-je doucement. Et tu le sais.

La déception envahit son visage.

— Je…

Elle déglutit bruyamment et grimaça.

— Mais on n'a rien fait de mal. C'est resté extrêmement innocent entre nous.

— Et ça le restera, insistai-je. Alors on arrête maintenant avant que les choses aillent plus loin.

Ses épaules se voûtèrent. Ses yeux devinrent vitreux comme si elle pouvait se mettre à pleurer d'un moment à l'autre. Elle hocha la tête et commença à se tourner, mais s'arrêta et pivota vers moi.

— Alors si je ne te revois jamais, débita-t-elle à toute vitesse comme si elle craignait de perdre le courage de parler. Puis-je te demander une petite faveur, avant que tu partes ?

La regardant avec méfiance, je soufflai par le nez. Je savais déjà que je n'aimerais pas ce qu'elle me demanderait, tout comme je savais que je lui accorderais probablement son souhait, de toute façon.

— Qu'est-ce que c'est ? demandai-je, d'une voix basse et hésitante.

Les yeux immenses et effrayés, elle humecta rapidement ses lèvres sèches.

— Je peux te faire un câlin ?

— Un câlin ?

Elle aurait mieux fait de me donner un coup de poing dans l'estomac. J'aurais eu autant le souffle coupé et mais cela aurait été beaucoup plus facile à encaisser.

Un câlin ? Un putain de câlin ?

C'était pire que demander si on pouvait s'envoyer en l'air sur la banquette arrière de sa voiture. Le sexe pouvait être impersonnel, des mains baladeuses, des baisers voraces, des corps qui se tamponnaient. Rien de plus qu'un besoin primaire qui se retrouverait satisfait.

Les câlins contenaient de l'affection, du réconfort, de l'émotion, de la bienveillance. Un câlin ne pouvait pas être impersonnel.

— Quoi ? demandai-je, histoire de retarder l'inévitable.

Mais bon sang, elle commença à répéter la question.

— Je peux…

— Pourquoi ? la coupai-je, ne supportant pas qu'elle le répète une seconde fois.

Elle se figea et me regarda, sa respiration commençait à s'accélérer.

— Je, euh, je préférerais ne pas te le dire, murmura-t-elle finalement.

Je fronçai les sourcils, perplexe. Elle soupira.

— C'est juste un test. Pour moi-même, ajouta-t-elle rapidement. Une sorte d'autothérapie qui n'a rien à voir avec toi. Je veux seulement découvrir quelque chose sur moi. Ensuite j'arrêterai, OK ?

— Hum…

Obtenir des réponses semblait important pour elle.

— OK, répondis-je alors, mais je ne t'enlacerai pas en retour.

Elle leva les yeux vers moi, une lueur d'espoir dans le regard. Ma réticence lui plaisait encore plus.

— Pas de problème, assura-t-elle rapidement. Je m'occuperai de tout. Ne bouge pas et laisse-moi faire mon test.

Puis elle avança vers moi, avant de s'arrêter, gênée, quand, comme promis, je ne fis rien pour coopérer. Passant à l'aveugle les mains derrière moi, je saisis le hayon du *truck* contre lequel j'étais toujours appuyé et regardai tandis qu'elle levait les bras puis les baissait légèrement, contemplant mon corps d'un air perplexe.

— Euh…

Je pouvais lire chaque pensée dans sa tête. Elle ne savait pas comment procéder.

— Mince, marmonna-t-elle. J'ai l'impression d'avoir oublié comment on fait.

— La partie « ouvrir les bras » était un bon début.

Elle me lança une moue irritée parce que, ouais, je la taquinais.

Puis elle se jeta contre mon torse, me plaquant contre la voiture, et enroula ses bras autour de moi tel un lasso.

— Oomph..., bafouillai-je, le souffle momentanément coupé.

Mais ensuite elle se détendit, relâcha ses muscles et desserra son étreinte, avant de tourner le visage sur le côté pour appuyer son oreille contre la base de ma gorge. Elle cala sa tête sous mon menton.

Son pouls était rapide, tel celui d'un oiseau effrayé, et ses bras tremblaient légèrement, mais elle semblait déterminée à continuer de s'accrocher à moi.

Une autre seconde passa avant que je commence à me détendre contre sa chaleur, sentant ses seins appuyer contre mes côtes et l'os de sa hanche contre ma cuisse.

Je baissai légèrement le visage pour expirer contre le sommet de sa tête. L'odeur de son shampooing s'infiltra dans mes narines.

Fermant les yeux, j'appuyai la joue contre ses cheveux. Et avant que je m'en rende compte, mes mains avaient lâché le *truck* et mes bras s'enroulaient lentement autour d'elle.

Elle soupira de plaisir contre moi.

S'ensuivit le câlin le plus long qui ait jamais existé. Il s'écoula probablement quinze minutes, ou plus, pendant lesquelles on ne fit rien que se tenir tous les deux, en se balançant parfois doucement ou en glissant une main le long du dos de l'autre.

Aucun mot ne fut prononcé ; aucune promesse ne fut faite.

On se contenta de... s'enlacer.

Quand elle eut fini, elle souffla, tapota mon dos deux fois en remerciement et me relâcha avant de reculer d'un pas.

Une sensation de vide m'envahit aussitôt.

Je baissai les yeux vers elle. J'avais l'étrange sensation d'être exposé, vulnérable. Mais elle se contenta de sourire doucement comme si elle comprenait.

— Merci, Gracen.

Puis elle se tourna, monta dans sa voiture et partit.

Je restai debout, là, longtemps après son départ, me demandant ce qui venait de se passer.

Je me sentais changé.

Mais, étrangement, je n'avais pas l'impression d'avoir trahi ma sœur ni d'être un mauvais frère.

Je me sentais meilleur à l'intérieur.

Chapitre 8

BELLA

Pendant ce temps, de l'autre côté de la ville

Bentley n'annonça ni grossesse ni fausse couche à la famille. Attendre qu'elle donne des nouvelles me rendait dingue, alors j'organisai une soirée entre filles impromptue où j'invitai toutes les mamans, pour que Bentley soit obligée de venir et de révéler quelque chose.

Comme j'avais vingt personnes sur le point de débarquer moins d'une heure après, ma mère arriva en avance pour m'aider à préparer.

— Je suis si contente que tu aies organisé cette soirée.

Elle me tapota le dos avec approbation.

— J'avais vraiment besoin d'une soirée entre filles. Ton père ne lâche pas l'affaire pour mon cadeau. Et ce n'est même pas un anniversaire important. Alors je ne sais pas du tout quel est son problème. Honnêtement, je préférerais oublier que je suis si vieille.

— Allons, maman. Papa a su quoi t'offrir chaque année. Excepté pour celle-ci et tu ne lui donnes aucune piste.

— Car je n'ai envie de rien.

— Alors invente quelque chose. Il n'y a pas que toi qu'il rend fou ; il nous harcèle avec Gray. Dis quelque chose pour que son calvaire s'arrête. Après toutes ces années, il veut seulement te couvrir de cadeaux et baiser le sol sur lequel tu marches. Moi, je conseille de le laisser faire.

Maman me regarda un moment.

— Tu sais quoi, tu as raison, répondit-elle finalement.

Passant un bras autour de mes épaules, elle me tira vers elle.

— J'ai élevé une fille si sage et merveilleuse.

Je hochai la tête.

— Oui, je sais.

Puis j'éclatai de rire. S'il y avait bien une chose dont je ne me sentais pas capable, c'était d'être sage ou merveilleuse.

— Maintenant retournons à nos moutons et essayons de nous rappeler où j'ai rangé mon appareil de thalasso pour les pieds et les assortiments de masques pour le visage après la dernière soirée organisée.

Une demi-heure plus tard, la maison était pleine. Bentley était là aussi. Quand sa mère, Felicity, était arrivée avant elle, j'avais demandé avec décontraction et nonchalance :

— Oh ! Bentley n'est pas venue avec toi ?

Tout en pensant : « Bon sang, elle a intérêt à venir. J'ai organisé cette satanée fête dans le seul but de la voir. »

Felicity avait haussé les épaules.

— J'ai appelé mais elle voulait dîner avec Beau et Braiden d'abord. Elle devrait arriver bientôt.

Mais quand Bentley arriva enfin, elle entra sans que je la remarque, juste après l'arrivée de Teagan et Caroline. Et elles avaient emmené

Harper, le bébé de Teagan, qui vola l'attention de tout le monde pendant une minute.

Alors je fus surprise quand je la découvris en retrait, ne parlant pas, mais regardant tout le monde commérer.

Ce qui ne lui ressemblait pas du tout.

Quand je n'étais pas en train de répondre à la question de quelqu'un ou de jouer à l'hôtesse, je l'observais.

Elle était belle. Elle avait la carnation de sa mère, des cheveux d'un roux profond et des yeux bleu vif. Elle n'avait pas beaucoup pris de leur père. Fox était celui qui lui ressemblait le plus.

Knox Parker était un ex-taulard, ex-boxeur, ex-agent de sécurité mais toujours un grand type d'apparence effrayante. Aux cheveux et aux yeux foncés, il avait transmis son teint et une partie de sa carrure impressionnante à son seul fils. Et je devais admettre que cela ne me dérangeait pas du tout. Felicity et Knox avaient créé un homme irrésistiblement séduisant. Parfois, il suffisait que Fox me regarde de ses intenses yeux noisette pour que je me retrouve toute bouleversée de sensations.

Personne ne m'avait jamais regardée comme il le faisait.

Ce soir, cependant, il n'était pas question de lui mais de sa sœur.

Elle ne se comportait pas du tout comme d'habitude. J'étais sur le point de la rejoindre discrètement pour aller l'enlacer quand maman me passa le bébé, sachant que je voulais mon tour. Je poussai des « oh » et des « ah » et jouai avec l'immense bandeau au nœud rose de la petite Harper jusqu'à ce que tante Julianna me la pique, clamant qu'elle voulait plus de temps avec elle puisqu'elle ne serait jamais grand-mère à moins que son fils Cress adopte.

Je voulais me diriger vers Bentley à ce moment-là sauf que Teagan posa un coude sur mon épaule et s'appuya lourdement sur moi.

— Luce ! lança-t-elle. Dis-nous en plus sur ton petit bambin.

— Le… Le mien ?

Les yeux de Lucy Olivia s'écarquillèrent. Elle se rapprocha de sa mère, Aspen, et posa une main protectrice sur son ventre.

— Mais il n'y a rien à dire encore. Pour l'instant, je ne pourrais même pas te dire si c'est un garçon ou une fille.

Aspen passa un bras réconfortant autour de la taille de Lucy.

— Tout semble normal et le bébé en bonne santé, annonça-t-elle. On a fait notre première échographie l'autre jour. Elle est enceinte de sept semaines et deux jours.

Je jetai un œil vers Bentley, qui pâlit et s'avachit contre le mur en enlaçant sa propre taille. Ni Felicity ni sa belle-mère ne le remarquèrent.

Très protectrice envers sa fille, Aspen attrapa une mèche des cheveux de Lucy Olivia et lui glissa derrière l'oreille.

— Lucy va bien. Aucune nausée matinale pour l'instant.

C'était peut-être pour cette raison que Bentley ne parlait pas. Elle ne voulait pas voler la vedette à un autre bébé alors que le sien n'existait peut-être même plus.

— Alors pourquoi ne nous dis-tu pas qui est le père de ce bébé ? demanda Caroline, penchant la tête sur le côté d'un air curieux.

— De quoi est-ce que tu parles ?

Lucy Olivia pâlit.

— Je vous l'ai dit, répondit-elle.

— Tout ce que tu as dit c'est que le mec était mort, intervint Skylar de l'autre côté du salon.

— Ouais, renchérit Ayden, 16 ans. Et tu ne nous as même pas donné de nom. Ça sent le bobard à plein nez.

— Ayd !

Sa sœur aînée, Rory, la frappa sur le bras pour la réprimander mais son autre sœur, Riley, surenchérit :

— C'est vrai qu'elle n'a pas donné beaucoup de détails sur lui. Si j'avais couché avec quelqu'un, et qu'il était mort, quoi… sept semaines plus tard ? Je…

— Mais merde ! explosa Lucy Olivia, empoignant sa tête. Je ne mens pas. Le mec est mort. Vous voulez que je vous montre sa nécrologie ?

— Oui ! s'exclama aussitôt une pièce pleine de femmes, jeunes et vieilles.

— Seigneur, marmonna Lucy en levant les yeux au ciel. Très bien. Attendez.

Secouant la tête et grommelant dans sa barbe, elle sortit son téléphone de sa poche et commença à chercher.

— Vous êtes vraiment chiantes.

— Mais tu nous aimes quand même, rétorqua Chloé en souriant.

Battant des cils, elle se rapprocha pour voir l'écran du téléphone par-dessus l'épaule de Lucy.

Lucy Olivia lui rendit son coup de coude et gloussa.

— Meuf, lâche-moi la grappe.

— Tu nous aimes, tu nous aimes, tu nous aimes, gloussa Chloé en embrassant la joue de Lucy.

Cette dernière rit encore plus et enfouit son visage contre son épaule.

— Ah ! s'écria-t-elle, ayant trouvé ce qu'elle cherchait.

Elle leva le téléphone d'un air triomphant, nous montrant l'écran.

— Voilà. Prenez ça, les filles !

Je m'emparai du téléphone avant que quiconque puisse mettre la main dessus.

— Greggory Duke Merrill, lis-je à voix haute, avant de hausser un sourcil. Greggory, hum ?

Elle rougit et leva les yeux au ciel.

— Il se faisait appeler Duke, marmonna-t-elle avant de baisser les yeux tristement. Je travaillais avec lui.

Je repris ma lecture.

— Âge : 22 ans. Mon Dieu !

J'écarquillai les yeux. Mort à vingt-deux ans. Il était si jeune.

— Tu as chopé un mec plus jeune, Luce ? s'enthousiasma Skylar. Waouh, bravo. Tu es mon héroïne.

Lucy Olivia grimaça.

— Je n'étais pas beaucoup plus vieille que lui, protesta-t-elle. Juste de quelques années.

— … a perdu son combat contre le cancer, continuai-je à voix haute, faisant retomber tous les sourires de l'assemblée tandis qu'elle se rendait compte que l'homme dont on parlait n'était plus en vie et qu'on était en train de lire sa nécrologie.

Je repris :

— … à l'hôpital Ingall Memorial. Il est allé à l'école primaire Roosevelt, au lycée North Central, et a pris un poste chez Beriss International au printemps dernier. Ses parents, Jim et Melissa Merrill, l'ont précédé dans la mort. Son frère, Vaughn Merrill, lui survit.

Pas une grande famille, donc. Je grimaçai de nouveau en lisant les détails, qui nous informaient que le mec était mort à peine un mois plus tôt.

— Donc quand il est mort, tu ne savais même pas que tu étais enceinte de lui, en déduisis-je.

Lucy Olivia secoua tristement la tête.

— Nope. Je suis allée à son enterrement sans me douter de rien.

— Mon Dieu, Lucy.

Tante Sarah fit rouler sa chaise vers sa nièce pour lui prendre la main.

— Toutes mes condoléances.

— Oui, toutes mes condoléances, ma chérie, dit tante Eva en lui tapotant le dos. Tu tiens le coup ?

Lucy grimaça.

— Je ne suis pas, je veux dire, ce n'était pas...

Elle leva les mains.

— OK. Si vous voulez vraiment connaître toute l'histoire, voici ce qu'il s'est passé. Mon Dieu.

Elle appuya une main sur son visage et marmonna :

— Je n'en reviens pas de raconter ça à voix haute.

— Raconte-nous, bébé, encouragea maman. On est là pour toi.

— OK, très bien.

Lucy Olivia soupira et baissa les mains.

— On savait tous que Duke avait une leucémie quand il a commencé à travailler avec nous au printemps dernier. Il s'absentait toujours pour ses rendez-vous médicaux et sa chimio. Quand il est entré en soins palliatifs et a décidé de démissionner, on lui a organisé un pot de départ. C'était la moindre des choses.

Elle haussa les épaules.

— Le mec était un vrai coureur de jupons. Il était gentil et inoffensif, mais pas du tout mon genre. Sauf qu'il était déterminé à coucher avec toute la population féminine avant de quitter ce monde.

Elle s'arrêta pour lever les yeux au ciel avec agacement.

— Et oui, grogna-t-elle. Il m'a finalement eue à la fête de départ. Il en a fait des tonnes, jouant la carte du cancer pour m'attendrir. Puis il a presque commencé à pleurer sur moi, me disant que c'était probablement la dernière fois qu'il coucherait avec quiconque et aussi la dernière fois que je le verrais même vivant. Ce qui a été le cas. Il a insisté pour que je lui donne un adieu digne de ce nom et lui accorde un dernier vœu.

Elle grommela :

— Comment étais-je supposée dire non ?

— Waouh, soufflai-je, choquée. Donc tu es tombée enceinte parce que tu as couché avec un mec mourant par pitié ?

Elle me lança un regard noir.

— Je n'en suis pas fière, OK ? J'avais si peur de lui faire mal que je n'ai même pas pensé à mettre un préservatif.

— Nom de dieu, Lucy, souffla tante Caroline.

Puis elle secoua la tête.

— Quelle histoire. Il était bon au pieu ?

— Maman ! s'écria Teagan, horrifiée.

Puis elle donna un coup de coude à sa mère et sourit.

— J'allais poser la même question.

La moitié du salon leur lança des regards étranges.

— Quoi ? s'exclama Teagan. Le mec était à un mois de la mort. Je suis impressionnée qu'il ait été capable d'encore la lever.

— On dirait que sa plomberie fonctionnait très bien, annonça tante Eva, caressant d'une main le ventre de Lucy. Puisqu'elle a une brioche dans le four.

La future maman ricana amèrement.

— Connaissant Duke, il est probablement mort avec une érection. Mais…

Elle passa les bras autour d'elle et grimaça.

— Et si c'était le fait de coucher avec moi qui l'avait, vous savez, tué ?

— Non, la rassura Sarah. Impossible. Une personne aussi malade n'aurait pas survécu longtemps, de toute façon.

— Elle a raison.

Tante Zoey tapota gentiment le bras de Lucy.

— Tu l'aurais perdu quoi qu'il arrive, j'en ai bien peur.

— Mais…

Lucy secoua la tête, incapable d'accepter leurs explications.

— C'est le problème. Je ne suis pas malheureuse de l'avoir perdu. Et ça me donne l'impression d'être une personne horrible car je ne suis pas en deuil alors qu'il est probablement mort à cause de moi.

Tout le salon se mit à protester.

— Il n'est pas mort à cause de…

Mais Lucy n'en avait pas terminé.

— Ce n'était pas l'amour de ma vie et on n'était même pas des amis proches. S'il avait été en bonne santé et qu'on avait eu cet enfant ensemble, j'aurais probablement fini par le détester. Il était si irresponsable et négligent, il aurait fait un père horrible, toujours absent. Mais j'ai l'impression que j'aurais dû être plus proche de lui. Je suis celle qui va transmettre une partie de son héritage. Et je ne suis pas… Je ne sais pas. C'est tellement étrange qu'il soit mort. Juste comme ça. Et c'était encore plus étrange de coucher avec un mec que je savais mourant. C'était…

Elle fit la grimace et secoua la tête.

— Quand on a couché ensemble, il déclinait vraiment. J'ai dû faire la majorité du boulot.

— Oh mon Dieu, alors c'était nul ? s'écria Teagan.

L'air complètement coupable, Lucy recouvrit son visage des deux mains.

— Horrible. Et j'ai l'impression de n'avoir aucun cœur de l'admettre et de ne pas être bouleversée par sa mort alors que je l'ai probablement précipitée.

— Oh ! bébé, je suis si navrée.

Haven la prit dans ses bras.

— Mais tu ne l'as pas tué. On te l'assure.

Lucy se mit alors à pleurer.

— Et que suis-je censée dire à ce gosse quand il m'interrogera sur son père ? Tout ce que je sais c'était qu'il ne rendait jamais son boulot dans les temps, il pensait que les blagues de pet étaient hilarantes, il jetait toujours le *bun* du bas chaque fois qu'il mangeait un hamburger, et il aimait courir les femmes et coucher avec quiconque était consentante. Qui pourrait dire ça à un enfant ?

— À mon tour de parler, intervint tante Remy, écartant Haven pour prendre Lucy dans ses bras. Ma chérie, tu diras simplement à cet enfant que son papa est mort avant que tu aies le temps d'apprendre à le connaître parce que c'est la vérité.

Pendant que toutes les autres réconfortaient Lucy, je reculai et vins me placer à côté de Bentley. En temps normal elle aurait été en train de consoler sa belle-sœur avec les autres.

Essaie d'aller à la pêche aux infos discrètement, m'ordonnai-je en silence.

— Bent ? chuchotai-je. Tu as fait une fausse couche ?

Elle écarquilla les yeux. Elle me regarda bouche bée pendant cinq bonnes secondes avant d'attraper mon bras, le serrant comme un étau et de me tirer dans le couloir jusqu'à ma chambre.

— Comment est-ce que tu l'as su ? siffla-t-elle dès qu'elle eut fermé la porte et se fut tournée vers moi, le visage pâle et les joues creuses.

— Oh ma chérie, murmurai-je, éloignant quelques mèches de cheveux de son visage. Ça se voit. Tu restes en retrait, tu ne parles à personne, tu deviens blanche comme un linge chaque fois que le mot bébé est prononcé et on dirait que tu vas t'évanouir d'une seconde à l'autre. Viens. Assieds-toi.

Je la menai jusqu'au lit. Elle s'assit mais fit aussitôt une drôle de tête en regardant les draps emmêlés à côté d'elle.

— Hé.

Elle ramassa un T-shirt et se tourna vers moi.

— C'est celui de Fox.

Je déglutis, me figeant momentanément, avant de secouer la tête.

— Euh, non. Je pense que c'est un vieux T-shirt de Gracen.

— Gray a le même T-shirt que Fox ? C'est bizarre.

— Les hommes, marmonnai-je en levant les yeux au ciel et en agitant nerveusement la main. C'est probablement la raison pour laquelle Gray a acheté le sien.

Je n'en revenais pas de lui mentir de façon aussi éhontée.

Essayant de changer de sujet pour ne pas avoir à sortir un autre bobard, je lui pris le T-shirt de la main et le lançai vers ma salle de bains avant qu'elle le renifle et sente son frère au lieu du mien sur le tissu. Puis je pris ses mains et les serrai avec affection.

— Sérieusement, comment vas-tu ?

— Je… Oh ! tu sais.

Elle leva une main et essaya de rire mais ses yeux s'emplirent de larmes. Ses épaules tremblèrent et elle renifla pour empêcher les larmes de couler.

— Je suis…

— Malheureuse ? suggérai-je.

Elle se ratatina et s'appuya lourdement contre moi.

— Ouais.

— Je le serais aussi à ta place.

Commençant à la bercer, j'ajoutai :

— Mais c'est normal de ne pas aller bien pendant un moment pareil. Et sur le plan médical, comment vas-tu ?

— Mon corps guérit, si c'est ta question.

— Oui, c'était ma question.

Elle hocha la tête.

— C'est arrivé la semaine dernière, alors j'ai eu un peu de temps pour m'en remettre.

— Tu étais enceinte de combien ?

— Pas beaucoup plus que Lucy. Un peu plus de huit semaines.

Posant ma joue sur son épaule, je commençai à caresser son bras.

— C'est pour ça que tu n'as rien dit à personne ? À cause de Lucy Olivia ?

Bentley poussa un long soupir avant de répondre.

— Ouais. J'ai découvert que j'étais enceinte quelques jours à peine après qu'elle a annoncé la nouvelle pour elle. Mais on savait dès le début que c'était une grossesse extra-utérine, donc…

Elle haussa les épaules.

— Les parents de Beau étaient focalisés sur sa sœur et son bébé, comme ils devraient l'être ; elle aura besoin d'aide pour élever un enfant seule. Beau et moi avons décidé de ne pas…

— Je comprends, murmurai-je tristement. Mais quand même…

Je lui lançai un regard sévère.

— J'aurais aimé être là pour toi quand c'est arrivé. Tu n'aurais pas dû traverser cette épreuve toute seule.

— Je n'étais pas seule.

Elle sourit doucement.

— Beau était avec moi.

Quand je lui lançai un regard incrédule, elle rit.

— Quoi ? Il a été génial, il m'a beaucoup soutenue.

Je haussai les sourcils et secouai la tête.

— Si tu le dis. Mais rappelle-toi quand on avait treize ans et qu'il montrait son amour inconditionnel pour toi en mettant du chewing-gum dans tes cheveux et des insectes sur ta chaise. Et n'oublions pas comment il a recruté ton propre frère pour l'aider à gâcher tes rendez-vous avec d'autres garçons quand tu étais…

Bentley me coupa en gloussant, avant de secouer la tête.

— Crois-moi, il s'est grandement amélioré lorsqu'il s'agit de montrer ses émotions.

— Mon Dieu, j'espère bien, marmonnai-je.

Tapant son épaule contre la mienne, Bentley continua de rire avant de pousser un long soupir satisfait.

— Merci, dit-elle finalement, en recouvrant son sérieux. Je ne savais pas si j'allais rire de nouveau un jour.

— Compte sur moi pour te rappeler le bouffon que tu as épousé.

Elle sourit puis renifla et s'essuya les yeux.

— J'ai mal à l'âme, tu sais ? Tellement. Chaque fois que je regarde Braiden, je ne peux pas m'empêcher de me demander à quoi aurait ressemblé cet enfant.

Je n'avais jamais fait de fausse couche ; je ne savais pas exactement ce qu'elle traversait. Mais il m'était arrivé de regarder les enfants des autres et de penser tristement « et si » ?

Mes années de fertilité n'étaient pas encore terminées mais elles étaient déjà bien avancées. Parfois, je sentais une pointe d'anxiété m'envahir en me demandant si j'aurais un jour mon propre enfant. Ou si je me marierais un jour. Cela ne me gênerait pas d'avoir les deux. Mais si je ne dépassais jamais mes blocages ? Je ne vivrais pas ces bonheurs que j'étais certaine de vouloir vivre.

Une personne pouvait se perdre avec des « si ».

— C'était une fille, décrétai-je. Et vous l'auriez appelée… Briar.

Bentley fit la grimace.

— Briar ?

Je hochai la tête.

— Ouaip.

Parce que Briar allait bien avec Fox.

— Et elle aurait eu tes cheveux roux évidemment parce que tes cheveux déchirent, mais peut-être les yeux noisette intense de son oncle Fox.

Levant les sourcils avec intérêt, Bentley fit un bruit de gorge.

— Oh alors comme ça tu aimes les yeux noisette intense de mon frère ?

Tu n'imagines pas combien.

Mais je battis de la main, espérant changer de sujet rapidement.

— C'est juste histoire de mettre un peu de variété puisque toi, Beau et Braiden avez tous les trois les yeux bleus.

Je n'avais aucun mal à imaginer les yeux intenses de son frère sur un bébé joufflu qui lèverait les bras vers moi pour être porté, en babillant « maman ».

Génial, maintenant je retombais dans le puits sans fond des « si » ?

— OK, acquiesça Bentley. Je commence à la visualiser. Elle est super mignonne.

— Elle est superbe, acquiesçai-je. Un peu fofolle. Super curieuse, avec plus d'énergie que la moyenne. Elle est pleine de vie et dit les choses les plus amusantes. C'est elle qui met l'ambiance.

— Elle est parfaite, décréta Bentley, serrant ma main.

— Ouais. Elle est parfaite, murmurai-je.

— Elle va me manquer.

Bentley appuya la joue contre mon épaule et je la serrai fort tandis qu'on restait là, main dans la main, à pleurer ensemble.

— À moi aussi.

Bentley et moi restâmes dans ma chambre à parler et pleurer pendant environ vingt minutes, continuant de donner vie au bébé qu'elle avait perdu jusqu'à ce qu'on soit satisfaites de la vision qu'on avait créée.

Le temps qu'on rejoigne les autres femmes dans le salon, Bentley avait meilleure mine, le visage moins fermé et moins pâle, et elle souriait davantage, se joignant même à quelques conversations, ici et là. Je la surpris en train de caresser le ventre de Skylar et de rire quand le bébé donna un coup.

Une vague de chaleur se répandit dans ma poitrine. J'étais si contente de l'avoir aidée.

J'avais hâte d'annoncer à Fox que faire ma fouine avait été bénéfique pour sa sœur.

Dès que la dernière invitée fut partie, je fermai la porte et cherchai immédiatement mon téléphone. Il était bien après minuit mais je lui envoyai un texto quand même.

BELLA : Tu avais raison ; Bentley a fait une fausse couche.

À cette heure-là j'étais sûre de le réveiller mais il répondit dans la minute.

FOX : Merde, Bells. Qu'est-ce que tu as fait ?

Grinçant des dents, je tapai une réponse.

BELLA : Je ne suis pas nulle pour aller à la pêche aux infos, en fin de compte. En fait, je suis même carrément douée. Bentley m'a tout raconté. C'était une grossesse extra-utérine, comme tu l'avais deviné. Elle était enceinte de huit semaines et elle a fait une fausse couche la semaine dernière, probablement le soir où tu as gardé Braiden pour eux.

FOX : Merde. Est-ce qu'elle va bien ?

BELLA : Maintenant, oui. On a parlé, je l'ai prise dans mes bras. Je l'ai fait pleurer et rire en me moquant de son mari.

FOX : Ce n'est pas difficile ; Beau est une blague ambulante. Mais bon travail, bébé. Je suis content que tu aies été là pour elle. Comment va-t-elle physiquement ?

Je haussai les sourcils en lisant les premières lignes. Mes yeux me trompaient-ils ou Fox m'avait-il complimentée d'avoir fourré mon nez dans des affaires qu'il estimait ne pas être les miennes ? Intéressant. Je répondis en me mordillant la lèvre.

BELLA : Elle a dit qu'elle guérissait mais elle se déplaçait super lentement et je l'ai vue grimacer plusieurs fois. À mon avis, c'est encore douloureux mais je pense vraiment qu'elle est en train de guérir et qu'elle ira mieux bientôt. Mais rembobinons un instant. Tu viens de me dire bon travail ? Alors que j'ai fait exactement ce que tu m'avais dit de ne pas faire ?

Quand les trois petits points apparurent, me disant qu'il était en train de répondre, je poussai un soupir et traçai du doigt le petit émoji de phacochère que je lui avais attribué comme image de profil. Tout le monde lui assignait toujours l'émoji renard car c'était son nom, j'avais donc choisi quelque chose de différent. J'avais même changé son nom dans mon répertoire en « Phacochère ». Chaque fois qu'il voyait son pseudo, il levait les yeux au ciel, me disait que j'étais bizarre et passait un bras autour de ma taille, me tirant vers lui pour m'embrasser comme un fou.

Il adorait que je sois bizarre.

Les points disparurent ; sa réponse apparut. Mon cœur fit une petite cabriole dans ma poitrine. Je ne savais pas pourquoi le simple fait d'échanger des textos avec lui me donnait autant d'adrénaline. Mais ça faisait un moment que je réagissais ainsi.

C'était… étrange.

FOX : Oui, je te complimente. Tu as fait sourire ma sœur alors qu'elle vient de traverser l'enfer. Je te dois une fière chandelle. Mais ne t'y habitue pas. Je suis sûr que bientôt tu referas quelque chose pour m'énerver.

Je ricanai, sachant qu'il me taquinait dans le seul but de me provoquer. Je mordis à l'hameçon.

BELLA : Trouduc.

FOX : Et voilà. Est-il trop tard pour retirer mon compliment ?

BELLA : Ouaip. Tu l'as écrit ; tu ne pourras plus jamais le retirer.

FOX : Merde.

Un moment de silence radio passa entre nous. Je savais que c'était à mon tour de lui renvoyer quelque chose de mordant mais je n'avais plus envie d'être taquine. Une douleur avait pris naissance dans le centre de ma poitrine. Je ne voulais plus qu'il ne soit que des mots sur un écran. Je le voulais ici, chaud et vivant à côté de moi. Je voulais appuyer le nez dans son T-shirt et sentir mon Fox en personne, caresser son menton pas rasé et faire courir mes doigts sur sa barbe de plusieurs jours.

J'étais avec lui hier soir, pourtant il me manquait.

Avant que je puisse m'arrêter, j'écrivis quelque chose que je regrettai immédiatement.

BELLA : Alors, tu viens demain soir ?

Je me sentais toujours faible, en demande et pathétique quand je demandais à le revoir, alors je le laissais habituellement prendre l'initiative. Sauf que je le demandais de plus en plus ces derniers temps.

Trop souvent.

Je ne savais pas ce qui déconnait chez moi. Je ne voulais pas que les choses deviennent compliquées entre nous. Je ne voulais pas qu'on se retrouve aspiré dans un truc sérieux, d'attachement, d'émotions, de confiance et de responsabilité. La première fois qu'on avait couché ensemble c'était justement ce à quoi il essayait d'échapper.

Ce qu'on vivait en ce moment était parfait. Le transformer en quelque chose de plus profond finirait en désastre. J'avais essayé avant ; ça n'avait pas fonctionné. Je ne referais pas la même erreur. Je n'allais pas tout gâcher avec Fox en me montrant trop envahissante et en laissant la catastrophe que j'étais l'étouffer. Il commencerait à avoir besoin d'espace pour respirer, tout comme Ethan, et ensuite il prendrait la fuite et coucherait avec quelqu'un d'autre.

Le perdre m'anéantirait, donc je refusais de m'accrocher à lui.

Me sentant fébrile et inquiète tandis que je regardais les points disparaître sur l'écran, je me mordillai la lèvre inférieure et ignorai le malaise dans mon ventre tandis que je priais qu'il ne réponde pas en disant qu'il avait besoin de plus d'espace. Je ne voulais pas l'étouffer non plus. Or, c'est tout ce qui s'était passé avec Ethan ; je ne referais pas la même erreur.

La réponse de Fox apparut.

FOX : Ou je pourrais venir maintenant.

Je soufflai de soulagement. Oh mon Dieu. Merci, merci, merci. Sa réponse était parfaite.

Je voulus immédiatement répondre « oui, ramène ton cul sexy ici, tout de suite ». J'avais vraiment très envie de lui. Mais il avait besoin d'espace, même s'il ne s'en rendait pas compte. Je devais le faire mariner. Autrement, il finirait par s'ennuyer, trouverait quelqu'un d'autre et partirait.

Je ne devais pas laisser mes envies me contrôler ; ça ne ferait que l'éloigner.

Alors je ravalai mon envie et optai pour une réponse intelligente, raisonnable.

BELLA : Il est déjà minuit passé. Je serai probablement endormie le temps que tu arrives, de toute façon.

FOX : Alors je me placerai en cuillère derrière toi et te câlinerai toute la nuit. Comme ça, on se réveillera ensemble pour une partie de jambes en l'air demain matin.

Que c'était tentant… Il avait beau être musclé et fort, Fox était vraiment le meilleur quand il s'agissait de me prendre dans ses bras. Mais je restai campée sur mes positions. Je résistai.

BELLA : Demain soir.

Je l'entendis presque soupirer de regret.

FOX : Rabat-joie. Très bien, on se verra demain. D'ici là, bonne nuit, ma belle.

Voilà. Il était toujours accroché. Je ne l'étouffais pas et je le laissai dans l'attente de moments prometteurs.

Voulant rendre les au revoir encore plus agréables, je répondis bonne nuit, incluant un selfie rapide de moi dans mon caraco et mes sous-vêtements. Il me traita d'allumeuse et m'accusa d'essayer de le tuer, mais je savais que la photo lui avait plu et qu'on irait tous deux se coucher le sourire aux lèvres, aussi impatient l'un que l'autre d'être au lendemain.

Chapitre 9

GRACEN

Sept heures plus tard

Tout comme deux semaines plus tôt, la culpabilité me fit rendre visite à Bella le lendemain de mon film avec Yellow.

J'étais allé me coucher en pensant à Yellow.

Je m'étais réveillé en pensant encore à Yellow.

Clairement, quelque chose clochait chez moi. Une femme avec qui je n'avais passé que quelques heures n'aurait pas dû autant envahir mes pensées. Mais chaque fois que je me trouvais en sa présence, je ne pouvais me concentrer que sur elle. Je la quittais toujours en rêvassant du prochain moment que nous passerions ensemble, alors même que je m'en voulais de passer du temps avec elle.

Yellow avait dit qu'on n'avait rien fait de mal ou d'inapproprié mais, oh, que si. Dans ma tête, on avait mal agi une bonne cinquantaine de fois et de vingt façons différentes au moins.

Mentalement, j'avais trahi ma sœur.

Soupirant, je me servis de ma clé pour entrer. Bella était probablement encore endormie ; sa maison était aussi silencieuse qu'une tombe. Après avoir fermé la porte derrière moi, j'allumai la lumière du salon et m'arrêtai net.

Waouh.

J'avais complètement oublié que ma sœur avait organisé une soirée filles, la veille.

Posant les mains sur les hanches, je secouai la tête et soupirai. Le pire, c'était que je savais que chaque femme présente hier soir avait probablement proposé de l'aider à nettoyer. Mais Bella leur avait dit de partir en les rassurant avec un « non, non. Je m'en occupe. »

Sauf qu'elle ne s'en occupait jamais.

Elle nettoyait généralement pendant environ une demi-heure avant de m'appeler pour me supplier de venir l'aider. En retour, je m'assurais que ça vaille le coup avant même d'accepter. Mais cette fois je n'attendis même pas que les supplications commencent. Je me mis simplement au travail.

La culpabilité était la reine des garces. Elle faisait faire à un homme toutes sortes de choses qu'il ne ferait jamais en temps normal. Comme nettoyer la maison de sa sœur.

Le temps que Bella entre d'un pas vacillant dans la cuisine, j'avais déjà fini dans le salon et nettoyais les restes de vin sur l'îlot de la cuisine avec une lingette désinfectante. Elle s'arrêta dans l'entrée, se frotta les yeux et fronça les sourcils.

Je levai alors deux bouteilles vides vers elle.

— On dirait que la soirée a été un succès.

Émettant un son entre le couinement et le grognement, elle entra en traînant les pieds et s'avachit sur une chaise. Sa robe de chambre s'ouvrit, révélant le T-shirt ample et le short dans lesquels elle avait dormi. Ses cheveux ébouriffés donnaient l'impression qu'elle sortait tout droit des années 80.

— Oomph, marmonna-t-elle, ajoutant quelque chose d'incompréhensible tandis qu'elle posait le front contre la table, d'un air misérable.

— Hum. Qu'est-ce que tu as dit ? demandai-je en jetant les bouteilles dans sa poubelle.

Le bang, trop douloureux pour ses oreilles sensibles, la fit sursauter et grimacer.

Elle leva les yeux et me fusilla du regard.

— J'ai dit, pourquoi es-tu là si tôt ?

La culpabilité, pensai-je aussitôt. J'avais passé la soirée assis près de Yellow à regarder un film, et je l'avais laissée m'enlacer. Ça faisait bien longtemps que je n'avais pas eu autant envie d'une femme. Je dirais même que j'avais eu envie d'elle comme jamais je n'avais désiré une autre.

— Je me suis dit que tu aurais besoin d'aide pour nettoyer ce bordel, répondis-je, m'époussetant les mains sur mes cuisses. Je te prépare le petit déj ?

Le regard soupçonneux, elle répondit :

— Bien sûr.

Avant de marquer une pause et de lever une main.

— Attends. Qu'est-ce que tu veux en échange cette fois ?

Je haussai les épaules et ouvris son frigo à la recherche d'ingrédients.

— Disons que tu me devras une faveur. Tu préférerais du bacon et des œufs, des pancakes, des gaufres ou du pain brioché et du *gravy* ?

Elle fronça les sourcils. Je sus alors que j'étais allé trop loin. Mais c'était plus fort que moi. Elle était toujours ma personne préférée sur la planète.

Je me rappelai alors toutes les fois où elle avait eu les yeux enflés et les joues striées de larmes après sa rupture. Honnêtement, je ne l'avais jamais vue si anéantie. Elle avait mis une éternité à passer à autre chose. Je n'étais même pas sûr qu'elle soit complètement remise pour être honnête.

Yellow avait été en partie responsable de sa détresse. C'était un peu à cause d'elle que ma sœur s'était retrouvée brisée d'une façon que je n'aurais pas pensée possible. Bella avait toujours été si forte. Mais cette histoire lui avait fait perdre pied.

Mon estomac s'emplit d'acide. Je n'aurais jamais dû laisser le joli visage de Yellow et son air innocent me berner. Même Bella avait été dupée par Yellow. J'aurais dû me montrer plus prudent.

Très bien. À partir de maintenant, j'allais arrêter de voir cette fille sous une lumière positive.

Avec la beauté de son sourire. Ou son sens de l'humour. Ses excellents goûts en matière de cinéma. Sa compagnie rafraîchissante.

Fini. J'en avais officiellement terminé avec elle.

Sur la table, le téléphone de Bella vibra. Elle avait reçu un texto. On se pencha tous deux en avant pour le lire.

PHACOCHERE : Bonjour. Dis-toi qu'en ce moment même on pourrait être en train de…

Elle s'empara brusquement du téléphone posé sur la table avant que je puisse en lire plus. Haussant les sourcils, je levai les yeux vers Bella qui tenait l'appareil serré contre sa poitrine.

Qu'est-ce qui lui prenait ?

— C'est qui, Phacochère ? demandai-je.

Elle me fusilla du regard.

— Personne.

— Hum.

J'étais super curieux mais n'insistai pas.

— Si tu ne veux pas en parler…

— Non, pas envie.

OK. Waouh.

Elle avait l'air paniquée. Elle ne voulait clairement pas que je sache qui lui envoyait des textos. Une alarme retentit dans ma tête. Mais je ne forçai pas les choses. Il faudrait que je révèle mes propres secrets si je la poussais à me parler du sien. En plus, elle me le dirait quand elle serait prête. Je n'étais pas trop inquiet. Ses yeux n'étaient pas gonflés et ses joues n'étaient pas rouges.

Elle n'avait pas pleuré.

Elle allait bien.

Je me tournai, ignorant le pincement au cœur que je ressentais. Son refus de se confier piquait.

— Tu sais ce que tu veux pour le petit déjeuner ?

Elle choisit des gaufres.

Pendant qu'elle envoyait des messages en douce sur son portable, je cuisinai et l'interrogeai sur la soirée entre filles.

Elle écarquilla les yeux comme si elle avait une grande nouvelle mais ne pouvait pas me le dire, sauf que, ensuite, elle me parla de Lucy Olivia et du père décédé de son bébé.

— Eh bé, murmurai-je, posant une assiette de gaufres entre nous et m'asseyant en face d'elle. Je n'arrive pas à croire qu'elle ait couché avec ce mec simplement car il était en train de mourir.

— C'est dingue, t'as vu ?

Bella empila des gaufres dans son assiette et commença à les beurrer.

— Mais qu'est-ce que tu aurais fait à sa place ?

J'y pensai un moment puis me fendit d'un sourire.

— J'aurais probablement couché avec la pauvre fille mourante.

— Exactement.

Elle pointa du couteau vers moi avec un clin d'œil et le reposa pour recouvrir ses gaufres de sirop.

— Tu sais, Luce et toi vous ressemblez beaucoup. De grands tendres au cœur d'or. En fait…

Reposant brutalement la bouteille de sirop, elle se pencha vers moi, ses yeux s'illuminant, comme chaque fois qu'une idée folle lui traversait l'esprit.

— Il n'y a pas mieux que toi pour l'aider à élever cet enfant.

Je m'immobilisai, ma fourchette pleine de gaufres à mi-chemin de ma bouche.

— Euh ?

Elle hocha la tête d'un air encourageant.

— Tu ferais un super papa.

Je ricanai et secouai la tête.

— Oh ! tu n'es pas en train de suggérer ce que je crois.

— Quoi ? C'est une excellente idée. Toi et Lucy Olivia ensemble. Ce serait si…

— Euh, non ! la coupai-je. Pas du tout. Luce est comme une sœur pour moi. Bon sang, Bella, ce serait tellement déplacé.

— Ah bon, vraiment ? rétorqua-t-elle. Tu pourrais être agréablement surpris. On a grandi avec elle mais cela ne veut pas dire que tu ne pourrais pas développer des sentiments à son égard. Regarde Teagan et JB. Ou Beau et Bentley. Ils…

— Sont bizarres, l'interrompis-je, levant une main. Qu'est-ce qui cloche chez toi ? J'adore Lucy Olivia. Tu le sais. Elle fait partie de la famille et je serai là afin de l'aider pour tout ce dont elle aura besoin avec ce bébé. Et les autres aussi. Mais je ne l'épouserai pas et je ne deviendrai pas un père de remplacement pour son gamin. Seigneur. Ce serait comme si je suggérais que tu sortes avec Luke ou Trick ou… ou Fox.

Son visage pâlit, et l'espace d'un instant, je crus qu'elle allait éclater en sanglots.

J'ignorais complètement ce qu'il se passait. Mais alors que j'allais lui poser la question, elle répondit :

— Laisse tomber.

Elle planta violemment sa fourchette dans sa gaufre, marmonnant :

— Loin de moi l'idée d'une telle suggestion. Pour autant qu'on sache, Lucy Olivia pourrait être ton âme sœur mais tu refuses d'envisager cette idée car elle a été élevée comme un membre de la famille. Tu es si têtu que c'en est agaçant.

Je clignai les yeux tandis qu'elle continuait sa tirade. Je savais que ce qu'elle disait n'avait rien à voir avec Lucy Olivia et moi. Elle partait seulement en vrille quand quelque chose la dérangeait dans sa vie privée.

Mais je ne savais pas quel était son problème. Et ça commençait à m'inquiéter.

J'étais encore préoccupé par le comportement étrange de ma sœur une semaine plus tard au travail. Je venais de lui envoyer un texto, demandant si elle voulait qu'on passe la soirée ensemble mais elle avait refusé.

Sans me dire pourquoi.

C'était comme si elle avait déjà des plans, ce qui voulait dire qu'elle me cachait vraiment quelque chose, et j'étais quasiment certain que c'était un nouvel homme dans sa vie. Mais pourquoi me dissimulerait-elle une relation amoureuse ?

Contrairement à elle, je n'avais pas d'ennemi juré. Franchement, je m'en fichais de savoir avec qui elle sortait tant que le mec la traitait bien.

Mais peut-être ne la traitait-il pas bien. Bon sang, qui pouvait bien être ce Phacochère ?

Merde, Bella. Dans quoi est-ce que tu t'es fourrée ?

Mordillant le bout de mon stylo, je plissai les yeux sur les chiffres à l'écran. Tout à coup, mon assistant entra en trombe dans mon bureau ouvert.

— Draper est en train d'embaucher une nouvelle nana, annonça-t-il précipitamment.

Je levai la tête. Price sautillait sur place, les mains serrées et collées à sa poitrine.

Il passa son pouce par-dessus son épaule, dans la direction du bureau de mon associé, Art Draper, de l'autre côté du bâtiment, et ajouta :

— Elle est dans son bureau en train de passer un entretien en ce moment même.

— Ah ouais ?

Levant les yeux au ciel, je me remis au travail. Ce n'était pas exactement la nouvelle du siècle. Depuis que sa femme avait surpris sa dernière assistante en train de lui faire une fellation sous son bureau trois semaines plus tôt, il en cherchait une nouvelle.

— Laisse-moi deviner.

Je rentrai la dernière partie de données sur mon tableur et cliquai sur « enregistrer » avant de reporter mon attention sur mon assistant.

— Elle est blonde, dans les 20-25 ans, avec de gros seins, une taille fine et des jambes interminables ?

Price leva les yeux au ciel.

— Évidemment. Enfin, les seins n'ont pas l'air d'être faux mais bon sang, son cul est canon. Même moi j'y ai regardé à deux fois. Tu pourrais faire rebondir des pièces sur ce cul. Je peux t'assurer que cette nana prend son yoga très au sérieux.

Impressionné, parce que Price n'était pas intéressé par les femmes le moins du monde, je m'adossai contre mon fauteuil, empoignai les accoudoirs et sifflai, tout en commençant à me balancer.

— Ça c'est nouveau. Il est généralement plus intéressé par la taille des nichons que par les culs.

Price me lança un regard qui disait « exactement ».

— Ce qui signifie qu'elle est vraiment canon, ajouta-t-il. Deux paris sont lancés : combien de temps elle gardera ce boulot et combien de temps il lui faudra avant de coucher avec Draper. Tu veux participer ?

Je fronçai les sourcils.

— A-t-elle même déjà été embauchée ?

— Chéri.

Price secoua tristement la tête et claqua la langue d'un air déçu.

— Il ne fait aucun doute qu'il l'embauchera, répondit-il avec un geste de la main avant de jeter un œil par-dessus son épaule. Oh ! Les voilà. Place au spectacle.

Il retourna précipitamment vers la porte et jeta un œil dans la salle de travail principale.

— Ils sortent, chuchota-t-il bruyamment.

Je levai les yeux au ciel et me retournai vers mon écran pour me remettre au travail. Price s'intéressait vraiment trop aux ragots de bureau.

— Hum. Tu sais, peut-être qu'il ne l'a pas embauchée. Elle n'a pas l'air très contente.

— Ah bon ? murmurai-je d'un air distrait, écoutant d'une seule oreille.

J'ouvris un nouveau compte sur mon écran.

— Tu as pris rendez-vous pour moi avec les Winston ?

— Quoi ? Les Winston ? Ouais, je crois. Je l'ai inscrit dans ton agenda.

— Tu crois ?

Fronçant les sourcils, je cliquai sur mon agenda et scannai du regard la page jusqu'à ce que je trouve le rendez-vous que j'essayais de caler depuis trois semaines. Hum. Pourquoi avaient-ils pris un rendez-vous aussi lointain ? Bon, au moins ils étaient toujours intéressés.

— Il l'a embauchée, chuchota Price d'un air de conspirateur depuis son poste d'espionnage à l'entrée de mon bureau. Il a l'air super content de lui et heureux, et… Oh ! Il vient de poser la main sur son dos. Le creux de son dos. Il a bel et bien remarqué son cul. Il se frayera un chemin jusqu'à sa culotte plus vite qu'il n'en faut à un écureuil pour ouvrir une boîte de cacahuètes.

Pauvre Mélissa, compatis-je en silence. Sauf que chaque fois qu'elle le prenait en flagrant délit avec une nouvelle femme, je ressentais un peu moins de compassion pour l'épouse de Art.

Je soupirai et lançai à mon assistant un regard ennuyé.

— Tu pourrais trouver mieux à faire qu'espionner Art et sa…

— Chut !

Price me fit taire de la main.

— Il va faire une annonce.

Bonté divine. Je levai les yeux au ciel au moment où la voix étouffée de Art filtrait dans mon bureau.

— Votre attention à tous, appela-t-il. Je voudrais vous présenter un nouveau visage que vous verrez au bureau. Je viens d'embaucher El Nicksen ici présente, et elle sera ma…

— Nicksen ?

Je me redressai et fronçai les sourcils, n'entendant pas le reste. Venait-il de dire Nicksen ? Ou Nixon ? Ou autre chose qui ressemblait au nom de famille de Yellow ? Qui pourrait bien être El Nicksen, de toute façon ?

Me levant de mon fauteuil, je rejoignis par curiosité Price qui monopolisait l'encadrement de la porte. M'insérant à côté de lui, je jetai moi aussi un œil à la nouvelle recrue.

— Bordel de merde, sifflai-je quand j'aperçus son profil.

Baissant rapidement la tête, je retournai dans mon bureau, me passai les doigts dans les cheveux et pris ma tête dans mes mains.

Qu'est-ce qui lui prenait de venir travailler ici ? Dans mon entreprise ? Savait-elle que j'étais l'un des associés ? Était-ce la raison pour laquelle elle était là ? Était-ce à cause de moi ?

Non, ce serait stupide. Pourquoi ferait-elle ça ?

Mais quand même...

Si elle avait effectué des recherches sur la société pour laquelle elle passait un entretien, elle aurait facilement appris que j'étais l'un des associés de son nouveau patron. Qu'est-ce qui lui avait pris de chercher du travail ici ?

Elle ne le savait probablement pas.

Mais peut-être que si.

Je me mis à arpenter la pièce en faisant craquer mes articulations.

Découvrant que l'action se passait à l'intérieur de mon bureau plutôt qu'en dehors, Price se tourna vers moi et écarquilla les yeux.

— Nom de dieu, s'exclama-t-il. Tu la connais.

— Quoi ?

Je jetai un regard ahuri à mon assistant, ne le voyant même pas ; ne voyant que Yellow à côté de Art, la main de celui-ci sur son dos et ce petit sourire narquois signifiant « je vais m'envoyer en l'air » sur son visage. Ça me rendait malade.

Non, en fait, je me sentais comme le dernier des abrutis. Elle s'était probablement lentement rapprochée de moi dans le but de me séduire, histoire de la mettre à l'envers à Bella encore une fois. Même si je ne savais pas du tout pourquoi elle avait une telle dent contre ma jumelle. Ou peut-être qu'elle voulait se venger de moi car je lui avais dit qu'on ne pouvait pas aller plus loin que ce câlin. Et elle ne trouverait pas meilleur moyen pour se venger que coucher avec Art.

— Hé.

Price claqua des doigts devant mon visage.

— Bébé, respire pour moi.

Retournant au présent, je plissai les yeux vers lui et soufflai.

— Je suis en train de respirer, répondis-je sèchement. Et je ne la connais pas.

Je m'étais voilé la face en pensant que j'apprenais à la connaître. Mais honnêtement cette femme, là-dehors, était une inconnue pour moi.

Price émit un reniflement sarcastique.

— En voilà un beau mensonge.

Refusant de devenir un sujet de ragots croustillants au bureau, je ne m'étendais pas sur mon lien avec Yellow. Ou El, puisque apparemment elle s'appelait ainsi.

Sérieusement, s'était-elle toujours fait appeler El ou était-ce nouveau ? J'avais seulement entendu Bella faire référence à elle en tant que Yellow et elles s'étaient rencontrées deux ans avant que l'incident avec Ethan se produise.

Mon estomac se noua.

— Je l'ai croisée en trois occasions exactement, informai-je Price. Alors je ne sais vraiment pas grand-chose sur elle en dehors de son nom.

Et même pas ça, puisque j'ignorais totalement son surnom.

Sauf que je savais également qu'elle avait des goûts géniaux en matière de films, aimait les longs câlins, le pop-corn, les Reese's et qu'elle riait à mes blagues de mauvais goût.

En plus, elle sentait bon.

Mais elle avait couché avec le fiancé de ma sœur.

Ces derniers temps j'avais beaucoup oublié ce détail. Mais la voir là, à côté de Art, fit tout remonter à la surface.

Bella et Yellow faisaient partie du même groupe d'amis. Bella sortait avec Ethan et Yellow sortait avec Liam, un des amis d'Ethan. Mais Yellow et Liam avaient rompu, et Chad, un autre mec de leur cercle, l'avait invitée à sortir.

Bella m'en avait parlé. À l'époque, elle avait défendu Yellow, disant que Yellow avait essayé de refuser les avances de Chad mais il avait insisté jusqu'à ce que Liam promette que ça ne le dérangeait pas.

Certaines des nanas dans leur groupe avaient commencé à cracher sur Yellow parce qu'elle était passée d'un mec de leur groupe à un autre. Mais Bella l'avait défendue.

Apparemment, le couple Yellow et Chad n'avait pas fonctionné non plus. Après un rendez-vous ensemble, ils n'en avaient pas eu d'autre. Alors elle était passée à un nouveau membre du groupe : à Ethan.

Un matin, Bella était allée chez lui pour lui faire une surprise et l'avait trouvé au lit avec Yellow. Ma pauvre sœur avait été prise de court, sanglotant dans mes bras, confessant combien elle avait été surprise. Yellow lui avait semblé si gentille et innocente. Elle l'avait défendue quand les autres s'en étaient prises à elle.

Moi aussi, j'avais goûté au côté gentil et innocent de Yellow. Elle m'avait embobiné, tout comme elle l'avait fait avec ma jumelle. Et j'avais tout oublié de la première fois où je l'avais rencontrée dans l'appartement d'Ethan.

Une semaine après que Bella avait surpris son fiancé en train de la tromper et qu'elle avait rompu avec lui, j'étais allé avec elle chez lui pour récupérer les affaires qu'elle avait laissées. Mais avant qu'on puisse frapper, la porte s'était ouverte sur une blonde désorientée, les cheveux en bataille et les vêtements froissés, un soutien-gorge serré contre sa poitrine.

Elle s'était arrêtée net en nous voyant, le visage pâle, les yeux hagards. Complètement paniquée, elle avait eu un mouvement d'horreur quand son regard s'était posé sur Bella.

— Oh ! espèce de salope, avait craché ma jumelle. Encore ?

Elle s'était jetée sur Yellow, toutes griffes dehors, lui hurlant de terribles accusations. J'avais dû agir rapidement, enroulant un bras autour de la taille de ma jumelle pour la retenir.

Yellow avait pris une brusque inspiration et nous avait fixés, bouche bée. Nos regards s'étaient croisés pour la première fois. Elle semblait si paniquée et incertaine que j'avais pu lire ses pensées tandis qu'elle me dévisageait.

Quoi faire ? Quoi faire ?

— Pars, avais-je grogné, ignorant combien de temps je pourrais retenir ma sœur.

Elle était partie en courant et on n'en avait plus jamais entendu parler jusqu'à ce que je la croise au cinéma plus d'un an plus tard.

Il m'avait été facile d'oublier qu'elle et Ethan avaient détruit ma sœur lorsque j'avais joué au héros en l'aidant à repousser son harceleur. Il m'avait été impossible de me rappeler qu'on ne pouvait pas lui faire confiance quand elle avait joué au quizz avec moi et partagé mon pop-corn, ou lorsqu'elle m'avait enlacé comme si elle n'avait jamais été enlacée par quiconque de toute sa vie.

Mais tout venait de remonter à la surface. Il y avait une raison si ma sœur la détestait. Elle faisait croire aux gens qu'elle était une chose quand elle en était une autre en réalité. Elle vous manipulait pour vous faire tomber sous son charme. Elle vous trompait. Et ça avait marché sur moi. J'avais commencé à l'apprécier, moi aussi. Sauf que je ne tomberais pas dans le panneau comme Bella. Elle ne me prendrait plus pour un abruti. Elle était faite pour les mecs comme Art et Ethan. Pas pour moi.

Chapitre 10

FOX

Environ trois semaines plus tard

— *Go, shorty,* chantai-je dans ma barbe en me glissant sur mon siège après le boulot. *It's your birthday. We gon' party like it's your birthday.*

Souriant, je démarrai le moteur et tirai sur ma cravate avant de la lancer sur le siège passager. Alors que je commençais à sortir de ma place de parking, je reçus un SMS.

Pensant que c'était un message de Bells, je m'arrêtai, montai le son de la radio, écoutant 50 Cent au lieu de chanter, et consultai mon téléphone.

EL : Joyeux anniversaire ! J'espère que tu vas t'éclater.

Adorable, mais pas exactement la personne que j'espérais. Je souris néanmoins.

PARKER : Merci. Je te raconterai tous les détails croustillants pendant notre séance de demain si tu veux, puisque ma vie sexuelle te passionne ces temps-ci.

Elle m'envoya un émoji doigt d'honneur, alors je lui envoyai un smiley en train de rire. J'allais passer une bonne soirée ; je sentais l'adrénaline couler dans mes veines.

J'espérais tant un SMS de Bella que je pris les devants et l'appelai en faisant marche arrière.

Elle mit plus de temps que d'habitude pour répondre, mais quand elle répondit enfin, je me sentis plein d'énergie. Entendre sa voix me faisait toujours cet effet-là.

— Je sais ce que je veux de ta part pour mon anniversaire, dis-je, faisant mine de danser sur mon siège.

— Vraiment ?

Elle avait l'air amusée.

— Qu'est-ce qui te fait croire que je prévoyais de t'offrir un cadeau ?

— Tu m'as offert quelque chose pour chaque anniversaire avant celui-ci, ripostai-je, incapable d'arrêter de sourire.

— Alors tu aurais raison. Sauf que je t'ai déjà pris quelque chose. De la part de Gracen et moi.

Je grimaçai.

Ce que je voulais de sa part n'impliquait pas du tout son jumeau.

— Très bien. Je veux quelque chose en plus de ta part pour mon anniversaire, alors, vu que je te laisse si généreusement user et abuser de mon corps chaque fois que tu en as envie.

— Abuser ? s'écria-t-elle, incrédule. C'est ça, ouais. Tu adores les choses que je fais à ton corps.

— C'est vrai, concédai-je avec un sourire espiègle. Vraiment. Mais je serais négligent si je ne mentionnais pas ce bleu que tu m'as causé. Tu sais celui sur mon poignet après que tu m'as menotté au…

— Oh ! C'est l'argument le plus minable que j'ai jamais entendu. Surtout sachant que les menottes étaient ton idée à la base.

— C'est vrai, gloussai-je. Bon sang, j'ai les meilleures idées. Comme ce soir, continuai-je, pour mon anniversaire. J'ai tout prévu. Tu seras nue toute la soirée. Et j'embrasserai, lécherai et idolâtrerai chaque centimètre de ton corps du coucher du soleil jusqu'à l'aube. Tu auras tellement d'orgasmes que tu ne sauras pas quand un se termine et le suivant…

— Je ne peux pas, me coupa-t-elle.

— Peux-tu imaginer quelque chose de plus excitant que… Attends. Tu viens de dire non ?

— Je suis désolée, se précipita-t-elle de répondre. Je suis vraiment, vraiment désolée. Mais j'ai des plans. Gracen est en chemin pour me récupérer.

Gracen ?

Elle passait ma soirée d'anniversaire avec son frère ?

Je fixai bouche bée le feu rouge auquel je m'étais arrêté.

— Comment peux-tu avoir des plans ? demandai-je, incapable de me retenir. C'est mon anniversaire.

Le rire rauque qui emplit mon oreille ne me laissa pas insensible. Il m'obsédait de plus en plus.

— À t'entendre on dirait qu'on ne se verra plus jamais, ajouta Bella. Et en plus tu avais dit que tu faisais déjà quelque chose ce soir. Tu te rappelles ? Tu vas dîner chez tes parents.

Elle marqua une pause et explosa :

— Oh mon Dieu. Tu n'as pas oublié, si ?

— Non.

Je fronçai les sourcils.

— Je n'ai pas oublié, marmonnai-je, irrité. Mais j'espérais pouvoir partir tôt et te voir après.

Sauf que ce n'était pas entièrement vrai parce que j'étais presque arrivé chez elle. Je m'étais dirigé vers sa maison pendant notre conversation. Je voulais la voir maintenant.

Et plus tard.

Et chaque minute entre ces moments.

Mais elle avait des plans.

Je me garai à deux cents mètres de chez elle et me frottai les mains sur le visage pour me forcer à reprendre le contrôle.

En vain.

— Ou mieux encore, pourquoi ne viens-tu pas avec moi ? proposai-je un instant plus tard.

Je hochai la tête avec vigueur bien qu'elle ne puisse pas me voir.

— Ouais. Un de nous pourrait feindre des crampes d'estomac juste après le dîner et ensuite on retournerait directement chez toi et…

— Fox, coupa-t-elle à voix basse.

Merde. J'en avais trop dit. Je grimaçai et posai le poing contre ma bouche. Puis baissant les doigts, je haussai les sourcils d'un air innocent.

— Hum ? murmurai-je.

Une pause suivit. J'attendis en retenant mon souffle. Je savais que c'était probablement bête de ma part d'insister mais bon sang. C'était mon anniversaire. Je voulais le passer avec elle.

Bella s'éclaircit la gorge.

— Tu réalises que tu viens de m'inviter à aller chez tes parents avec toi, n'est-ce pas ? Comme un couple. Si j'acceptais, on dirait à tout le monde qu'on est… Tu sais… ensemble ?

L'idée me fit soupirer de plaisir intérieurement. *Oui, ensemble.* C'était exactement ce que je voulais.

Mais il était évident à son intonation que ce n'était pas réciproque et qu'elle me donnait une porte de sortie pour dire quelque chose du genre : « Tu as raison, laisse tomber. Je n'ai pas réfléchi. Oublie ce que j'ai dit. »

Sauf que dernièrement je ne faisais que ça. Réfléchir. Et je ne voulais plus être son vilain petit secret.

— Ouais, ben…

Je me forçai à sourire, essayant d'avoir l'air joueur, et non désespéré et suppliant.

— Ça pourrait être ton cadeau d'anniversaire pour moi. Dire à tout le monde qu'on est ensemble.

— Quoi ?

— Pourquoi n'annonce-t-on pas aux autres qu'on est, comment dire, en couple ?

— Mais…

Elle tâtonna un moment, clairement pas préparée à ce que j'insiste.

— On est en couple, articulai-je lentement. N'est-ce pas ?

— Oui. Bien sûr. Mais je ne l'ai même pas encore dit à Gracen.

— Alors fais-le, lançai-je. Tu as dit qu'il serait là d'une minute à l'autre, non ? Tu peux lui annoncer la nouvelle, annuler ce que vous aviez prévu et venir avec moi.

Gray comprendrait. C'était un mec compréhensif.

— Fox, fit-elle, gênée. Je, c'est… c'est si soudain. Je ne savais même pas que tu voulais…

Sauf qu'elle le savait, et c'était pour ça qu'elle ne finissait pas sa phrase.

— Si, c'est ce que je veux.

Mes paroles flottèrent dans l'air entre nous.

— Je veux afficher notre relation au grand jour. Je veux arrêter de me cacher. Je suis fatigué de mentir à toute la famille. Ça ne me ressemble pas et je déteste ça.

Elle relâcha une respiration brusque et tremblotante.

J'attendis, lui laissant le temps dont elle avait besoin pour répondre. Il n'y avait pas urgence. Je n'avais pas besoin qu'elle me fasse de déclaration dans l'immédiat. J'étais dans cette histoire sur le long terme. Mais je devais arrêter de garder pour moi ce que j'espérais.

J'avais un an de plus maintenant. J'étais trop vieux pour toutes ces conneries. Et je n'obtiendrais jamais ce que je voulais si je ne le lui disais pas clairement. Donc…

Je le dis clairement.

— Je veux qu'on soit dans une vraie relation de couple et que tout le monde soit au courant.

— Oh…, souffla-t-elle.

Elle n'ajouta rien d'autre. Aucune déclaration de sa part pour me faire savoir si elle ressentait la même chose ou si c'était différent de son côté. Rien que… « Oh. »

Je fermai les yeux et appuyai le front contre le volant, certain que j'avais merdé et que je l'avais effrayée.

Au début de notre histoire, je comprenais pourquoi elle était si réticente à l'idée de parler de nous à tout le monde. C'était frais et nouveau ; qui aurait su dire comment ça se passerait ? On n'avait pas besoin que nos familles se mêlent de nos affaires, cela aurait rendu dix fois plus difficile le début de notre relation.

Mais c'était il y a des mois. Et on était toujours ensemble. J'aimais Isabella Lowe comme je n'avais jamais aimé personne. C'était la femme de ma vie. Ça m'était égal qu'on sache ce que je ressentais pour elle. Et le cacher devenait gênant. Vraiment, vraiment gênant.

Alors je ne comprenais plus son raisonnement.

Elle n'avait même pas encore parlé de nous à Gracen.

Ces deux-là étaient incroyablement proches. Ils partageaient tout depuis la naissance. J'adorais Bentley mais en aucun cas elle n'était ma confidente et elle ne le serait jamais. Je me confiais systématiquement à son mari avant de me confier à elle, 9 fois sur 10. Mais pour Bella et Gracen, être le meilleur ami de l'autre et se révéler leurs secrets, c'était comme respirer. Et si elle ne pouvait même pas lui dire pour moi, alors…

Alors je ne comprenais pas vraiment ce qu'il se passait. Peut-être qu'elle ne gardait pas le secret à cause de nos familles curieuses. Peut-être que ça n'avait rien à voir avec le fait qu'elle allait mal et doutait d'elle-même depuis que son fiancé l'avait trompée. Peut-être que c'était moi le problème. Peut-être qu'elle ne m'aimait pas. Peut-être qu'elle ne voulait pas la même chose que moi. Peut-être qu'on passait juste du bon temps car le sexe était agréable et que c'était tout ce dont elle avait besoin en attendant que quelqu'un d'autre lui fasse tourner la tête et…

Putain. Je commençais à paniquer.

Cette conversation ne se terminerait pas comme je l'espérais. Était-il trop tard pour faire machine arrière, ou utiliser la porte de sortie qu'elle m'avait offerte quelques secondes plus tôt ?

Peut-être que si je disais « oublie », elle dirait « OK », et on n'aurait plus jamais à en reparler. Il fallait que j'arrête de me comporter en imbécile.

Mon Dieu que je détestais douter de moi et ne pas avoir confiance en ma personne. J'aidais des gens toute la journée à combattre ces travers-là chez eux. Pourquoi est-ce que je me laissais souffrir des mêmes maux ?

Je compris que c'était à cause de la peur.

Je savais que je devais camper sur ma position pour que, au moins, elle sache où j'en étais, mais je craignais tellement que ma révélation lui mette un coup de pression et la fasse fuir. Je ne pouvais pas la perdre.

Mais Bella n'avait jamais rien fait pour suggérer qu'elle ne m'aimait pas. Alors peut-être qu'elle avait simplement besoin de temps. Il fallait que je me calme.

— Merde, siffla-t-elle dans le téléphone. Je… je suis vraiment désolée. Gracen est là.

Elle baissa soudain la voix.

— Je te parlerai plus tard. OK ? Promis.

— Bells, commençai-je, la voix rendue rauque par le regret.

Je voulais m'excuser de lui avoir mis la pression comme je l'avais fait.

— Joyeux anniversaire, chuchota-t-elle. On se voit plus tard. Promis.

Alors que j'entendais une voix masculine en arrière-fond, elle me raccrocha au nez.

Agrippant ma casquette, je poussai une bordée de jurons et restai assis dans ma caisse, me demandant ce qui n'allait pas chez moi. Je n'aurais pas dû insister. Je n'aurais pas dû foutre la merde entre nous. C'était mon putain d'anniversaire, et maintenant je serais malheureux toute la soirée, et inquiet à l'idée qu'elle se mette à m'éviter.

Bordel de merde.

Pourquoi est-ce que je n'avais pas fermé ma putain de bouche ?

Je ruminais encore dans mon *truck*, tendu et me demandant comment réparer les choses, quand Gracen et Bella passèrent en voiture. Aucun d'eux ne me remarqua garé dans la rue adjacente ; ils étaient trop occupés à se parler. Sûrement pas de moi. Mais de tout autre chose.

Je restai assis là jusqu'à ce que je reçoive un texto de ma sœur me demandant où j'étais et m'informant que tout le monde m'attendait chez nos parents et que la nourriture refroidissait.

Alors je conduisis jusqu'à chez eux, trop perturbé pour prêter attention à la route. Une voiture klaxonna quand je faillis griller un stop, et je ratai presque la bifurcation pour la rue de maman et papa. Mais j'arrivai vivant, bien que complètement perturbé.

Quand j'ouvris la porte d'entrée, une foule de gens cria « Surprise ! ». Je ne m'y attendais pas du tout.

M'arrêtant net, je levai les yeux, trouvant bien plus de monde que les cinq personnes auxquelles je m'attendais pour un dîner d'anniversaire tranquille chez mes parents.

En plus de maman, papa et la famille de ma sœur, il y avait tout le clan Gamble, du côté de Beau : sœur, parents, tantes, oncles, et cousins. Puis il y avait les Ryan, avec Pick, Eva et leur tribu, à côté de Mason, Reese et…

Je me figeai sur Mason et Reese, comprenant que si les parents de Bella étaient là alors elle l'était probablement aussi.

La cherchant rapidement du regard, je la trouvai loin à l'arrière, appuyée contre son frère. Le bras drapé autour de l'épaule de sa sœur, il était en train de lui dire quelque chose et elle l'écoutait, ne me prêtant aucune attention. Mais j'étudiai son visage, me demandant à quoi elle pensait.

Puis quelqu'un se plaça devant moi, bloquant ma vue. Je me souvins alors que tout le monde était en train de me regarder. Je clignai les yeux et ma sœur apparut. Le sourire aux lèvres, elle arracha ma casquette pour déposer un cône en papier ringard sur ma tête.

— Souris, me dit-elle. C'est ton anniversaire. On dirait que tu te rends à une exécution.

— Désolé, je…

Lui lançant un sourire chagriné, je me concentrai sur son visage, heureux de constater qu'elle avait bien meilleure mine que la dernière fois que je l'avais vue après sa fausse couche.

— Je ne m'attendais pas à tout ça.

— Tiens.

Apparaissant à côté d'elle, Beau me tendit une bouteille de bière déjà ouverte.

— Ça t'aidera.

Yep. Lui lançant un regard reconnaissant, je pris la bouteille. Braiden tirait sur ma jambe de pantalon ; je baissai les yeux.

— Oncle Fox ? dit-il, levant une feuille de papier. Je t'ai fait un dessin.

— Ah oui ?

Je me penchai et hissai le gamin sur ma hanche.

— Voyons voir ça.

— Ça c'est toi, expliquait déjà le gamin de six ans. Et ça c'est moi. Et on est dans ton *truck*.

Je hochai la tête.

— Super cool, murmurai-je. Merci, mon pote. Je l'accrocherai sur mon frigo. Ça fera super joli.

— Vraiment ?

Braiden sourit comme si on venait de lui dire que son tableau serait exposé au Louvre.

— Bien sûr. Ça n'arrive pas souvent qu'on me dessine. Ce que tu as fait est spécial à mes yeux.

— De quoi est-ce que tu parles ? lança Luke d'un air indigné, depuis l'autre côté du salon. Je t'ai dessiné, une fois.

— Et Luke intervient… grommela Bentley en s'avançant pour me prendre son fils des bras. Ça va devenir crade. Viens, chéri, annonça-t-elle à voix haute à Braiden. On va mettre les bougies sur le gâteau d'anniversaire d'oncle Fox, d'accord ?

— Tu veux dire, le dessin où tu découpais sa jambe avec une tronçonneuse après qu'il t'avait battu à la course à pied quand vous étiez gosses ? lança le frère aîné de Luke du canapé.

— Si Luke est si crade, j'entendis mon neveu dire à sa mère tandis qu'elle prenait sa main et le faisait sortir de la pièce, pourquoi est-ce qu'il ne prend pas un bain ?

Ma gorgée de bière descendit de travers alors que j'essayais de réprimer un rire.

— Waouh, tout doux.

Beau me tapa dans le dos tandis que mes yeux larmoyaient. Je toussai à plusieurs reprises pour reprendre mon souffle.

— Ça va, mon pote ?

— Je ne sais pas, intervint Luke. Il n'a pas bonne mine. Il ne survivra peut-être pas.

Puis il ricana et beugla :

— Lucy, vite ! appela-t-il en me désignant du doigt et en levant des sourcils taquins vers la sœur de Beau. Puisque coucher avec des mecs mourants c'est ton truc maintenant, tu ferais bien de sauter sur Fox pour lui donner un adieu digne de ce nom.

— Oh mon Dieu, Luke ! couina Lucy, couvrant son visage mortifié des deux mains.

— Non mais je rêve ! explosa Noel, son père.

Les autres convives poussèrent des cris indignés ou réprimandèrent Luke pour son manque de classe. Quelques personnes lui lancèrent même des gobelets en carton et des serviettes.

Fermant les yeux et secouant la tête, je dis silencieusement adieu à Luke. Il ne survivrait probablement pas à la fin de la soirée.

Ouvrant les yeux de nouveau, je me concentrai sur Noel. Son visage avait viré au rouge vif et une veine était apparue sur son front. À côté de lui, son épouse, Aspen, prenait Lucy dans ses bras et la serrait fort.

— Contrôle ton gamin, Quinn, ordonna Noel. Avant que je le fasse disparaître de la surface de la Terre.

Quinn, qui se tenait à quelques mètres derrière Luke, à côté de sa femme, Zoey, s'avança, attrapa son fils par l'arrière du T-shirt et le fit basculer en arrière vers lui.

— Sérieusement ? accusa-t-il, le sourcil levé.

Luke rougit, l'air contrit, et partit d'un rire nerveux.

— Quoi ? Je la taquinais. Elle sait que c'était une blague.

Sa mère fronça les sourcils.

— Je ne vois pas en quoi c'était amusant. Du tout.

Non loin de là, Trick ricana.

— J'ai trouvé ça plutôt drôle, dit-il jusqu'à ce que son propre père lui en colle une à l'arrière de la tête.

— Non tu n'as pas trouvé ça drôle, l'avertit Pick.

Le sourire de Trick s'évapora. Il reprit son sérieux et secoua la tête.

— Non. Non, je n'ai pas trouvé ça drôle.

— Luke, tu as le pire sens de l'humour qui soit, annonça Gracen, installé dans un fauteuil avec sa sœur, son bras autour d'elle tandis qu'elle avait la tête posée sur son épaule.

Une vague de jalousie me submergea. J'aurais aimé pouvoir la câliner ouvertement, moi aussi.

— Oh ! la ferme, Lowe, aboya Luke en fusillant Gray du regard. Ta sœur est encore celle qui choisit les fringues que tu peux porter ou non, alors on s'en tape de ton opinion.

Gracen haussa les sourcils.

— Elle ne choisit pas ce que je porte, crétin. Elle choisit ce que j'achète. Parce que, d'une, je n'en ai rien à foutre de la mode. De deux, je déteste faire du shopping, et de trois, elle adore ça. Que des avantages, mon ami.

— Ignore-le, Gracen, lança Chloé d'un autre coin de la pièce. Il est jaloux car il n'a pas de sœur pour lui donner une garde-robe digne de ce nom.

Luke plissa les yeux vers elle.

— Qu'est-ce qui cloche avec ma garde-robe ?

— Tu t'habilles comme un ringard, intervint Lucy.

Chloé pointa son doigt vers elle et répondit :

— Exactement.

Le regard de Luke navigua entre les deux filles. Il renifla et plissa les yeux vers Chloé.

— Pas cool, marmonna-t-il.

Puis il regarda Lucy.

— Tu as le droit de te foutre de moi parce que je t'ai attaquée en premier.

Ma mère frappa dans ses mains pour capter l'attention des invités.

— Très bien. Maintenant que toute cette histoire est réglée, si on se remettait à célébrer l'anniversaire de Fox, hein ?

— Ouais, s'enthousiasma Ten, avant que Luke me détrône comme crétin de service avec toutes les bêtises inappropriées qu'il débite.

Il lança à Luke un regard sévère.

— Personne ne me détrône, gamin.

Puis il s'adossa au canapé sur lequel il était assis avec sa famille et regarda Teagan qui était lovée à côté de JB.

— Merci encore de ne pas avoir épousé ce frère-là.

— Pas de problème, papa.

Teagan sourit et pencha la tête pour la poser contre son mari, pendant que JB souriait d'un air triomphant à Luke en la tirant plus près vers lui.

— On a du gâteau et de la crème glacée, reprit maman. Mais d'abord, on a fait livrer le dîner du restaurant favori de Fox.

Elle croisa mon regard, me faisant savoir qu'elle voulait que je la suive pour être le premier dans la file à me servir, mais je restai en arrière, et ce fut papa qui la suivit. Un exode de masse commença alors, la horde se dirigeant vers la cuisine gigantesque de mes parents. Je laissai la plupart des gens me passer devant tandis que j'attendais de couper la file au niveau des jumeaux, remerciant par la même occasion les invités d'être venus.

La plupart me souhaitèrent un joyeux anniversaire ou me donnèrent une tape affectueuse sur le bras. J'attrapai celui de Lucy Olivia quand elle passa avec ses parents.

— Hé, félicitations au fait, lui dis-je, avec un petit sourire en coin.

Je ne l'avais pas vue depuis qu'elle avait annoncé sa grossesse.

Elle rougit légèrement et sourit d'un air gêné.

— Merci, murmura-t-elle.

Puis elle me prit dans ses bras et murmura à mon oreille avant de s'écarter :

— Reste toujours aussi gentil.

Ce fut ensuite au tour du frère de Noel, Colton. Je vis Reese et Mason après lui, leurs enfants derrière eux. Mon rythme cardiaque s'accéléra. Je ne savais pas du tout ce que j'allais dire à Bella mais je devais me rapprocher d'elle. Je devais m'assurer que notre coup de fil ne l'avait pas autant effrayée que moi.

Peut-être même qu'elle l'avait déjà oublié. J'étais peut-être le seul à m'inquiéter pour rien.

C'était vraiment ce que j'espérais.

Elle leva les yeux. Nos regards se croisèrent et je sus immédiatement qu'elle était aussi secouée que moi.

Putain.

Je n'aurais jamais dû l'inviter chez mes parents et lui demander de nous exposer. Si elle prenait la fuite car j'avais insisté ? Si je la perdais ?

Je fus pris de vertige. Je ne pouvais pas la perdre.

— Fox, dit Colton, passant un bras autour de mes épaules et

me tirant dans la file avec lui. Je me demandais si tu pouvais me donner un petit conseil professionnel.

Je hochai la tête, incapable de refuser à quiconque dans notre groupe de l'aide. Je perdis ainsi probablement la seule opportunité que j'aurais ce soir de discuter avec la femme que j'aimais.

Jetant un regard en arrière, j'essayai d'attraper son regard mais elle était occupée à parler avec sa mère. Je pris une si longue gorgée de bière pendant que Colton commençait à me parler du problème d'un de ses amis que mes yeux se mirent à piquer.

La soirée allait être longue.

Chapitre 11

BELLA

Trois heures plus tard

Cette foutue soirée ne finirait jamais.

Incapable de m'en empêcher, je regardai dans la direction de Fox de l'autre côté du salon.

Il avait l'air tellement malheureux. Enfin, il avait beaucoup ri durant la soirée. Il s'était comporté comme tout homme le devrait à sa fête d'anniversaire, remerciant tous ceux qui lui offraient un cadeau ou lui souhaitaient un joyeux anniversaire. Il avait fait l'effort de papoter avec chaque personne qui s'arrêtait devant lui. Il avait même pris son neveu sur les genoux pour lui faire souffler les bougies quand était venue l'heure du gâteau, ce qui avait ravi Braiden.

Mais je connaissais cet homme. Entre chaque sourire, il mordillait le coin de sa lèvre, comme il le faisait toujours quand il était perdu dans ses pensées, et il n'arrêtait pas de tripoter sa casquette qu'il avait remise sur sa tête à la place de son chapeau pointu dès que sa sœur avait eu le dos tourné. Et il se comportait seulement de cette façon quand il était mal à l'aise.

C'était ma faute.

J'avais été si obnubilée par l'idée de lui laisser l'espace dont il avait besoin, pour ne pas qu'il prenne la fuite que mon premier instinct avait été de le repousser quand il m'avait annoncé qu'il en voulait moins. J'avais été déstabilisée sur le coup, car je ne m'attendais pas à ce que… Enfin, je savais que ça ne l'aurait pas dérangé que Gracen découvre qu'on était ensemble, quand il avait failli nous surprendre chez moi, il y a plusieurs semaines de cela, mais apprendre qu'en fait il détestait garder notre secret et voulait rendre cette relation officielle et sérieuse…

J'en étais restée sur le cul.

Et ensuite j'avais tout gâché.

Toute la soirée, chaque fois que j'avais croisé son regard, j'y avais vu des supplications. Le pire, c'était que je ne savais pas pourquoi. Voulait-il que je le rejoigne dans un endroit au calme pour qu'on puisse parler ? Que je me lève et annonce que lui et moi étions ensemble ? Que j'arrête de le balader et lui rende sa liberté ? Je ne savais pas ce qu'il voulait. Je savais juste que je le décevais en ne faisant pas le nécessaire pour arranger les choses entre nous.

Je me sentis encore plus mal lorsqu'il déballa avec hâte le cadeau que je lui avais apporté de ma part et celle de Gracen. Il marqua une pause, regardant la nouvelle casquette avec un air stupéfait. Je sus alors que j'avais merdé royalement. Il fit courir son pouce lentement le long de la visière et l'étudia, l'expression sérieuse et renfrognée. C'était presque une réplique exacte de celle qu'il portait. La seule différence c'était que celle-là était neuve.

Mais clairement, son air déçu montrait qu'il avait espéré autre chose… Quelque chose de plus personnel, probablement.

On n'offrait pas à son copain une satanée casquette. Mais je ne pouvais pas exactement annoncer que j'avais un ensemble en dentelle bien emballé qui l'attendait chez moi et qu'il pourrait l'ouvrir plus tard.

— C'est une casquette de rechange, annonçai-je, me sentant bête.

Il regarda vers moi sans rien dire.

— Ouais, ajouta Gracen à côté de moi. Comme ça tu ne m'enverras plus de messages relous quand tu égareras la tienne.

— Un texto que tu méritais, riposta Fox, avec ironie.

— Qu'est-ce que tu attends, essaie-la, ordonna tante Eva.

Étant assise assez près de lui, elle se pencha en avant pour lui arracher celle qu'il avait sur la tête.

— Hé !

Il essaya de rattraper son bébé, mais oncle Pick prit la casquette des mains de tante Eva, et elle circula d'invité en invité, s'éloignant de plus en plus de Fox.

Après quelques autres encouragements, il soupira et enfila la nouvelle casquette. Il ajusta un peu la languette puis leva les mains.

— Elle me va, annonça-t-il.

— Dieu merci, souffla Bentley.

Elle se leva et prit son ancienne casquette des mains de tante Sarah.

— Je jette cette vieille chose élimée, décréta-t-elle. C'est une vraie puanteur.

Une lueur de panique emplit le regard de Fox.

— Elle ne pue pas, protesta-t-il.

Mais il ne fit rien pour la récupérer.

Quand elle ouvrit le couvercle de la poubelle avec un air entendu et fit tomber l'objet dedans, mon estomac se serra. Qu'est-ce qu'elle fabriquait ? Cet accessoire était sa possession la plus précieuse. Comment osait-elle la jeter ?

Le stress monta en moi. J'avais uniquement acheté cette casquette de rechange pour les jours où il oubliait la première chez moi. Il n'aimait pas être tête nue. Je voulais simplement remplir le vide laissé par sa meilleure alliée le temps qu'il la récupère. Je n'avais jamais eu l'intention que celle-ci la remplace.

Il fallait que je récupère sa casquette dans la poubelle. D'une manière ou d'une autre.

— Hé.

Gracen me donna un coup de coude, me faisant sursauter.

— Je travaille demain matin, alors je vais y aller. Tu es prête à partir ou tu veux que quelqu'un d'autre te ramène plus tard ?

J'ouvris la bouche pour répondre, sauf que je ne savais pas du tout quoi dire. Je voulais parler à Fox, mais j'étais terrifiée. J'étais super nerveuse, même ; je voulais filer dans mon lit et rabattre les couvertures au-dessus de ma tête. Je n'avais fait aucun effort pour me mêler aux autres ce soir. Je m'étais surtout accrochée à Gracen, en faisant mine d'être impliquée dans les conversations qu'il avait eues. Mais partir maintenant me mettait mal à l'aise.

Mon jumeau me lança un sourire amusé.

— C'est une question si difficile que ça ?

Il avait raison. Je me prenais trop la tête.

Je me levai.

— Je suis prête à partir maintenant.

Peut-être que Fox serait moins malheureux si je m'en allais.

Récupérant ma veste et mon sac à main, je lançai un regard derrière moi. Je savais où il se trouvait parce que j'avais suivi ses mouvements toute la soirée. Il était absorbé par une conversation avec Cress et son nouveau petit ami, Maverick. Pendant que Cress parlait avec des mouvements exagérés et des expressions faciales animées, Maverick le fixait avec émerveillement.

Je souris, contente de voir que Cress avait trouvé quelqu'un qui semblait vraiment craquer pour lui.

Fox bascula la tête en arrière et rit aux paroles de ce dernier. J'eus un pincement au cœur. Je craquais tellement pour lui que ce n'en était même pas drôle.

— Je pense qu'on peut sortir par-là, disait Gracen en prenant ma main pour me guider à travers la foule vers la sortie.

Loin de Fox.

Quand on atteignit l'entrée, je regardai en arrière une dernière fois. C'était plus fort que moi.

Beau était en train de tendre à Fox sa douzième bière de la soirée. Fox regarda vers moi au moment où il échangeait sa bouteille vide pour une pleine. Ses yeux s'écarquillèrent quand il se rendit compte que je partais. Il tituba en avant, poussant son beau-frère pour pouvoir se précipiter vers moi.

— Euh…

Je ralentis.

Gracen s'arrêta et pivota vers moi.

— Qu'est-ce qu'il y a ?

Je lui indiquai Fox.

— Je pense…

Merde. Comment pouvais-je lui dire que mon amant secret arrivait et que je ne pouvais pas partir sans lui dire au revoir ?

Mais alors que je paniquais, on entendit un craquement derrière nous.

On se tourna. Fox avait franchi le coin si rapidement pour nous atteindre qu'il avait mal calculé son coup et s'était pris l'épaule contre la moulure du mur du vestibule.

— Aïe, grommela-t-il en se redressant avant de voir qu'il avait renversé une partie de sa bouteille pleine quand il avait trébuché. Merde.

Il regarda la petite flaque par terre les sourcils froncés tandis que Gracen s'approchait de lui.

— Ça va, mon pote ?

Fox leva la tête. Ses yeux étaient un peu injectés de sang, ce qui donnait l'impression qu'il avait pleuré mais je savais qu'il était seulement bourré.

— Ouais, ouais, lâcha-t-il.

Son regard se posa sur moi puis revint se poser sur mon frère.

— Vous partez ? Déjà ?

— Ouais, je commence tôt demain, répondit Gracen en tapotant le bras de Fox. Mais joyeux anniversaire. Un quart de siècle, déjà, hein ? Bon sang, mon premier souvenir de toi c'est quand tu apprenais à être propre et que tu as chié sur le tapis du salon de mes parents.

Fox cligna les yeux.

— C'était Trick.

Gracen pencha la tête d'un air pensif.

— Ah bon ?

— Oui, intervins-je.

Maman avait raconté l'histoire une douzaine de fois et elle avait toujours employé le nom de Trick.

— Oups, pardon.

Avec un sourire espiègle, Gracen tapa dans le torse de Fox avec le dos de sa main.

— Dans ce cas, j'ignore quel est mon premier souvenir de toi.

Fox secoua la tête et se tourna vers moi.

— Merci d'être venue, dit-il comme s'il était l'hôte et avait organisé cette fête lui-même.

Puis il ouvrit les bras pour m'enlacer.

Je marquai un temps d'arrêt, gênée. Il ne m'avait jamais enlacée en public. Mais les câlins étaient assez fréquents dans notre groupe alors ça ne sortait pas complètement de l'ordinaire non plus. J'avançai pour lui rendre son étreinte.

Il me tira vers lui et enfouit son visage dans mon cou avant d'empoigner l'arrière de mon T-shirt pour me serrer comme si sa vie en dépendait. Son odeur m'enivra et mon corps devint hypersensible, se préparant déjà pour l'assaut sensuel qui suivait habituellement le moment où je sentais cette odeur familière.

Les cils papillonnants et les cuisses tremblantes, je tapotai maladroitement son dos tout en essayant de cacher combien je me réjouissais de sentir son corps puissant et viril contre le mien. Mon frère se tenait juste à côté et nous regardait, après tout.

— Joyeux anniversaire, dis-je.

Fox fut parcouru d'un tremblement. Il posa la main contre le creux de mon dos et la fit remonter sur ma colonne vertébrale.

— Je voulais passer la nuit avec toi, chuchota-t-il.

Je déglutis. Des larmes me piquèrent les yeux.

Paniquée, je me demandai ce que devait penser mon jumeau. Fox continuant de s'accrocher à moi, je lui lançai un regard désespéré.

S'il soupçonnait…

— OK, très bien, décréta Gracen, détachant Fox de moi. Ça suffit. Va cuver, mon pote.

Ouf, mon frère ne soupçonnait rien, finalement.

Le cœur tambourinant, je levai la tête. Ses yeux noisette étaient tourmentés.

— Désolé, marmonna-t-il en levant la main pour toucher mes cheveux.

Mais je savais qu'il ne s'excusait pas de m'avoir tenue trop longtemps dans ses bras.

— Va sauver ta casquette de la poubelle, lui dis-je. Je n'avais pas l'intention de la remplacer, seulement de t'en prendre une de rechange.

Mais il secoua la tête tandis qu'il faisait glisser ses doigts le long de la visière.

— Nope, répondit-il.

Les yeux scintillant d'intensité, il ajouta :

— J'ai une nouvelle maîtresse maintenant.

Mes oreilles commencèrent à bourdonner ; je sentis mon visage pâlir. Était-ce un code pour me dire qu'il en avait fini avec moi et qu'il était prêt à passer à autre chose ou parlait-il vraiment de la casquette ?

À côté de moi, Gracen ricana et secoua la tête.

— Mec, t'es vraiment bizarre. Les casquettes ne sont pas des maîtresses.

Fox lui sourit.

— La mienne, si.

— Ouais, eh bien, on vous laisse ensemble, alors.

Mon frère attrapa ma main et me tira vers la porte. Je gardais les yeux rivés sur Fox tandis qu'on quittait la maison. Il me lança un regard solennel et me fit un triste au revoir de la main.

Je ne lui rendis pas son coucou, me disant que je réagissais avec exagération et que ce n'était pas terminé entre nous.

— Waouh.

Gracen secoua la tête et siffla tout bas tandis qu'on traversait le jardin à la lueur des lumières pour rejoindre sa voiture.

— Tu penses que Fox a bu combien de verres ?

Je m'éclaircis la gorge.

— Comment ça ?

Il éclata de rire.

— Oh arrête. Tu n'as pas vu comment il te draguait ?

Je fis mine de m'esclaffer.

— Ouais, c'est ça.

— J'ai cru que j'allais devoir l'arracher de ta jambe. On aurait dit un chien en chaleur.

— Gracen !

Continuant de ricaner, mon frère ouvrit la portière côté passager pour moi.

— Quoi ? Inutile de le nier. Tu as dû sentir sa main sur ton cul quand il t'a enlacée. Il t'a caressé les cheveux, pour l'amour du ciel. Et il te regardait comme si…

Secouant la tête, il poussa un sifflement et leva les sourcils comme s'il ne pouvait pas croire ce qu'il avait vu.

Mon cœur se mit à tambouriner dans ma poitrine.

— Comme quoi ? m'enquis-je avec espoir.

— Comme… je ne sais pas. Si je ne le connaissais pas, je dirais que le petit Fox craque pour toi. Demain, il va vraiment regretter d'avoir bu autant, ça c'est sûr.

Je lui assénai un coup dans l'épaule.

— Hé ! Merci beaucoup.

— Aïe !

Il me lança un regard incrédule.

— Pourquoi est-ce que tu m'as frappé ?

— Tu viens de suggérer que seule une personne bourrée pourrait me draguer.

Je levai les yeux au ciel.

— Crétin.

— Ce n'est pas…

— Et ensuite, ensuite…, insistai-je, le fusillant du regard. Tu as dit que si un mec me draguait en étant bourré, il le regretterait amèrement le lendemain une fois qu'il aurait cuvé. Je ne suis pas si repoussante, tu sais. Et en plus, il ne m'a pas draguée.

— Je ne dis pas que tu es repoussante. Putain. On me fait vraiment dire ce que je n'ai pas dit depuis quelque temps.

— Qui d'autre te fait dire…

— Je voulais seulement te faire comprendre que…

Ce fut à son tour de m'interrompre avec une moue irritée.

— Tu fais pratiquement partie de sa famille. Une fois sobre, il sera sûrement paniqué en réalisant ce qu'il a fait.

Reniflant avec irritation, je me glissai dans la voiture et tirai brutalement sur ma ceinture. Il ferma la portière pour moi, fit le tour de la voiture et s'installa derrière le volant.

— Il ne fait pas partie de la famille, grommelai-je.

— C'est pour ça que j'ai dit qu'il faisait pratiquement partie de la famille, rétorqua Gracen en démarrant le moteur.

— Tu te comportes comme si personne dans le groupe n'était sorti ensemble avant.

— Ouais mais tout le monde a vu le couple Beau, Bentley venir à des kilomètres. Ils étaient, genre, nés amoureux. Par contre, j'admets que le couple formé par JB et Teagan a été une surprise.

Il secoua la tête comme s'il n'y croyait toujours pas puis il se concentra pour sortir de l'espace étroit dans lequel on était garés. Il me jeta un regard en biais.

— Ça a l'air de marcher pour eux. Je ne les ai jamais vu aussi épanouis. Mais vraiment je ne l'avais pas vu venir.

— Avec qui tu me verrais ? demandai-je, curieuse d'avoir son avis.

Il me lança un regard surpris.

— Tu veux dire, dans le groupe ?

Je hochai la tête et me mordis l'intérieur de la lèvre.

— Hum.

Il y réfléchit pendant qu'on s'engageait dans la rue. Puis il hocha la tête.

— Probablement Luke.

— Luke ! m'écriai-je, fronçant le nez avec consternation. Luke est un connard.

— Ouais, acquiesça Gracen en haussant les épaules. Mais c'est un connard sympathique. Il a tant de charme et de charisme que malgré ses répliques crues et inappropriées, les gens ne peuvent pas s'empêcher de lui pardonner et de l'aimer quand même.

— Et c'est le genre d'avenir que tu souhaites pour moi ? Luke ?

C'était officiel ; mon frère était barjo.

— Je n'ai jamais dit que je voulais que tu te mettes avec lui.

Il me regarda curieusement.

— Tu as demandé qui était le choix le plus logique pour toi dans notre groupe et j'ai répondu.

— Pourquoi pas les autres ?

— Je ne sais pas.

Il commençait à être sur la défensive. Pas étonnant vu que je devenais super agressive avec mes questions.

— C'est le seul célibataire qui reste dans notre groupe qui est plus âgé que nous. Quelle importance ?

Je le regardai bouche bée.

— Pourquoi est-ce que l'âge a une importance ?

— Ça n'en a pas !

Il commençait à lever la voix.

— Putain, pourquoi est-ce que tu m'agresses ? Tu m'as posé une question alors j'ai répondu avec le premier nom qui m'est venu à l'esprit. Je ne me suis pas demandé pourquoi. Merde à la fin, c'est quoi ton problème ?

Il avait raison. Je partais en vrille sans raison.

— Je suis désolée. Mais tu n'étais pas si…

— Attends. Tu es en train de dire que c'est moi qui me comporte bizarrement là ?

Il appuya une main sur son torse puis secoua la tête et rit sombrement.

— Waouh.

Je savais que j'avais tort. Je me montrais complètement hostile alors que rien de tout ça n'avait à voir avec lui.

Cette situation était le résultat de mon comportement.

Je me sentais si mal, si coupable.

Fox m'avait lancé un regard suppliant et malheureux comme si j'avais gâché son anniversaire.

« Je voulais passer la nuit avec toi. »

Mon Dieu, qu'est-ce qui clochait chez moi ? J'aurais pu rester plus longtemps. Je n'étais pas obligée de partir avec Gracen. Je n'aurais pas dû laisser ce qu'avait dit Fox au téléphone plus tôt m'ébranler autant.

S'il arrêtait d'insister ?

S'il arrêtait d'essayer ? Ou de tenir à moi ? De venir chez moi ?

Une vague de panique me monta à la gorge.

Je ne voulais pas qu'il lâche l'affaire. Ni qu'il parte. J'avais seulement besoin de temps et d'espace pour réfléchir et être au clair dans ma tête.

Seigneur, c'était moi qui avais besoin d'espace finalement. Pas Fox.

Mon portable vibra dans mon sac. Je savais déjà que c'était lui. Pressée de savoir ce qu'il avait écrit, je le sortis à la hâte et lus le message. Mais il m'avait seulement envoyé deux émojis. Une botte et un téléphone.

Mes yeux s'emplirent de larmes tandis que je me fendais d'un immense sourire soulagé.

Il n'en avait pas fini avec moi, après tout.

— Une chaussure et un téléphone ? interrogea Gracen à côté de moi.

Sursautant, je plaquai l'écran du téléphone contre mon ventre.

— Je te demande pardon ? grommelai-je. C'est grossier de lire les messages des autres par-dessus leur épaule !

Il leva les yeux vers moi d'un air confus. On avait toujours ouvertement espionné les messages de l'autre.

— Depuis quand est-ce que ça te dérange que je lise tes textos ? Et qu'est-ce que ça veut dire, une chaussure accompagnée d'un téléphone ? demanda-t-il d'une voix soupçonneuse. Qu'est-ce que tu me caches, Bella ? Putain, c'est qui ce Phacochère ?

— Personne. Rien.

— Est-ce que quelqu'un te harcèle ? insista-t-il.

Je soupirai et levai les yeux au ciel.

— Non.

— Donc tu as rencontré quelqu'un ?

Mon estomac se serra.

— Non.

Il soupira d'un air impatient. Il savait que je mentais.

— J'ignore pourquoi tu ne me dis pas ce qu'il se passe mais je ne vois que de très mauvaises raisons à cela. Et dans tous les scénarios que j'ai en tête, tu finis blessée. Tu m'en parlerais si tu avais des problèmes, n'est-ce pas ?

— Bien sûr.

Il semblait sincèrement inquiet alors je lui touchai le bras.

— Ne t'inquiète pas, frérot. Je vais bien. Je te le promets. J'ai le droit d'avoir quelques secrets, n'est-ce pas ?

Il resta silencieux un moment.

— Ouais. Tu en as le droit, murmura-t-il finalement.

Aussitôt soupçonneuse, je me demandai alors ce que lui me cachait. Et je commençai à regretter d'avoir érigé une barrière entre nous. J'avais l'impression d'avoir perdu une partie essentielle de notre relation.

Décidément, je gâchais vraiment tout ce soir.

Chapitre 12

YELLOW

Le lendemain matin

Dès le réveil, ce samedi, j'eus hâte que ma journée commence. Mon patron m'avait autorisée à venir au bureau dans l'après-midi pour réorganiser son système de classement. De toute évidence, cela n'avait pas été une priorité pour son ancienne assistante.

Ce serait agréable de ne pas avoir M. Draper sur le dos pendant quelques heures. Je ne saurais dire s'il était un bon ou un mauvais manager, mais il rendait mon travail extrêmement difficile quand il m'appelait constamment dans son bureau pour me poser des questions futiles. Il était sympathique, oui, mais il était toujours…

Là.

Aujourd'hui, je pourrais facilement prendre mes marques, souffler et faire mon travail dans la paix et le calme. Mais il y avait une autre raison pour laquelle j'étais excitée de travailler un jour de week-end.

Et cette raison, c'était Gracen Lowe. Je me sentais bête de ne pas avoir réalisé qu'il était l'un des employés de la boîte. Correction : que c'était carrément l'un de ses patrons. Je l'avais découvert lors de mon premier jour de travail, quand M. Draper m'avait fait faire le tour des lieux pour me présenter à tout le monde. Apparemment, mon recruteur, Gracen et une femme dénommée Jada Batrick possédaient l'entreprise et étaient associés.

OK, je ne m'étais vraiment pas foulée quand j'avais effectué des recherches sur la boîte pour laquelle je passais un entretien…

J'en étais presque restée bouche bée quand M. Draper avait tapé à la porte de son bureau et que j'avais découvert Gracen à l'intérieur, en train de travailler sur son ordinateur.

Il n'avait pas semblé choqué de me voir. Il savait déjà que j'avais été engagée. Il avait été poli mais plutôt distant avec moi. Il m'avait saluée comme si c'était notre première rencontre, hochant sèchement la tête avant de me souhaiter la bienvenue dans l'équipe pour ensuite retourner à ses affaires.

On ne s'était pas recroisés depuis. Il avait son propre secrétaire et je travaillais uniquement pour M. Draper. Mais je l'apercevais généralement une à deux fois par jour de l'autre côté de la grande salle où le reste des employés travaillaient dans des box.

C'était dur de me concentrer sur mon travail quand je cherchais constamment à l'apercevoir. Mais aujourd'hui je prévoyais de tout faire pour rester concentrée.

Une fois ma séance avec Parker terminée – celle-ci avait été affreusement calme, sans doute parce qu'il avait la gueule de bois après son anniversaire – je m'étais précipitée au bureau et avais allumé mon ordinateur, le laissant charger pendant que je rangeais mon sac à main.

De ma place, je pouvais entendre un agent travailler dans l'un des box de l'autre côté de l'étage et quelqu'un qui traînait dans la salle de repos. Autrement, l'endroit était silencieux. Idéal pour avancer sur mes tâches.

Mais avant cela, il me fallait bien une tasse de café. Rien de mieux pour démarrer la journée. Sentant des effluves émaner de la salle de repos, j'attrapai ma tasse et quittai mon bureau situé juste à l'extérieur de celui de M. Draper. Mais je m'arrêtai net et restai bouche bée à mi-chemin. La porte du bureau de Gracen était ouverte et la lumière était allumée à l'intérieur.

Non. Il ne pouvait pas travailler aujourd'hui, aussi ! Le destin ne serait pas aussi cruel.

Sauf que si, totalement en fait.

Mon cœur rata un battement et mes lèvres s'entrouvrirent. Je levai les yeux vers la salle de repos. Je savais qui était à l'intérieur.

Me demandant comment il me traiterait, je ralentis le pas et m'interrogeai : devais-je retourner à mon bureau jusqu'à ce qu'il en soit sorti ou entrer alors qu'il était à l'intérieur ?

Bon sang, je me comportais de façon ridicule. On était des adultes. On pouvait gérer la situation.

Une fois devant la porte, je m'arrêtai.

Comment m'y prendre ?

Au comptoir, une tasse posée devant lui, Gracen secouait un sachet de sucre d'un côté pour pouvoir l'ouvrir de l'autre, sans en mettre partout. Il était dos à moi alors j'en profitai pour l'observer. Son costume gris lui allait à la perfection. Non seulement il était très séduisant dedans mais il faisait très professionnel.

Il tenait son portable dans son autre main et louchait sur l'écran, tout en marmonnant :

— Chaussure, téléphone. Chaussure, appel. Ou botte. Je suppose que ça pourrait être une botte.

Curieuse, je me rapprochai pour voir l'écran. Il essayait de déchiffrer la signification de deux émojis placés l'un à côté de l'autre.

— Chaussure, téléphone. Botte, coup de fil. Botte…

— *Booty call*, lâchai-je.

Il sursauta et lâcha son sachet de sucre fermé…

Dans sa tasse pleine d'un liquide foncé.

— Oh mon Dieu, je suis désolée ! m'écriai-je en couvrant ma bouche de mes mains tandis qu'il jurait et s'empressait de repêcher le sachet trempé de sa boisson avec le bout de deux doigts.

Jurant car sa boisson était brûlante, il souleva le sachet de sucre et le lança dans la poubelle à côté de lui.

Il se retourna lentement vers moi, la mâchoire serrée. Je laissai échapper un rire.

— Oups. Je suis vraiment désolée.

Il ne répondit pas. Il me regarda d'un air stupéfait un moment et fronça les sourcils avant de regarder autour de nous.

— Qu'est-ce que tu fais là ?

— Oh.

J'eus un mouvement de recul. Ma présence semblait vraiment le contrarier.

— J'ai… j'ai demandé à M. Draper si je pouvais venir aujourd'hui faire un peu de classement. Est-ce que tu, je veux dire, ça pose problème ? Il a dit que c'était bon, mais…

— C'est bon.

Il secoua la tête et ferma les yeux, grimaçant, ce qui m'informa que ça posait effectivement problème.

— Je me suis simplement dit que je ne l'aurais pas sur le dos aujourd'hui.

Il poussa un soupir, rouvrit les yeux et me servit l'un de ces sourires crispés qui n'était pas un sourire du tout.

— C'est la raison pour laquelle je travaille du mardi au samedi, précisa-t-il. Pour le voir le moins possible.

— Ah bon ?

Je n'avais pas réalisé qu'il travaillait le samedi. Merde. Je ne serais peut-être pas venue aujourd'hui autrement. Non pas que je ne voulais pas le voir – je pensais beaucoup à lui depuis que je l'avais serré dans mes bras au cinéma. Mais j'étais certaine que lui ne voulait pas me voir. Sa froideur envers moi ces dernières semaines au bureau ne laissait aucun doute là-dessus.

Je ne savais même pas ce que j'avais fait de mal. Il avait été agréable et charmant pendant tout le film, ainsi qu'au moment de me raccompagner à ma voiture. Et le câlin avait été mémorable. Mais maintenant…

Si seulement je savais ce qui n'allait pas, je pourrais peut-être arranger les choses.

— Oui, répondit Gracen.

Il me fallut un instant pour me rappeler de quoi on parlait. Je clignai les yeux, surprise d'apprendre qu'il travaillait exprès certains jours de la semaine dans le seul but d'éviter son associé.

Waouh.

M. Draper me mettait parfois franchement mal à l'aise mais il avait été gentil et compréhensif avec moi jusqu'à présent, alors je ne pouvais pas vraiment me plaindre de lui.

C'était un choc d'apprendre que Gracen n'appréciait pas quelqu'un. Il m'avait toujours fait l'effet d'être l'une de ces personnes qui s'entendait avec tout le monde.

— Oh ! marmonnai-je, me sentant stupide. Je pense que tu n'as pas à t'inquiéter. Tu ne croiseras pas M. Draper. Je me contente de faire un peu de rangement dans mon bureau. Le système de classement était un vrai bordel. Alors il n'y a aucune raison pour qu'il…

— Crois-moi, lâcha Gracen d'une voix acide et pleine de mépris. S'il sait que tu es là, il ne sera pas loin.

— Que veux-tu dire ? demandai-je, alarmée.

— Rien, marmonna-t-il, en prenant un nouveau sachet de sucre puis en le secouant brutalement avant de le déchirer et de le verser dans sa boisson.

Il prit une touillette et regarda vers moi, le sourcil arqué.

— Tu penses vraiment que ces émojis veulent dire *booty call* ?

Je haussai les épaules et fis la grimace, attendant qu'il finisse de touiller et ramasse sa tasse pour que je puisse accéder à la machine à café.

— Qu'est-ce que ça pourrait bien dire d'autre ?

— Tu as raison.

Il poussa un long soupir.

— Donc elle voit bien quelqu'un, se murmura-t-il à lui-même avant de se concentrer sur moi. Ma sœur.

— Ah…

Je hochai la tête par politesse.

— Tant mieux pour elle.

Je m'étais inquiétée de la façon dont Bella avait géré les choses et était allée de l'avant après tout ce qui s'était passé. J'étais contente d'entendre qu'elle avait trouvé quelqu'un d'autre.

Mais Gracen me lança un regard noir. Ça devait être dur pour lui de croire que je me préoccupais sincèrement du bonheur de sa jumelle.

— Non, grogna-t-il. Pas tant mieux. Elle refuse de me dire qui est le gars. Pourquoi me cacherait-elle une relation ? Je n'ai jamais fait d'histoire au sujet d'aucun des mecs avec qui elle est sortie. Qu'est-ce qui cloche chez lui pour qu'elle pense que même moi je ne l'apprécierais pas ? J'apprécie tout le monde !

Sauf, visiblement, M. Draper.

Oh ! Et si sa sœur fricotait avec M. Draper ?

Comme s'il avait lu dans mes pensées, Gracen demanda :

— Quoi ?

Je reportai aussitôt mon attention sur lui mais refusai de partager ma théorie. Lui lançant un sourire innocent, je levai ma tasse.

— Rien. Je suis juste venue prendre du café.

— Oh.

Il secoua la tête et se décala sur le côté pour libérer le chemin.

— Merde, pardon. Je suis en plein milieu. Vu l'odeur, je pense que Conner en a fait tout à l'heure. Je t'en prie.

— Merci, dis-je en passant devant lui. Mais tu n'as pas besoin de te presser. On est samedi, c'est un jour cool, j'ai le temps.

Il fronça les sourcils et prit une lente inspiration tandis que je le frôlais. Puis remarquant quelque chose dans mes cheveux, il pencha la tête.

— Tu as des mèches roses ?

— Quoi ?

Sa question me surprit. Je levai la main vers mes cheveux blonds.

— Euh, ouais, répondis-je avec hésitation.

Il s'avança pour les inspecter, le regard sombre, comme si ce qu'il voyait ne lui plaisait pas. Pourquoi ?

Je reculai légèrement. Puis je pâlis.

— Oh mon Dieu. Y a-t-il un *dress code* qui interdit les mèches roses ?

Quel manque de bol ce serait.

— Non. Pas de *dress code.*

Il plissa les yeux.

— Et tu as quelques mèches vertes, aussi, non ?

— Bleues.

Je rougis et levai les yeux au ciel.

— Elles sont censées être bleues, mais elles tournent au vert quand elles commencent à dégorger.

— Dégorger, répéta-t-il dans un murmure pensif.

Ceci semblait le troubler encore plus.

— Donc tu les as depuis un moment ?

— Ouais. Pourquoi ?

— Tu les avais au cinéma ?

Je clignai les yeux, stupéfaite qu'il mentionne les moment qu'on avait partagés dans ce lieu. Quand on me l'avait présenté le premier jour, on aurait pensé qu'il n'avait aucun souvenir de nos deux rencontres au cinéma.

— Je crois, oui, répondis-je. Pourquoi ? Il y a un problème avec mes mèches ?

— Non. Elles sont…

Il chercha ses mots un instant.

— Jolies, finit-il. C'est seulement que…

— Que quoi ?

— Je ne les avais pas remarquées avant, confessa-t-il comme si c'était un gros problème.

— Il faisait nuit, concédai-je.

— Et tu avais les cheveux relevés les deux fois, ajouta-t-il doucement.

Je hochai la tête.

— Ouais. Aussi.

— Hum.

Il prit sa lèvre inférieure entre ses dents et secoua la tête avant de se tourner pour quitter la pièce.

— As-tu un problème avec les cheveux colorés ? demandai-je.

Il s'arrêta, se retourna et s'appuya contre le chambranle pour m'observer.

— Non. Pas du tout, répondit-il finalement. Je te pensais différente, c'est tout. Tu donnes une certaine impression. Et maintenant j'apprends que tu n'es pas comme ça du tout. J'ai l'impression d'avoir été...

Il haussa les épaules et son regard balaya la pièce.

— Je ne sais pas... trompé.

— Trompé ?

Je fronçai les sourcils. C'était un mot vraiment puissant pour une histoire de couleur de cheveux. À moins qu'il parle d'autre chose, comme la raison pour laquelle il était devenu si froid à mon égard. Alors, je pris mon courage à deux mains et avançai vers lui.

— Je t'aurais trompé sur quoi, au juste ?

— Rien, marmonna-t-il.

Il se tourna.

— Oublie ce que j'ai dit.

J'attrapai son bras.

— Si tu t'es trompé sur mon compte, c'est ta faute. Moi je n'ai jamais eu l'intention de tromper qui que ce soit.

Il soupira puis poussa un grognement avant de pencher la tête en arrière pour l'appuyer contre l'encadrement.

— Ouais tu as probablement raison, admit-il.

Oh ! je savais que j'avais raison. Il n'y avait qu'une seule chose que je ne lui avais pas dit qui pourrait changer sa perception de moi, mais je doutais sérieusement que ça occasionnerait ce genre de réaction de sa part.

— Alors vas-tu me dire de quoi est-ce que tu parles ? Et ne dis pas que ça a un rapport avec ma coupe, je sais que ça n'a rien à voir avec ça.

Il sourit et prit une gorgée de sa boisson, ses yeux bleu-gris scintillant de malice. Baissant la tasse, il répondit :

— Nope, je n'ajouterai rien de plus.

Il sortit à reculons de la salle de repos et disparut dans le couloir.

— Quel lâche, marmonnai-je dans ma barbe.

Mais étrangement, je me sentais mieux. Je savais maintenant qu'il y avait une raison particulière derrière le fait qu'il soit devenu glacial envers moi. Et il était prêt à admettre que je n'avais rien fait de mal pour le mériter. Hum…

S'il pouvait me reparler comme il m'avait parlé au cinéma, la vie serait belle à nouveau.

Mais c'était probablement trop en demander.

Tant pis. J'allais quand même célébrer l'humeur joyeuse dans laquelle m'avait mise cet échange. J'avais été sûre de moi et je m'étais confrontée à lui sans reculer. C'est moi qui l'avais fait reculer. Parker serait si fier. Il appellerait ça un progrès, je le savais.

Je rayonnais encore de triomphe en retournant à mon bureau.

— Hé, El ? lança mon patron en sortant de son bureau.

Je sursautai si fort que je faillis renverser ma tasse sur mon chemisier.

— Oh mon Dieu ! m'exclamai-je, appuyant une main sur ma poitrine.

Comment Gracen avait-il su qu'il viendrait ?

— Pardon, dit-il, en s'avançant pour attraper mon bras avec inquiétude. Ça va ?

— Oui, bien sûr.

Je retirai mon bras. Je n'avais pas eu peur à ce point-là.

— Pardon, je ne savais pas que vous veniez au bureau aujourd'hui.

— Ah. Eh bien, surprise.

Il me lança un autre grand sourire et ouvrit grand les bras.

Je lui répondis d'une moue hésitante.

Ouais. *Tu parles d'une surprise.*

— Je me demandais si tu avais le dossier Zimle sur toi.

— Oui, répondis-je.

Je me dépêchai de poser mon café au bord de mon bureau avant d'en faire le tour précipitamment pour commencer à fouiller dans le bordel posé dessus.

— Désolée, il est là quelque part, je le sais.

Je lui offris un sourire rassurant pour ne pas qu'il pense que j'étais incompétente.

— C'est pour cette raison que je voulais venir aujourd'hui, pour mettre de l'ordre dans tout ce chaos.

— Hé, aucun problème, me dit-il avec décontraction. Prends ton temps.

Gracen avait totalement tort à son sujet. M. Draper était un homme sympa.

Je me dépêchai, voulant l'impressionner avec mes super compétences de secrétaire. Mais même en farfouillant partout sur mon bureau, je ne trouvai pas le dossier qu'il cherchait.

Merde. Je ne faisais pas compétente du tout, là.

Je levai un doigt, espérant qu'il ne me jugerait pas et resterait patient encore quelques instants.

— Peut-être que je l'ai déjà classé.

Je me tournai vers le caisson de rangement et l'étudiai un instant. J'allais avoir besoin du tiroir du bas. Alors, je me penchai pour l'ouvrir et fis glisser mes ongles sur les étiquettes, mais je sursautai brusquement. On m'avait pincé les fesses.

Du moins, c'est ce qu'il m'avait semblé.

— Oh !

Me redressant brusquement, je fis volte-face. J'avais vraiment eu l'impression qu'on m'avait pincé les fesses. Mais mon patron se tenait toujours à quelques mètres de moi.

Les sourcils froncés, je regardai autour de moi avant de poser les yeux sur lui.

— Est-ce que vous venez de…

Mon Dieu, comment demandait-on à son patron s'il vous avait mis la main aux fesses ?

— Hum ? fit-il innocemment, en levant les sourcils.

Pas assez innocemment pour ma tranquillité d'esprit, ceci dit.

— Rien, marmonnai-je.

J'avais l'impression de perdre la tête.

— Pardon. Je vais…

Alors que je me retournais vers le caisson, M. Draper leva un doigt.

— J'ai peut-être le dossier dans mon bureau après tout. Pourquoi est-ce qu'on n'irait pas à l'intérieur pour le chercher ?

Euh…

Quoi ?

D'une : j'étais sûre que j'avais vu le dossier sur mon bureau ce matin.

Et de deux : on n'avait pas besoin d'être ensemble pour aller le chercher dans son bureau. Prise de sueurs froides, je marquai un temps d'arrêt. Je ne savais pas quoi répondre. Était-ce correct de dire « non » à une requête d'apparence aussi simple, si elle venait de son supérieur ? Et s'il demandait pourquoi je refusais ? Je ne pouvais pas lui dire que c'était parce qu'il me donnait soudain la chair de poule. Ce serait grossier.

Oh mon Dieu. Je ne savais pas comment gérer la situation.

Lisant la panique sur mon visage, il s'avança et prit une voix douce.

— Hé, hé. Détends-toi. Tout va bien.

Il tapota mon bras.

— Tout va bien. Je vais m'occuper de toi.

T'occuper de moi ?

Une sonnette d'alarme retentit dans mon corps. Je ne voulais pas savoir où il voulait en venir.

Je commençai à reculer, mais il serra mon bras plus fort, m'empêchant de partir.

Pas cool. Pas cool du tout.

— Personne ne le saura, chuchota-t-il en levant sa main libre pour toucher ma joue. Je ne dirai rien si tu gardes le silence.

Beurk !

Je réagis par pur instinct, serrai le poing et visai son visage aussi fort que possible. Sauf que je ratai et le frappai dans la trachée.

Il me lâcha immédiatement et attrapa sa gorge en suffoquant. Il manquait d'air.

— Oh merde ! m'écriai-je en plaquant mes mains sur ma bouche, espérant que je ne l'avais pas accidentellement tué.

Derrière moi, une voix poussa un cri :

— Putain !

Je fis volte-face, prise en flagrant délit, et lançai un regard coupable à Gracen.

— Il... il..., bredouillai-je.

Oh ! génial. Je n'arrivais pas à m'exprimer.

La panique emplit ma gorge.

La crise d'angoisse semblait inévitable.

Des points noirs dansaient dans mes yeux. J'avais autant de difficultés à respirer que mon patron. Je regardai dans sa direction vers lui, espérant que Gracen comprendrait.

Ce dernier recouvrit ses esprits le premier. Sur son visage, la surprise laissa place au sérieux. Il courba un doigt vers moi, me faisant signe d'avancer.

— Mademoiselle Nicksen.

On aurait dit un principal qui réprimandait un élève.

— Venez avec moi.

Puis il jeta un regard létal à M. Draper.

— Et toi.

Il souffla d'un air menaçant.

— Reste dans le coin.

Je le suivis jusqu'à son bureau pendant qu'il appelait quelqu'un au téléphone.

— Viens. Tout de suite, ordonna-t-il quand la personne répondit.

Et il raccrocha.

Je pris une grande inspiration pour me donner du courage. Gracen tint ouverte la porte de son bureau et me fit signe d'entrer devant lui. Puis il me suivit et nous enferma à l'intérieur.

Je déglutis, certaine que j'étais sur le point d'être virée pour avoir frappé mon patron. Avant que je puisse m'en empêcher, je me tournai brusquement vers lui, pour lâcher :

— Ce n'était pas ma faute. Il… il…

— J'ai vu ce qu'il a fait, dit Gracen calmement. J'ai tout vu.

OK.

Mais j'ignorais ce que ça voulait dire. Il avait eu l'air furieux envers M. Draper. Mais il ne semblait pas très content de moi, non plus. Allais-je avoir des problèmes, ou pas ?

— Si tu comptes me passer un savon parce que je l'ai frappé, alors dépêche-toi qu'on en finisse, marmonnai-je, agacée, incapable d'attendre qu'il réagisse. Je n'avais pas l'intention de le frapper si fort mais je ne regrette pas ce que j'ai fait. Il n'aurait pas dû avoir les mains baladeuses. Je m'en fiche si tu penses que je le méritais parce que je me suis bêtement penchée devant lui. Je…

— Mais, merde, pourquoi penserais-je que tu le méritais ? s'écria Gracen avec incrédulité.

— Tu m'as dit que mon apparence rendait les hommes…

— Et puis quoi encore ! Ce n'est pas du tout ce que j'ai dit. J'ignore pourquoi les connards se comportent comme des connards. Et Art Draper est un connard de classe internationale. Même si tu venais travailler en string et cache-tétons, que tu commençais à faire du yoga devant lui, il n'aurait aucun droit de te toucher le cul. Du tout. Et pour ton information, je t'ai uniquement amenée dans mon bureau pour te demander si tu allais bien. Pas pour te passer un savon.

Le temps de finir sa tirade, il était furieux. On aurait dit qu'une veine allait éclater dans son cou. Mais étrangement il ne me faisait pas peur. Je me sentais même mal de l'avoir mis dans la même catégorie que M. Draper. Je savais qu'il n'était pas comme les connards de ce monde. Malgré ce dont je venais de l'accuser, mes instincts avaient toujours su qu'il était plein de compassion et qu'avec lui, j'étais en sécurité.

Mon menton se mit à trembler de façon incontrôlable. Je croisai les bras sur la poitrine.

— Bien sûr que non, ça ne va pas, marmonnai-je. Mon patron vient de me peloter.

Ma gorge se serra et mes yeux s'emplirent de larmes.

— Qu'est-ce que je fais de travers ? Pourquoi est-ce que je n'ai de cesse d'attirer des connards qui se croient tout… tout…

— Tu es trop gentille, répondit-il doucement, les yeux emplis de compassion. Tu es tellement polie que tu préfères prendre sur toi plutôt qu'être grossière envers quelqu'un et lui dire d'aller se faire foutre même lorsqu'il le mérite. Alors il repousse tes limites jusqu'à obtenir ce qu'il veut.

Je fronçai les sourcils avec irritation.

— C'est nul. Pourquoi est-ce à moi de changer et devenir quelqu'un d'autre, quelqu'un sur la défensive, alors qu'ils ont les mains baladeuses et me manquent de respect. Et puis… et puis…

Je secouai la tête, tremblante, et m'essuyai les joues. Je détestais ça. Pourquoi est-ce que certaines personnes vous mettaient volontairement dans des situations inconfortables simplement car elles en avaient le pouvoir ? C'était inacceptable. J'aimais être gentille. Je n'aurais pas dû me sentir minable d'être la personne que je voulais être.

— J'espère que tu ne changeras pas, murmura doucement Gracen. Je t'apprécie comme tu es. Et si mes souvenirs sont exacts, tu n'as pas laissé Draper te marcher sur les pieds. Tu as frappé le connard à la gorge.

Un rire dément s'échappa de moi.

— Oh mon Dieu, je l'ai vraiment frappé…

Je n'en avais vraiment pas eu l'intention. Mais j'étais fière néanmoins de ce que j'avais fait.

Gracen hocha la tête.

— C'était mémorable.

— On était à mille lieues de la crise d'angoisse que j'ai failli avoir avec le bouffon du cinéma, hein ?

— Je n'en croyais pas mes yeux quand je l'ai vu s'effondrer devant toi.

J'éclatai de rire. J'avais réussi. Je m'étais enfin défendue d'une manière qui me satisfaisait. Parker serait tellement fier.

Mais brusquement, je subis le contrecoup de plein fouet. Un tremblement s'empara de moi, suivi par un autre. Avant que je m'en rende compte, je m'effondrai sur l'un des fauteuils et me mis à sangloter de façon incontrôlable.

Chapitre 13

GRACEN

Vingt minutes plus tard

Yellow m'avait dit de ne pas m'inquiéter pour elle pendant qu'elle pleurait.

— C'est ma façon d'évacuer le stress, avait-elle essayé d'expliquer pendant que les larmes et son nez coulaient.

Ses joues étaient marbrées de rouge, ses yeux bouffis et gonflés. Pourtant, sa préoccupation principale avait été de me rassurer.

— Certaines personnes s'énervent, certaines personnes boivent, certaines personnes enfouissent les choses profondément. Moi, je pleure pour évacuer le stress. Une fois que je l'aurai évacué, je serai prête à reprendre le cours de la journée. OK ?

— Pas de souci, avais-je répondu avec un geste de la main. Prends ton temps. Ne t'inquiète pas pour moi.

Je m'étais assis sur une chaise contre le mur pour l'observer et attendre.

Mais ne pas lui offrir le moindre réconfort allait contre tous mes instincts. J'étais habitué à serrer dans mes bras et caresser les cheveux, murmurer des mots doux d'encouragement, aller chercher nourriture ou boisson chaque fois que j'avais affaire à une personne en train de pleurer. C'était ce que Bella attendait généralement de moi. Mais je savais que ce n'était pas ce dont Yellow avait besoin.

Elle avait besoin de se sentir forte. S'appuyer sur moi ne l'aiderait pas à accomplir cela. En plus, elle venait de me dire qu'elle en avait marre que les hommes s'arrogent le droit de la toucher chaque fois qu'ils en avaient envie. Et j'avais le sentiment que l'enlacer pour la réconforter tomberait dans cette catégorie.

Alors, après lui avoir tendu une boîte de mouchoirs, je m'étais assis à trois mètres de distance, j'avais posé les avant-bras sur les genoux, attendant, écoutant, regardant, tandis qu'elle s'effondrait complètement avant de se ressaisir. Le temps qu'elle renifle ses dernières larmes, essuie son visage et se redresse, je me sentais épuisé.

— C'est bon, j'ai terminé.

Je secouai la tête et lui fis un signe de la main. J'avais encore besoin d'une minute après avoir été témoin d'une telle scène.

— Ne t'arrête pas pour moi, répondis-je d'une voix rauque. Prends tout le temps dont tu as besoin.

Mais elle en avait fini de pleurer. Elle se leva, lissa sa jupe et son chemisier puis ses cheveux avant de lever le menton.

— Il faut que je retourne travailler.

— Hum, non. Tu ne retournes pas à ton bureau.

— Quoi ?

Elle pâlit. La peur envahit ses traits.

— Qu'est-ce… qu'est-ce que tu attends de moi ? J'ai un travail à finir. Oh mon Dieu, tu ne me vires pas, si ?

— Quoi ? Non ! Je…

Avant que je puisse m'enliser, on frappa à ma porte. Dieu merci.

— Parfait timing, commentai-je.

Avant de lancer :

— Entre.

La porte s'ouvrit. Mon associée, Jada, entra dans la pièce. C'était son jour de repos, mais personne ne le devinerait à la vue du tailleur impeccable et des talons qu'elle portait, et de ses cheveux gris arrangés comme si elle sortait de chez le coiffeur. Pour moi, elle ressemblait à la reine Leah dans *Descendants*.

Chaque fois qu'elle entrait quelque part, Jada impressionnait. Je me levai lentement et enfonçai les mains dans mes poches pendant qu'elle évaluait la situation du regard. Ce dernier passa brièvement sur moi avant de bifurquer vers la jeune et jolie blonde qui avait les yeux larmoyants et le nez rouge, de l'autre côté du bureau.

Elle poussa un long soupir.

— Art a encore frappé, je présume.

Je reniflai amèrement.

— Ouais. Sauf que cette fois la demoiselle a rejeté ses avances.

— Vraiment ?

Jada haussa les sourcils de surprise. Elle posa sur Yellow des yeux curieux. Puis elle se tourna vers moi d'un air royal.

— Je suppose qu'il y a une première fois pour tout.

Yellow adopta un air ahuri.

— Vous voulez dire que c'est déjà arrivé ?

— Avec chaque secrétaire qu'il a embauchée, répondit Jada.

Elle passa en revue Yellow d'un regard mesquin comme si elle déplorait ce qu'elle voyait. Puis elle ajouta :

— Mais apparemment vous méritez une médaille, ma chère. Vous êtes la première à lui dire non.

Yellow cligna les yeux comme si elle ne comprenait pas. Puis son visage prit une expression horrifiée.

— Donc toutes les personnes qui ont travaillé à ce poste avant moi…

— Ont eu des liaisons avec lui, oui, confirma Jada.

Yellow en resta bouche bée.

— Et personne n'a pensé à m'en informer ? lâcha-t-elle d'une voix rauque.

Son regard dévia vers moi. Il était lourd de reproche. Elle pensait clairement que j'aurais dû la mettre en garde.

J'ouvris la bouche pour me défendre mais je ne savais pas quoi dire. Je réalisai soudain que j'aurais probablement dû la prévenir. Mais Jada me sauva de ce qui aurait probablement été une excuse vraiment pathétique.

— Alors, comment est-ce qu'on procède ? demanda-t-elle. Je suppose qu'avant toute chose vous souhaitez porter plainte.

— Porter plainte ?

Alarmée, Yellow redressa le dos.

— Je, euh, non. Non, ce ne sera pas nécessaire.

— Qu'est-ce que tu veux dire par non ? explosai-je. Ton patron vient de te harceler sexuellement, Yellow. Bien sûr que tu vas porter plainte contre lui.

— Yellow ? s'étonna Jada.

— Si toutes les secrétaires qu'il a eues avant moi ont eu des rapports consentants avec lui, alors même moi je ne peux pas le blâmer d'avoir pu penser que je serais consentante aussi. Ce n'est pas un crime de montrer à quelqu'un qu'il vous plaît et c'est ce qu'il a fait. Mais maintenant qu'il sait que ce n'est pas réciproque, est-ce qu'il ne va pas me laisser tranquille ?

Art ? Laisser une femme tranquille ? Ça semblait peu probable. Mais Jada venait de dire qu'il y avait une première fois pour tout.

— Ce qu'il t'a dit a fait que tu l'as frappé à la gorge, lui rappelai-je. On dirait qu'il a fait plus que te montrer que tu lui plaisais.

— La gorge ? répéta Jada avec admiration. Waouh. Impressionnant.

Yellow rougit de honte.

— Je… je pense que j'ai probablement exagéré en le frappant. Je suis désolée. Je n'aurais vraiment pas dû aller aussi loin. La dernière fois qu'un homme s'est montré trop entreprenant, je n'ai pas suffisamment réagi alors j'essayais probablement de compenser.

— La dernière fois ? Vous voulez dire que ceci est déjà arrivé ? demanda Jada, outrée, en nous regardant.

Je balayai sa question de la main.

— Différent mec, différent lieu, répondis-je.

Puis je reportai mon attention sur Yellow.

— Peu importe que tu aies trop ou pas assez réagi. L'important, c'est qu'il t'a mise dans une situation inconfortable qui t'a fait pleurer dans mon bureau pendant vingt minutes. C'est inadmissible dans toute entreprise et je ne le tolèrerai pas dans la mienne. Ni Jada ni moi n'avons assez de fonds pour racheter les parts de Art, alors la seule façon de faire dégager ce connard c'est que tu portes plainte contre lui.

— Je ne comprends pas, intervint Jada. Vous vous connaissez tous les deux personnellement ?

Yellow et moi l'ignorâmes tandis qu'on s'étudiait mutuellement, mon expression déterminée, celle de Yellow emplie de panique.

— Ne peut-on pas attendre ? supplia-t-elle dans un murmure, ses cils scintillant de larmes. Il ne savait pas que je ne serais pas intéressée. Mais maintenant qu'il le sait, on devrait lui laisser la chance de se comporter correctement et de me laisser tranquille avant… avant de déclencher un gros scandale pour une histoire de « elle a dit », « il a dit », qui n'est pas si grave, finalement.

— Ce n'est pas une situation « elle a dit », « il a dit », protestai-je. J'ai tout vu. Et comment peux-tu dire que ce n'est pas une situation grave…

— Il m'a fait des avances, je lui ai clairement fait comprendre que je n'étais pas intéressée, donc maintenant il mérite qu'on lui laisse l'opportunité de respecter mes souhaits. Je ne veux pas devenir la source de ragots, ni que tout le monde donne son opinion et se demande si je suis une traînée. Ne me fais pas revivre ça, s'il te plaît.

Revivre ?

Mes lèvres s'entrouvrirent. Parlait-elle de ce qui s'était passé entre elle et Bella ? Ou d'autre chose ?

Je fronçai les sourcils. Y avait-il quelque chose que j'ignorais concernant l'histoire avec ma sœur ? Ou était-ce simplement mon cœur qui espérait qu'elle était moins coupable que je l'avais toujours cru ?

— Si vous êtes absolument certaine que vous ne souhaitez pas porter plainte…, commença Jada, parlant directement à Yellow et ignorant mon regard incrédule. Alors je sais comment faire en sorte qu'il se comporte correctement avec vous.

— J'accepte, répondit aussitôt Yellow, hochant la tête avec vigueur.

Je reniflai avec sarcasme.

— Tu n'as même pas entendu son idée.

Yellow me jeta un regard noir.

— Si cela me permet de garder mon boulot et de ne pas ébruiter ce qui s'est passé ici aujourd'hui, alors je suis partante.

— Tu es impossible, marmonnai-je tandis que Jada ouvrait la porte de mon bureau.

Cela m'était égal que l'histoire s'ébruite. On lui avait fait du tort. Elle méritait justice.

— Hé, Art ! appela Jada. Peux-tu nous rejoindre dans le bureau une minute, s'il te plaît ?

Tenant la porte grande ouverte, elle lui fit signe d'entrer.

Une seconde plus tard, Art Draper le connard entra, fusillant Yellow du regard avant de brièvement toucher la base de sa gorge.

Personne ne prit la peine de lui demander s'il allait bien.

— Écoutez, se défendit-il aussitôt, je ne sais pas ce qu'elle vous a raconté mais…

— Chut ! siffla Jada en fermant la porte derrière lui.

Elle serra les mains devant elle et plissa les yeux vers Art.

— Voici ce qui va arriver. Mlle Nicksen accepte de ne pas porter plainte contre toi si…

— Contre moi ? explosa-t-il, incrédule.

Il pointa son doigt vers son torse.

— C'est elle qui m'a attaqué, couina-t-il.

J'avançai vers lui d'un air menaçant.

— Elle s'est défendue parce que tu as posé tes sales pattes sur elle, grognai-je.

Il tituba en arrière et me jaugea avec méfiance avant de se tourner vers Jada.

— Je n'ai rien fait de mal.

— Oh que si, rétorqua Jada. Mais on n'en est plus là. Alors, dis-moi, veux-tu dépenser tout ton argent en procès ? Tu perdras et seras forcé de nous céder tes parts de l'entreprise. Ou préférerais-tu taire cette histoire en autorisant quelques changements mineurs au niveau du personnel ?

— Quel genre de changements ? demanda-t-il avec méfiance.

— Pour commencer, Mlle Nicksen va avoir besoin d'un nouveau poste. La licencier à cause de ton comportement déplacé est hors de question, mais il ne serait pas raisonnable que tu la gardes comme secrétaire non plus. Et après ce que tu as fait, on ne te fait plus confiance avec les secrétaires de sexe féminin donc…

Quand elle regarda vers moi d'un air entendu, je sus exactement ce qu'elle attendait de moi.

— Tu prendras le mien, dis-je, regrettant déjà de devoir me séparer de Price.

C'était le meilleur assistant que j'avais jamais eu.

Mais pour Yellow, la question ne se posait même pas. Des sacrifices seraient faits.

— La tapette ? s'insurgea Draper, horrifié.

Serrant les dents, je secouai lentement la tête.

— Insulte-le encore et tu auras deux procès au cul, mon pote.

Draper ferma immédiatement la bouche et me fusilla du regard.

Yellow leva ses yeux noisette vers moi, comme si elle pensait qu'un sort pire que la mort l'attendait.

— Nicksen ira avec Jada, ajoutai-je. Et je prendrai l'assistante de Jada, Magda.

— Attends. Quoi ?

Jada se redressa, confuse, et me regarda comme si j'avais perdu l'esprit. Je savais qu'elle voulait que j'échange Price et Yellow mais alors, cela voudrait dire que Yellow deviendrait ma secrétaire et je serais incapable de gérer la situation alors je nous avais fait changer tous les trois.

Jada ne s'opposa pas à ma décision mais elle ne semblait pas très contente non plus. Elle plissait les yeux l'air de dire « tu me dois une fière chandelle ». Mais, eh, elle m'en devait une aussi : à cause d'elle, je perdais Price.

Je n'étais pas satisfait de l'arrangement non plus. Je me retrouvai avec une arrière-grand-mère qui aurait dû prendre sa retraite dix ans plus tôt, n'entendait plus très bien, n'était pas à jour niveau technologie et travaillait à la vitesse d'un escargot.

Price allait vraiment me manquer.

L'unique personne dans la pièce qui semblait satisfaite de la situation c'était Yellow. Et pour l'heure, c'était la seule que je me souciais d'aider, alors c'était tout ce qui comptait.

— Et si jamais tu t'approches encore d'elle ou si tu lui parles ou la regardes d'une façon qu'elle trouve offensante…, commençai-je, m'avançant de nouveau vers Draper d'un air menaçant.

Mais il leva les mains avant que je puisse continuer.

— Non, non. C'est bon. Je ne l'approcherai plus. J'accepte ces conditions. Vous gagnez. Prenez la salope et donnez-moi la tapette.

— Très bien, répondit Jada en hochant fermement la tête, choisissant d'ignorer son langage grossier. Alors nous sommes tous d'accord. L'échange d'assistants prend effet immédiatement. Bonne journée, messieurs.

Elle tourna la tête vers Yellow et plissa les yeux d'un air glacial.

— Mlle Nicksen, ajouta-t-elle, je vous verrai à 8 heures précises lundi matin. Je n'accepte aucun retard et attends une tasse brûlante de café noir posée sur le coin nord-ouest de ma table de travail, à précisément 15 centimètres de chaque bord, quand j'arrive à mon bureau.

— Oui, madame, murmura-t-elle avec une petite révérence. À lundi.

Jada sortit du bureau à grandes enjambées et Draper nous fusilla du regard Yellow et moi avant de la suivre précipitamment.

— Merci, murmura Yellow sans me regarder.

Je reniflai.

— Ne me remercie pas encore. Jada est une dure à cuire. Elle ne sera pas tendre avec toi.

Elle se tourna vers moi et me regarda avec des yeux déterminés.

— Tant qu'elle ne me harcèle pas sexuellement, tout ira bien. Je suis qualifiée pour le poste pour lequel j'ai été embauchée.

Je hochai la tête avec respect.

— C'est bon à savoir.

Elle m'étudia un moment. Je pense qu'elle attendait que je dise quelque chose.

Ne sachant pas par où commencer, je restai muet. J'avais vraiment l'impression de la décevoir.

Comprenant que je ne parlerais pas, elle me fit un signe de la tête et se tourna pour sortir.

Mais alors qu'elle atteignait la porte, je fermai les yeux et murmurai :

— Attends.

Je le regrettai aussitôt. Mais quand j'ouvris les yeux elle s'était arrêtée et se retournait lentement, le regard empli d'espoir.

Je pris une profonde inspiration.

— Es-tu certaine d'être d'accord avec cette résolution ? Si tu changes d'avis et décides de porter plainte…

— Non, m'assura-t-elle. Cette résolution me plaît.

— D'accord.

Je hochai la tête.

— Je te dois des excuses, ajoutai-je.

Elle fronça les sourcils, perplexe.

— Pour quoi ?

— J'ai pensé à tort que tu savais déjà comment était Art quand il t'a embauchée. Je pensais que tu serais comme toutes ses autres secrétaires. Après tout ce qui s'est passé entre toi, Bella et ce connard, je pensais que tu ne serais pas contre…

— Mais M. Draper est marié, lâcha-t-elle en me dévisageant avec stupéfaction, comme si j'étais fou de faire une telle suggestion.

Je haussai les épaules en grimaçant.

— Et Bella était fiancée. La situation n'est pas si différente.

Blêmissant aussitôt, elle baissa la tête et appuya les mains sur son ventre.

— Je peux comprendre ton raisonnement.

— Ce que je veux dire…, insistai-je, en regardant mes pieds. C'est que si j'avais su que tu ne connaissais pas ses intentions… Si j'avais su que tu refuserais ses avances, alors je t'aurais mise en garde. Merde, j'aurais dû te mettre en garde de toute façon. Je suis désolé. Mais quand tu es sortie de son bureau après ton entretien et qu'il a annoncé que tu serais sa secrétaire, tout est remonté à la surface. Tout ce que tu as fait avec Ethan, comment ça a affecté Bella, et je…

Je fermai les yeux de honte.

— Ce que les gens font de leur vie ne me regarde pas. Mais avec toi, c'était… Merde, je commençais à t'apprécier, je commençais à oublier que tu… que tu es comme ça. Et quand je m'en suis rappelé, je me suis senti trahi. Je m'étais fait une autre image de toi, une image fausse qui collait à ce que je voulais que tu sois. Ce qui est ma faute, pas la tienne. Et je n'aurais pas dû. Je suis désolé.

Tandis qu'il soupirait lourdement, je me tournai vers la fenêtre et posai mes mains sur le rebord, le regard dans le vague.

— C'est pour cette raison que je suis froid avec toi depuis que tu as commencé ici. J'étais en colère. En colère après toi. En colère après moi-même. En colère vis-à-vis de toute cette situation. Et je me sentais bête de t'avoir perçue comme le type de personne que j'aurais aimé que tu sois. Alors je suis désolé pour ça, tout comme je suis désolé de ne pas t'avoir mise en garde au sujet de Art. J'aurais pu t'aider à éviter le drame d'aujourd'hui si j'avais juste dit quelque chose.

— Personne d'autre ne m'a prévenue non plus, répondit-elle comme si elle m'excusait.

Je jetai un œil dans sa direction.

— Mais moi j'aurais dû. Et je tiens à m'en excuser.

Elle m'étudia un moment.

— OK, répondit-elle.

Elle me pardonna aussi facilement que ça.

J'enfonçai une main dans ma poche et baissai la tête. Je ne méritais pas son pardon. Mais elle ne quitta pas le bureau.

— Gracen, murmura-t-elle.

Je levai les yeux.

Tout en tortillant ses mains au niveau de sa taille, elle prit une profonde inspiration. On aurait dit qu'elle était sur le point de s'évanouir.

— Je… je voulais que tu saches que… que je ne suis pas si différente de ce que tu imagines. Ce que ta sœur pense que je lui ai fait, je… je ne l'ai pas fait. Je n'ai pas fait ce qu'elle pense que j'ai fait.

Je clignai les yeux.

— Quoi ?

Sa voix trembla et son regard fixa un point au sol.

— Je… je n'ai pas, tu sais… Je n'ai pas…

— Mais elle t'a prise en flagrant délit, lâchai-je, stupéfait. Nue. Dans son lit.

Elle leva le visage et le secoua d'un air désespéré.

— Elle… elle ne sait pas ce qu'elle a vu.

— Mais il était là avec toi. Nu, lui aussi. Bon sang, je t'ai vue de mes propres yeux une semaine plus tard. Tu sortais de son appartement avec ton putain de soutif à la main. Comment peux-tu dire que tu n'as pas… Yellow ?

Elle vacilla sur ses pieds comme si elle allait s'évanouir. Inquiet, je bondis en avant mais m'arrêtai net en la voyant fermer les yeux et prendre une profonde inspiration. J'avançai alors vers elle d'un pas plus hésitant. Elle leva une main pour m'arrêter, aspirant à grandes bouffées.

— Tu as raison ; je n'aurais rien dû te dire, lâcha-t-elle d'une voix étranglée avant de faire volte-face pour s'échapper.

Je me glissai devant elle et flanquai la main contre la porte.

— Mais tu as dit quelque chose, accusai-je, incrédule. Tu ne peux pas t'arrêter là. Qu'est-ce qui s'est vraiment passé entre toi, Bella et Ethan, putain ?

Yellow secoua la tête. Je la faisais hyperventiler mais je ne pouvais pas m'arrêter. Je devais savoir.

— Dis-moi, exigeai-je impatiemment.

— Je, hoqueta-t-elle, la respiration saccadée tandis qu'elle appuyait une main sur sa poitrine. Je n'ai pas… Je n'ai pas trahi Isabella. Je ne lui ferais jamais ça.

— Qu'est-ce que tu essaies de dire ?

Mon cœur tambourinait dans ma poitrine. Si elle n'avait pas poignardé Bella dans le dos alors je ne serais pas obligé de la détester.

— Il t'a menti ? devinai-je. Il t'a dit qu'ils avaient rompu ?

— Oh mon Dieu, dit-elle d'une petite voix avant de griffer mon bras avec frénésie pour que je recule et libère l'accès à la porte.

— Hé, dis-je doucement pour la calmer. Tout va bien. Je bouge. Regarde.

Levant les mains pour ne pas qu'elle se sente piégée, j'ajoutai :

— Mais tu ne peux dire tout ça et ensuite simplement partir.

— Pourquoi ? aboya-t-elle avec colère, levant vers moi un regard flamboyant de terreur, de frustration et de rage.

Elle serra le poing et répéta plus fort :

— Pourquoi ne puis-je pas partir ? Avant même que j'ouvre la bouche, tu avais décidé de ne pas me croire. Alors tu ne me croiras pas, quoi que je dise.

— Croire quoi ? m'écriai-je. Tu ne m'as pas dit ce qu'il s'est passé. Simplement ce qu'il ne s'est pas passé. Et si tu n'as pas couché avec lui, alors pourquoi ne l'as-tu jamais dit à Bella ? Merde, tu étais son amie. Et elle pense que tu l'as trahie.

— Eh bien, elle se trompe et je…

Elle secoua la tête avec frénésie.

— Je l'ai protégée. Parfois c'est mieux de croire un mensonge.

Je battis des cils quelques secondes avant d'exploser.

— Quoi ? Qu'est-ce que ça veut dire, bon sang ?

Yellow s'effondra sous mon regard incrédule. Elle recula.

— Je… je n'aurais rien dû dire.

Mais elle ne partit pas. Sa poitrine se soulevait de plus en plus vite et sa respiration s'était accélérée. Les yeux scintillant de larmes, elle se pencha en avant et posa le front contre la porte.

J'ignorais totalement ce qui était en train de se passer, mais je me laissai attendrir par son innocence. Je voulais y croire.

— Parle-moi, suppliai-je, touchant doucement son dos. Je veux t'aider. Je veux comprendre. J'ai besoin de savoir ce que tu ne dis pas. Je te croirai. Promis.

Elle renifla. Des larmes coulèrent sur ses joues.

— Je n'aurais rien dit du tout, commença-t-elle, sa voix si tremblante que je la reconnus à peine. Mais je ne supporte pas que tu aies une telle image de moi. Je ne supporte pas l'idée que tu me vois comme une… comme une…

Elle ferma les yeux et secoua la tête.

— Je n'en suis pas une. Je te le jure.

— Yellow.

Ma main remonta vers son épaule puis descendit sur son bras

jusqu'à sa main. Quand j'atteignis ses doigts, elle entrelaça les siens avec les miens et serra fort, tout en tremblant et refusant de croiser mon regard.

— Je te crois, dis-je.

Cette fois, je n'insistai pas. J'en restai là. Tout le monde avait ses secrets. Je devais la laisser garder les siens.

Un sanglot lui déchira la poitrine. Elle se retourna et tituba vers moi. Se dressant sur les orteils et passant ses bras autour de moi, elle me serra fort et enfouit son visage dans ma poitrine.

— Merci.

Je lui rendis son étreinte, posant la main à l'arrière de sa tête et fis glisser la main le long de sa colonne pour la consoler. Aucun de nous ne parla. Elle garda ses pensées pour elle pendant que je continuais de la tenir.

Après coup, elle s'écarta silencieusement et leva les yeux vers moi. Puis elle posa la main sur ma joue pendant une demi-seconde, me remerciant silencieusement avec son regard, et quitta la pièce.

Étrangement endeuillé par son absence, je tombai sur une chaise et pris ma tête dans mes mains. Puis poussant un long soupir tremblotant, je me redressai et m'essuyai le visage.

Je ne savais plus quoi penser de Yellow Nicksen. Mais je savais que je ne pouvais pas la détester, peu importe ce qu'elle avait fait. Malgré le nombre de preuves qui s'accumulaient contre elle, je ne pensais plus du tout qu'elle avait couché avec le fiancé de ma sœur.

Chapitre 14

FOX

Le vendredi suivant

J'avais fini tellement bourré à ma fête d'anniversaire surprise que je ne voulais plus jamais boire. Alors, quand je reçus un message de Julian disant que les mecs se retrouvaient autour d'un verre dans la salle VIP du bar de Pick, je voulus aussitôt décliner. Mais je savais que si je n'y allais pas, tout le monde demanderait pourquoi. Je ne voulais pas répondre à cette question, y aller semblait plus facile.

Il y avait toujours tellement de discussion et conversation à ces soirées que personne ne remarquerait si je restais en retrait et me contentais de faire acte de présence pendant quelques heures, sans participer à quoi que ce soit.

Ce n'était pas comme si j'avais autre chose à faire de toute façon à part rester seul à la maison et m'apitoyer sur mon sort.

J'avais été trop poule mouillée pour appeler Bella de toute la semaine. Depuis le texto *booty call* que je lui avais envoyé, soûl, et auquel elle n'avait pas répondu, j'avais l'impression d'avoir tout gâché jusqu'au point de non-retour. Si j'appelais maintenant, elle couperait les ponts de façon permanente.

Je n'étais pas prêt pour ça, alors je m'étais occupé de mon côté.

Elle n'avait pas essayé de me contacter une seule fois.

Essayant de ne pas penser à ce que ça signifiait, je commandai un burger et un coca et m'installai entre JB et Beau, qui avaient le regard rivé sur l'écran géant qui recouvrait le mur du fond.

— Tu as raté le pari pour le match de ce soir, m'informa mon beau-frère en enfournant une poignée de cacahuètes. Dominic tient la caisse si tu veux participer.

J'ignorais quel match ou même quel sport ils prévoyaient de regarder, alors je secouai la tête et déclinai d'un geste de la main.

— Nan. C'est bon.

Il haussa les épaules.

— Comme tu veux, murmura-t-il en prenant une longue gorgée de sa bouteille.

Je l'observai un moment. Ses lèvres étaient pincées et ses cernes prononcés. Il ne semblait pas en forme lui non plus. Je me penchai et demandai à voix basse pour que lui seul m'entende :

— Comment va Bentley ?

La question le fit tressaillir. Il fit un mouvement de la tête pour m'assurer qu'elle allait bien et jeta un œil sur les autres pour s'assurer que personne n'écoutait.

— Certains jours sont plus difficiles que d'autres, murmura-t-il. Mais elle va de mieux en mieux. Braiden et elle sont allés chez vos parents ce soir pour commencer à planifier les vacances avec votre mère. Je pense que passer du temps avec elle lui fera du bien.

Je hochai la tête.

— Ouais, tu as sûrement raison.

Les mamans avaient cet effet apaisant. En plus, rester occupée ne pouvait pas lui faire de mal non plus.

Beau acquiesça de la tête.

— Ouais, répondit-il.

Il se mit à triturer l'étiquette de sa bière.

— On s'en sortira.

Avant que je puisse lui poser une autre question, Julian, assis de l'autre côté de la table, l'interrogea sur sa sœur. La grossesse de Lucy Olivia était le sujet brûlant dans le groupe ces jours-ci.

Tandis qu'il répondait, je tournai la tête, mais Dominic, lui aussi assis près de moi, parlait d'épouses enceintes avec JB.

En face de moi, Trick racontait à Gracen une histoire – Gray arborait une expression stupéfaite – et, plus loin, Luke ordonnait à Cress et Maverick d'arrêter de flirter parce que, d'après lui, les langues pleines de bave étaient interdites lors des soirées entre mecs. Mais il interrompit son sermon quand une serveuse mignonne entra dans la pièce, portant un immense plateau sur lequel étaient posés nos plats. Et à la façon dont il la regardait, j'eus le sentiment que les langues pleines de bave ne poseraient pas problème si elle offrait la sienne.

— Attends, Becca. Laisse-moi t'aider.

Luke, également employé du club mais en repos ce soir-là, se leva précipitamment de sa chaise pour l'aider à distribuer les assiettes.

Trick les rejoignit rapidement. Les deux garçons la firent rougir et rire tandis que tous les trois distribuaient la nourriture en un temps éclair

Tandis que la Becca s'éloignait, Julian posa un coude sur le dossier de la chaise de Beau, se pencha vers lui et désigna la serveuse.

— Tu as remarqué que tous les mecs célibataires du groupe se sont précipités pour l'aider.

Beau hocha la tête et ricana.

— Les losers doivent penser qu'ils ont une chance.

Luke se rassit en lui faisant un doigt d'honneur.

— C'est une collègue, merci bien, expliqua-t-il sur la défensive.

Il attrapa une bouteille de ketchup et la déboucha.

— Je me contentais d'être gentil.

— Moi aussi, acquiesça Trick, se rasseyant à sa place à côté de Gray et volant une frite de son assiette. C'est l'employée de mon père.

Puis il lança un sourire narquois à Luke et le nargua en jouant des sourcils.

— Et en plus, j'ai couché avec elle le mois dernier.

— Quoi ? s'écria Luke, incrédule. C'est quoi ces conneries ? J'essaie de la séduire depuis plus d'un an et elle commence seulement à s'intéresser à moi.

Trick gloussa d'un air satisfait et haussa les épaules.

— Je n'y peux rien si la nana a bon goût.

— Enfoiré, siffla Luke, toujours bouche bée. Tu l'as vraiment chopée ?

Trick tressaillit et secoua la tête.

— Pas très beau de dire choper.

— Tu crains, couina Luke. J'ai fait tellement d'efforts pour la séduire et toi tu débarques et tu me la piques.

— Désolé, mec.

L'air contrit, Trick haussa les épaules.

— Si tu es toujours intéressé, sache qu'elle et moi ne sommes…

— Je ne veux pas de tes putains de restes ! Tu te fous de moi ?

Avant qu'ils puissent continuer leur dispute, JB prit la parole, nous désignant Gray et moi.

— Pourquoi ces deux-là n'ont-ils pas reluqué la serveuse ? Ils sont toujours célibataires, non ?

Beau se tourna vers moi avec intérêt.

— Hé, c'est vrai, s'exclama-t-il. Y a-t-il quelque chose que tu souhaiterais partager avec le groupe, Fox ?

— Quoi ?

Oh ! merde. Chaque mec dans la salle reporta son attention sur moi. Je déglutis, gêné. Je ne pouvais pas leur mentir mais je ne pouvais pas trahir Bella. Surtout que j'ignorais si on était encore ensemble ou non.

Je me ratatinai, dévisageant chaque homme qui m'observait avant de marmonner :

— Non.

Alors ils se tournèrent vers Gray. Il lui fallut un moment pour s'apercevoir que les regards étaient rivés sur lui. Il leva les yeux de son téléphone qu'il fusillait du regard.

— Hein ?

— Qu'est-ce qui t'arrive ce soir, Lowe ? lui demanda Julian.

— Je, euh…

Tout en grimaçant, il baissa les yeux vers son écran comme s'il hésitait à dire quelque chose.

— Je pense que Bella revoit son ex, lâcha-t-il.

— Quoi ? s'écrièrent, outrés, certains mecs, pendant que je m'étouffais sur ma gorgée.

Julian demanda :

— Tu veux dire, le connard qui l'a trompée ?

Mon beau-frère me tapa dans le dos.

— Ça va, Fox ?

Les yeux larmoyants, je hochai la tête.

— Ouais. Mauvais tuyau, marmonnai-je.

Je reportai mon attention sur Gracen qui répondait à Julian par un hochement de tête.

— Ouais. Elle envoie des textos à un connard qui se fait appeler Phacochère et elle refuse de me dire quoi que ce soit à son sujet.

Craignant d'être exposé et de briser la confiance de Bella si quelqu'un remarquait l'expression coupable sur mon visage, je baissai immédiatement les yeux. Mais, merde, Gray était sérieusement inquiet pour elle. Et il était comme un frère pour moi. Chaque mec ici l'était. Pourtant je leur mentis à tous en restant silencieux tandis qu'ils se regardaient en grimaçant et murmuraient :

— Phacochère ?

— Pourquoi est-ce qu'elle me cacherait cette relation ? continua Gray. Sauf si c'est une relation toxique.

On n'est pas toxiques, voulus-je immédiatement nous défendre. Elle était la meilleure chose qui me soit jamais arrivée. Bon, c'était vrai que je me sentais minable de mentir à mes frères, que j'avais bu comme un trou à mon anniversaire car j'étais terrifié de la perdre et que j'avais perdu confiance en moi à force de me demander pour quelles raisons elle était si réfractaire à s'engager mais…

Oh putain.

Étions-nous devenus toxiques ?

À cause d'un secret ?

Tandis que les mecs autour de moi réfléchissaient aux raisons possibles pour lesquelles Bella ne se confiait pas à Gray, je fus pris de sueurs froides. Je me passai une main sur le visage.

— Peut-être qu'elle s'est rendu compte qu'elle aimait les femmes au lieu des hommes, suggéra Cress tandis que la serveuse revenait avec une autre tournée de plats.

Ni Luke ni Trick ne se levèrent pour l'aider cette fois. Ils se regardèrent d'un air méfiant tandis qu'elle distribuait la nourriture.

— Comme si j'y aurais accordé la moindre importance, marmonna Gracen en secouant la tête.

— Elle te parlera quand elle sera prête, j'en suis sûr, dit Julian, la voix de la raison.

Gray hocha la tête mais semblait toujours inquiet. La serveuse finit de distribuer les assiettes, et la tablée changea de sujet. Avant qu'elle quitte la salle, je commandai une bière.

J'avais besoin d'un verre, après tout.

Deux heures plus tard, je voyais trouble.

— Hé, ça va ? me demanda Beau, en attrapant mon bras pour m'aider à tenir droit quand on se leva tous pour rentrer et que je trébuchai sur ma satanée chaise.

Ce que j'aurais probablement fait si j'avais été sobre.

Foutue chaise.

— Ça va, ronchonnai-je, repoussant sa main, sauf que je la ratai.

— Ouais, non. Non, ça ne va pas, me dit-il d'une voix amusée.

Tout en se tournant vers les autres, il lança :

— Quelqu'un peut ramener Fox chez lui ? Son appartement n'est pas sur mon chemin.

— Et encore moins sur le mien, lança Luke, déclinant toute responsabilité.

— Je dois m'arrêter acheter de la crème glacée et des cornichons, répondit Dominic avec une grimace. Apparemment, Skylar a des envies.

Beurk.

À l'idée de mélanger de la crème glacée et des cornichons, mon estomac protesta. Je poussai un grognement et secouai la tête, posant la main sur mon bide. Ou peut-être qu'il y avait tout simplement trop d'alcool là-dedans.

— Mec, il ne monte pas avec moi, annonça Trick. On dirait qu'il est sur le point de gerber.

D'autres refus suivirent aussitôt.

— Fait chier. Bon, je peux le raccompagner, finit par dire une voix réticente. Il est sur mon chemin.

Reconnaissant la personne qui avait parlé, je grimaçai.

Non, eus-je envie de couiner. *N'importe qui sauf…*

Une main s'abattit lourdement sur mon épaule.

— On dirait que tu es avec moi, Parker. Vomis sur mes sièges en cuir et tu paies le nettoyage.

Génial. C'était génial.

J'ouvris les yeux et soupirai. Gray avait les mêmes cheveux foncés et les mêmes yeux bleu-gris que sa sœur. Le regarder faisait un mal de chien. La douleur me déchira si violemment que j'eus envie de pleurer.

Je clignai les yeux, voyant d'abord Bella puis Gracen, ce qui me fit vaciller. Il agrippa mes épaules.

— Tu peux marcher seul ou tu as besoin d'aide ?

Je lui lançai un regard noir, m'écartai de lui et me dirigeai vers la sortie.

— Je peux très bien marcher tout…

Sifflant de douleur, je fusillai du regard le coin de la table qui s'était jetée sur mon chemin et m'avait cogné dans la cuisse.

Saleté de meuble.

— Regarde où tu vas, dis-je à la table pestant en la poussant hors de mon chemin.

— Ouais, je ferais mieux de t'aider, déclara Gray.

Il enroula ses doigts autour de mon biceps et m'éloigna de la table avant qu'elle et moi en venions encore aux mains.

Je fis une grimace avant de tourner la tête vers Gracen et de renifler.

— Même si j'avais été sobre, je me la serais prise.

Cette salle était un vrai champ de mines ; j'ignorais comment quiconque pouvait la traverser.

— Mais oui, bien sûr, susurra Gracen. Waouh, fêter tes vingt-cinq ans te perturbe tant que ça ? Ça fait deux week-ends d'affilée que tu ne tiens pas l'alcool.

L'alcool n'était pas fait pour être tenu mais pour être bu. Allô, quoi.

J'essayai de me tourner vers lui tandis qu'on marchait côte à côte mais je me pris son épaule.

— Tu ne comprends pas.

— Mec, ça va pas ou quoi ?

Tout en me serrant plus fort, Gracen essaya de me remettre droit, mais je résistai et pris son visage dans mes mains.

— Tu es comme un frère pour moi, tu le sais ça ? lui demandai-je.

— Euh…

Perplexe, il fronça les sourcils.

— Ouais, ajouta-t-il finalement avant de brièvement toucher le côté de ma tête. Tu es comme un frère pour moi aussi, mec. Maintenant pourrais-tu arrêter de me toucher ? C'est super étrange.

— Ouais, répondis-je avec un hochement de tête avant de baisser lentement les mains. Ouais. Je peux.

Mais plus je le regardais, plus je me sentais minable. Je savais qu'il s'inquiétait pour Bella. Quelques mots suffiraient à le rassurer.

« Je suis son secret. »

Mais je ne dis rien.

— Pardon, marmonnai-je à la place, m'excusant pour bien plus qu'il ne pouvait l'imaginer.

Il me tapota le dos.

— C'est bon. Allez, je te ramène.

Je ne me rappelais pas grand-chose du trajet jusqu'à sa voiture ni même après. J'espérais que je n'avais pas vomi sur son siège en cuir. Ça coûtait surement cher de les nettoyer.

Soudain, une main me secoua l'épaule.

— Hé, Fox. Réveille-toi mec. On est arrivés à ton appart.

— Quoi ?

Ma tête roula sur le siège. J'ouvris les yeux et jetai un œil par la vitre passager. La nuit était noire.

Étrangement, je m'attendais à voir la maison de Bella, mais quand j'aperçus mon immeuble de briques, je poussai un grognement de désarroi.

Je n'avais pas l'impression d'être chez moi. Chez moi, c'était quand j'étais avec elle.

Mais j'étais assez lucide pour savoir que je ne pouvais pas le dire à Gray.

— Merci, marmonnai-je d'une voix vaseuse en ouvrant la portière, faisant s'engouffrer l'air froid dans la voiture.

— Ça ira jusqu'à ta porte ?

— Ouaip. Prends soin de toi.

— Toi aussi, lança-t-il juste avant que je lui ferme la portière au nez.

Me redressant tant bien que mal de toute ma hauteur, je me tournai vers le bâtiment et avançai d'un pas lourd.

Arrivant miraculeusement jusqu'à mon appartement en un seul morceau, je déverrouillai ma serrure, me laissai tomber à l'intérieur et m'assis par terre, le dos contre la porte.

Regardant mes jambes étendues devant moi, je poussai un soupir. Puis je cognai mes bottes l'une contre l'autre.

C'était agréable. Personne n'était là pour me faire la morale sur la quantité d'alcool que j'avais ingurgitée. Je ne gardais de secret pour personne et je ne cachais rien à personne. Personne ne brisait mon putain de cœur.

Rien que la paix et du calme…

J'allais devenir fou.

Je réajustai ma casquette en poussant un juron. Puis j'essayai de me raisonner pendant quelques secondes pour ne pas l'appeler. Mais je finis par capituler et sortis mon portable avec un grognement.

Incapable de me retenir, je composai son numéro et tombai immédiatement sur sa messagerie.

— Est-ce que tu as honte d'être avec moi ? lâchai-je après le bip. Est-ce que notre relation est toxique ? Est-ce qu'on devrait arrêter de se voir ?

Je reniflai d'un air moqueur et raccrochai avant de laisser tomber le portable sur ma cuisse.

Ne me sentant ni mieux ni pire, je poussai un long soupir et fermai les yeux.

Je venais de m'endormir quand mon portable se mit à vibrer et sonner. Je sursautai, ouvris brusquement les yeux, et jurai avant de réussir à le ramasser et répondre.

— … lô ?

— Tu es soûl ? dit-elle, accusatrice. Encore ?

— Tu entends quoi par soûl, dis-je, levant un doigt.

— Oh mon Dieu.

Elle grogna. Je l'imaginai s'asseyant sur son lit, repoussant ses cheveux ébouriffés et sexy puis clignant les yeux pour essayer de se réveiller.

— S'il te plaît dis-moi que tu es chez toi et qu'un des mecs t'a ramené.

Évidemment elle savait que j'étais sorti avec les gars ce soir. Je ne lui avais pas dit mais elle avait eu l'info quelque part.

Et, non, je n'étais pas à la maison puisque je n'étais pas avec elle.

Les sourcils froncés, je marmonnai :

— Gray m'a ramené jusqu'à mon appartement. C'est là que je suis.

— Dieu merci, souffla-t-elle, l'air soulagé.

Puis elle baissa la voix et ajouta avec sérieux :

— C'était quoi ce message ?

Je haussai une épaule.

— Quoi ? Je ne faisais que poser des questions, répondis-je, enhardi par l'alcool.

— C'est quoi ce genre de questions ? Tu n'appelles pas pendant toute une semaine et ensuite, bam, ai-je honte d'être avec toi ? Tu te moques de moi ?

— Je pensais que c'était une question légitime. Et tu sais, j'ai appris un truc intéressant sur les téléphones quand j'ai commencé à m'en servir.

Tout en serrant le poing, je grognai :

— Ils marchent dans les deux sens.

Elle se tut aussitôt. Je fermai les yeux avant de taper douloureusement ma tête en arrière contre la porte. Bordel. Essayer de la faire culpabiliser de ne pas m'avoir appelé n'était probablement pas intelligent.

— Alors ? demandai-je, incapable de supporter le silence.

— Alors quoi ? demanda-t-elle, méfiante.

Je sifflai :

— As. Tu. Honte. D'être…

— Mon Dieu, Fox. Bien sûr que non. Pourquoi suggères-tu une chose pa…

— Alors pourquoi ne peux-tu dire à personne qu'on est ensemble ? m'écriai-je. Même pas Gracen ? Il pense que tu es retournée avec Ethan, tu sais.

— Quoi ?

Je hochai la tête et fis craquer ma mâchoire.

— Il a vu les messages de « Phacochère » et sait que tu couches avec quelqu'un. Mais il ne comprend pas pourquoi tu refuses de lui dire quoi que ce soit. Alors ce soir ils en ont tous conclu que ça devait être quelqu'un de toxique, comme ton ex.

— Waouh, siffla-t-elle. Et vous les mecs dites que nous les nanas sommes de vraies commères. Je suis si contente de vous avoir fourni un sujet de ragots croustillants ce soir. C'est génial.

— Gracen est super inquiet pour toi, aboyai-je. Et je n'ai rien dit. J'ai regardé mon putain de frère droit dans les yeux et lui ai menti en gardant le silence.

— Tu veux dire mon frère, rétorqua-t-elle.

— C'est mon frère aussi, dis-je en hurlant. Chaque mec dans cette salle ce soir était mon frère. Et je leur ai menti à tous. Pour toi. Fais chier.

J'arrachai ma casquette et passai la main dans mes cheveux.

— Je ne peux pas continuer à faire ça. Ils étaient tous inquiets pour toi, Bella, et je les ai laissés s'inquiéter.

Un autre silence tendu suivit avant qu'elle expire à l'autre bout du fil.

— Je suis désolée, dit-elle à voix basse. Je n'avais pas réalisé que tout cela te demandait tant d'efforts.

— Ouais. Ça me fout en l'air. Et je supporterais tout pour toi, vraiment. Je garderais notre relation secrète pour l'éternité – et oui, on est dans une relation, peu importe ce que tu penses – mais j'ai besoin de comprendre pourquoi. Pourquoi refuses-tu de l'annoncer à tout le monde ? La seule raison que j'ai trouvée c'est que tu as peur que je me comporte comme lui et que je te fasse ce qu'il t'a fait. Tu ne me fais pas confiance ?

— Bien sûr que je te fais confiance, Fox. Je…

— Ou…, la coupai-je. L'autre conclusion à laquelle je suis arrivé c'est que rendre notre histoire publique reviendrait à admettre qùe tu ressens quelque chose pour moi et tu ne peux pas parce que tu ne ressens rien. Peut-être que pour toi, la seule chose qui se passe ici c'est un *booty call*.

— Quoi ? Non ! Ce n'est pas du tout ce que je pense.

— Alors qu'est-ce que tu penses, putain ? grognai-je. Parce que honnêtement je ne sais pas. Qu'est-ce que tu ressens pour moi ? Suis-je le seul à être tombé amoureux ?

Elle poussa un cri choqué.

— Fox !

Je pris alors conscience de ce que je venais d'avouer.

— Oh ! putain, lâchai-je d'une voix rauque.

Le cœur tambourinant, je raccrochai précipitamment et jetai le téléphone par terre à côté de moi.

— Bordel de merde.

Haletant, j'appuyai la main sur ma poitrine et me laissai retomber contre la porte.

Quand le téléphone sonna, je faillis faire un bond de deux mètres. Je le regardai en grimaçant. J'étais trop lâche pour répondre ; j'avais peur de me faire rejeter. Alors je restai assis là, le regardant jusqu'à ce qu'il arrête. Mais alors que je poussais un soupir de soulagement, il se remit à sonner.

Poussant un juron, je le ramassai et balayai mon appartement du regard. Mes yeux se posèrent sur le canapé. Je m'y dirigeai d'un pas chancelant, attrapai un coussin et le fourrai sur l'objet du crime, étouffant la sonnerie avec succès.

Voilà.

Je m'époussetai les mains et reculai. Mon portable arrêta de sonner mais vibra peu après. J'avais reçu un texto.

Je suivis le couloir jusqu'à ma chambre, me tenant d'une main contre le mur. Puis, je me laissai tomber avec soulagement sur le matelas, attrapai un oreiller, m'enroulai autour et fermai les yeux.

Il y avait de sérieux avantages et inconvénients à être dans l'état dans lequel j'étais.

Si j'avais été sobre, jamais je n'aurais passé ce coup de fil débile et tout gâché. J'avais le sentiment que je le regretterais jusqu'à la fin de mes jours.

Mais, maintenant que j'avais téléphoné, la bonne nouvelle c'était que j'allais m'endormir d'une seconde à l'autre et que je ne passerais pas la nuit debout à faire les cent pas et stresser sur la tournure des événements au point de faire une crise d'angoisse. Quelle qu'elle puisse être.

Et c'est exactement ce que je fis. Je m'endormis aussitôt, bloquant toutes mes inquiétudes et mes peurs.

Chapitre 15

YELLOW

Le lendemain matin

— Aïe !

Clignant les yeux pour repousser les larmes qui arrivaient, je touchai mon nez douloureux et vérifiai que je n'avais pas de sang sur les doigts.

— Merde, El. Je suis désolé.

Parker s'approcha pour voir les dommages qu'il avait causés après m'avoir accidentellement donné un coup de coude lors de son dernier lancer. Mais avant de s'approcher trop près, il s'arrêta et fit la grimace.

— Tu saignes ?

— Non. Tout va bien. Mais, euh…

Je soupirai et le regardai de haut en bas. Il avait les cheveux en bataille, ses yeux étaient injectés de sang et on aurait dit qu'il avait passé la nuit dans ses vêtements.

— Est-ce que toi tu vas bien ?

Son expression devint dure comme la pierre.

— Ouais, grommela-t-il avant d'aller récupérer le ballon de basket. Reprenons le match.

Oh ! non, hors de question. Je ne jouerais plus contre lui aujourd'hui, pas avec l'humeur massacrante dans laquelle il était. Il semblait de mauvaise humeur et agressif depuis qu'il était arrivé pour notre séance. Je devrais probablement m'estimer chanceuse de m'en sortir avec un simple nez douloureux.

Quelque chose le rongeait et il avait essayé de l'évacuer en jouant. Mais si c'était son intention alors il n'avait pas le bon adversaire. J'en avais officiellement terminé.

— Et si on s'asseyait ? proposai-je, désignant nos sacs et bouteilles d'eau par terre.

Il jeta un œil à nos affaires puis reporta son attention sur moi.

— Je me montre trop violent, non ?

Je levai les doigts, les écartant d'un centimètre.

— Un chouia.

— Merde.

Il ferma les yeux brièvement et secoua la tête, les mains sur les hanches.

— Ouais, dit-il finalement. On devrait probablement passer à la partie discussion.

Après nous être installés en tailleur, l'un en face de l'autre, je m'éclaircis la gorge, gênée.

— Est-ce que tu, euh, tu veux en parler ?

Il eut un sourire amusé.

— Ce sont tes soixante minutes, El. Pas les miennes.

— Ça ne me dérange pas, répondis-je rapidement. Et en plus, je me sens bien aujourd'hui. J'ai changé de patron je n'ai eu absolument aucun problème et aucun stress cette semaine. Alors honnêtement, je préférerais t'aider toi.

Il leva les sourcils.

— Changé de patron ?

— Oh ! c'est vrai, m'exclamai-je en me tapant le front de la paume de la main. Après notre séance de samedi dernier, il y a eu un incident. Je ne t'ai pas mis au courant, si ?

— Non.

Il secoua la tête.

— Non, tu ne m'as rien dit. Que s'est-il passé samedi dernier ?

Je balayai son inquiétude de la main.

— Rien de grave. Je préférerais que tu me racontes ce qui ne…

— El, me coupa-t-il sévèrement.

Je me tus. Il ferma les yeux. Il semblait réfléchir. Puis il secoua la tête et leva la main.

— S'il te plaît, laisse-moi faire mon travail. Dis-moi ce qui t'est arrivé samedi dernier.

Je clignai les yeux, me demandant ce qui n'allait pas. Il ne se comportait pas du tout comme le Parker habituel. Ça devenait inquiétant.

— OK, répondis-je néanmoins.

Peut-être qu'écouter mes histoires l'empêcherait de se focaliser sur ce qui le tourmentait.

— Mon nouveau patron, M. D, m'a fait des avances et je l'ai frappé à la gorge – devant Douze. On m'a assignée à quelqu'un d'autre dans l'entreprise. On l'appellera Mme B.

Parker secoua de nouveau la tête, comme s'il essayait de se réveiller.

— Ouais, j'ai vraiment trop bu hier soir parce que ce que je viens d'entendre est délirant, répondit-il finalement.

Je poussai un profond soupir et fis la grimace.

— Oh ! tu m'as bien entendue.

Je lui racontai tous les détails.

— C'est la meilleure chose qui me soit arrivée. J'adore travailler pour Mme B. Elle est exigeante et dure, et c'est super gratifiant de la surprendre quand je fais bien mon travail. Une ride apparaît entre ses yeux comme si elle était contrariée de ne pas pouvoir me reprocher quoi que ce soit. Puis elle hoche la tête sèchement, lève le menton d'un air hautain et dit « très bien » comme si je ne venais pas de l'impressionner avec mes super talents d'assistante administrative.

Chaque fois que ça se produisait, ça illuminait ma journée.

Mais Parker semblait rester bloqué sur deux détails très différents.

— Tu as vraiment frappé ce connard à la gorge ? Mon Dieu, El. C'est incroyable. Et tu disais que tu ne savais pas du tout te défendre.

Je rougis.

— Je n'avais pas l'intention de le frapper à cet endroit. Je vise simplement très mal. En fait, je n'avais pas l'intention de le frapper du tout. Honnêtement je ne sais pas d'où c'est venu.

— D'où que ça vienne, c'est impressionnant. Et tu as commencé à t'ouvrir à Douze, aussi.

Tout en poussant un sifflement grave, il me lança un regard admiratif.

— Je suis fier de toi. Te livrer à lui demandait une grande confiance de ta part. C'est un sacré progrès. Bon sang…

Il passa les mains sur son visage.

— J'aimerais avoir ton courage.

Tant de tristesse passa sur ses traits que mon cœur se serra.

— J'aimerais que tu me dises ce qui ne va pas, murmurai-je, penchant la tête sur le côté. Je déteste te voir si anéanti.

— Ouais, ben…

Il fit un geste de la main qui disait *C'est la vie* puis il commença à triturer un fil sur l'ourlet de sa chaussette.

— Je mérite de souffrir alors ne te sens pas mal pour moi. J'ai vraiment déconné.

— Il s'est passé quelque chose avec ta *bae* ? devinai-je, sûre de mon hypothèse vu l'expression de détresse qu'il arborait.

Il leva un regard surpris vers moi. Culpabilité et douleur envahirent ses traits.

— C'est si évident que ça ?

Je haussai les épaules.

— Eh bien…

Ouais.

Il poussa un soupir, arracha sa casquette et passa nerveusement la main dans ses cheveux épais et foncés.

— Je ne sais pas ce qui cloche chez moi. Je n'arrête pas de sortir des trucs que je ne devrais pas sortir. Je vais finir par la perdre. Je le sais.

— Quels genres de choses est-ce que tu lui as dites ?

J'étais incapable de l'imaginer en train de rabaisser quelqu'un ou de le prendre de haut, encore moins la petite amie qu'il aimait si ouvertement.

Quand on s'était rencontrés, il avait été si incroyable, inspirant et encourageant avec moi, une femme qui avait peur de s'approcher à moins d'un mètre des hommes. Je doutais qu'il se comporte différemment avec sa *bae*.

Il m'étudia un moment comme s'il jugeait s'il pouvait me faire confiance ou non avant de joindre les mains et de se pencher en avant.

— Puis-je te confier un secret ? chuchota-t-il.

— J'espère bien ! Puisque j'ai partagé des choses avec toi que je ne voudrais voir répétées à personne.

— Exact.

Un petit rire gêné émana de lui. Il enfonça sa casquette sur sa tête.

— Ma *Bae* et moi ne sommes pas exactement, euh, officiellement ensemble.

Il leva les yeux au ciel.

— Je doute qu'elle nous définisse même comme étant dans une relation.

La bouche grande ouverte, je le fixai. C'était bien la dernière chose à laquelle je m'attendais. Puis je secouai la tête, certaine d'avoir mal compris.

— Attends, je ne te suis pas. Que veux-tu dire exactement par pas officiellement ensemble ?

Il partit d'un rire sec et sans joie.

— Notre relation est secrète. Personne n'est au courant pour nous. Pas sa famille. Pas ma famille. Aucun de nos amis… alors qu'on a tous nos amis en commun. Je la connais depuis ma naissance et on se fréquente en secret depuis les neuf derniers mois.

— Tu es sérieux ? chuchotai-je, totalement choquée.

Il hocha la tête.

— On dirait que ça te surprend.

— Parce que c'est le cas !

Je pris ma tête dans mes mains.

— Tu… tu parles d'elle comme si elle était tout pour toi et que tu l'aimais comme tu n'aimes personne d'autre.

Il déglutit douloureusement.

— C'est le cas, répondit-il d'une voix rauque.

— Alors pourquoi le caches-tu ?

— Ce n'est pas mon idée de…, commença-t-il, sur la défensive, avant de s'interrompre et serrer les dents.

Il ne voulait visiblement pas révéler cette information. Mais j'avais déjà compris l'essentiel.

— C'est elle qui veut que personne ne sache.

Il leva un doigt pour me mettre en garde.

— Ne lui fais pas porter le chapeau. Elle n'est pas responsable. Quand on s'est mis ensemble, elle souffrait encore des suites d'une très mauvaise rupture. Elle a encore du mal avec les notions « sortir ensemble », « couples » et « relations amoureuses ». Quand on a commencé, notre histoire était censée rester superficielle.

S'arrêtant là, il grimaça et fit machine arrière.

— Non. Superficielle n'est pas le bon mot. Ça n'a jamais été superficiel entre nous.

— C'était censé être pas d'attache. Pas d'étiquette. Pas de cœur brisé, dis-je doucement. Sans danger.

Il pointa son doigt vers moi.

— Oui. Exactement. Je crois que c'était ce dont elle avait besoin. Et c'est ce que j'ai toujours essayé de lui donner. Sauf que, dernièrement, je… merde. Je ne sais pas ce qui cloche chez moi mais je n'arrête pas d'être dans la menace. Et je ne veux pas lui faire ça. Je ne veux pas l'effrayer ou lui mettre la pression. Mais tous ces mensonges et ces secrets commencent à me peser. Je ne sais pas quoi faire à part ne plus jamais boire pour ne plus débiter de conneries comme je l'ai fait hier soir.

— L'alcool n'est pas le problème.

Il me regarda, les sourcils froncés.

— C'est un symptôme, corrigeai-je. Le problème c'est que tu essaies d'être dans une relation unilatérale et ça n'existe pas. Pour que deux personnes fassent quoi que ce soit ensemble, leurs besoins à tous les deux doivent être pris en compte. Et tu ne penses qu'à assouvir les siens. Ce qui est formidable, noble et gentil de ta part, mais tu es humain, tu as tes propres envies et désirs. Tu ne tiendras pas longtemps avant que tes besoins commencent à se révéler d'une manière que tu ne cautionnes pas. Déplaisante, douloureuse, toxique. Alors que pendant tout ce temps, tu aurais pu simplement lui dire ce que tu veux d'une façon beaucoup plus constructive, aimante. Que tu taises tes besoins n'est juste envers aucun de vous. Ça ne fera que retarder soit une rupture inévitable, soit les changements qu'elle est prête à opérer pour t'aider à obtenir ce que tu veux aussi.

— Merde.

Il expira longuement avant d'appuyer le poing contre sa bouche et de rire sèchement. Puis il baissa le bras.

— Tu es sûre que tu ne veux pas devenir coach de vie ?

Je souris fièrement et lui fis un clin d'œil.

— J'ai appris du meilleur.

Cette fois, son rire fut plus sincère. Mais presque aussitôt il redevint sérieux.

— Putain, El, marmonna-t-il. Je sais que tu as raison. Il faut que j'aie une conversation honnête avec elle. Mais je suis terrifié.

Ses yeux noisette trahissaient son tourment.

— Je ne peux pas la perdre. Je craque tellement pour elle. Mais s'il s'avère que ce n'est pas réciproque ?

— Pff.

Je balayai son inquiétude de la main.

— Je doute qu'elle soit aussi bête, autrement elle ne t'aurait jamais attiré. Bien sûr qu'elle craque pour toi.

Et même si ce n'était pas le cas, mieux valait qu'il le découvre maintenant. Mais je ne le lui dirais pas ; il se dégonflerait, c'était certain. Ce dont il avait le plus besoin c'était que je booste son ego.

Je tapotai sa main pour le rassurer.

— Tout ira bien.

Il me lança un regard douteux.

— Tu n'as pas entendu ce que j'ai dit quand je l'ai appelée bourré hier soir. Je suis tombé sur sa messagerie et j'ai laissé un message plein de questions stupides, demandant en gros si elle pensait qu'on devrait mettre un terme à notre relation alors que c'est la dernière chose que je veux. Ensuite elle a rappelé pour me demander des explications et j'ai lâché que je l'aimais.

Je fronçai les sourcils.

— C'est la première fois que tu lui disais ?

— Ouaip.

— Vraiment ?

J'y réfléchis. Vu la façon dont il parlait d'elle, j'avais toujours pensé que sa relation était très solide. Je l'avais naturellement imaginé se réveillant près d'elle en lui disant « je t'aime » tous les matins.

— Hum.

— Quoi ? demanda-t-il, remarquant mon expression perplexe.

— Rien.

Je m'éclaircis la gorge.

— C'est tellement évident pour moi que tu es fou d'elle, alors je ne peux pas imaginer qu'elle ne s'en doute pas. Comment a-t-elle réagi ?

Parker grimaça.

— Je, euh, je ne suis pas sûr. J'ai eu peur et je lui ai raccroché au nez avant qu'elle puisse répondre.

Waouh. Il avait vraiment la trouille d'être rejeté.

— Elle n'a pas essayé de rappeler ?

— Oh ! si. Elle a essayé. Plusieurs fois. Et ensuite elle m'a envoyé un texto. Mais j'ai caché mon téléphone. Elle est peut-être même venue voir comment j'allais mais je me suis endormi entre-temps. Je suis sûr que quelqu'un est passé ; on m'a enlevé mes chaussures

– je ne me rappelle certainement pas les avoir enlevées – et on les a rangées près de la porte de ma chambre où je ne les mets jamais.

— Tu vois.

Je lui lançai un sourire rayonnant et le poussai du coude.

— Tu comptes pour elle.

— Je sais que je compte pour elle, admit-il à contrecœur. Mais je ne sais pas si je compte autant que je le voudrais.

— Tu ne le découvriras pas à moins de le lui demander.

Il poussa un grognement et pencha la tête en arrière.

— Mais je suis tellement…

La sonnerie d'un téléphone venant de son sac de sport l'interrompit. Il tourna brusquement la tête et pâlit.

— Réponds, l'encourageai-je.

Il se retourna vers moi, respirant déjà de façon superficielle.

— Et si c'est elle ?

— Raison de plus pour répondre.

Repérant son téléphone dans une poche latérale de son sac, je jouai la carte de l'audace et plongeai en avant pour m'en emparer.

— Hé…

— C'est elle, dis-je, lui montrant l'écran, où la lettre « B » apparaissait en gras.

Apparemment, leur relation était si secrète qu'il ne pouvait même pas entrer son nom entier dans son répertoire.

— Merde !

Il se passa des mains tremblantes sur le visage.

— Je ne suis pas prêt. Je ne sais pas quoi dire.

— Commence par allô.

Je glissai le doigt pour décrocher à sa place.

La stupéfaction lui fit écarquiller les yeux. Peu importait qu'il m'en veuille. Je ne pouvais pas rester assise là à ne rien faire pendant qu'il perdait sa *bae*.

Soutenant son regard, je lui tendis le téléphone.

Il ferma les yeux brièvement puis le prit de ma main.

— A... allô ? dit-il, la voix brisée.

Il écouta un moment puis leva un regard paniqué vers moi.

— Tu veux que je vienne maintenant ?

— Oui ! chuchotai-je, lui faisant signe d'accepter. Vas-y.

Il ferma les yeux et hocha la tête.

— OK. Ouais. Je peux être là dans quelques minutes.

— Tu vois.

Je lui donnai une tape sur l'épaule tandis qu'il raccrochait.

— Elle veut te voir. C'est bon signe.

— Ou elle veut seulement rompre en personne.

Son teint avait viré au vert ; je me demandai s'il allait vomir.

— Tout ira bien.

Que pouvais-je bien dire d'autre ? Que ça pourrait tout aussi bien tourner au vinaigre ? Ce genre d'attitude n'aiderait pas du tout. Et même si les choses s'effondraient, que je me sois montrée rassurante ou pas avant leur discussion n'aurait aucune importance ; il aurait quand même à gérer la rupture, peu importe le genre de platitudes que je lui aurais servi.

— Tu vas y arriver.

Il hocha la tête pour se donner du courage et se leva.

— OK. On se voit bientôt.

— La semaine prochaine, acquiesçai-je.

Mais je ne faisais déjà plus partie de son univers. Il rejoignit la sortie en courant et disparut. Un instant plus tard, je découvris qu'il avait oublié son sac, sa bouteille d'eau et son porte-documents.

— Oh !

Je regroupai ses affaires à la hâte et bondis pour lui courir après. Je le rattrapai à l'entrée du gymnase.

— Parker ! Tes affaires.

Il jeta un regard en arrière et s'arrêta.

— Merde.

Me rejoignant, il leva les yeux au ciel avec un petit sourire de remerciement.

— J'oublierais probablement ma tête si tu n'étais pas là.

— Non, tu t'en sortirais très bien, dis-je avec un sourire affectueux pendant qu'il récupérait son sac. Bonne chance.

Son regard s'attarda quelques secondes sur mon visage puis il s'approcha et me prit dans ses bras.

— Merci, El.

On ne s'était jamais enlacés avant. S'il avait été dans le bon état d'esprit, il n'aurait probablement même pas essayé. Un an plus tôt, un câlin m'aurait provoqué une crise d'angoisse.

Mais je le laissai m'enlacer et en profitai. Non seulement je savais que je pouvais lui faire confiance mais, en plus, Gracen Lowe m'avait appris que j'étais encore capable de prendre un garçon dans mes bras.

Même après une nuit de beuverie, avoir fait l'impasse sur la douche ce matin avant notre jogging et un bref match de basket en un contre un, Parker ne sentait toujours pas mauvais. Son déodorant tenait bon et il dégageait un agréable parfum. Autrement, j'aurais suggéré qu'il fasse un brin de toilette avant d'aller voir sa *bae*.

L'estimant prêt à partir, je tapotai son bras et m'écartai.

— Fonce la récupérer.

Chapitre 16

BELLA

Simultanément

Il fallut moins de dix minutes à Fox pour arriver chez moi. En l'attendant, je fis les cent pas.

J'étais tellement nerveuse.

Quand le téléphone m'avait réveillée hier soir, j'étais retournée me coucher avec un grognement, refusant de me lever et de répondre. Mais ensuite quelqu'un avait laissé un message et j'avais commencé à m'inquiéter.

Voyant qu'il était de Fox, j'avais eu le cœur qui s'était mis à galoper. J'avais peur de ce qu'il dirait après une semaine entière de silence radio. Et j'avais failli m'effondrer quand j'avais appuyé le téléphone à mon oreille et entendu les mots : « Est-ce qu'on devrait arrêter de se voir ? »

Sérieusement, qu'est-ce que ça voulait dire ? Pour moi, ça avait tout l'air d'une rupture. Mais j'avais absolument refusé d'y croire. Je m'étais sentie si effrayée, si perdue.

En réécoutant le message, j'avais entendu combien il mangeait ses mots.

Bordel de merde ! Il était ivre. Encore.

La peur s'était alors muée en colère. Je l'avais rappelé et à partir de ce moment-là, tout était allé à vau-l'eau.

J'avais toujours su qu'il voulait révéler notre relation. Mais je pensais aussi que ça ne le gênait pas de la garder secrète encore quelque temps. Il n'avait jamais insisté. En tout cas, pas jusqu'à récemment.

Mais hier soir...

Hier soir, il ne s'était pas retenu de dire ce qu'il pensait vraiment. Et quand il m'avait raccroché au nez après avoir sorti qu'il était « tombé amoureux », j'avais eu l'impression d'avoir été renversée par un bus.

J'avais rappelé.

Évidemment que j'avais rappelé. On ne pouvait pas rester là-dessus. Je lui avais même envoyé un texto, demandant qu'il réponde au téléphone. Mais j'étais plutôt contente qu'il n'ait pas répondu parce que je ne savais pas trop ce que je lui aurais dit.

Après coup, je m'étais inquiétée. Et s'il était tombé et s'était fait mal ? Il était évident qu'il n'était pas sobre du tout. Ce qui était inquiétant en soi. Boire à son anniversaire, d'accord, je pouvais comprendre. Mais se retrouver bourré deux week-ends d'affilée ?

Cela ne lui ressemblait pas du tout.

J'étais moi-même tombée dans l'alcool quelques années plus tôt. Il y avait encore des trous noirs dans mon passé. J'avais tellement bu que je n'avais aucun souvenir de ce que j'avais fait. Cette période avait été horrible, effrayante, et je ne voulais absolument pas que Fox vive la même chose, qu'il se tourmente en se demandant ce qu'il avait fait la veille ni qu'il soit assailli de regrets.

C'était le signe que quelque chose allait vraiment mal dans sa vie. Et ce quelque chose, c'était moi.

Frémissant, j'enroulai les bras autour de mon corps tandis que je le regardais sortir de son *truck*, faire le tour du capot et gravir mon trottoir.

Fox n'ayant répondu à aucun de mes appels hier soir, j'avais appelé son beau-frère. J'avais dit à Beau que Fox m'avait appelée, bourré, probablement par accident et qu'on avait été coupés brusquement. J'avais réussi à le convaincre d'aller là-bas pour s'assurer que Fox allait bien.

J'étais si inquiète que j'avais même été prête à prendre le risque de révéler notre relation, dans le cas où Fox aurait raconté tous ses malheurs à Beau.

Mais son beau-frère m'avait rappelée vingt minutes plus tard pour me dire que tout allait bien. Fox était dans son lit, profondément endormi, portant encore ses chaussures, enroulé autour de son oreiller comme s'il enlaçait un ours en peluche.

Une partie de mon cœur s'était brisée, l'imaginant soûl et seul, se consolant avec un oreiller.

La tête penchée, pour que la visière de sa casquette protège ses yeux du soleil rayonnant, Fox rejoignit ma porte d'entrée d'un pas vif.

Il me suffit de voir le T-shirt, le short de course et les tennis qu'il portait pour me rappeler…

— Merde ! m'exclamai-je en ouvrant la porte. On est samedi matin. Tu étais avec ton client à la salle de sport, non ? Je t'ai fait quitter ton travail.

— Ce n'est pas grave, m'assura-t-il.

Ses yeux brun pénétrants me transpercèrent.

— Je reporterai.

Je hochai la tête et reculai, tenant la porte ouverte pour qu'il entre. Il s'arrêta dans l'entrée, se frotta la nuque d'un air gêné et se tourna vers moi.

Il ne dit rien, me laissant commencer la conversation, ce qui ne me dérangeait pas. Je m'étais entraînée ; j'étais prête à avoir cette discussion. Mais, maintenant qu'il était là, je paniquai légèrement.

Alors je commençai par :

— Tu te rappelles m'avoir parlé hier soir ?

Un muscle de sa mâchoire tressauta. Mais ensuite il hocha la tête.

— Ouais. Je m'en rappelle assez pour savoir que je te dois environ un millier d'excuses.

Plissant les yeux, je pointai un doigt menaçant vers lui.

— Si tu me présentes des excuses une seule fois, je te donne un coup de poing dans l'estomac.

Avec un rire sec, il leva les mains.

— Alors je n'ai pas le droit de regretter de m'être comporté en connard avec toi ?

— Je pense au contraire, articulai-je lentement, que tu as été complètement honnête. Pour la première fois en neuf mois. Correct ?

Une expression coupable sur le visage, il enfonça ses mains dans ses poches. Ses épaules se raidirent.

— Ouais. Ouais, je crois.

Je hochai la tête mais ensuite des larmes emplirent mes yeux.

— Bon sang, marmonnai-je. Ceci n'était pas censé arriver. Cela devait être une relation sans attache, sans inquiétude, sans complication. Une histoire facile où personne ne pourrait être blessé. Je n'étais pas censée être blessée. Tu n'étais certainement pas supposé être blessé. Mais regarde-toi.

D'un geste brusque je désignai ses yeux injectés de sang et ses vêtements de sport froissés.

— Je t'ai rendu malheureux.

Il s'approcha de moi, le regard compatissant. Des larmes se déversèrent sur mes joues. Je secouai la tête, refusant le réconfort qu'il allait m'offrir. Je ne le méritais pas. Pas de sa part.

Pourtant, il me prit dans ses bras. Tremblante, je m'appuyai contre lui, absorbant sa chaleur, même si je savais que je ne la méritais pas.

— Je t'aime, murmura-t-il dans mes cheveux.

Je fermai les yeux et empoignai le devant de son T-shirt.

— Et je prends toutes les attaches, inquiétudes et complications qui vont de pair avec ces sentiments. Parce que tu en vaux la peine. Mais je dois te demander une chose d'abord.

Je m'écartai juste assez pour lever les yeux vers lui.

— Et ne me mens pas, d'accord ? dit-il fermement, soutenant mon regard. Ne te retiens pas parce que tu t'inquiètes de mes sentiments ou de l'image que ça donnera de toi. Tu ressens ce que tu ressens et je sais que ce n'est pas quelque chose que tu peux contrôler. Ce n'est pas quelque chose dont tu dois avoir honte ou peur. Peu importe ce que tu réponds, ça ira. Mais j'ai… j'ai besoin de savoir, pour pouvoir gérer au mieux ce qu'il se passe. S'il te plaît…

Il prit mon visage dans ses mains.

— Dis-moi ce qu'il se passe là-dedans.

Mes yeux s'emplirent de larmes à nouveau.

— Ce qu'il se passe c'est que je suis terrifiée, lâchai-je d'une voix étranglée. Tu me fais peur.

Il plissa les yeux d'un air confus et secoua la tête.

— Pourquoi ?

— Par… parce que tu es trop.

Je reculai d'un pas pour pouvoir réfléchir sans être bouleversée par sa présence incroyable. Il me lâcha et m'observa tandis que j'enroulai les bras autour de moi.

— Tu es trop, putain.

La douleur envahit ses traits. Je grognai et appuyai ma main sur mon front.

— Merde. Je gâche tout.

— Je ne comprends pas, lâcha-t-il finalement d'une voix rauque, clignant rapidement les cils comme s'il allait se mettre à pleurer lui aussi. Je suis trop quoi ?

— Tout, m'écriai-je, reculant et prenant ma tête dans mes mains.

Ma respiration s'accéléra.

— Tu es…

— Bells, murmura-t-il, levant les mains pour me faire signe de me calmer. Respire, bébé. Tout va bien.

— Non, criai-je. Je n'ai jamais eu aussi peur avant. Et je déteste ça.

Une larme solitaire roula sur sa joue. Il serra le poing et le posa contre sa bouche avant de chuchoter :

— Qu'est-ce que je fais de travers ?

— C'est le problème, lâchai-je, les dents serrées, le désignant de haut en bas de la main. Tu fais tout comme il faut ! Tout chez toi est si parfait, si incroyable.

Il baissa les bras et pencha la tête d'un air confus.

— Et c'est une mauvaise chose ?

— Oui ! Ce que je ressentais pour Ethan n'est qu'une fraction de ce que je ressens pour toi et il a failli me détruire. Si ce qui m'est arrivé avec lui arrivait encore… avec toi… je ne m'en remettrais pas. Ceci, *nous*, est tellement plus fort que ce que j'ai jamais eu avec quiconque. Je n'ai pas voulu que tu aies autant de pouvoir sur moi. Et je… bon sang. Je ne suis pas encore prête à rendre notre histoire publique, OK ? Je ne suis pas, je ne suis pas… mon Dieu.

Je m'essuyai le visage, essayant de me calmer, mais frustrations, peurs et émotions s'élevèrent de nouveau en moi.

— Je ne sais pas encore comment donner un sens à notre relation dans ma tête. Alors je ne peux pas gérer le fait que des personnes extérieures, même si ce sont des membres de la famille que j'aime à la folie, soient au courant, posent des questions, donnent leurs opinions et points de vue et... Je ne suis pas encore prête.

Fox était si silencieux que j'étais à moitié convaincue qu'il allait se retourner et passer la porte, me laissant tomber car je ne pouvais toujours pas lui donner ce qu'il souhaitait.

Mais ensuite il leva un doigt et ouvrit la bouche pendant une longue seconde.

— Donc laisse-moi résumer. Tu es en train de dire qu'en fait tout va très bien entre nous. Tu penses que je suis parfait et que tu supporterais que je te fasse l'amour toute la journée. Mais on doit quand même attendre pour l'annoncer à la famille, histoire que tu aies assez de courage pour t'avouer à toi-même que tu m'aimes en retour ?

Je soupirai et levai les yeux au ciel.

— Tu viens d'énoncer tant de choses problématiques que j'en suis désolée mais, ouais, en gros. C'est ça.

Il hocha lentement la tête.

— OK. Cool. Ça me va.

Je fronçai le nez. Puis je haussai les sourcils quand il n'ajouta rien d'autre.

— Sérieusement ? aboyai-je. C'est tout ? Parce que hier soir tu avais beaucoup à dire.

— Ouais, répondit-il lentement. Exactement. J'ai dit tout ce que je voulais dire hier soir alors que reste-t-il à dire maintenant ?

— Tu m'as avoué que tu détestais garder le secret, que tu détestais mentir à la famille et à tes frères. Je sais que ce n'est pas parti en une nuit.

Il avança vers moi.

— Non, en effet. Je déteste toujours avoir à leur mentir. Et j'ai hâte de pouvoir t'idolâtrer comme il se doit à la lumière du jour devant tout le monde. Mais maintenant que j'ai entendu tes raisons et sais avec certitude que le secret n'est que temporaire, je peux patienter encore un peu. Et qui sait, peut-être que, au moment où je commencerai à m'impatienter de nouveau, tu seras fin prête à enfin révéler notre histoire à tout le monde.

Je posai une main sévère sur ma hanche et haussai un sourcil tandis qu'il se rapprochait d'un autre pas.

— Et si je ne le suis pas ? rétorquai-je.

Il m'offrit l'un de ses fameux sourires qui disaient : « je vais décrocher le jackpot. »

— Alors il faudra encore que je t'appelle bourré jusqu'à ce qu'on ait une autre de ces conversations éclairantes où tu me dis combien je suis formidable.

Je reniflai et secouai la tête.

— Ne me fais pas regretter mes paroles, Parker.

Il sourit et fit glisser un doigt le long de mon bras.

— Tu l'as dit, c'est trop tard.

— Merde.

Je fus parcourue de frissons incontrôlables quand son doigt commença à remonter l'extérieur de mon bras. Mon coude n'avait jamais été si sensible avant. Mes zones érogènes s'éveillèrent et se mirent à pulser de désir. Il n'avait pas été en moi depuis une semaine, et mon corps estimait que ça faisait trop longtemps.

Mais je pris sur moi pour rester ferme et lui lançai un regard sévère.

— Je n'ouvrirai plus jamais la bouche, lui dis-je.

Il rit et se rapprocha.

— Tu te rappelles la fois où je suis venu et tu m'as montré la plaquette de pilule que tu venais de commencer, pour m'informer qu'on pouvait arrêter de mettre des capotes ?

Ses doigts caressèrent ma clavicule. Je sentis mes seins durcir sous mon T-shirt.

— Oui, soufflai-je d'une voix rauque. Je m'en souviens.

— C'était la première fois que je n'en mettais pas, admit-il, atteignant le bas du décolleté de mon T-shirt à col V, là où commençait ma poitrine. Je pense que j'ai tenu environ dix secondes après être entré en toi ce soir-là.

Où voulait-il donc en venir ?

— Mais si tu as de la chance, ajouta-t-il, levant son autre main pour pouvoir mieux prendre mon col, je tiendrai peut-être vingt secondes cette fois.

Il déchira mon T-shirt en son centre avec un grondement sauvage.

— Fox ! m'exclamai-je, choquée, tandis qu'il plongeait vers moi, embrassant ma gorge et ma poitrine. Qu'est-ce que… ?

— Tu détestes ce T-shirt, souffla-t-il contre mon sein gauche. Tu te plains qu'il est inconfortable chaque fois que tu le portes.

Vrai. Mais…

— Il met en valeur ma poitrine, protestai-je.

C'était la raison pour laquelle je l'avais mis après qu'il avait accepté de passer.

— Hum.

Il les embrassa tandis qu'il acquiesçait.

— C'est vrai. Je t'en offrirai un autre.

Il fut beaucoup plus délicat avec le soutien-gorge – sachant probablement que c'était mon préféré –, et en fit glisser les bretelles avant de libérer un sein et de prendre le mamelon dans sa bouche.

Je poussai un cri étranglé et me cambrai, agrippant ses épaules tandis qu'il s'en donnait à cœur joie. Il fit glisser mon pantalon de yoga et ma culotte le long de mes jambes, ne remarquant même pas – et ne s'en souciant probablement pas – que pour une fois je portais un soutien-gorge et une culotte assortis dans le seul but de l'impressionner.

Ah, les hommes…

Mais ensuite il enfonça un doigt en moi, caressant un point très sensible et je décidai de ne plus penser à rien.

Il était très doué.

Pendant qu'il suçait et caressait ma peau, j'attrapai la ceinture de son short de sport et le baissai d'un coup sec avec une satisfaction sauvage. Puis, je le poussais si fort dans la poitrine qu'il perdit l'équilibre et tomba en arrière.

Ses bras firent des moulinets dans les airs avant qu'il atterrisse en rebondissant sur l'assise rembourrée de mon fauteuil inclinable.

Il leva la tête et me sourit, une lueur de satisfaction dans le regard.

— Enlève le haut, ordonnai-je.

Il obtempéra aussitôt. Quand il fut aussi nu que moi, je le chevauchai et avançai sur les genoux pour me positionner au-dessus de lui.

Posant les mains sur mes hanches comme pour me guider, alors qu'en réalité il me laissait faire tout le boulot, Fox me regarda avec émerveillement tandis que je descendais sur sa bite, le prenant entièrement en moi. Penchant la tête en arrière sur le dossier, il poussa un grognement et cambra les hanches tandis que ses doigts se resserraient autour de ma taille.

— Mon Dieu.

Une fois qu'il fut enfoncé profondément, je marquai un temps d'arrêt. Puis, regardant sa mâchoire tendue, je bougeai, remuant de bas en haut.

Il croisa mon regard et me lança un sourire à fendre le cœur.

— Tu m'as tellement manquée. Plus jamais.

Tout en l'embrassant, je promis avec mes lèvres et mon corps que je serais toujours ouverte et honnête sur où j'en étais dans notre relation. Il me rendit mon baiser, me promettant amour et dévotion en retour. Puis il enroula les bras autour de moi et s'accrocha à mon corps tandis qu'on basculait ensemble dans l'abîme du plaisir.

Quelques instants plus tard, le visage toujours fourré entre mes seins, il poussa un soupir satisfait et me sourit.

— Je crois qu'on a atteint les 45 secondes cette fois.

Je penchai la tête en arrière et éclatai de rire. J'aimais vraiment cet homme.

Mais quand je baissai les yeux vers lui, je vis en dépit de son sourire qu'il avait les yeux soulignés de rouge et que sa barbe était plus laineuse que d'habitude. Il avait passé une semaine difficile. À cause de moi.

Et je n'avais toujours pas fait ce qu'il attendait.

Je posai la main sur sa joue.

— On n'a pas tout résolu aujourd'hui, n'est-ce pas ?

— Bien sûr que non.

Il tourna la tête pour embrasser ma paume.

— On aura toujours des problèmes. Comme n'importe quel

couple. Mais on les gèrera au fur et à mesure, et ensuite on aura de super réconciliations sur l'oreiller avant de s'attaquer au problème suivant.

— Très bien, répondis-je avec un hochement de tête. Cette réponse me plaît.

— C'est ce que je pensais.

Il plongea les doigts dans mes cheveux et prit mon visage dans ses mains.

— Tout ira bien, Bells. Tu verras.

Je le crus à 100 %.

Chapitre 17

YELLOW

Mardi, trois jours plus tard

Je travaillais assidûment quand Jada sortit en trombe de son bureau, son iPad à la main.

— Nicksen ! cria-t-elle sèchement et avec colère.

Je bondis aussitôt de ma chaise. Vu son intonation, je me dis aussitôt que j'allais avoir des problèmes. J'enfournai précipitamment mon dernier morceau de *bagel* et demandai la bouche pleine :

— Oui, madame ?

Elle marqua un temps d'arrêt pour me regarder sévèrement tandis que je mâchais et avalais. Puis elle leva l'écran de son iPad vers moi.

— Je veux reformuler ce mémo pour qu'il soit moins… gentil. Ces connards ont trois paiements de retard, et je commence à perdre patience.

— Hum, OK.

J'attrapai un stylo et un bloc-notes.

— Quels changements souhaiteriez-vous que je…

Elle ne me donna pas la chance de finir la question avant d'énumérer des corrections et désigner des passages, me faisant plisser les yeux vers l'écran pour découvrir de quelles parties elle parlait.

Le temps qu'elle finisse ses instructions, j'avais rempli trois pages de notes et ma tête commençait à tourner. Mais je savais que j'en étais capable.

Je hochai la tête.

— Aucun problème.

Elle me regarda d'un air dubitatif pendant quelques instants.

— Très bien. Essaie de me le renvoyer avant midi.

— C'est noté.

Je l'aurai terminé avant 11 heures. Peut-être même 10 heures.

— Bonjour mesdames, lança gaiement une voix douloureusement familière derrière moi, me faisant sursauter. Quelqu'un veut un muffin ?

Voyant ma réaction, Jada haussa un sourcil curieux. On se tourna de concert vers Gracen.

Je laissai presque échapper un de ces soupirs pathétiques tandis que je le regardais approcher. Son sourire était large et amical, comme s'il s'était réveillé après une excellente nuit de sommeil, frais, dispo et prêt à affronter la journée. Quand il leva vers nous un panier qui contenait trois muffins, je continuai de fixer son visage, folle de joie d'être si près de lui à nouveau.

Il avait l'air joyeux et le simple fait de le voir illuminait ma journée.

— Ce matin, ils sont à la banane et aux noix, nous annonça-t-il. Hier c'était myrtille, et avant-hier, pépites de chocolat. Magda m'apporte une nouvelle fournée chaque jour. Je n'arrive pas à suivre. Qu'en pensez-vous ? Je commence à avoir du ventre ?

Il se mit de profil et poussa les épaules en arrière pour exhiber son ventre plat. Jada leva les yeux au ciel et le frappa dans le diaphragme avec le dos de la main.

— Arrête de rentrer le ventre et on pourra te donner une réponse honnête.

Le coup lui fit pousser un grognement. Passant près de nous, Price, son ancien assistant, s'arrêta pour rafler les trois muffins du panier de Gracen. Plissant les yeux vers son ancien patron, il en leva un en l'air, tandis qu'il tenait les deux autres contre sa poitrine.

— Tu me les dois. Et plus encore.

Puis il mordit à pleines dents dedans, avec un air de défi.

On le regarda partir avant de nous tourner les uns vers les autres.

— Qu'est-ce que tu veux dire par une nouvelle fournée tous les matins ? demanda Jada, comme si Price ne nous avait pas interrompus. Tu veux dire que cette garce t'apporte des muffins tous les jours ? Dans un panier en osier avec napperon blanc, de surcroît ? Elle a travaillé pour moi pendant des années et elle ne m'a jamais rapporté le moindre muffin.

— Ah bon ? s'étonna Gracen.

Puis il s'éclaircit la gorge, rougit et fit la grimace en se frottant la nuque d'un air gêné.

— Eh bien, euh…

Il dut penser qu'il était temps de changer de sujet car il pointa un doigt vers moi et lâcha :

— Comment ça va avec Yellow ? La collaboration se passe bien ?

Je retins mon souffle, me demandant ce que ma nouvelle patronne dirait à mon sujet. Mes espoirs s'évanouirent quand elle fronça les sourcils.

— Tu veux dire, comment est-ce que je supporte la joyeuse petite pom-pom girl qui adore faire plaisir à tout le monde ?

Elle leva les yeux au ciel.

— Elle est énervante à souhait. Elle me sourit et me dit bonjour tous les matins. Aujourd'hui, elle a eu le culot de m'apporter une douzaine de donuts. Qui sont sans aucun doute cent fois meilleurs que tes vilains muffins.

Je clignai les yeux, me demandant si je venais d'être complimentée ou insultée.

Gracen poussa un cri et couvrit sa bouche des deux mains, faisant se balancer la poignée de son panier au creux de son bras.

— Quelle peste, dit-il. Dis-moi que ce n'est pas vrai.

Il me lança un regard faussement hautain avant de lever le nez.

— Certaines personnes ont vraiment du toupet.

— Oh ! la ferme, grogna Jada. Étonnamment, la gosse n'est pas une mauvaise assistante. Elle tape et classe beaucoup plus vite que Magda.

Vraiment ? Mon visage s'illumina. J'étais stupéfaite que Jada me complimente.

Gracen lui lança un regard courroucé.

— Hé, Magda est peut-être une tortue, mais elle est régulière. Price était un lièvre : certes, il tapait vite mais je ne pouvais jamais le garder à son bureau. Il passait son temps à commérer avec ses collègues. Alors, honnêtement, ils finissent tous les deux leur travail pour moi à peu près au même moment.

— Eh bien…

Jada leva le visage.

— Alors Yellow combine le meilleur des deux. Elle tape vite et ne prête pas attention aux ragots.

— Ah oui ? murmura Gracen en m'étudiant.

Il me lança un sourire chaleureux avant de froncer le nez.

— J'aurais dû savoir que tu serais une élève modèle.

— Je préfère dire ordonnée et compétente, merci bien.

Il gloussa.

— La gosse m'a fait prendre conscience de certains de mes défauts, murmura Jada d'un air abattu.

Gracen se tourna vers elle, les sourcils froncés.

— Ah oui ? Quels défauts ?

— Quand elle a été embauchée j'avais la même image d'elle que ce connard de Draper. Celle d'une nana jolie sans cervelle. Il l'a embauchée à cause de son apparence, et c'est exactement pour cette raison que je ne l'aurais jamais prise.

Me regardant, elle secoua tristement la tête.

— Tu n'auras jamais la chance d'être traitée de façon juste. Soit les gens te prendront de haut, soit ils seront grossiers. Personne ne cherchera à découvrir ce qu'il y a sous la surface de cette beauté brillante, ou à apprendre à connaître la vraie toi. C'est une honte.

Elle se tourna vers Gracen.

— C'est une fille vraiment adorable.

— J'ai remarqué, dit-il avec un hochement de tête, avant d'ajouter :

— Je dirais qu'elle a atterri exactement là où elle devait être pour réussir.

— Je crois que tu as raison, murmura Jada, tournant son attention vers lui. Ce qui me fait m'interroger : pourquoi ne l'as-tu pas directement échangée pour Price quand tu en as eu l'occasion ?

Gracen haussa un sourcil.

— Est-ce que tu viens de dire échanger ? Sérieusement, Jay ? Yellow n'est pas un objet.

Jada soupira.

— Tu comprends ce que je veux dire.

Il soupira aussi avant de hausser les épaules avec nonchalance.

— Ça restera la question du jour, alors.

Levant les sourcils pour lui faire savoir qu'il n'en dirait pas plus, il regarda ensuite vers moi et fit une petite révérence.

— Mesdames, annonça-t-il. Passez une bonne journée.

Puis il s'engagea dans le couloir en sifflotant et en balançant joyeusement son panier vide.

— Eh bien…, murmura Jada. Je crois que ce garçon a le béguin pour toi.

Je rougis aussitôt et m'éclaircis la gorge.

— Le béguin ? répétai-je en lui lançant un regard curieux.

— Ne te moque pas de mon choix de mot archaïque. Cette expression s'applique toujours aujourd'hui. Et n'essaie pas de nier que c'est réciproque. J'ai vu la façon dont tu le regardais. Vous craquez clairement l'un pour l'autre. Alors crache le morceau. C'est quoi, l'histoire ?

— L'histoire ? dis-je dans un coassement, sentant mon visage brûler. Quelle histoire ? Il n'y a pas d'histoire.

Mais elle plissa les yeux. J'avalai d'un air coupable.

— Je le connaissais… à peine, avant de venir travailler ici. Par le biais de sa sœur. On s'était parlé deux ou trois fois. Mais c'est… c'est tout.

Enfin, plus ou moins.

Jada me fixa sévèrement pendant quelques secondes.

— Hum-hum. Si tu dis qu'il n'y a rien de plus, je te crois. Envoie-moi ce mémo quand tu auras terminé.

— Oui, madame, murmurai-je tandis qu'elle retournait dans son bureau et fermait la porte derrière elle.

M'éclaircissant la gorge, je regardai alentour pour m'assurer que personne n'avait écouté notre conversation, mais tous mes collègues semblaient concentrés sur d'autres choses, discutant au téléphone ou fusillant du regard leurs écrans d'ordinateurs. Personne n'avait entendu Jada me reprendre.

Dieu merci.

Lissant ma jupe sur mes cuisses, je me précipitai à mon bureau et me remis au travail.

Je modifiai le mémo et envoyai la version révisée à Jada environ une heure et demie avant midi. Elle ne répondit pas mais ressortit de son bureau quarante-cinq minutes plus tard. Je levai les yeux.

— Je sors déjeuner, annonça-t-elle.

Après avoir glissé son sac à main sur son épaule, elle passa son majeur sur le coin de sa bouche, vérifiant que son rouge à lèvres rouge vif fraîchement appliqué était toujours parfaitement en place.

— Je déjeune avec un ami alors j'en aurai pour un moment.

— OK.

Je lui lançai un sourire radieux.

— Profitez bien.

Elle hocha la tête.

— Bien joué pour les révisions du mémo. Pourrais-tu imprimer une copie papier et l'apporter à Gracen pour son approbation ? J'ai la flemme, ce n'est pas sur mon chemin.

— Euh…

Je battis des cils, surprise.

— Lui donner une copie papier ?

L'entreprise mettait l'accent sur l'écologie ; on n'imprimait jamais lorsque ce n'était pas nécessaire. La plupart des documents étaient gérés électroniquement. Pourquoi ne m'avait-elle pas simplement demandé de lui envoyer le mémo par e-mail ? Ou mieux encore, pourquoi ne lui avait-elle pas envoyé la copie elle-même ?

Jada n'était pas du genre paresseux, à ne pas pouvoir faire quinze mètres dans la direction opposée simplement car elle n'en avait pas envie.

Elle jouait les entremetteuses, c'était évident.

Arquant un sourcil innocent, elle demanda :

— Cela te pose problème ?

— Euh, non, m'empressai-je de répondre.

Je ne ferais rien qui me ferait passer pour une insubordonnée. En plus, il était hors de question que je résiste à l'opportunité de voir Gracen deux fois dans la même journée.

— Aucun problème, dis-je à ma patronne. Je lui apporte la copie tout de suite.

— Bien.

Puis elle eut un sourire narquois.

— Bon déjeuner à toi aussi, ajouta-t-elle, trahissant totalement ses intentions.

Je la regardai partir, me laissai tomber sur mon fauteuil et ouvris le fichier avant d'en imprimer une copie. Je partageais une imprimante avec une demi-douzaine d'autres personnes, alors je fis le tour de mon bureau et passai devant plusieurs box pour rejoindre le centre de la salle où se situait cette dernière. Murmurant un « excusez-moi » à deux femmes, puis à Price en train de papoter devant l'objet de ma convoitise, je récupérai mon document.

Et je retournai à mon bureau pour me préparer.

J'avais apporté ma gamelle aujourd'hui et le box de Gracen était sur le chemin de la salle de repos, alors c'était logique de m'y arrêter au passage.

L'estomac noué par l'anxiété, je me levai et lissai mes vêtements avec mes mains. Puis, tout en regardant autour de moi, je réajustai légèrement mes seins dans mon soutien-gorge et me coiffai avec les doigts.

Je me comportais vraiment de façon vraiment ridicule. Je ne le verrais probablement même pas. La porte de son bureau serait sans aucun doute fermée, comme elle l'était habituellement, et je déposerais le mémo à sa secrétaire.

De toute façon, même si je l'apercevais, cela n'aurait pas d'importance parce qu'il ne se passerait jamais rien entre nous.

Alors honnêtement même s'il me voyait, mon allure n'avait aucune importance. Et pourtant, inconsciemment, je mordillai mes lèvres pour les rendre plus roses et me forçai à ralentir le pas.

Sa porte était ouverte.

Et Magda n'était pas à son bureau.

Oh merde. J'allais devoir lui parler. Encore.

Tout l'oxygène déserta mon cerveau. Étourdie, je vacillai avant de fermer les yeux et de prendre une profonde inspiration pour me calmer. Je pouvais y arriver. C'était un homme, rien de plus.

Un homme auquel je n'arrêtais pas de penser.

Mon imagination avait probablement exagéré son attrait de façon démesurée. En aucun cas ne pouvait-il être aussi spectaculaire que je l'imaginais. J'étais certaine que je serais super déçue quand je le reverrais.

Atteignant l'entrée de son bureau, j'y jetai un œil et m'arrêtai net.

Nope. Mes rêves éveillés n'avaient rien exagéré. Mes souvenirs avaient même minimisé l'emballement de mon pouls, mon souffle coupé, l'adrénaline et l'excitation qui se diffusa dans mes veines rien qu'en le regardant.

Il était plein d'énergie. Il remuait la tête au rythme de la musique qu'il jouait dans sa tête et tapait le bout de son stylo contre son bureau tandis qu'il lisait un rapport imprimé. Même ses cheveux foncés décoiffés par le vent – ou peut-être s'était-il peigné à la main – se balançaient et flottaient bougeant au rythme qu'il s'imaginait.

J'eus envie de me rapprocher de lui pour absorber la chaleur et l'énergie cinétique qu'il dégageait.

— Salut.

Je tapai à sa porte ouverte puis gardai le poing serré pour empêcher ma main de trembler. Quand il leva les yeux, mon cœur rata un battement.

Sentant mon visage chauffer de manière incontrôlable, j'entrai d'un pas hésitant dans le bureau, une grimace d'excuse sur le visage.

— Pardon, ton assistante n'était pas là.

Il me lança un sourire accueillant.

— Pas de problème. Magda est rentrée plus tôt. L'arthrite dans ses genoux la dérangeait. Entre. Qu'est-ce qui t'amène ?

— Oh ! hum.

Je levai bêtement les deux feuilles de papier dans ma main.

— Jada voulait que tu valides ce mémo.

Il sembla surpris que je le dépose en main propre mais se leva néanmoins.

— Pas de problème. Merci.

Après avoir fait le tour de son bureau pour me rejoindre à mi-chemin, il prit les documents.

— De rien.

Vint le moment où j'étais supposée faire demi-tour et quitter son bureau. Mais je restai plantée là, en silence, à traîner comme une looseuse. Je le regardai, profitant autant que possible de la vue avant de devoir quitter son bureau.

Cela devint si gênant qu'il fronça un sourcil confus.

— Il y avait autre chose ? demanda-t-il, baissant les yeux vers le mémo comme s'il y cherchait d'autres instructions.

— Non ! répondis-je rapidement, la voix rauque d'embarras. C'est tout. Merci.

Je fis volte-face, morte de honte.

— Bonne journée.

— Ouais, murmura-t-il en retour, l'air confus. Toi aussi.

Je fonçai vers la porte mais, si pressée de sortir de là – pour pouvoir mourir d'embarras ailleurs –, je ne vis pas la chaise installée devant son bureau pour les clients jusqu'à ce que je me la prenne et trébuche en avant.

— Waouh, attention !

Gracen tendit la main pour attraper mon bras, sauf que je m'étais déjà rattrapée et redressée, alors il enroula ses doigts chauds autour de mon avant-bras nu sans raison.

Mes hormones s'affolèrent.

— Ça va ? me demanda-t-il avec inquiétude.

Je hochai bêtement pendant deux bonnes secondes.

— O-oui, ça va, bafouillai-je. Merci. Je… je suis désolée. Je suis une vraie empotée.

Il m'offrit un sourire beau à couper le souffle.

— Non, dit-il, relâchant mon bras et reculant d'un pas. Cette chaise avait une dent contre toi. Elle a sauté sur ton chemin. J'ai tout vu.

Je me sentais tellement bête. Je ne savais même pas pourquoi je me comportais comme ça. Je…

Il me manquait.

— Yellow ?

Il pencha la tête sur le côté, l'expression soudain troublée et pleine d'inquiétude.

— Tu es sûre que tout va bien ? Pas seulement avec la chaise mais, tu sais, en général.

Son regard s'emplit d'horreur.

— Oh mon Dieu. Art n'a pas recommencé à t'ennuyer, si ?

Je déglutis.

— Non. Pas du tout. Il m'évite comme la peste, en fait.

Gracen poussa un soupir de soulagement et hocha la tête.

— Bien. C'est bien. Qu'en est-il de Jackson ?

— Jackson ? bafouillai-je, surprise qu'il parle de lui.

Jackson était un employé qui travaillait au marketing. Il avait flirté avec moi quelques fois et m'avait même invitée à dîner. Mais j'avais refusé.

Gracen rougit. Pour quelle raison rougirait-il ? Ça devait être un effet de l'éclairage.

Mais ensuite il se frotta la nuque avec gêne et grimaça comme s'il était mal à l'aise.

— Ouais. Je, euh…

Il partit d'un petit rire embarrassé et fit un geste de la main.

— Je l'ai vu t'inviter à sortir l'autre jour, expliqua-t-il.

— Oh mon Dieu.

L'embarras me submergea. Je fermai les yeux et secouai la tête.

— Est-ce que tout le monde l'a vu ?

Il m'offrit un petit sourire chagriné.

— Probablement. Il ne te mène pas la vie dure, si ? Après que tu as refusé ?

Je secouai lentement la tête, cherchant sur son visage un soupçon de jalousie ou possessivité dans son expression. Mais je n'en trouvai aucun.

— Non, murmurai-je finalement, ma voix à peine audible. Depuis, il m'évite comme la peste lui aussi.

Les lèvres de Gracen se retroussèrent en un sourire amusé.

— Étrange. À te voir, tu n'as vraiment pas l'air d'avoir la peste.

Je gloussai et baissai les yeux vers mes mains.

— Est-ce que tu…

Je m'interrompis et le regardai. Il haussa les sourcils, me laissant savoir qu'il attendait patiemment le reste de la question.

Je m'éclaircis la gorge.

— Est-ce que tu es au courant que le prochain *Venom* sort ce vendredi ?

— Euh…

Il eut un moment d'absence.

— Ouais. J'ai entendu. J'ai hâte de le voir.

Je hochai la tête.

— Moi aussi, dis-je d'une petite voix.

Il m'étudia d'un air soupçonneux.

Il essayait probablement de déterminer si je lui faisais simplement la conversation ou si je lui disais que je voulais accidentellement l'y retrouver, comme pour les deux derniers films. Honnêtement, je ne savais pas bien moi-même où j'essayais d'en venir.

Il baissa les yeux puis les releva.

— Si je puis me permettre, pourquoi est-ce que tu as refusé l'invitation à dîner de Jackson ? demanda-t-il finalement.

L'audace de sa question me fit écarquiller les yeux.

Réalisant qu'il était allé trop loin, il bafouilla :

— Je… je veux dire, il…

Il s'éclaircit la gorge et grimaça.

— Ce n'est pas un mauvais gars. Tu aurais sûrement passé un bon moment.

Je hochai bêtement la tête avant de chuchoter :

— Je sais.

Honnêtement Jackson avait l'air d'un mec sympa.

— Je…

Ne trouvant pas mes mots, je poussai un soupir mélancolique. Gracen s'approcha, l'air curieux.

— Tu quoi ?

J'étais incapable de continuer à regarder ses yeux bleu-gris très a-tentifs. Soudain, je me rendis compte que j'avais oublié d'apporter mon repas. J'étais si excitée à l'idée de le revoir, que j'avais complètement omis le fait que tout cela n'était censé être qu'une formalité avant d'aller en pause.

Je relevai les yeux et soufflai d'un air décidé, sachant que je devais répondre à sa question. Cela me permettrait de répondre à l'une des miennes le concernant.

— Je, euh… Eh bien, tu sais, il…

Gracen adopta une moue curieuse.

— Il… ?

— Il n'est pas…

Je secouai la tête avec de débiter :

— Ce n'est pas à lui que je pense chaque soir avant de m'endormir.

Marquant une pause, je croisai son regard. Il entrouvrit les lèvres puis les ferma et déglutit bruyamment. Je trouvai le courage de continuer.

— Ce n'est pas pour lui que je m'habille tous les matins quand je me prépare pour le travail, ajoutai-je, regardant ses yeux s'écarquiller d'espoir. Ce n'est pas lui que j'ai envie d'apercevoir au bureau. Ou celui auquel je n'arrête pas de penser. Il n'est… il n'est pas toi.

Voilà.

Je l'avais dit.

Oh mon Dieu, pourquoi est-ce que je l'avais dit ?

Toute cette histoire ne finirait pas bien, si ?

Gracen resta figé pendant dix bonnes secondes. Puis, il expira brusquement et secoua la tête.

— Oh ! merde…, murmura-t-il.

C'était mauvais signe.

La panique emplit ma poitrine.

Mission annulée ! me criait mon alarme interne. *Mission annulée !* Je courais droit au désastre.

— Je, je…

Morte de honte, je me tournai et bondis vers la porte ouverte.

— Je suis désolée, je n'aurais pas dû dire ça. Je devrais y aller. Je vais…

— Non !

Gracen plongea devant moi, ferma la porte en la claquant et se laissa tomber contre celle-ci, bloquant ma sortie. Tout en respirant lourdement, il me dévisagea bouche bée.

Je me figeai devant lui, me sentant comme un hamster dans une cage.

Gracen couvrit sa bouche des deux mains et continua de me fixer.

Je fus prise de sueurs froides. Mes doigts se mirent à trembler de manière incontrôlable tandis que je m'empoignais la tête.

— Je ne sais pas pourquoi je t'ai dit ça. Je n'aurais pas dû. Je suis si…

— Est-ce que c'est vrai ? me coupa-t-il en se rapprochant.

Je reculai et refusai de répondre. Mais il lut la vérité dans mes yeux.

— Je n'arrête pas de penser à toi, moi aussi, admit-il finalement, sa voix si basse qu'elle était à peine audible.

Mes yeux s'écarquillèrent.

— Vraiment ?

Il hocha la tête et s'éloigna prudemment de la porte. Il pencha la tête vers moi pour un baiser mais choqué par ses propres actions il s'arrêta et croisa mon regard pour s'assurer qu'il n'allait pas trop loin.

— Qu'est-ce que je fabrique ? se murmura-t-il à lui-même tandis qu'il continuait de me regarder, sa bouche à quelques centimètres à peine de la mienne. Je ne peux pas t'embrasser. Tu es une employée. Pas mon employée, mais une employée dans la boîte où je suis associé. Te faire des avances serait…

Je n'avais rien à faire de ses protestations, alors je me dressai sur les orteils et fis le premier pas, plaquant ma bouche sur la sienne avec une ardeur enfiévrée.

Gracen poussa un gémissement et prit mon visage dans ses mains.

— Merci, lâcha-t-il d'une voix rauque en s'écartant avant de m'embrasser à nouveau. J'avais vraiment envie de t'embrasser mais je ne pensais pas… mm !

Je l'interrompis en attrapant ses cheveux foncés soyeux pour nous sceller de façon plus permanente.

La délicatesse laissa place à la passion. On se jeta l'un sur l'autre, se découvrant à coups de langues et de dents, uniquement guidés par notre désir.

Je saisis ses épaules tandis qu'il me faisait reculer. Il me souleva et me déposa sur le bureau avant de se positionner entre mes cuisses, ce qui fit remonter ma jupe sur ma taille.

Une montée d'excitation enivra mes sens. Je posai les mains sur le bureau et basculait légèrement en arrière tandis qu'il se penchait au-dessus de moi. Je levai le menton. Ses lèvres trouvèrent leur chemin jusqu'à ma gorge pendant qu'il emprisonnait ma main de ses doigts.

Il mordilla la chair tendre de mon cou ; je poussai un cri et levai la poitrine. J'avais tellement envie qu'il…

Il mordit mon téton à travers mon soutien-gorge et mon chemisier.

— Oh mon Dieu, dis-je en gémissant de plaisir.

Ses doigts caressèrent l'extérieur de ma jambe nue, ce qui me fit automatiquement lever le genou contre sa hanche.

Une fois ma jambe relevée, il passa brièvement sur mon genou puis fit descendre ses doigts sur ma cuisse, jusqu'à l'ourlet de ma jupe. Tout cela, en déposant une traînée de baisers sur mes seins, ma clavicule et le long de ma gorge. Puis il leva le visage et me regarda dans les yeux, sa main arrêtée sur le bord de ma jupe.

— Oui ? Non ? demanda-t-il, cherchant mon regard.

Ma gorge était trop sèche pour que je puisse immédiatement parler, alors je déglutis, léchai mes lèvres et acquiesçai de la tête.

— Oui, répondis-je d'une voix rauque.

Il poussa un soupir de soulagement.

— Oh ! merci.

Tout sourires, il appuya son front contre le mien et fit monter sa main brûlante jusqu'à ma culotte. Je mordillai ma lèvre inférieure. Ses pupilles noircirent de désir. Il empoigna mes fesses et me rapprocha du bord du bureau tandis qu'il poussait les hanches en avant pour que nos intimités, pulsant de désir, entrent en contact.

— Merde, souffla-t-il en avalant sa salive. C'est agréable.

Je poussai un couinement de plaisir et me frottai contre sa bite dressée. Il poussa mes fesses pour me tirer vers lui.

— Yellow, commença-t-il, je… merde !

Il leva soudainement le visage pour jeter un regard vers la porte.

— C'est le rire de Bella ?

Il s'immobilisa au-dessus de moi. Je retins mon souffle. Essayant de faire abstraction du sang qui battait à mes tempes. Je me concentrai et finis par entendre la voix étouffée de sa sœur. Elle parlait à quelqu'un.

On se jeta des regards coupables.

— Merde, merde, merde ! m'exclamai-je.

Je reculai précipitamment et me laissai rouler jusqu'au bord du bureau, poussant son bras, ce qui faillit lui faire perdre l'équilibre et tomber sur moi.

— Seigneur, marmonna-t-il, tâtonnant pour rester debout tandis que j'atterrissais par terre en position accroupie.

On frappa à la porte de son bureau. Paniquée, je balayai la pièce du regard.

Il ne l'avait pas verrouillée. J'étais certaine qu'il ne l'avait pas verrouillée.

Agissant par instinct, je me faufilai à quatre pattes sous le bureau juste au moment où la porte commençait à s'ouvrir. La dernière chose que je vis avant de me cacher fut l'expression paniquée de Gracen tandis qu'il faisait volte-face vers sa sœur.

— Hé, la salua t-il, essoufflé.

Il essayait d'avoir l'air nonchalant mais on sentait qu'il cachait quelque chose d'important.

— Qu'est-ce que tu fais ici ?

— Oh punaise, lâcha Isabella, se précipitant dans son bureau. Est-ce que ça va ?

— Euh, ouais.

Au vu de son ton, je savais exactement quel genre d'expression il avait. Il renifla d'un air sceptique, l'air de dire : « bien sûr que je vais bien pourquoi ça n'irait pas ? »

— Tu es tout rouge, tu transpires et tu respires fort.

Je fis la grimace et fermai les yeux, sentant mon visage devenir brûlant. Elle n'aurait aucun mal à deviner ce qui se passait.

J'espérais qu'elle ne regarderait pas vers sa braguette. J'avais senti son érection appuyer contre moi moins de trois secondes plus tôt ; impossible qu'elle soit déjà redescendue. Ce serait tellement gênant qu'elle le découvre

— Tu ne fais pas une crise cardiaque, si ?

— Bien sûr que non. Hé ! Inutile de poser la main sur mon front pour voir si j'ai de la fièvre. Vraiment.

— Alors qu'est-ce que…

— Des pompes, bafouilla-t-il.

Un silence s'ensuivit, très rapidement brisé par sa sœur.

— Quoi ?

— Tu sais…

Essoufflé, il s'interrompit un instant.

— Comme ces exercices qu'ils font dans les films pendant les entraînements militaires.

— Pourquoi est-ce que tu faisais des pompes dans ton bureau ? En costume ?

— Je, euh…

Je grimaçai pour lui. Le pauvre gars était un très mauvais menteur.

— À cause des muffins, dit-il. Ouais. Ma nouvelle secrétaire Magda… Je t'ai dit que Art, Jada et moi avions échangé nos assistants, non ?

— Ouais. Ce connard de Art a enfin embauché quelqu'un qui ne voulait pas coucher avec lui donc vous avez tous dû changer de secrétaire. Je me souviens. Quel est le rapport ?

— Eh bien, Magda, que dieu la bénisse, m'apporte un panier plein de satanés muffins chaque matin, essaya d'expliquer Gracen, toujours à bout de souffle. Ils vont directement sur mes hanches.

J'appuyai une main sur la bouche pour m'empêcher d'éclater de rire. Mais, sérieusement, s'il ajoutait une autre phrase ringarde du genre « je sois surveiller ma taille de guêpe », je n'arriverais plus à me retenir.

Ce serait catastrophique.

Isabella ne semblait toutefois pas amusée.

— T'es vraiment un cas à part, commenta-t-elle. Pourquoi ne prends-tu pas un abonnement à une salle de sport, frangin ?

— Bonne idée, marmonna-t-il d'un air pensif.

— Personne ne t'épousera jamais si ça continue. Et alors je n'aurai jamais de petite nièce ou de petit neveu que je pourrai gâter et faire sautiller sur mes genoux en lui apprenant à dire Tata Bella.

— Si tu as tant envie d'un bébé que ça, rétorqua sèchement Gracen, pourquoi n'en fais-tu pas ?

Sa sœur émit un reniflement sarcastique.

— Trop de responsabilités, répondit-elle avant de taper dans ses mains. Maintenant, si tu as fini ton entraînement, pourquoi n'emmènerais-tu pas déjeuner une nana affamée ?

— Tu veux que je t'emmène déjeuner, répéta-t-il bêtement. Maintenant ?

— Eh bien, c'est l'heure du déjeuner, lui rappela Bella d'une voix douce. Et je suis passée ici dans le but d'inviter mon jumeau bizarroïde à se joindre à moi. Alors, ouais, c'est exactement ce que je voudrais.

— Oh ! Euh…

Il marqua un temps d'arrêt.

— Ouais, pourquoi pas.

— Tu n'es pas obligé si tu ne veux pas, marmonna Isabella, blessée par son manque d'enthousiasme.

— Si, c'est bon, lui assura-t-il rapidement. Laisse-moi juste, euh… laisse-moi attraper mon portefeuille dans le tiroir du haut de mon bureau.

Une seconde plus tard, il apparut de mon côté. Sa jambe s'arrêta devant moi. Je sortis juste assez la tête pour croiser son regard tandis qu'il ouvrait son tiroir.

Les yeux emplis d'excuses et de regret, il sortit le portefeuille aussi lentement que possible sans avoir l'air trop suspect.

Me sentant mal pour lui car il semblait si malheureux, j'articulai « ce n'est pas grave ».

Il souffla un grand coup, ferma les yeux et hocha la tête.

Je ne savais pas ce qui le dérangeait le plus ; mentir de façon aussi éhontée à sa sœur ou m'abandonner ici sans me dire au revoir, sans clôturer notre… hum, conversation. Il était visiblement tourmenté.

Mais il ne pouvait pas dire à Bella ce qu'elle venait d'interrompre. Je ne voulais pas d'une autre confrontation violente avec elle et elle m'attaquerait sans aucun doute en apprenant la chose. Et lui ne voulait pas donner l'impression qu'il l'avait trahie. Aucun de nous ne voulait la blesser. Or, nous prendre en flagrant délit serait une façon très brutale de découvrir que Gracen et moi étions ensemble.

Si on était ensemble.

Rien n'avait encore été décidé. On avait encore besoin d'élaborer si c'était juste un dérapage ou le début de quelque chose de plus sérieux.

— Gracen ? murmura sa sœur, l'air inquiet à nouveau. Qu'est-ce qui ne va pas ?

Il ouvrit les yeux et leva la tête.

— Rien.

Il lui lança un sourire crispé, rangea son portefeuille dans sa poche et ferma le tiroir.

— Je suis prêt.

Avant de s'éloigner, il passa le pied à l'aveugle sous le bureau et fit remonter le bout de ses mocassins sur mon tibia en guise d'au revoir.

Une seconde plus tard, j'entendis la porte de son bureau se refermer.

Je restai cachée là une bonne minute, absorbant ce qui venait de se passer.

Je n'en revenais pas. Non seulement on avait flirté au bureau mais on avait failli être surpris par sa jumelle. Pourtant, un sourire commença à retrousser mes lèvres tandis que je portais mes doigts à ma bouche. Je pouvais encore le sentir mordiller ma peau à cet endroit, et déposer une traînée de baisers vers ma gorge.

Il m'avait embrassée avec fougue et je n'avais pas eu peur. Pas une seule fois. Il avait posé les mains partout sur moi, mes seins, mes hanches, mes cuisses. Son érection avait appuyé contre mon entrejambe humide et, malgré tout, je n'avais pas senti les prémices de la moindre crise d'angoisse. Je n'avais pas eu non plus envie de le repousser.

Je ne savais pas si ça voulait dire que je guérissais enfin, ou si c'était Gracen qui me mettait en confiance. Mais c'était une très, très bonne nouvelle.

Pour la première fois en presque un an et demi, j'avais l'impression de pouvoir retrouver une sexualité épanouie, pouvoir vivre à nouveau sans peur, redevenir une femme bien dans sa peau. C'était une émotion si agréable que pour l'heure je n'allais pas me soucier d'autre chose.

Pour moi, c'était une victoire et j'allais prendre une minute pour en profiter.

Chapitre 18

BELLA

Vendredi

J'avais failli parler de Fox et moi à Gracen au restaurant, l'autre jour, alors qu'il était assis en face de moi, en train de consulter son menu, les sourcils froncés.

Mais ensuite mon cœur avait commencé à tambouriner très fort, mes oreilles s'étaient mises à bourdonner et je m'étais sentie super étourdie. J'étais si stressée de lui annoncer la vérité que j'avais failli faire une crise d'angoisse, alors…

Je m'étais dégonflée.

De plus, quelque chose le perturbait et il se comportait bizarrement. Je m'étais demandé s'il m'en voulait car j'avais refusé de lui dire qui était Phacochère, ou s'il était question d'autre chose. Il avait été si distrait pendant le repas qu'il n'avait probablement pas écouté le quart de mes propos.

Il avait une mine étrange quand j'étais entrée dans son bureau. Normal que je m'inquiète. Avait-il des problèmes de santé dont il ne voulait pas me parler, de peur de me foutre les jetons ? J'espérais qu'il se confierait à moi si ça n'allait pas.

Cet après-midi, la famille organisait une *baby shower* collective pour les couples qui allaient avoir des bébés dans les neuf mois à venir, ainsi que pour Lucy Olivia. Elle n'était enceinte que de trois mois, mais Rory allait accoucher d'un moment à l'autre alors les mamans avaient décidé de célébrer toutes les naissances d'un seul coup.

Ce qui voulait dire que j'avais une heure pour acheter quatre cadeaux de bébé.

Sachant que mon jumeau oublierait sans doute de le faire et me sentant coupable de ne pas lui avoir avoué ma relation avec Fox, je décidai de doubler le montant que j'aurais payé habituellement pour chaque petit bambin afin de pouvoir inscrire son nom sur les cartes. Quand je lui fis part de mon plan brillant, il m'envoya un texto reconnaissant genre « tu es la meilleure sœur au monde » qui me fit sourire.

Alors que je me dirigeais vers la caisse avec mon chariot plein à craquer une fois mon shopping terminé, je passai devant le département lingerie. Sur un coup de tête, je m'y arrêtai.

Fox était toujours content – j'insiste, toujours – quand je portais quelque chose de neuf au lit. Pourtant, il ne formulait jamais de requête ni ne demandait quoi que ce soit de spécifique. L'envie me prit alors d'acheter quelque chose de nouveau pour lui.

En consultant l'heure, je me rendis compte que j'avais encore quelques minutes avant de devoir me rendre à la *baby shower*. Je me dirigeai alors dans un coin où se faisaient face un portant de déshabillés de dominatrice, et un autre avec des chemises de nuit blanches en dentelle. Fox semblait apprécier de façon égale tout ce que je portais pour lui, donc ce que je choisissais n'avait pas d'importance ; il serait content de toute façon. Je balayais le rayon du regard, cherchant quelque chose qui retiendrait mon attention, quand je l'aperçus.

Je m'arrêtai net et clignai les yeux, reluquant sa queue-de-cheval blonde et le tailleur qu'elle portait.

Yellow avait l'air parfaite. Comme d'habitude.

Haine, amertume et regret me retournèrent douloureusement l'estomac. Je ne pouvais pas me sortir de la tête l'image d'elle au lit avec mon ex-fiancé. Cela avait effacé tous les bons moments qu'on avait passés ensemble. Elle était ma personne préférée dans le groupe d'Ethan. J'avais toujours trouvé ses amis et leurs moitiés un chouia trop snobs et égocentriques. Mais Yellow avait un côté gentil, innocent et décalé. Elle avait rendu les soirées avec ce gang supportables. Je n'aurais jamais deviné qu'elle serait la pire traîtresse du lot.

Le menton tremblant, je la regardais. Elle mordillait nerveusement l'ongle de son pouce et caressait avec hésitation une chemise de nuit courte en soie bleu foncé. Elle ressemblait tant à la Yellow d'avant, celle qui était gentille et amicale que c'était presque douloureux de la regarder avec cette distance.

Ce qui m'énerva.

— Ethan préfère les chemises de nuit rouge écarlate, au cas où tu te poserais la question, raillai-je, incapable de me retenir alors que colère et douleur montaient en moi.

Yellow fit volte-face, ses yeux noisette écarquillés de surprise.

— Isabella, lâcha-t-elle d'une voix rauque, une main appuyée sur la poitrine.

— À moins que tu ne sois plus avec Ethan, continuai-je, plissant les yeux en la balayant d'un regard moqueur. Mais ce serait vraiment dommage que vous ne soyez plus ensemble. Après tous les efforts que tu as faits pour me le piquer…

Je marquai une pause pour faire claquer ma langue avec une tristesse feinte et je secouai lentement la tête.

— On aurait pu penser que vous seriez capables de tenir… Attends, combien ça fait ? Un an et demi maintenant ? J'ai été avec lui pendant plus de deux ans. Mais toi, tu pourrais sûrement le garder plus longtemps que ça, hein ?

Le teint blême, Yellow me regardait en silence. Elle s'éclaircit la gorge discrètement.

— Comment vas-tu ? murmura-t-elle.

Qu'elle ne puisse même pas répondre à ma question m'énerva. Elle n'avait visiblement pas le cran d'admettre qu'elle et Ethan n'étaient plus ensemble depuis longtemps.

Traînée.

Je parie qu'elle était en train de choisir des dessous pour un mec marié. Je faillis lui suggérer d'appeler l'épouse de l'homme en question pour qu'elle l'aide à choisir. Mais elle baissa la tête et son regard atterrit sur mon caddie.

— Oh ! s'exclama-t-elle, surprise de découvrir les 300 $ de marchandise pour bébé que j'étais sur le point d'acheter.

Elle chercha ses mots un instant.

— Fé… félicitations, lâcha-t-elle finalement.

Je levai les yeux au ciel sans prendre la peine d'expliquer que ce n'était pas pour moi.

— Arrête ton air de nana innocente. Je sais comment tu es au fond. Tu peux montrer ton vrai visage.

Yellow grimaça et poussa un long soupir.

Son expression devint peinée et pleine de regrets mais étrangement, on aurait dit qu'elle était davantage désolée pour moi, plutôt que vis-à-vis de ce qu'elle avait fait.

— Je te souhaite le meilleur, Isabella. Vraiment. Maintenant, si tu veux bien m'excuser…

Elle se tourna et commença à partir, refusant de se disputer avec moi.

La salope. Comment osait-elle se comporter aussi dignement, jouant la carte de la fille gentille et respectable alors que j'essayais d'être aussi mauvaise et méchante que possible ?

Je n'étais pas dupe.

Je savais qu'elle était tout sauf respectable. Elle gâchait des vies. Elle avait gâché ma vie.

— Tu ne vas même pas t'excuser ? aboyai-je.

Elle s'arrêta, se retourna lentement et secoua la tête.

— Oh ! je suis désolée, dit-elle d'une voix rauque et brisée. Je suis désolée pour tant de choses. Mais je doute que tu saches de quoi je parle exactement.

Je fronçai les sourcils.

— Putain, qu'est-ce que ça veut dire ?

Elle ne répondit pas, préférant rester évasive.

— J'espère que l'homme avec qui tu es aujourd'hui te traite comme une princesse. Parce que c'est ce que tu mérites.

— Ouais, il me traite comme une princesse, criai-je, incapable de m'en empêcher. C'est le meilleur homme que j'ai jamais rencontré. Cent fois mieux qu'Ethan. Et il m'aime comme je suis.

Yellow hocha la tête, souriant avec une chaleur sincère.

— Bien. C'est… bien. Je te souhaite d'être heureuse, Bella.

Cette fois je ne la retins pas quand elle partit. Ce n'était pas marrant de se disputer avec elle de toute façon. Elle refusait de répondre à ma provocation. Ça me donnait l'impression d'être la méchante de l'histoire alors que ce n'était pas le cas du tout. J'étais la putain de victime, bordel.

Mais je ne voulais plus être une victime. J'avais essayé de me libérer de cette dynamique. D'ailleurs, un des propos de Yellow m'avait interpellée.

Je méritais effectivement un homme qui me traiterait comme une princesse.

Merci, Yellow. Espèce de connasse hypocrite. Tu as été étonnamment correcte sur un point.

C'était effectivement une bonne chose que j'aie un homme si merveilleux dans ma vie dorénavant. Je devrais être reconnaissante que Yellow ait éliminé Ethan de l'équation pour moi. Je n'aurais jamais rien tenté avec Fox si elle ne l'avait pas fait. Et Fox était de loin la meilleure chose qui m'était jamais arrivée.

Ce qui me fit penser à ce qu'il désirait le plus : la permission de faire savoir au monde entier qu'il m'aimait.

Mon Dieu. Je m'étais vraiment mal comportée avec lui. Mes peurs et mes blocages stupides lui avaient fait du mal.

C'en était fini.

Sachant exactement quoi faire, je me fendis d'un immense sourire. Mon cœur se mit à tambouriner, peut-être de stress, peut-être de peur, ou peut-être était-ce l'ivresse et l'excitation. J'étais sûre que les gens qui s'apprêtaient à sauter à l'élastique ressentaient la même montée d'adrénaline, terrifiante et grisante à la fois.

Aujourd'hui, j'allais faire le grand saut.

Je me dépêchai de passer à la caisse, de faire emballer les cadeaux et me précipitai dehors jusqu'à ma voiture.

Mon téléphone vibra. Je me glissai derrière le volant, démarrai et consultai le tableau de bord connecté en Bluetooth, où une petite notification rouge en forme de point m'informa que j'avais reçu un nouveau texto.

— Siri, lis mes messages.

Une voix informatisée avec un accent australien me dit que j'avais reçu un texto de mon Phacochère.

Une vive chaleur se diffusa en moi.

Phacochère dit : Où es-tu ? Tu rates déjà un sacré spectacle.

Souhaitez-vous répondre ?

— Oui, criai-je presque, pressée de dire à Fox ce que je ressentais.

Je lui annonçai que j'étais en route, que j'avais dû aller acheter des cadeaux avant de venir. Je faillis ajouter « je t'aime » à la fin mais je me retins car je ne voulais pas le mettre sur la voie. Je voulais voir le choc absolu sur son visage quand je le ferai en personne.

Siri lut sa réponse.

Dépêche-toi. Y'a un duel de papis en cours. Et au fait, je ne comprendrai jamais comment tu peux toujours attendre la dernière minute pour acheter des cadeaux et quand même les choisir parfaitement. C'est un superpouvoir.

Un duel de papis ?

Ça devait être entre le père de Beau et Lucy, Noel, et le père de Teagan, qu'on appelait Ten. Oncle Noel et oncle Ten en venaient presque aux mains chaque fois qu'ils étaient ensemble. Ils se disputaient et se chamaillaient sur tout ; parfois c'était dur de croire qu'ils étaient meilleurs amis depuis plus de trente ans. Mais c'était toujours amusant de les regarder. Fox aura intérêt à tout me raconter en détails une fois que je serai arrivée.

— Je suis à deux kilomètres, l'informai-je, mordillant ma lèvre inférieure et sentant le stress monter.

J'allais probablement voler la vedette à tous les futurs parents avec mon annonce choquante mais cela m'était égal. J'en avais fini de nier mes sentiments.

Après avoir enfin trouvé une place de parking à presque deux pâtés de maisons de chez oncle Pick et tante Eva, je tirai mes quatre sacs remplis à ras bord de cadeaux jusqu'à la porte d'entrée, cassant la poignée de l'un d'eux au passage.

Mon jumeau se précipita pour m'aider.

— Merci de m'avoir inclus dans tout ça, murmura-t-il. J'allais me contenter de donner de l'argent à chaque maman.

— Pas de souci, répondis-je avant de ricaner de le voir galérer pour porter la moitié des sacs. Ton nom est déjà sur toutes les cartes. Il te suffira de me rembourser.

— Génial. Tu me sauves la vie. Je te dois une fière chandelle.

Je haussai les sourcils d'un air entendu.

— Je m'en rappellerai.

On se sépara pour déposer nos cadeaux sur les différentes tables, chacune attribuée à un couple de parents dont le nom était inscrit sur un signe décoratif suspendu au-dessus.

Très organisé. Tante Julianna avait dû participer aux préparatifs, ce qui n'avait rien de surprenant puisqu'elle possédait une entreprise d'organisation d'événements.

Dès que j'eus déposé mon dernier cadeau à sa place, je me frottai les mains et me tournai pour passer la pièce en revue. Maman était avec tante Eva près des futurs parents qui étaient assis sur des sièges d'honneur, en train de se faire dorloter avant que la fête commence. Papa discutait avec oncle Brandt et oncle

Colton. Riley, Haven et Chloé étaient en pleine discussion animée. Et Gracen s'époussetait les mains près d'une autre table, l'air satisfait et heureux d'avoir livré avec succès les cadeaux qu'il n'avait même pas aidé à choisir. J'aurais pu aller dans n'importe laquelle de ces directions et me joindre aux différentes conversations. J'aurais été parfaitement accueillie.

Mais ce que je voulais le plus pour l'heure c'était enlacer mon petit ami et sentir ses bras autour de moi, peut-être même l'embrasser pour lui dire bonjour. Mon regard se posa sur lui. Il était en train de me regarder avec une expression amusée. Je m'avançai vers lui. Lisant mon expression déterminée, Fox écarquilla les yeux. Son sourire amusé se mua en une expression de choc et d'espoir.

Est-ce que tu… ? demanda-t-il avec les yeux.

Oui, répondis-je, avec un grand sourire.

Tout le monde réagirait avec stupeur mais je m'en moquais. J'étais prête à déclarer mon amour à Fox.

Chapitre 19

FOX

Dix minutes plus tôt

Les *baby shower* n'étaient pas censées être aussi divertissantes mais rien ne se passait jamais comme prévu aux événements organisés par ma famille. Alors cela ne me dérangeait pas d'assister à ce qui était probablement une « fête de nanas ». Je savais que je m'éclaterais.

En retrait, appuyé contre le mur, je sirotais un punch bleu ultra sucré tout en observant la scène. J'avais fait les salutations attendues à mes parents, ma sœur, l'assortiment de non-cousins et famille étendue mais là, tout de suite, je n'étais pas en train de parler à quelqu'un.

L'organisation d'un tel événement tenait vraiment du mystère pour moi. Les mamans avaient-elles vraiment réfléchi avant de mettre au centre de l'attention les quatre femmes enceintes ? La pauvre Lucy Olivia donnait l'impression qu'elle aurait préféré être n'importe où ailleurs plutôt qu'assise devant tout le monde avec les trois autres couples. Sa grossesse ne se voyait même pas encore, alors que Nia, Skylar et Rory avaient chacune l'air de porter des triplés.

Cela crevait les yeux qu'elle était la seule sans un papa présent. Sa mère, Aspen, était d'ailleurs en train d'attraper le bras de son frère et de siffler :

— Pourquoi ne vas-tu pas t'asseoir près de ta sœur ? Elle a l'air seule.

— Maman, grogna Beau.

Ils se tenaient à moins de deux mètres de moi alors j'entendais tout ce qu'ils disaient.

— Ça ne ferait qu'empirer les choses. Elle aurait l'air encore plus pathétique. En plus, si elle avait voulu d'un homme près d'elle pendant sa grossesse, elle en aurait eu un.

— Tu sais qu'il est mort. Ce n'est pas sa faute si elle…

— En plus, insista Beau, j'ai déjà vécu la *baby shower* de l'horreur quand on a eu Braiden. Une fois ça m'a suffi.

— Sauf si Bentley et toi décidez enfin d'en avoir un autre, riposta sèchement Aspen, levant les sourcils l'air de demander pourquoi elle n'avait pas encore de deuxième petit-enfant.

Beau blêmit et fronça les sourcils. Il leva la tête pour passer le salon en revue.

— Où est Bentley, d'ailleurs ? demanda-t-il, inquiet, comme s'il sentait qu'assister à une *baby shower* était éprouvant pour elle.

Levant la voix, il lança :

— Quelqu'un a vu ma femme ?

Et il partit la chercher, laissant sa mère plantée là.

Si Bentley allait mal, j'espérais qu'il la trouverait bientôt. Je ne voulais pas qu'elle soit malheureuse.

En parlant de moitiés, Bella n'était pas encore arrivée. Alors que ses parents et son frère étaient déjà là.

Je lui envoyai un texto rapide pour savoir où elle était.

Je venais à peine de l'envoyer quand des cris s'élevèrent.

— Ten ! explosa Noel, outré. Qu'est-ce que tu es en train de lui lire ?

Je levai les yeux au ciel.

Des lunettes de lecture perchées sur le nez, Ten était allongé dans un fauteuil inclinable, les pieds relevés, Braiden lové sur ses genoux. Un livre pour enfants était ouvert devant eux et Braiden écoutait attentivement l'histoire. Noel lui arracha le livre de la main.

— Hors de question que tu lises ça à mon petit-fils ! s'exclama-t-il.

Je n'eus pas à me demander longtemps quel était le bouquin en question. Des voix me parvinrent. Il était prétendument intitulé *Dors et fais pas chier.*

Alors que mon téléphone vibrait pour m'informer que Bella avait répondu à mon message, mon père vint se planter à côté de Noel et fusilla Ten du regard, lui aussi.

— Sérieusement, mec ? s'exclama-t-il en se penchant pour récupérer mon neveu des genoux du lecteur criminel.

— Quoi ? ! s'écria Ten tandis que je disais à Bella de se magner le cul pour ne pas rater le divertissement. Je le lisais à Teagan tous les soirs.

Noel émit un reniflement sarcastique.

— Ouais et combien d'appels as-tu reçus de son école maternelle à cause de son langage ?

Ten sourit fièrement. Il leva la voix pour interroger sa fille, qui était de l'autre côté de la pièce.

— On a battu des records. N'est-ce pas, ma chérie ?

— Carrément, papa, répondit Teagan en levant un poing triomphant en l'air.

JB, qui tenait leur fille endormie dans ses bras, se pencha vers elle.

— Euh, il ne va pas lire ça à Harper, si ?

— Quel est ton problème, papi Noel ? Ten défia son ami. Le gosse s'amusait bien.

— Ouais, rétorqua Braiden de la hanche de mon père. Pourquoi tu m'enquiquines, papi Noel ? Je m'amusais bien.

Noel cligna les yeux puis se tourna vers Ten.

— Est-ce qu'il vient de dire « tu m'enquiquines » ?

— Ouaip, confirma Ten en désignant le livre que Noel tenait encore. Parce que c'est dans le titre du livre, *Dors et arrête de m'enquiquiner.* Tu vois, je ne suis pas si horrible après tout, espèce de trouduc présomptueux.

Il baissa le repose-pied et se leva pour se mesurer à Noel.

— Et si Teagan a un langage un peu limite, ça lui vient probablement de ta sœur.

— Quel ramassis de conneries, répondit Caroline de l'autre côté du salon.

Ten pointa son doigt vers elle.

— Je n'ai rien à ajouter.

Puis il fit un clin d'œil à son épouse et lui sourit.

Pendant que les deux grands-pères de Braiden laissaient avec réticence Ten finir de lui lire *Dors et arrête de m'enquiquiner,* je me servis un autre gobelet de punch, goûtant le rose cette fois-ci, avant de retourner m'adosser contre le mur.

Au moment où Bella entra, je le sentis tout de suite. L'air dans la pièce changea. Je tournai la tête vers elle, la vis galérer avec les quatre paquets les plus grands que j'avais jamais vus.

Chaque cellule de mon corps me cria d'aller l'aider, mais Gray apparut presque aussitôt pour le faire. Je continuai alors de la regarder, regrettant de ne pas pouvoir la rejoindre. Je voulais être près d'elle.

Mais Bella n'était pas encore prête, alors je me contentai de l'observer de loin. Une fois sa livraison de cadeaux terminée, elle lança un regard circulaire dans la pièce, arrêtant sa recherche quand elle me trouva.

Quand elle commença à se diriger dans ma direction, je me redressai de surprise. Ou de panique. Si elle était prête à m'approcher en public, il devait se passer quelque chose de terrible. Et on aurait vraiment dit qu'elle venait droit vers moi.

Il y avait d'autres gens à côté ; elle aurait pu être en train de les approcher eux mais c'était moi qu'elle regardait. Puis elle sourit. À moi.

C'était le sourire le plus beau que j'avais jamais vu. Il criait *oui, je t'aime.*

Putain, elle marchait bel et bien vers moi.

Je paniquai, craignant de mal interpréter les signaux, tout en sachant pourtant que ce n'était pas le cas. Je fis un pas en avant pour la rejoindre à mi-chemin puis m'arrêtai. C'était son moment. Je suivrais sa directive, peu importe que le résultat soit un « elle te plaît ta nouvelle casquette ? » ou un baiser enflammé pour me dire bonjour. Elle voulait me tenir compagnie, devant tout le monde. C'était un progrès incroyable.

Et je disais justement à tous mes clients de se concentrer sur la partie progrès.

Je lui souris, essayant de rester calme tandis que j'attendais impatiemment son arrivée pour voir ce qu'elle ferait. Mais soudain, son père apparut à côté de moi et passa un bras sur mes épaules.

— Alors, c'était qui la jolie blonde avec qui tu étais à la salle de sport le week-end dernier ?

Bella s'arrêta net. Elle écarquilla les yeux d'horreur, mettant un terme au moment magnifique qu'on était en train de vivre.

Tout partit en vrille à partir de là.

— Quoi ?

Je pivotai vers Mason avec un regard horrifié.

De quoi parlait-il ?

Il me lança un petit sourire complice.

— Samedi matin, précisa-t-il. Je passais en voiture et je l'ai vue sortir de la salle de sport en courant pour te donner quelque chose.

Oh…

El.

Je poussai un soupir de soulagement.

— Non, non, lui dis-je, balayant ses questions d'un geste de la main.

Je regardai vers Bella pour m'assurer qu'elle ne pensait pas la même chose que son père. Mais quand je vis que son visage avait pâli, j'en pleurai presque.

Non ! Elle était en train de se diriger vers moi, en plus.

Ceci ne pouvait pas arriver.

Évidemment, ma mère empira les choses en apparaissant de nulle part et me lançant un regard curieux.

— Tu vois quelqu'un, Fox ? demanda-t-elle.

Idiot que j'étais, je marquai un temps de pause avant de répondre parce que, techniquement, c'était une zone floue. Mais je ne sortais pas avec une blonde, ça c'était certain.

— C'était une cliente, expliquai-je.

Maman fronça les sourcils de confusion.

— Tu donnes rendez-vous à tes clients à la salle de sport ?

— Je les vois là où ils en ont besoin, expliquai-je.

Mason émit un reniflement sarcastique.

— Cette fille n'avait pas besoin de coaching sportif, Felicity, je t'assure. Et elle n'avait pas l'air d'une cliente quand tu l'as prise dans tes bras.

Oh ! putain. Je serrai les dents, pris d'une folle envie d'étrangler

Mason. J'avais seulement enlacé El car elle m'avait aidé à décider quoi faire avec Bella, mais je ne pouvais pas le dire à quiconque ici.

Bordel.

— J'enlace les clients qui en ont besoin, grognai-je avec irritation. Et si elle est en excellente condition physique, c'est parce que je suis un coach super doué, merci bien.

— Quelqu'un t'a engagé comme entraîneur personnel ? s'étonna une voix.

Je ne pris même pas la peine de vérifier qui c'était.

— Pourquoi n'a-t-elle pas engagé un vrai entraîneur ? s'enquit une autre.

D'autres s'en mêlèrent, jouant les fouines avec leurs opinions et spéculations. Je fusillai toute la pièce du regard, remarquant au passage que Bella était partie. Je ne la voyais nulle part.

— Les gens m'engagent selon leurs besoins, annonçai-je. Si vous voulez tout savoir, je l'ai également aidée à trouver un boulot. Et oui, notre relation n'est que professionnelle, non pas que les problèmes confidentiels de ma cliente vous regardent, de toute façon. Maintenant si vous voulez bien m'excuser…

Je laissai Mason et ma mère et partis en quête de Bella.

Je vérifiai les pièces à vivre et la salle à manger. Puis la cuisine. Après avoir jeté un œil par la fenêtre pour m'assurer qu'elle n'était pas dans le jardin, j'inspectai toutes les chambres. Les enfants de Pick et Eva avaient tous quitté la maison, mais elles étaient toutes encore décorées de la même façon, comme si elles attendaient leur retour.

Waouh. Quand je pense que papa avait transformé ma chambre en bureau à la seconde où j'étais parti…

Je trouvai finalement Bella au fond du couloir dans la suite parentale d'Eva et Pick. Elle faisait les cent pas en marmonnant.

— Calme-toi, ordonna-t-elle sévèrement. Arrête de réagir avec excès. Ça ne veut probablement rien dire.

J'entrai et fermai la porte derrière moi.

— Ça ne veut rien dire, affirmai-je.

Bella sursauta et fit volte-face. Je la rejoignis.

— Tu as entendu que ce n'était qu'une cliente, n'est-ce pas ?

Elle hocha la tête.

— Oui. C'est celle que tu vois tous les samedis matin, n'est-ce pas ?

Je hochai la tête et pris ses mains. Elle déglutit bruyamment, serrant mes doigts.

— Je... je n'avais pas réalisé, je veux dire, tu n'avais jamais précisé que c'était une femme. Une femme apparemment jolie, au corps canon et que tu enlaces tout le temps.

— Je ne l'enlace pas tout le...

Je m'interrompis, voyant à l'expression sur son visage que j'aggravais mon cas. Alors je marquai une pause, pris une inspiration et recommençai.

— Elle a accepté que j'écourte notre séance la semaine dernière pour que je puisse venir chez toi, et j'ai oublié mon sac de sport dans le gymnase alors elle est sortie en courant pour me l'apporter, et je... je l'ai enlacée par gratitude. C'est tout, je le jure. Et je ne parle d'aucun de mes clients, leurs genres, leurs noms... à quiconque. Par respect, pour préserver leur intimité.

— Est-elle aussi jolie que papa le dit ?

Je fis la grimace. Bella grogna et empoigna le devant de mon T-shirt des deux mains. Puis elle appuya son visage contre ma poitrine.

—Dis-moi au moins qu'elle est vaniteuse, chiante et qu'elle a super mauvaise haleine.

Je me mis à glousser et pris sa tête dans mes mains pour déposer un baiser sur son front.

— Désolé, bébé, mais El est adorable. C'est ma cliente préférée. C'est un cas si particulier. Elle avait de graves problèmes quand je l'ai rencontrée. Je pensais que ce serait une cause désespérée. Elle était fragile et effrayée. Honnêtement je ne savais pas comment elle dépasserait ses blocages. Mais elle a fait d'énormes progrès. Chaque fois qu'elle a eu un revers, elle a persévéré et travaillé plus dur. Elle m'a appris ce qu'étaient la vraie force et la persévérance. Mais il n'y a jamais eu, je le répète, jamais, quoi que ce soit de romantique ou sexuel entre nous. Et je l'ai rencontrée trois ou quatre mois avant que toi et moi couchions ensemble alors j'aurais eu de nombreuses occasions de lui faire des avances si j'en avais eu envie.

Bella poussa un long soupir puis leva un regard triste vers moi.

— OK.

Je fronçai les sourcils.

— Tu me crois, n'est-ce pas ?

Elle resta silencieuse mais après une seconde elle hocha lentement la tête.

— Tu es sûre ? demandai-je. Tu n'as pas l'air sûre…

— Je suis sûre, répondit-elle à voix basse. Je te crois.

Mais la situation ne lui plaisait pas, je m'en rendais compte. J'aurais aimé pouvoir lui dire que j'essaierais de faire assigner ma cliente à un autre coach à l'agence mais je ne pouvais pas faire ça à El. Elle comptait sur moi.

Appuyant le front contre celui de Bella, je pris ses mains et les levai à ma bouche pour embrasser ses articulations.

— Pendant une minute dans le salon, j'ai eu l'impression que tu te dirigeais vers moi.

— C'était le cas, admit-elle.

— Je pensais que tu allais dire à tout le monde qu'on est ensemble.

Baissant le regard, elle murmura :

— Non. Pas encore. Je suis désolée.

Elle leva un regard d'excuses. Je clignai les yeux, confus.

— Toi, tu es désolée ? Pourquoi ? Tu n'as aucune raison d'être désolée. C'est moi qui suis désolé que tu aies dû entendre tout le monde me taquiner au sujet d'une autre femme. Ce n'était pas correct.

— Ouais mais je n'aurais pas eu à les entendre si je les avais informés il y a longtemps que toi et moi sommes ensemble.

— On l'annoncera quand tu seras prête, pas plus tôt, et cela me convient, lui assurai-je fermement. Ne te sens pas coupable, d'accord ?

— Si j'arrivais à dépasser mon manque de confiance en moi et ma peur de l'engagement, on n'aurait pas de problèmes.

— Chut.

Je passai un bras autour de sa taille et la tirai contre moi pour déposer un baiser sur ses lèvres.

— On n'a pas de problème. Après notre discussion, je suis en paix et mon opinion est la seule qui compte dans cette situation. Cesse de t'inquiéter.

Elle se dressa sur la pointe des pieds pour me rendre mon baiser, enroulant les mains autour de ma nuque.

Nos souffles et nos langues se mêlèrent. Elle se dressa plus haut et se cambra contre moi. Sentant ses seins pousser avec insistance contre mon torse, je poussai un grognement et l'embrassai avec fougue.

Alors que les choses devenaient intéressantes, elle s'écarta et se mit à rire.

— On ne peut vraiment pas faire ça ici, murmura-t-elle.

— Encore un peu, suppliai-je, déposant un baiser sur le côté de sa gorge.

— Fox.

Elle soupira. Je crus qu'elle allait céder mais ensuite elle me poussa doucement.

— Non. Ils sont probablement en train d'ouvrir les cadeaux. Et c'est pour cette raison qu'on est là, je te rappelle.

— Je leur ai donné à tous une carte cadeau, protestai-je. Je n'ai pas besoin d'être présent pour les voir ouvrir ça.

— Des cartes cadeaux ? s'écria-t-elle, outrée. Bah, on dirait Gracen.

— Si tu veux dire que j'ai l'air d'un homme normal, alors ouais.

Elle recula, s'éloignant de moi en souriant.

— Il faut qu'on y retourne maintenant. Mais on ne peut pas sortir ensemble. Les gens soupçonneraient quelque chose.

Même si je regrettais qu'on doive se montrer discrets au lieu de s'afficher comme un couple normal, je hochai sagement la tête.

— Vas-y, sors d'abord. Tu as été ici plus longtemps et on remarquerait sûrement ton absence en premier.

— OK, acquiesça-t-elle.

Puis elle plongea en avant pour me voler un dernier baiser ardent avant de s'écarter.

— À tout de suite dans le salon.

— Ouais.

Probablement chacun à un bout de la pièce mais c'était mieux que rien.

— À tout de suite, murmurai-je, prenant sa main pour que ce soit elle qui soit forcée de rompre le contact.

On se regarda encore une seconde après s'être lâché les mains. Puis elle se tourna et se dépêcha de sortir de la chambre.

Je posai les mains sur mes hanches et poussai un soupir.

Puis faillis faire un bond de deux mètres quand quelqu'un lança de derrière moi :

— Tiens, tiens, tiens. Notre petit Fox est un sacré cachottier.

Beau sortit de la salle de bains d'Eva et Pick, un sourire narquois aux lèvres.

— Ou devrais-je t'appeler Phacochère maintenant ?

— Bon sang.

Je sifflai entre mes dents et appuyai les deux poings contre mon front.

— Tu ne devrais pas être en train de chercher ma sœur en ce moment même ? demandai-je, tentant d'inverser la vapeur.

— Oh ! il m'a trouvée, répondit Bentley, sortant de la salle de bains à son tour.

Elle croisait les bras sur sa poitrine tandis qu'elle me regardait les sourcils arqués.

— Ah merde, marmonnai-je en penchant la tête en arrière.

Maintenant j'avais deux personnes à faire taire. Même si pour être honnête, si l'un d'eux savait quelque chose, l'autre le savait peu après de toute façon.

— Beau essayait de me consoler quand Bella est entrée en trombe dans la chambre, toute bouleversée. On ne voulait pas la déranger parce que…

— Parce que vous étiez vous-mêmes occupés, finis-je sèchement pour elle. Ouais, je vois ça.

— On n'était pas…

Je levai une main.

— Tu devrais peut-être retoucher ton rouge à lèvres et reboutonner ton chemisier, sœurette.

Bentley baissa les yeux, poussa un juron puis se retourna pour arranger son chemisier. Elle avait les yeux rouges, ce qui signifiait que Beau l'avait effectivement consolée.

Et une chose en avait entraîné une autre.

— Pendant que vous étiez là-dedans, Ten était dans le salon en train de lire des histoires douteuses à votre gosse, les informai-je.

Beau poussa un soupir.

— Génial, marmonna-t-il pendant que son épouse faisait volte-face, son haut remis en place, et me fusillait du regard.

— N'essaie pas de changer de sujet, accusa-t-elle, le doigt pointé vers moi. Tant de choses me paraissent plus claires à présent. Je comprends enfin comment elle a deviné que j'avais fait une fausse couche. C'est toi qui lui as dit.

— Et quand elle m'a appelé pour savoir comment tu allais après la soirée entre mecs, murmura Beau avec un hochement de tête pensif.

— C'était toi ? Je savais que quelqu'un était entré chez moi.

Il ne répondit pas. Ma sœur s'avança.

— Pourquoi as-tu gardé votre relation secrète, Fox ?

— Euh…

Je plissai le front avec incrédulité.

— Vous n'avez pas entendu ? Bella n'est pas encore prête.

— Mais comment peut-elle ne pas être prête ?

Bentley secoua la tête d'un air confus.

— C'est de toi qu'on est en train de parler. Tu ne lui ferais jamais de mal ; le reste de la famille t'assassinerait. Avec toi, elle ne prend aucun risque.

— Ce connard d'Ethan a brisé quelque chose de vital en elle quand ils ont rompu, rétorquai-je. Elle n'est pas encore prête, OK ? Alors on va tous les trois rester muets jusqu'à ce qu'elle le soit. Vous n'allez pas tout gâcher en ouvrant vos grandes bouches pour la pousser à nous exposer avant qu'elle le veuille. Vous pourriez la faire fuir. Et je refuse de la perdre. Pigé ?

— Donc même Gracen ne le sait pas ? s'étonna Beau.

— Non.

— Waouh, murmura-t-il.

Puis un sourire illumina son visage.

— Alors je sais quelque chose sur sa jumelle qu'il ne sait pas. Oh ! c'est énorme.

Pendant qu'il se frottait les mains avec jubilation, Bentley avança vers moi.

— Tu l'aimes vraiment, murmura-t-elle, émerveillée. N'est-ce pas ?

— Bien sûr que je l'aime, aboyai-je, agacé. Pourquoi est-ce que je supporte tout ça, à ton avis ? Parce qu'elle représente tout pour moi.

— Oh !

Les yeux emplis de larmes de joie, Bentley se jeta sur moi et me serra fort.

— C'est génial ! Toi et Bella ? Je ne vous aurais jamais imaginés ensemble, mais j'adore l'idée. Je suis si heureuse pour vous deux. Oh mon Dieu, c'était ton T-shirt dans sa chambre. Je le savais !

Je fronçai les sourcils.

— Quel T-shirt ?

— Laisse tomber.

Tout en secouant la tête, elle s'écarta.

— Donc vous allez garder le secret jusqu'à ce qu'elle soit prête, hein ? insistai-je.

Bentley hocha la tête.

— Bien sûr. On ferait n'importe quoi pour l'avoir comme belle-sœur. Oh mon Dieu. Je serai sa demoiselle d'honneur et Beau sera ton témoin. On va s'éclater.

Elle poussa un petit cri de joie.

— Qu'est-ce qui te fait croire que Beau sera mon témoin ? demandai-je.

— Je l'ai décidé, répondit simplement Bentley.

Je croisai les bras sur mon torse.

— Et tu es certaine que Bella te demanderait d'être sa demoiselle d'honneur ? Elle pourrait choisir Gray comme témoin, tu sais.

Ma sœur poussa un cri d'horreur.

— Il accepterait, ce traître.

Attrapant la main de Beau, elle dit avec une détermination farouche :

— Viens. Il faut que je commence à lui lécher les bottes dès maintenant. Aucun homme ne prendra la place qui me revient de droit.

Je souris.

— Hé, lançai-je tandis qu'elle se dirigeait vers la porte.

Elle regarda en arrière.

— Je ne pouvais rien dire jusqu'à présent car je n'étais pas censé être au courant mais je suis vraiment désolé. Au sujet du bébé. Est-ce que tu vas mieux ?

Elle hocha la tête, souriant doucement, et revint vers moi pour me faire un autre câlin.

— Oui. Merci. Et merci de ne l'avoir dit à personne, en dehors de ta moitié, ce qui ne compte pas.

— Je comprends pourquoi vous vouliez le garder pour vous.

Elle hocha la tête et posa sa main sur ma joue.

— Je ne comprends pas vraiment pourquoi Bella ne veut pas que le monde sache qu'elle est avec le meilleur homme qui existe mais je respecterai votre vie privée.

— Merci.

Et ainsi, j'avais protégé le secret de Bella un jour de plus.

Du moins, je l'espérais.

Chapitre 20

GRACEN

Une heure plus tard

Dès que tous les cadeaux furent ouverts et le gâteau servi, je m'éclipsai de la *baby shower*. Après avoir souffert à chaque « Oh ! », « Ah ! » et « C'est tellement adorable ! », j'avais accueilli ma tranche de moelleux au chocolat comme une vraie récompense. J'étais reconnaissant que les parents aient été autorisés à ouvrir leurs présents en même temps. J'aurais explosé si j'avais dû attendre qu'ils le fassent un par un.

Mais ma patience avait des limites. Profitant que l'assemblée commence un jeu en rapport avec le dessert, j'entrai dans la cuisine pour jeter mon assiette en carton vide et sortis par la porte de derrière direction ma voiture.

Je ne manquerais à personne.

Et même si c'était le cas, je n'y retournerais pas. J'avais un film à voir.

J'avais raté toutes les séances du matin et, si je ne me magnais pas le cul, je raterais la première de la soirée aussi. Je ne savais pas à quel cinéma se rendrait Yellow pour le voir mais mon instinct me disait que je devais y aller maintenant.

On n'avait pas reparlé de tout ça après avoir flirté dans mon bureau. Ni même abordé notre baiser.

Je m'étais senti mal de la laisser là, cachée sous la table, mais je devais faire sortir Bella de la pièce. J'aurais pu dire la vérité à ma sœur à ce moment-là et lui avouer que je travaillais maintenant avec Yellow, enfin dans le même bâtiment qu'elle, et qu'elle me plaisait beaucoup… Mais cela n'avait été ni le moment ni le lieu adéquat. En plus, Yellow n'avait pas semblé prête à la revoir. La preuve, elle était allée se planquer sous mon bureau pour l'éviter.

Donc…

En dépit de ce qu'il s'était passé quelques heures plus tôt, quand j'étais revenu du déjeuner, j'avais jeté un œil au mémo de Jada et l'avait rapporté à Yellow, avec un Post-it jaune collé dessus.

— Salut. Je l'ai passé en revue comme l'a demandé Jada. Tiens…

Je l'avais tendu à Yellow maladroitement.

— Tu peux lui dire que c'est tout bon pour moi.

Elle avait baissé les yeux puis les avais écarquillés lorsqu'elle avait lu la note que j'avais écrite.

Tout va bien ? Est-ce que j'ai tout gâché en te laissant dans le bureau ?

— OK, super, avait-elle répondu, prenant un stylo de son pot et griffonnant quelque chose sous mes questions. Je lui dirai.

Puis elle avait décollé le Post-it du mémo et me l'avait rendu.

Et ainsi…

On avait régressé au niveau primaire, à se passer des mots en douce quand personne ne regardait. Si ce n'était pas aussi bizarre que ça en avait l'air, ce serait presque adorable.

Je vais super bien ! Je n'arrête pas de sourire. Tu n'as rien gâché du tout. Toi, ça va ?

Elle avait même dessiné un petit smiley souriant.

Après avoir poussé un soupir de soulagement, j'avais levé les yeux et m'étais fendu d'un immense sourire.

— Je vais très bien, avais-je répondu, avant de faire la grimace. Je veux dire, c'est super. Merci.

J'avais levé le mot et ajouté :

— Tiens-moi au courant s'il y a du changement à ce niveau-là.

— Pas de problème.

J'avais regagné mon bureau en sifflotant. Le reste de la semaine, on s'était croisés exprès chaque fois que l'un ou l'autre était dans la salle de repos à se resservir à boire. On ne parlait jamais de quoi que ce soit d'important ou de personnel, même pas de films.

Je n'avais jamais bu autant de thé ou parlé de la météo avec un tel intérêt de toute ma vie. Mais les brefs moments où je croisais son chemin étaient mes préférés de la journée.

Et ce soir, rien ne m'empêcherait d'aller voir ce film. Je retournai à mon cinéma habituel, quand bien même j'aurais probablement dû réserver une place dans celui qui était le plus loin d'ici. Puisqu'elle avait une raison d'aller là-bas maintenant… Mais je ne serais pas arrivé à temps.

Une fois sur place, j'achetai mon ticket et me dépêchai de rejoindre la salle.

Une fois passées les portes doubles, je passai en revue les niveaux du bas en premier, cherchant sa queue-de-cheval blonde familière. Mais personne n'était assis à sa place habituelle.

Merde.

La frustration m'envahit. Je n'étais pas allé au bon endroit.

Et moi qui étais certain que tout s'enchaînerait parfaitement…

Quel idiot j'avais été.

Je fus tenté de partir. Dans le pire des cas, je pourrais toujours assister à la dernière séance de la soirée. Je pouvais aussi courir à l'autre cinéma pour voir si elle y était. Mais alors que je m'apprêtais à sortir, le mec qui était entré juste devant moi s'arrêta près de quelqu'un assis côté couloir, vers le fond, et demanda :

— Est-ce que ce siège est pris ?

Une voix familière répondit :

— Oui.

L'assurance dans sa voix me fit hausser les sourcils de surprise.

— Désolée, murmura-t-elle précipitamment.

Parce qu'il lui était impossible d'être grossière envers quiconque.

Mais le mec s'éloignait déjà, ayant lâché l'affaire.

Dieu merci.

Je poussai un soupir de soulagement et rejoignis à grands pas le siège vide qu'elle gardait, le sourire sur mon visage plus radieux que jamais.

Elle essayait ma place. C'était officiel ; je craquais complètement pour cette femme.

Yellow poussa un cri quand je me laissai tomber à côté d'elle. Elle se tourna vers moi, bouche bée.

— Bien joué, Nicksen, la félicitai-je avec un hochement de tête satisfait et en levant le pouce. Tu l'as remballé d'une façon qui mérite un 10 sur 10. C'était bref, ferme et droit au but. Oh ! et pas de coup dans la gorge cette fois, alors tu éviteras probablement qu'il porte plainte contre toi. Ça m'a plu.

Elle laissa échapper un petit rire puis ouvrit la bouche pour répondre, mais mon regard tomba sur ses snacks avant qu'elle puisse dire quoi que ce soit.

— Oh ! bien. Tu as pris les meilleurs ! J'étais en retard et la queue à la confiserie était trop longue pour que je chope quoi que ce soit sans rater le début du film.

Je pris une grosse poignée de pop-corn sans demander la permission.

— Pardon d'être en retard, au fait. J'ai dû aller à une *baby shower.*

Je pris une grande gorgée de son *slushy* à la cerise. Yellow haussa les sourcils.

— Qu'est-ce qui te fait penser que je t'attendais toi ? riposta-t-elle sur le ton de la taquinerie – du moins, je pense qu'elle me taquinait. Techniquement on n'a fait aucun plan pour se voir ce soir. Tu ne savais pas à quelle séance ou même dans quel cinéma j'irais.

J'arrêtai de boire pour lui faire un clin d'œil.

— Tu essaies ma place dans le fond. C'est un sacré indice. Au fait, normalement, c'est une rangée plus loin mais tu es suffisamment près pour que je te l'accorde. Et bien sûr qu'on a choisi la même séance et le même endroit. Le destin voulait qu'on voie ce film ensemble.

Je volai une autre poignée de pop-corn, remarquant que...

— Oh ! hé. Ceux-ci sont pour moi, non ? Ouais, ils sont clairement pour moi. Tu n'as pas mangé de Junior Mints la dernière fois. Alors je vais...

Je passai le bras devant elle pour attraper la boîte de bonbons.

— Les prendre. Merci.

Yellow m'observait, les sourcils arqués, mais ses lèvres étaient relevées en un sourire amusé.

Je cessai de mâcher le pop-corn, le *slushy* encore dans une main, sa boîte de Junior Mints dans l'autre.

— Merde, lâchai-je, la bouche pleine. Gardais-tu ce siège pour quelqu'un d'autre ? Si c'est le cas, je viens de me taper la honte.

Cette fois, elle éclata de rire. Les lumières du cinéma commencèrent à se tamiser et les pubs s'arrêtèrent pour laisser place aux bandes-annonces.

Yellow se pencha vers moi.

— Oui, je gardais ce siège pour toi, confia-t-elle.

J'expirai, vraiment soulagé. C'était tellement agréable à entendre en fait que mon cœur enfla dans ma poitrine.

Je posai la boisson dans le porte-gobelet entre nous et serrai ses doigts. On s'étudia un moment, puis on se tourna ensemble vers l'écran.

Deux heures plus tard

— Waouh, c'était génial, sifflai-je tandis que je ramenais Yellow à sa voiture.

— Ouais, acquiesça-t-elle doucement. C'est mon préféré de la série.

— Ouaip.

Une fois à son véhicule, je fourrai les mains dans mes poches et appuyai le bout de ma chaussure contre le pneu arrière, histoire de faire quelque chose tandis que j'attendais qu'elle sorte ses clés de son sac.

Quand elle eut celles-ci en main, elle soupira et leva les yeux.

Je croisai son regard, gêné. Je ne savais pas comment amorcer la conversation.

Mon Dieu, quelle paire de bras cassés on faisait… On savait qu'on était attirés l'un par l'autre, qu'on aimait passer du temps tous les deux et qu'on voulait être ensemble, mais on ne savait pas comment passer à l'étape suivante.

Tandis que j'essayais de trouver une question incroyable à lui poser pour qu'on puisse avoir une super conversation, elle fronça les sourcils.

— Tu as dit que tu étais en retard à cause d'une *baby shower* tout à l'heure ?

Je ne m'attendais pas du tout à cette réplique.

— Hein ?

— Quand tu es arrivé au cinéma, tu t'es excusé d'être en retard car tu étais à une *baby shower.*

Elle fronça les sourcils.

— Non ?

— Oh !

J'avais déjà oublié.

— Ouais, plusieurs de mes cousins vont avoir des bébés, alors une immense *baby shower* 4 en 1 a été organisée. On aurait dit une maison de fous mais tout le monde était forcé d'y aller.

Je haussai les épaules et levai les yeux au ciel.

— J'exagère, y aller n'était probablement pas obligatoire, mais alors nos mères nous auraient appelés pour nous demander pourquoi on n'était pas là et on aurait été forcés d'écouter un sermon de trois heures sur l'importance de la famille. Alors ouais, c'était plus facile d'y aller. En plus, il y avait du gâteau. Et des barres chocolatées. Qui pourrait rater ça ?

Mon résumé de l'événement fit sourire Yellow. Elle hocha murmura :

— Une *baby shower* 4 en 1 ? Je comprends mieux maintenant.

Je levai un sourcil confus.

— Ah bon ?

— Ouais. Je, euh, j'ai vu ta sœur au centre commercial cet après-midi. On s'est croisées au rayon lingerie.

Yellow roula les yeux comme si rien ne pouvait être pire.

— Et son chariot était rempli d'objets de puériculture. J'ai cru qu'elle était enceinte.

— Non, non. Elle a acheté en double parce que j'ai participé. Je suis incapable de choisir des cadeaux de bébé. Mais rembobine une seconde. Tu l'as croisée au rayon lingerie ?

— Oui.

Elle écarquilla les yeux.

— Tu avais raison ; on dirait bien qu'elle a quelqu'un dans sa vie. Mais je n'ai pas eu l'impression que c'était quelqu'un de mauvais pour elle, si ça peut te rassurer.

— Ça me rassurerait probablement, lui dis-je avec un hochement pensif de la tête, sauf que je n'arrive pas à me concentrer sur autre chose que le fait que tu y étais aussi.

Incapable de contrôler le sourire qui suivit, je demandai :

— Alors qu'as-tu acheté au rayon lingerie mademoiselle Nicksen ?

Le rouge qui s'étala sur ses joues fit palpiter mon cœur. Elle était bel et bien allée là-bas pour acheter quelque chose.

Quelque chose pour moi, peut-être ?

Bon sang. Ma bite durcit aussitôt.

— Je… je n'ai pas, je suis partie avant de pouvoir choisir quelque chose, répondit-elle maladroitement.

Alors que je faisais un pas vers elle, je m'arrêtai.

— Parce que Bella t'a dit quelque chose ?

Merde. Si ma sœur l'avait contrariée au point qu'elle quitte le magasin, ce n'était pas bon signe.

Elle se balança d'un pied sur l'autre, l'air extrêmement mal à l'aise. Elle ne voulait pas répondre.

Avec un soupir, je glissai une mèche de cheveux derrière son oreille.

— Laisse-moi deviner, tu ne lui as pas dit ? Tu ne lui as pas dit que tu ne l'avais jamais trahie.

Yellow haussa les épaules.

— On n'a pas abordé le sujet.

Je secouai lentement la tête.

— Et pourtant j'avais l'impression que c'était le sujet principal qui tournait entre vous.

Elle grimaça.

— Elle m'en veut encore beaucoup.

— Tu pourrais régler les choses, tu sais.

J'approchai mon visage du sien jusqu'à ce que ma joue frôle sa tempe.

— En lui disant simplement la vérité.

— Un jour. Peut-être. Mais probablement pas ce soir, murmura-t-elle, levant le menton et penchant la tête vers moi pour qu'on se frôle de nouveau.

— Bien.

Je posai une main sur sa hanche, juste au-dessus de sa taille.

Elle inspira brusquement. J'embrassai légèrement le haut de son oreille.

— Et une fois que tu lui auras dit la vérité, je lui dirai pour nous.

— Nous ?

Elle leva un regard plein d'espoir vers moi.

— Que… quoi sur nous ?

Je claquai la langue d'un air déçu avant de répondre :

— Si tu ne sais pas, je vais devoir te montrer ce qu'il y a à lui dire sur nous.

Je recouvris ses lèvres des miennes et posai la main au creux de son dos pour la rapprocher jusqu'à ce qu'on soit plaqués l'un contre l'autre. Mais au moment où elle sentit mon érection, elle poussa un cri et recula.

Je la relâchai aussitôt, inquiet d'avoir voulu aller trop vite.

— Est-ce que ça va ?

Elle hocha la tête et leva les yeux vers moi, touchant sa bouche comme si elle pouvait encore sentir mes lèvres sur les siennes.

— Ouais, répondit-elle.

Puis elle se le répéta à elle-même.

— Ouais. Je…

Un sourire se répandit sur son visage.

— Je ne veux pas que la soirée se termine déjà.

Moi non plus. Alors, tout en me disant que je devais me retenir niveau baisers et caresses, je suggérai :

— On pourrait aller boire un verre quelque part.

— Bonne idée, acquiesça-t-elle immédiatement. Il y a du très bon café…

Elle marqua une pause et prit une inspiration, avant de lâcher :

— Dans ma cuisine.

Et… je pensai immédiatement au sexe.

— Euh…

J'étais un mec. Dès l'instant où elle avait suggéré qu'on aille chez elle, forcément j'avais pensé au sexe. Mais elle s'était écartée quand je l'avais embrassée, alors elle n'avait sûrement pas en tête de coucher avec moi.

Sauf qu'elle venait de m'inviter chez elle et qu'elle me regardait d'une façon qui suggérait qu'elle y pensait. Ses yeux étaient écarquillés, un peu effrayés, mais plein d'espoir. Et la façon dont elle mordillait sa lèvre timidement…

Disons que mon érection ne disparaîtrait pas de sitôt.

— Tu es sûre ? demandai-je quand même, ne sachant pas

comment interpréter tous les signaux contradictoires qu'elle m'envoyait.

Elle y réfléchit un moment puis hocha la tête d'un air ferme et décidé.

— Oui. Est-ce que… est-ce que tu serais d'accord pour me suivre jusqu'à la maison ?

J'ignorais si on boirait un verre platoniquement en parlant de la météo, assis l'un en face de l'autre autour de sa table de cuisine, ou si les choses étaient sur le point de devenir super sexy. Mais j'étais partant pour l'un comme pour l'autre. Je voulais juste être avec elle.

— Absolument. Je…

Passant mon pouce par-dessus mon épaule, je reculai.

— Je vais aller chercher ma voiture. Je te retrouve ici pour te suivre.

Elle sourit, ses clés serrées contre sa poitrine.

— OK.

Les vingt minutes suivantes furent les plus surréalistes de ma vie. Je savais que tout aurait dû être réglé avec Bella avant d'aller plus loin avec Yellow. La culpabilité me rongea l'estomac tout le temps que je suivis les feux arrière rouges devant moi.

Mais j'étais si excité et pressé de passer du temps avec Yellow que mon cœur tambourinait et que ma main tremblait sur le volant.

Dès que j'eus trouvé une place de parking près de son immeuble et que je me fus dépêché de la rejoindre à sa voiture, elle jeta un œil à mon visage. Ma nervosité ne lui avait pas échappée.

— Tout va bien ? s'enquit-elle.

Je hochai la tête.

— Ouaip.

J'attrapai sa main. Ses doigts froids s'enroulèrent autour des miens.

On gravit ainsi la volée de marches extérieures jusqu'au premier étage, puis on tourna à droite, passant devant trois portes avant qu'elle s'arrête face à la sienne. Une lettre en métal noir indiquant « N » était accrochée sur celle-ci.

Tandis qu'elle déverrouillait sa porte, je jetai un œil au voisinage. Ouaip, cet endroit lui ressemblait. Calme, silencieux, fiable, sécurisant. Elle tourna la poignée et se décala pour me laisser entrer.

Une odeur de pêche s'infiltra dans mes narines. Yellow alluma.

— Oh ! c'est bien rangé, commentai-je, les sourcils levés.

Tout était décoré dans des tons de bleu, beige et rose poudré. Et tout semblait à sa place, en dehors d'un plaid froissé sur son canapé, d'une tasse sale sur la table basse et d'une paire de chaussures de sport par terre à côté d'un sac de zippé.

Je ne me qualifierais pas de désordonné, mais je ne tenais pas aussi bien mon intérieur, surtout quand j'ignorais que j'aurais de la compagnie.

— C'est joli, commentai-je en me tournant vers elle.

— Merci.

Avec un petit sourire, je m'avançai dans sa direction.

— Je donnerais cher pour savoir à quoi tu penses.

Elle cligna les yeux.

— Eleanor Roosevelt.

J'éclatai de rire.

— OK.

Puis j'ajoutai :

— Pas du tout ce à quoi je m'attendais. Pourquoi elle ?

— Certaines de ses citations sont incroyables, répondit Yellow, baissant les yeux vers mon corps et ensuite les relevant pour croiser mon regard.

— Une de mes préférées dit : « Faites chaque jour quelque

chose qui vous effraie. » Alors je me disais que la chose effrayante à laquelle je veux m'attaquer aujourd'hui, c'est… toi.

Mes lèvres s'entrouvrirent et l'anticipation me submergea. Mais au lieu de lui faire savoir qu'elle pouvait me faire absolument tout ce qu'elle voulait, je murmurai :

— Je suis effrayant ?

Elle hocha immédiatement la tête.

— Oh que oui. Mais le genre excitant, rassurant.

— Ah…, murmurai-je. Je suis effrayant mais rassurant. OK. Je nage en pleine confusion.

Elle se fendit d'un rire silencieux.

— Tu es… Tu sais, genre un grand huit, une maison hantée, ou un saut en parachute. Effrayant, mais rassurant car sécurisant. Les gens paient pour vivre ces expériences parce qu'ils sont à la recherche d'une montée d'adrénaline. Ils se demandent s'ils vont mourir l'instant d'après mais ils savent au fond que tout ira bien. Le type à la tronçonneuse n'essaiera pas vraiment de te découper en morceaux alors tu y retournes car c'est vraiment addictif d'avoir le cœur qui palpite et la tension artérielle qui s'emballe. C'est une forme de peur grisante.

— Hum. Je commence à comprendre où tu veux en venir.

Je me rapprochai si près qu'elle dut lever la tête pour voir mon visage.

— Alors, est-ce que ton cœur s'emballe en ce moment ?

Ses yeux pétillèrent d'amusement.

— À toi de le deviner.

Elle prit ma main et la posa vers son cœur, juste au-dessus d'un sein. Dès que ma paume appuya contre le tissu de son chemisier, de la chaleur m'accueillit.

Je fermai les yeux et baissai la tête, sentant son rythme cardiaque accélérer.

— J'ai un aveu à te faire, murmura-t-elle.

J'ouvris les yeux et haussai les sourcils. Allait-elle m'avouer qu'elle avait couché avec le fiancé de ma sœur en toute connaissance de cause et qu'elle ne le regrettait pas le moins du monde ?

— Je, euh, en fait je n'ai pas de café dans mon appartement.

Je souris, soulagé.

— Pas de problème. Je ne bois pas de café.

— Quoi ?

Elle fronça les sourcils.

— Mais on s'est retrouvés pour un café dans la salle de repos toute la semaine.

— Je ne sais pas à quoi tu faisais attention dans cette salle de repos, mademoiselle Nicksen, lui dis-je, incapable d'arrêter de sourire, mais tu ne te concentrais pas sur ce qu'il y avait dans ma tasse. J'ai bu du thé toute la semaine.

Elle en resta bouche bée.

— Sérieusement ?

Je ricanai.

— Moi, en revanche, je pourrais te dire exactement comment tu prends ton café, lui annonçai-je très sérieusement. Très serré, avec deux sucres et une cuillère de crème vanillée.

— Oh ! Gracen. Je suis tellement désolée, murmura-t-elle, l'air horrifié tandis qu'elle posait les mains sur ses joues. J'ai l'impression de t'avoir traité en objet. Je n'ai pas remarqué que tu buvais du thé au lieu de café.

Je pris sa main.

— Tu connais le meilleur moyen de réparer ça, non ? lui demandai-je. Emmène-moi dans ta chambre pour te faire pardonner et peut-être que, demain matin, tu pourras me regarder dans les yeux et découvrir combien de sachets de sucre je mets dans mon thé.

— Un, dit-elle, en me dévisageant. Tu mets un sachet. Maintenant, suis-moi.

Elle pivota et me conduisit jusqu'à sa chambre.

Elle était décorée en noir et blanc avec des touches de jaune vif. Comme son nom. Il ne manquait qu'une touche de gris, à présent. Mais j'attendrais un peu pour ajouter ma touche. Pour l'heure…

Je regardai autour de moi avec émerveillement, curieux d'en apprendre plus sur elle jusqu'à ce qu'elle nous arrête près du lit et se tourne vers moi. Plaquant les mains sur ma poitrine, elle regarda ses doigts s'écarter sur mes pecs avant de lever les yeux.

— Tu ne vas pas t'énerver si je ne jouis pas, n'est-ce pas ? demanda-t-elle précipitamment et d'une voix très nerveuse.

Mes yeux s'écarquillèrent de surprise.

— Quoi ?

— Je veux dire…

Elle agita la main.

— Je ne jouirai probablement pas. En fait, je ne jouirai pas, c'est certain. Mais ça ne te fera pas te sentir incompétent, si ? Est-ce important pour toi ?

Euh…

— Tu veux dire si je jouis mais pas ma partenaire ?

Hochant la tête, elle se mordit la lèvre.

Ouais, c'était super important pour moi.

Elle avait l'air si inquiète et préoccupée concernant mon opinion sur le sujet que je pris un moment pour y réfléchir. Puis je levai un doigt.

— Question. Qu'est-ce qui te fait penser que tu ne jouiras pas ?

— Je n'ai jamais joui avant. Pas pendant l'acte, en tout cas. Et

Liam, avec qui je suis sortie pendant plus d'un an, a essayé de toutes les façons possibles. C'est impossible pour moi.

Hum. Ce n'était pas du tout la conversation à laquelle je m'attendais ce soir.

— Mais tu as eu des orgasmes avant, non ?

— O-oui.

Elle haussa timidement les épaules, rougit et passa une mèche de cheveux derrière son oreille.

— Quand il… il utilisait sa langue, ou que je… m'occupais de moi-même. Mais jamais quand il utilisait son… tu sais, son pénis.

J'aurais mis ma main à couper que c'était la première fois que Yellow prononçait le mot pénis. Voyant son visage virer au rouge vif, je faillis éclater de rire. Le sujet était clairement gênant pour elle, et elle en parlait avec tant de formalité et de sérieux.

Putain, c'était adorable.

— Non pas que je te demande de me faire un cunnilingus pour que je puisse jouir, s'empressa-t-elle d'ajouter. Puisque j'en ai parlé, je vais même te l'interdire ce soir. Je… je ne voulais pas que tu repartes d'ici en te sentant déçu, au cas où tu es un de ces mecs qui a besoin que la femme prenne son pied aussi. Et c'est l'impression que tu donnes, alors…

— Yellow, la coupai-je doucement, attrapant ses épaules pour la calmer et pour qu'elle me regarde dans les yeux. Respire.

Elle inspira et reporta son attention sur moi avec une grimace.

— Oh mon Dieu, tu as un air de défi sur le visage. Tu n'as pas à essayer de me prouver quoi que ce soit, Gracen. S'il te plaît, ne pense pas que chaque autre homme s'y est mal pris et que tu seras celui qui trouvera enfin mon point G. Tu serais déçu. Promis. Et je ne veux pas que tu sois déçu.

— Oh ! je ne repartirai pas d'ici déçu, répondis-je du tac au tac. Et toi non plus.

Elle posa la main sur son front.

— Argh, grogna-t-elle. J'aurais dû garder ma grande bouche fermée. Je suis désolée. Oublie que j'ai dit quoi que ce soit. D'accord ?

— Nope.

Comme si j'allais oublier un truc pareil.

— Désolé, impossible. J'ai une mission maintenant.

— Gracen, grogna-t-elle, faisant une moue irritée. Écoute-moi. Je connais mon corps mieux que toi, d'accord.

— Et je ne mettais pas ça en doute, ripostai-je, le doigt levé. Mais je t'ai clairement entendu dire qu'il y avait deux façons de te faire jouir. Et tu m'as interdit l'une d'entre elles ce soir, donc…

Tapant dans mes mains et les frottant en préparation, je demandai :

— Où est-il ?

Je me déplaçai autour de son lit, soulevant les oreillers et regardant dessous avant d'ouvrir le tiroir de sa table de chevet pour farfouiller à l'intérieur.

— Où est quoi ? demanda Yellow, l'air confus. Qu'est-ce que tu cherches ?

— Ton vibromasseur. L'outil magique qui t'aide à te donner du plaisir.

Marquant une pause après avoir ouvert le tiroir du haut de sa commode, je haussai les sourcils face aux sous-vêtements en soie et en dentelle à l'intérieur.

Eh bé ! Si elle portait quelque chose qui ressemblait à une de ces culottes sous ses vêtements, je ne tiendrais probablement pas très longtemps ce soir. Secouant la tête pour chasser cette pensée, je plongeai la main au milieu de tous ces bas et décrochai le jackpot une seconde plus tard.

Triomphant, je sortis un vibromasseur vert citron scintillant.

— Ah, ah !

Yellow cligna les yeux. Elle ne semblait pas le moins du monde amusée.

— Ce n'était pas invasif du tout.

Je fis la grimace, comprenant que je venais de fouiller dans ses affaires sans demander la permission avant. Mais elle me remercierait dans une demi-heure. Juré.

Je m'approchai d'elle.

— Après tu pourras m'attacher et me donner la fessée pour me punir.

Puis je levai le vibromasseur.

— Mais pour l'instant, j'ai un super plan. Tiens, prends-le.

J'attrapai sa main et la retournai puis j'y flanquai le vibromasseur.

— Donne toi du plaisir avec comme tu fais d'habitude. Ensuite je me glisserai par-derrière… ou devant, comme tu préfères et, bam, mon nouveau compagnon vert ici présent et moi on te fera l'amour comme des fous jusqu'à ce qu'on prenne notre pied tous les trois.

— Donc…

Avec une moue méfiante, Yellow baissa les yeux vers la baguette en plastique dans sa main puis les releva vers moi.

— Tu veux faire un plan à trois ? Avec mon vibromasseur ?

— Oui ! m'écriai-je avec enthousiasme et un grand sourire. J'adore cette idée. Et je parie qu'elle lui plaît aussi.

J'appuyai sur le bouton latéral pour l'allumer. Le vibromasseur s'enclencha alors.

— Regarde, commentai-je. Il veut participer ; il tremble littéralement d'anticipation.

Yellow secoua la tête avant d'avoir un rire nerveux.

— Mon Dieu, Gracen, dit-elle, incapable de se retenir de sourire. Pourquoi n'ai-je pas rencontré quelqu'un comme toi avant ?

— Il n'en existe qu'un seul comme moi, lui dis-je en me rapprochant et prenant son visage dans mes mains.

— J'ai tellement de chance d'avoir le seul, l'unique Gracen Lowe, murmura-t-elle, les yeux embués comme si elle pensait qu'elle ne méritait pas de vivre ce moment.

J'embrassai délicatement ses lèvres.

— C'était notre destin. On devait juste attendre le bon moment.

Je plongeai pour un autre baiser, et cette fois, elle me le rendit avec enthousiasme. Une de ses mains attrapa le devant de mon T-shirt tandis qu'elle se dressait sur les orteils pour se rapprocher.

On se jeta l'un sur l'autre, peau enfiévrée contre peau enfiévrée, et on s'empressa de se déshabiller et de caresser la peau exposée de l'autre. Le troisième membre de notre groupe fut abandonné par terre dans la pile de T-shirt et pantalons.

Je la poussai aveuglément vers le lit. L'arrière de ses genoux toucha le matelas et elle s'assit. Tandis qu'elle remontait en se tortillant vers les oreillers, je plaquai ma bouche sur la sienne et la suivis, rampant sur les mains et les genoux, jusqu'à ce qu'elle trouve une place confortable. Puis je baissai les hanches, tremblant quand ma bite sentit ses poils pubiens.

Sous moi, Yellow émit un bruit sauvage. Je ne savais pas si c'était de plaisir ou de nervosité alors je cessai de l'embrasser et appuyai mon front contre le sien.

— Tout va bien ?

— Carrément, souffla-t-elle, enroulant les jambes autour de ma taille et nouant ses chevilles à la base de ma colonne.

Puis elle fit glisser ses mains le long de mon dos, dessinant mes muscles de ses doigts, avant d'agripper mon cul.

— Mon Dieu, c'est tellement agréable.

— Pour moi aussi.

Je déposai une trainée de baisers sur son cou et appuyai ma bite contre son intimité.

— Que devrais-je explorer ensuite ? murmurai-je une fois que j'eus atteint la base de sa gorge. Euh, j'ai pris une décision.

Je m'écartai juste assez pour baisser la tête vers sa poitrine.

— On va aller en direction de cette montagne. Ne me demandez pas pourquoi, c'est une intuition. C'est ce qu'il y a de mieux à faire pour moi.

Elle fronça les sourcils.

— Tu viens de citer *Les Croods* ? Maintenant ?

Je souris innocemment.

— Peut-être.

Yellow pencha la tête en arrière et éclata de rire. J'en profitai pour refermer la bouche autour d'un mamelon dressé, ce qui lui arracha un cri de surprise.

À partir de ce moment-là, je m'en donnai à cœur joie. Son corps était mûr pour la récolte. Chaque fois que j'explorais un nouveau carré de peau, elle gémissait. J'avais l'impression d'être un homme affamé.

Après avoir sucé ses seins, je descendis jusqu'à la place mouillée entre ses jambes en déposant une trainée de baisers sur son corps. Ma bouche saliva et ma mâchoire se tendit tandis que j'imaginais ma langue plongeant entre ses lèvres pour la goûter.

— Je parie que tu as un goût délicieux, couinai-je, levant des yeux suppliants vers elle.

Son regard était vitreux et étourdi ; elle était totalement excitée. Il suffirait probablement de quelques coups de langue bien placés pour la faire jouir. Mais j'étais un garçon obéissant.

Pour l'instant.

— Hélas, gémis-je dramatiquement. On me l'a interdit. Ce qui veut dire…

Je me redressai brusquement et plongeai vers le bord du lit à la recherche du troisième membre de notre groupe. Ah ! Le tenant levé, je retournai vers le matelas et lui tendis.

Yellow l'accepta, mal à l'aise.

— Tu étais sérieux ?

— Carrément. J'ai vraiment, vraiment besoin que tu jouisses avec moi ce soir car je ne veux pas être le seul ici à réveiller tes voisins par mes cris. Il faut qu'on en partage la responsabilité.

— Donc tu veux que je… ?

Elle rougit et détourna le regard.

— Me donne du plaisir ? Juste là devant toi ?

— C'est exactement ce que je veux, oui. Tu sais comment fonctionne ce gars mieux que moi. Au moins la première fois. Disons qu'elle servira d'apprentissage et de découverte. J'ai besoin de voir comment bien m'en servir. Donc…

Je secouai la main.

— Fais ton truc.

Elle leva des yeux pleins d'affection vers moi. Puis elle abaissa le vibromasseur entre ses cuisses.

Ses yeux s'écarquillèrent dès qu'elle le sentit. Puis ses narines se dilatèrent.

Elle expira et commença à se cambrer et bouger contre son amant vert citron.

— Oh ! waouh, soufflai-je, incapable d'arrêter de regarder. C'est tellement sexy.

Yellow rougit, mais quand je commençai à me caresser, elle posa un regard intéressé sur ma bite.

— Hé, c'est ce que j'allais dire de toi.

— Évidemment que c'est ce que tu allais dire, murmurai-je avec un hochement de tête entendu. Parce que tu es une copieuse de répliques qui est incapable d'inventer les siennes.

Elle gloussa.

— Ouais, ça doit être ça.

Son regard retomba sur mon membre dressé.

— Bon sang, tu es une œuvre d'art.

— Attends une seconde, grognai-je. Tu ne peux pas sortir un truc qui détrône mon « C'est tellement sexy ». Ça n'est pas juste.

Elle sourit fièrement.

— Admets-le. Je gagne.

Mais ensuite elle se mordit la lèvre et gémit, ayant visiblement trouvé un point sensible.

— Mais tu n'es pas censée avoir une meilleure répartie que moi, lui dis-je en déchirant un emballage de préservatif et en l'enfilant. Comment est-ce que je vais faire pour t'impressionner maintenant ?

Elle se lécha avidement les lèvres.

— J'ai le sentiment que tu trouveras un moyen.

Puis elle leva les yeux vers moi.

— Tout de suite, en fait.

— Fais-moi une faveur, dis-je en écartant ses genoux et m'installant entre ses cuisses. Fais au moins semblant d'être éblouie et bouleversée, même si tu ne l'es pas.

Tandis qu'elle continuait de faire vibrer monsieur Vert contre son clitoris, je pris ma bite dans ma main et la positionnai sous l'autre gars pour appuyer contre son entrée. Yellow prit une inspiration tandis que je commençais à la pénétrer.

— Oh mon Dieu. C'est… oh !

Elle fit rouler ses yeux, accéléra le mouvement et leva les hanches vers moi tandis que je m'enfonçais en elle.

— Oh putain de…

Je regardai la surprise, la confusion et le plaisir absolu se peindre sur son visage tandis qu'elle luttait pour contenir ses réactions. Abattant sa main libre sur le matelas, elle empoigna les draps et serra les dents pendant que ses yeux papillonnaient.

— Tu fais semblant, là, hein ? ne pus-je m'empêcher de la taquiner.

— Oui, hoqueta-t-elle tandis que je la pénétrais plus profondément. Complètement.

Je souris.

— C'est bien ce qui me semblait.

— Gracen, s'écria-t-elle. Je pense que je vais…

— Oh ! je vois ça, fanfaronnai-je.

Elle me fusilla du regard, mais ensuite lâcha prise, criant tandis que la première vague de son orgasme la submergeait.

Ce fut si spectaculaire à regarder que je perdis toute retenue. Accélérant les va-et-vient, je jouis avec elle, expérimentant quelque chose que je n'avais jamais ressenti auparavant.

Je venais de donner mon âme à cette femme. Et j'avais adoré chaque instant.

Chapitre 21

YELLOW

Gracen se retira et poussa le soupir le plus satisfait que j'avais jamais entendu de la part d'un homme. Pour ma part, j'étais trop stupéfaite pour parler.

Après un long moment, je tournai la tête vers lui.

— Je ne veux plus jamais faire l'amour d'une autre façon.

Il sourit et ramassa le vibromasseur que j'avais laissé tomber à côté de moi.

— Tu as entendu, mon gars ? demanda-t-il à la baguette verte. On s'en est bien sortis, ce soir. Bon travail d'équipe. Tu t'es donné à fond.

Puis il donna à la tête de plastique un petit *high-five*. Et un check. Puis il tapa son coude contre le coude du vibromasseur – enfin, euh, là où son coude serait, s'il en avait un.

— Mais à partir de maintenant je gère.

Il balança le gars vert par-dessus le côté du lit avant de rouler vers moi, tout sourires.

Puis il leva un doigt.

— En fait, non. Laisse-moi le nettoyer pour toi vite fait. Ça me dérangerait si j'oubliais.

Il quitta le lit avec une rapidité qui me fit cligner les yeux. Après avoir ramassé le vibromasseur par terre, il disparut dans la salle de bains. Je l'entendis jeter à la poubelle le préservatif, et ensuite l'eau coula. Une seconde plus tard, il passa la tête par la porte.

— Tu as besoin de quelque chose ?

La question était si adorable que je souris et secouai la tête.

— Seulement de toi.

Il leva les sourcils.

— Et un Gracen Lowe livré jusqu'à ton lit, un !

Il déambula vers moi, nu comme un ver.

Et waouh. Vraiment, il était si… waouh.

J'ouvris les bras pour l'accueillir. Il grimpa sur le lit et se lova contre moi avec un grognement satisfait.

— Je m'en fous si cela fait de moi quelqu'un de bizarre, dit-il d'une voix étouffée contre mes seins, mais j'adore les câlins après l'amour : peau contre peau, membres entremêlés, baisers langoureux et paresseux, corps alanguis et chauds qui se moulent l'un à l'autre, soupirs heureux suivis de sourires ivres et contagieux. Je ne m'en lasse pas.

Il leva la tête et me lança un sourire satisfait et somnolent. Je lui donnai un baiser paresseux et langoureux.

— Je suis d'accord, acquiesçai-je.

Puis avec un soupir béat, on se tourna de concert vers le plafond. Je caressai ses cheveux et éclatai de rire.

— C'était parfait. Mais je n'arrive pas à croire que tu aies inventé un check avec mon vibromasseur.

Il tourna le visage pour me regarder.

— Quoi ? Trop ringard ?

Je fronçai le nez et levai les doigts.

— Un chouia.

Il relâcha un long et triste soupir, me laissant savoir qu'il avait pleinement conscience de son degré de ringardise.

— Ouais. Je n'ai pas grandi. Mais j'espère que tu ne t'attends pas à ce que je mûrisse trop. J'aime bien être un éternel gamin.

— Non. Je ne veux pas que tu changes. Je t'apprécie exactement comme tu es.

— Cool.

Tout rayonnant, il déposa un baiser sur le bout de mon nez.

— Alors dis-moi...

Il commença à caresser mon bras.

— Comment était ta chevauchée, ma lady ? Le type à la tronçonneuse ne t'a pas trop effrayée ? Ta ceinture a bien tenu ? Ton parachute s'est ouvert comme il était censé le faire ?

Je gloussai.

— Oh ! mon parachute s'est bien ouvert.

Il en resta bouche bée.

— Est-ce que tu viens de...

Les mots lui firent défaut. Il continua de me fixer avec un choc stupéfait.

— Impossible, murmura-t-il finalement, secouant lentement la tête. Tu viens de faire un jeu de mots.

— Quoi ? grimaçai-je, avant de répéter ses paroles. Trop ringard ?

Il hocha lentement la tête.

— Vraiment trop ringard, murmura-t-il. Ça l'était tellement, en fait, que c'est une chose que j'aurais pu dire. Mais alors... Se pourrait-il qu'il y ait... ?

Appuyant une main contre son cœur, il poussa un cri avant d'ajouter de façon théâtrale :

— Une autre personne comme moi ?

Je secouai la tête, adorant sa bêtise.

— Est-ce trop tôt pour te demander en mariage ? demanda-t-il, passant un bras autour de ma taille.

J'écarquillai les yeux. Il m'avait complètement prise au dépourvu.

— Euh, oui. Carrément.

— OK, j'attendrai demain, alors.

Il desserra légèrement son emprise.

Je ris et secouai la tête.

— Je ne saurais dire si tu plaisantes ou pas.

— Tu sais, répondit-il, en penchant la tête, comme un philosophe en pleine réflexion. Je ne saurais le dire non plus. Prenons les choses comme elles viennent.

— OK.

Je m'amusais trop pour tout arrêter de toute façon.

— Par contre, il faudra qu'on fasse quelque chose au sujet de ton prénom, me dit-il.

Je levai les sourcils.

— Qu'est-ce qui ne va pas avec mon prénom ?

Il fronça le nez.

— Sérieusement ? Yellow Lowe ? Tu ne trouves pas qu'il y a un problème ? Les gens penseraient toujours qu'ils entendent un écho. Ils diraient, « désolé, vous pouvez répéter ? Il y a trop de bruit, j'ai mal entendu votre nom. Yellow Lowe Low Lo… »

Je secouai lentement la tête avant de répondre sèchement :

— Dans ce cas je suppose qu'il faudra que je m'en tienne à mon nom de famille. Nicksen.

— Hum. Peut-être, acquiesça-t-il vaguement avant de lever les sourcils. Tu penses que je devrais changer mon nom pour

Nicksen ? Gracen Nicksen ? Bah. Non. Pas fan de ça non plus. Oh ! que penses-tu des tirets ? Yellow Nicksen-Lowe sonne pas mal.

Jouant des sourcils, il hocha la tête d'un air encourageant.

— Hein ?

Je considérai sa suggestion avec une moue pensive.

— Gracen Nicksen-Lowe, testai-je à voix haute. Non, ce n'est pas horrible.

— Carrément faisable. D'où te vient le prénom Yellow, de toute façon ? C'est le vrai, en plus. J'ai consulté ton dossier après ton embauche. Je ne supportais pas de ne pas savoir. Et c'est sur la copie de ton permis de conduire.

Attendez, quoi ?

— Tu as consulté mon dossier ? Harceleur !

— Ou juste un homme normal et intéressé qui craque de façon obsessionnelle pour toi, consulte tes informations personnelles dans le but d'apprendre tout ce qu'il peut sur ta personne, te suit lors de chacun de tes déplacements et fait le guet devant ta maison certains soirs avec des jumelles en espérant que tu…

Je lui donnai un coup dans les côtes. Il gloussa.

— Quoi ? Je suis allé trop loin ?

— Beaucoup trop loin.

— Désolé.

Il se lova de nouveau contre moi et posa le visage contre le mien.

— Je n'aurais probablement pas dû fouiller dans ton dossier. C'était mal. Je suis d'accord. Tout comme fouiller dans tes tiroirs pour trouver monsieur Vert. J'ai tendance à prendre mes aises mais je sais respecter les limites qu'on m'impose, alors n'hésite pas à me dire si je vais trop loin. Je surveillerai mes manières, promis.

Je caressai ses cheveux et déposai un baiser sur son front.

— Marché conclu.

Il soupira joyeusement, me laissant le caresser pendant environ deux secondes avant de relever la tête.

— Mais sérieusement. Yellow ? Il doit y avoir une histoire là-dessous.

— Il y en a une, marmonnai-je avec un grognement irrité. Une histoire vraiment stupide. Ma mère s'appelle Violet et mon père Rusty[1].

— OK…, murmura-t-il, le sourcil froncé.

Il ne voyait pas où je voulais en venir.

— Ce sont deux noms de couleur.

Je fis un moulinet de la main.

— Apparemment, ils voulaient que je porte le nom d'une couleur, moi aussi.

— Tu te moques de moi, s'exclama-t-il, les yeux écarquillés. Et ils ont choisi Yellow ? De toutes les couleurs qui existent ?

Je poussai un soupir.

— Je sais.

— Non mais sérieux ? insista-t-il, incrédule.

Je fronçai les sourcils.

— Hé, je ne trouvais pas ça étrange quand j'étais petite. C'était simplement mon prénom. Personne ne m'a jamais donné l'impression d'être une bête curieuse jusqu'à ce que j'entre à l'école. Alors waouh merci pour tous les jolis souvenirs de harcèlement que tu fais remonter. J'apprécie.

Ses yeux s'écarquillèrent d'horreur.

— Merde, je suis désolé. Je n'avais pas l'intention de…

Je ris, lui laissant savoir que je ne lui en voulais pas vraiment. Il plissa les yeux. Je recouvris aussitôt mon sérieux.

— Si ça te dérange tant que ça, tu peux m'appeler…

1 Se traduit par « rouillé » en français.

— Oh ! non.

Il secoua la tête avec insistance et fit un geste de la main.

— Je m'en tiens à Yellow. C'est unique. Comme toi.

Il sourit et embrassa la pointe de mon nez.

— Honnêtement, je ne peux plus imaginer t'appeler autrement.

Il se rallongea à côté de moi.

— Bien que Rose soit un nom de couleur parfaitement acceptable. Ou Jade, Corail, Lavande…

Je soupirai.

— Tu veux que j'appelle mes parents et que je leur demande pourquoi ils m'ont appelée Yellow ?

— Ambre, se murmura-t-il à lui-même. Marigold[1] pourrait même être un nom de couleur. Et c'est un joli ton de jaune.

— El, m'écriai-je en riant. Tu peux m'appeler El. C'est le surnom que m'a donné mon coach.

— Nope.

Il secoua la tête.

— Ton nom est Yellow donc je t'appelle Yellow.

Il en resta là.

Mais vingt minutes plus tard, alors que j'étais en train de m'assoupir et profitai d'être près de lui dans un silence bienheureux, il me réveilla en sursaut en murmurant :

— Scarlett. Scarlett est un joli nom de couleur. Ou Pêche.

— Oh mon Dieu, grognai-je, tirant l'oreiller que j'avais sous la tête pour le frapper dans la poitrine.

Il poussa un cri et éclata de rire puis m'attrapa par la taille et me fit glisser au-dessus de lui avant d'enfouir son visage dans le creux entre mon épaule et ma gorge.

1 Fleur de souci.

— Tu dois admettre que c'est drôle de sortir avec un Gray, dit-il finalement, me regardant avec adoration.

Je restai immobile une seconde avant d'écarquiller les yeux.

— Oh mon Dieu. Ton prénom peut être raccourci en une couleur.

Il sourit.

— Et il l'est bien souvent, en fait, par ma famille et mes amis.

— Non.

L'horreur déforma ses traits.

— Et si, répondit-il avec un sourire jubilatoire. J'en ai bien peur.

— C'en est trop.

Fronçant le nez avec dédain, je secouai la tête et me tortillai pour essayer de me dégager de son étreinte mais il me retint.

— Il faut qu'on mette un terme à cette histoire ici et maintenant. Je refuse de continuer la folle lignée de prénoms de couleurs de mes parents en sortant avec un Gray.

— Oh ! allez, fit-il en caressant ma hanche et en embrassant ma clavicule pour me rendre obéissante.

Ce qui marcha.

— On ne sera pas comme eux, je le jure. On donnera à nos enfants des prénoms normaux.

Puis il fit un clin d'œil et ajouta :

— Comme Vermillon, Sienna ou – prépare-toi – Razzmatazz.

Je penchai la tête en arrière et éclatai de rire.

— J'adore, répondis-je en faisant remonter mes doigts sur son torse pour les enrouler autour de sa nuque. Marché conclu.

Les yeux pétillant de joie, Gracen demanda :

— On scelle le deal par un baiser ?

— J'allais le dire, lui dis-je en baissant ma bouche sur la sienne.

Ainsi, notre futur fut décidé.

Le matin arriva bien trop rapidement. Surtout que c'est la sonnerie ennuyeuse de mon téléphone qui me réveilla.

Gracen avait été infatigable la veille. Il m'avait réveillée à minuit, disant que c'était une nouvelle journée et qu'il devait donc être autorisé à me faire un cunnilingus. Il s'y était attelé aussitôt, me procurant un orgasme qui m'avait fait trembler de la tête aux pieds.

Puis on s'était servis de monsieur Vert à quelques reprises et on s'était endormis dans les bras l'un de l'autre au petit matin.

J'étais tellement KO que je voulais dormir pendant une journée entière.

Mais ce satané téléphone…

À côté de moi, Gracen poussa un grognement plaintif. Puis son bras fit un arc et un moment plus tard, il marmonna :

— Allô ? Sérieusement, mec ? grommela-t-il. Ce n'est vraiment pas le jour pour te tromper de numéro. Trouduc.

Il raccrocha et reposa brutalement le téléphone sur la table de chevet.

Une seconde plus tard, je fronçai les sourcils. On aurait dit la sonnerie de mon téléphone. Gracen avait-il son portable réglé sur la même sonnerie que moi ? Ou…

— Tu viens de décrocher mon téléphone ? demandai-je, d'un air confus tandis que les effluves du sommeil se dissipaient.

— Hein ? grogna-t-il.

Il roula vers moi. L'œil vitreux, il grimaça.

— Non, répondit-il finalement, impossible. C'était mon ami à l'autre bout du fil.

— Oh.

Le téléphone se remit à sonner.

Je m'assis pour vérifier.

— Cette fois c'est vraiment mon téléphone.

Mais quand je vis le nom Parker sur l'écran, je poussai un cri.

— Merde ! Je suis en retard. Allô, répondis-je, calant le portable entre mon oreille et mon épaule tandis que je sortais précipitamment du lit. Je n'ai pas entendu mon réveil. Je suis vraiment désolée. Mais je serai là dans cinq minutes. Promis.

— Pas de problème, répondit mon coach. Je travaillerai mon *jump shot* en t'attendant. Sauf si tu as besoin de reporter.

— Non, je suis en chemin. Donne-moi dix minutes.

J'étais déjà en train d'enfiler une culotte et d'attraper mon soutif alors j'arriverais peut-être en cinq minutes comme je l'avais promis.

— OK. À tout de suite.

Une fois que j'eus raccroché, mon attention retourna à l'œuvre d'art nue sur mon lit, recouverte jusqu'à la taille par mes draps froissés.

Le visage posé sur sa main, il me regardait d'un air curieux.

— Donc tu pars ?

— Oui. Je suis vraiment, vraiment désolée. Je vois mon coach tous les samedis matin.

— Pas de problème.

Il me fit signe de continuer.

— J'aime te regarder t'habiller dans la précipitation. C'est super sexy. Tu as mis ton pantalon de yoga à l'envers, par contre.

Je baissai les yeux.

— Merde.

— Et… J'ai la chance de te voir l'enfiler deux fois, s'enthousiasma-t-il. Jackpot !

Je lançai à Gracen un sourire en coin.

— Vas-tu rester ici jusqu'à ce que je rentre ? La séance ne dure qu'une heure – et beaucoup moins que ça aujourd'hui puisque je suis super en retard – alors je ne devrais pas être partie trop longtemps.

Son regard se réchauffa.

— Est-ce que tu as envie que je reste ?

Je hochai la tête et mordis ma lèvre.

— Oui.

— Alors je reste, décida-t-il, une lueur d'intérêt dans le regard. Ça te dérange si je jette un œil dans les placards de ta cuisine ? Je pourrais nous concocter un bon petit déjeuner qu'on pourrait manger ensemble à ton retour.

— Oui, si tu veux. Attends. Tu ne travailles pas aujourd'hui ?

Il haussa les épaules.

— J'irai lundi pour compenser. Il y a cette blonde sexy au bureau que j'aime croiser dans la salle de repos de toute façon.

Waouh. J'avais le souffle coupé chaque fois qu'il disait des choses aussi adorables. Assise par terre pour enfiler chaussettes et chaussures, je répondis :

— Je sais ce que tu veux dire. Il y a ce brun incroyablement canon au boulot auquel je n'arrête pas de penser. Les amourettes de bureau, hein ? On ne s'en lasse pas.

— Oh ouais, acquiesça-t-il.

Puis il fronça les sourcils.

— Mais ce sera ma première, alors vas-y doucement avec moi, d'accord ?

Je me levai, prête à partir, et allai l'embrasser pour lui dire au revoir. Mais nos lèvres venaient à peine de se toucher quand son téléphone vibra. Il avait reçu un SMS.

On se sépara prématurément pour qu'il puisse consulter l'écran. Poussant un juron, il reposa sa tête sur l'oreiller.

— Merde. C'est Bella. Elle m'envoie un SOS.

— Un SOS ? l'interrogeai-je.

— Ouais. Il faudra probablement que j'aille chez elle pour la réconforter. Bordel, je savais qu'elle s'était embarquée dans une relation louche.

Il rejeta la couette et me lança une grimace pleine de regrets.

— Peut-on reporter le petit déjeuner fait maison ? Mon rôle de jumeau m'appelle.

— Aucun problème. Mais est-ce que tu…

Hésitante, je marquai une pause.

— Tu vas lui dire ? Pour nous ?

Il écarquilla les yeux.

— Aujourd'hui ? Pendant qu'elle me lance un SOS et qu'elle traverse une crise ?

Il grimaça.

— Tu voudrais que je lui en parle ?

— Non, m'empressai-je de répondre. Je veux dire, oui, un jour. Je suis sûre qu'on déteste tous les deux le lui cacher, mais…

C'était si nouveau, si agréable. Qui savait comment Bella réagirait ? Ou ce qu'elle ferait pour essayer de nous séparer ?

— Je ne peux pas lui dire aujourd'hui, admit Gracen.

Je hochai la tête de soulagement. *Dieu merci.*

— Préviens-moi avant de le faire, d'accord ? Ou voudrais-tu que je sois avec toi au moment de lui annoncer ?

— Nan, je devrais probablement lui dire tout seul. Mais je te préviendrai avant.

— Super. Bon, il faut vraiment que j'y aille.

— Moi aussi.

On échangea un dernier baiser, nous souriant béatement quand on s'écarta.

— À plus tard, dit-il.

— À plus tard, murmurai-je, avant de sortir de la maison en trombe.

Parker était déjà dans le gymnase à faire des paniers quand je déboulai, essoufflée, mon sac de sport à l'épaule.

Je lâchai mes affaires par terre et me précipitai vers lui.

— Je suis vraiment désolée d'être en retard.

Il haussa les épaules pour me dire que ce n'était pas grave, puis il sourit.

— Tant que ça valait le coup, dit-il, répétant les paroles exactes que je lui avais dites quelques mois plus tôt après la première soirée ciné avec Gracen.

Réalisant le chemin parcouru depuis ce jour-là, je virai au rouge tomate.

Parker fronça les sourcils. Puis ses lèvres formèrent un « o » de surprise et il lâcha le ballon qu'il tenait entre les mains.

— Me dis pas que..., rugit-il, tout en avançant à grandes enjambées. Dis-moi que tu n'as pas fait l'amour hier soir.

J'ouvris la bouche mais aucun mot ne sortit.

— Mais non, explosa-t-il, empoignant sa tête et me regardant halluciné. Vraiment ? Oh mon Dieu, El ! C'est énorme. C'est incroyable. C'est, genre... je ne sais même pas. Est-ce qu'on peut considérer que tu es guérie ? Putain. Je suis tellement heureux pour toi.

Quand je souris, gagnée par son enthousiasme, il prit mes mains dans les siennes et les serra.

— Félicitations. Est-ce que c'était... merde. Je ne sais pas comment poser la question. Mais ça s'est bien passé, n'est-ce pas ? Tu n'as eu aucun problème ? Pas de peur ? De crise d'angoisse ?

— C'était...

Je m'arrêtai, le temps de laisser remonter les émotions de ces dernières heures. Puis je soupirai et lui souris.

— Parfait. C'était absolument parfait.

— Waouh, souffla-t-il, me tirant vers lui pour un câlin. C'est formidable. Je suis si fier de toi. Merde, pardon.

Il me relâcha et recula en grimaçant.

— J'avais oublié, tu n'aimes pas les câlins.

— Non, c'est bon. Je pense que je suis en train de dépasser ce blocage-là aussi. Tu m'as enlacée la semaine dernière et je n'ai eu aucun problème.

— C'est vrai.

Il pointa son doigt vers moi.

— En parlant de la semaine dernière. Le père de ma *bae* nous a vus nous enlacer quand il passait en voiture devant la salle de sport et il m'a interrogé à ton sujet. Devant elle. Puis toute la famille a ajouté son grain de sel, insinuant que tu étais ma petite amie.

— Oh non.

Écarquillant les yeux, je plaquai mes mains sur ma bouche.

— Et ta *bae* a cru que toi et moi étions…

Il grimaça.

— Je n'en suis pas sûr. Mais elle ne l'a pas très bien pris. On en a parlé et elle dit qu'elle me croit, mais…

Il secoua la tête et souffla.

— L'expression sur son visage quand elle a entendu son père te décrire…

Il soupira.

— J'en ai eu le cœur brisé. Je déteste la faire douter et se demander si elle peut me faire confiance ou non.

— Je suis vraiment désolée, Parker. J'aimerais pouvoir t'aider. Je pourrais lui parler et lui expliquer que je ne suis pas du tout une menace.

Il pencha la tête d'un air pensif. Je vis les rouages de son cerveau s'actionner.

— En fait, ce n'est pas une mauvaise idée, dit-il, levant un doigt. Tu serais partante pour la rencontrer ?

Je me redressai et lui offris un sourire rayonnant.

— Sérieusement ? J'adorerais. Je me suis toujours demandé comment elle était.

Parker se fendit immédiatement du sourire rêveur, celui d'un homme amoureux.

— Oh ! elle est géniale. Je pense que vous vous entendriez à merveille. On pourrait organiser un double rendez-vous. Amène Douze et…

S'interrompant brusquement, il grimaça.

— Si c'est bien avec Douze que tu étais hier…

— Oui ! lâchai-je, sentant mes joues chauffer. J'étais avec Douze hier soir.

Il hocha la tête.

— Cool. On pourrait passer la soirée ensemble tous les quatre. Qu'est-ce que tu en penses ?

Je n'avais jamais eu de rendez-vous avec Gracen avant. Mais peut-être qu'on pouvait sortir tous les deux maintenant qu'on couchait ensemble. Il n'avait jamais rien fait qui laissait à penser qu'il ne voulait pas me revoir. Il avait même parlé de projets futurs, ce qui m'avait étonnée. Alors il serait probablement partant.

De toute façon, je voulais que Parker le rencontre. Non seulement voulais-je avoir son opinion sur Gracen mais je sentais qu'ils s'entendraient bien, eux aussi.

— J'adore cette idée.

Décidément, la vie était très agréable en ce moment. J'avais hâte de savoir ce que me réservait la suite.

Chapitre 22

BELLA

Quand Gracen répondit enfin à mon SOS, je décrochai à la première sonnerie.

— Salut, haletai-je, bien que je n'aie rien fait qui aurait dû m'essouffler.

— Salut. Désolé de ne pas avoir répondu tout de suite. Je viens de me réveiller.

— Ah bon ?

Je fronçai les sourcils.

— Je pensais que tu serais au travail à cette heure-ci. Ce n'est pas un de ces samedis où tu vas au bureau ?

— J'ai décidé de faire la grasse matinée aujourd'hui, dit-il.

Sa voix déformée m'indiquait qu'il était sur haut-parleur.

— Alors, que se passe-t-il ?

— Je, euh…

Marquant une pause, je pris une inspiration. Le fait qu'il ne soit pas au bureau pourrait tourner à mon avantage. Alors je me lançai.

— J'ai besoin de ton aide.

— C'est ce que j'ai conclu quand j'ai reçu ton SOS. Que faut-il que je fasse cette fois ?

— Eh bien… Est-ce que tu as entendu papa hier soir à la *baby shower* quand il parlait à Fox de la fille avec qui il l'a vu à l'extérieur de la salle de sport, la semaine dernière ?

— Euh, ouais. Je crois, répondit-il, perplexe.

— Tout le monde s'est demandé s'il voyait quelqu'un mais il a dit que c'était juste une cliente.

— Exact.

Je hochai la tête, contente qu'il connaisse déjà le contexte.

— Donc j'ai besoin que tu ailles à la salle de sport, que tu voies de quoi elle a l'air, que tu prennes une photo et que tu me fasses un rapport.

Gracen garda le silence un moment. Puis il posa la question que je redoutais.

— Et pourquoi est-ce que je ferais ça ?

— Parce que…

Je fermai les yeux et poussai un grognement plein de regret.

— Si tu n'y vas pas, j'irai moi, et c'est une très, très mauvaise idée.

Sachant ce qui allait suivre, je poussai un lourd soupir, me penchai en avant et appuyai le front contre le volant. Ça faisait un petit moment que j'étais dans mon allée, assise dans ma voiture, le moteur éteint, et que j'essayais de me raisonner pour m'empêcher d'aller à la salle de sport. Mais sentant que je perdais le combat, j'avais appelé mon jumeau à l'aide, même si je savais que je devrais alors tout lui déballer.

Un autre silence suivit. Je savais qu'il assemblait les pièces du puzzle dans sa tête.

Et ensuite…

— Isabella Teresa Lowe, gronda-t-il sévèrement. C'est avec Fox que tu sors ? J'hallucine.

Tout en grimaçant, je serrai le poing et le posai contre ma bouche. Bon sang, il n'avait pas mis longtemps pour comprendre.

— Je pensais que tu étais retournée avec Ethan…

Je levai les yeux au ciel.

— Pfff, n'importe quoi.

— Je pensais que tu ne me disais rien car tu voyais quelqu'un qui te faisait du mal, un mec que j'essaierais de te convaincre de larguer… Mais bon sang, Fox ne te ferait jamais de mal. Pourquoi caches-tu une histoire avec Fox ? Bordel…, souffla-t-il. Je comprends mieux maintenant pourquoi il t'a pelotée à sa fête d'anniversaire et…

Il poussa un cri outré.

— L'enfoiré ! Il était assis en face de moi pendant la soirée entre mecs et il a écouté sans rien dire pendant que je m'inquiétais du mec que tu gardais caché. Il m'a laissé m'inquiéter sans…

— Je voulais que personne ne le sache, le coupai-je sèchement. C'est moi qui ai décidé de garder notre relation secrète. Alors ne t'en prends pas à lui ; il ne faisait que respecter mes souhaits. D'accord ?

— Non, explosa Gracen. Je ne suis pas d'accord. Rien de tout cela n'a de sens. Pourquoi est-ce que tu ne me parlerais pas de ton histoire avec Fox ? Pourquoi est-ce que tu le cacherais à tout le monde ? Mais plus important, à moi. Je croyais qu'on se disait tous nos secrets les plus profonds et les plus sombres…

Il s'interrompit et poussa un juron.

— Putain. Je savais qu'il y avait quelque chose que tu ne me disais pas. Alors devine quoi ; j'ai commencé à garder des secrets, moi aussi. Et maintenant regarde-nous. On ne se dit plus rien. Et tout a commencé car tu sors avec Fox ? Un mec qui est comme un frère pour moi, et avec qui je serais super content que tu sortes. Sérieusement ?

— J'avais peur, OK ? m'écriai-je.

Je grinçai des dents et jetai un regard furieux vers ma maison à travers le pare-brise. Ma gorge se serra. Les larmes n'étaient pas loin.

— Tu sais quoi ? Laisse tomber. Oublie que je t'ai appelé.

Je m'étais mise dans cette situation ; c'était à moi de m'en sortir.

Mais Gracen poussa un grognement.

— Non. Je t'interdis de raccrocher. Parle-moi, Bella. Qu'est-ce qui te fait aussi peur ? Ça ne peut pas être Fox ; ce sont des conneries. C'est l'homme le plus fiable, le plus digne, de confiance qui existe.

— Je sais mais…

Sentant la panique saisir mes poumons, je m'interrompis et pris une profonde inspiration.

Gray dut se rendre compte que je commençais à perdre pied car il reprit plus doucement :

— Sœurette ? Merde, pardon. Je suis désolé de m'être énervé. J'essaie simplement de comprendre.

— Je ne sais pas de quoi j'ai peur, répondis-je, même si je savais que ce n'était pas une réponse du tout.

Mes membres et ma voix commençaient à trembler de façon incontrôlable.

— Je sais juste que je suis terrifiée.

Fermant les yeux car je détestais me sentir aussi vulnérable, j'ajoutai d'une voix rauque :

— J'ai eu peur de différentes choses à différents moments. Au début, l'idée de le dire à tout le monde alors que la relation était neuve et fragile m'a effrayée. Je ne voulais pas être parasitée par l'opinion des membres de la famille. J'ai vu ce qu'on a fait endurer à Beau et Bentley et ensuite Teagan et JB quand ils ont commencé à sortir ensemble. Je n'étais pas prête à gérer ça alors que je ne savais même pas si Fox et moi serions...

Oh ! de qui est-ce que je me moquais ? Dès notre premier baiser, j'avais su que ce serait lui. Pour le restant de mes jours.

— Mais ensuite le temps a passé, et j'ai commencé à vraiment apprendre à le connaître et, putain, Gracen. Il est... il est vraiment...

Je serrai les dents, paniquée de dire tout ça à voix haute à mon frère.

— Il est vraiment quoi ? m'encouragea doucement Gracen.

— Incroyable, lâchai-je. Il est... il est si... je ne sais pas comment le dire. Mais ça m'a fait peur d'une toute autre façon. Ce qui s'est passé avec Ethan m'a brisée. Et ensuite Fox m'a aidée à me reconstruire mais ça m'a donné matière à réfléchir. Si ce qui s'est passé avec Ethan se passait maintenant avec Fox, je ne m'en remettrais pas. Je ne savais pas que c'était possible d'aimer aussi fort. Je... je...

— Tu as eu tellement peur que tu as nié tes propres sentiments, déduisit Gracen sur un soupir. Et en conséquence, caché votre relation à tout le monde.

— Ouais, acquiesçai-je, malheureuse.

— Merde, marmonna-t-il. Vous êtes ensemble depuis combien de temps ?

Je grimaçai, certaine qu'il prendrait mal ma réponse :

— Plus de neuf mois.

— Oh. Waouh.

Il renifla amèrement. Je savais qu'il secouait la tête de déception.

— Et maintenant tu fais une crise de jalousie parce que papa l'a vu enlacer une blonde à l'extérieur de la salle de sport ? Non, tu n'iras pas là-bas pour l'espionner. Et moi non plus. Tu vas faire confiance à ton petit ami. Fox est digne de confiance. Pigé ?

— Je sais, grimaçai-je. Mais...

— Non, coupa-t-il sèchement. Il n'y a pas de mais qui tienne. On connaît Fox tous les deux. On le connait depuis sa putain de naissance. Et tu ne vas pas laisser ton passé douloureux avec un autre homme ruiner ce que tu vis le mec le plus « incroyable » à tes yeux, qui ait jamais existé.

— Oui, c'est le meilleur, murmurai-je, sentant une larme couler sur ma joue. Tu as raison. Je gâcherais tout. Je n'irai pas. Et je ne te demanderai pas d'y aller, non plus.

— Bien.

Il poussa un soupir soulagé.

— J'ai besoin de t'avouer quelque chose, moi aussi. Mais peut-être pas aujourd'hui. Pas sûr qu'on puisse gérer deux énormes bombes la même journée.

Je fronçai un sourcil curieux.

— OK. C'est quelque chose qui ne va pas me plaire ?

Il marqua une pause ; je me redressai sur le siège conducteur.

— Gracen ?

— Ce ne sera peut-être pas aussi grave qu'on le pense, s'empressa-t-il de me rassurer. Mais je veux obtenir un peu plus d'informations d'abord. Je n'ai pas encore toute l'histoire et j'ai le sentiment qu'il me manque des détails clés. Mais dès que je sais tout, je t'en parle, d'accord ?

Je hochai lentement la tête.

— OK.

— Bien. Je t'appellerai ou passerai te voir dans quelques jours. À bientôt.

— À bientôt.

Je poussai un long soupir et serrai les mains autour du volant.

C'était décidé. Je n'irais pas espionner mon petit ami. Je ne solliciterais personne d'autre pour le faire non plus. J'allais faire confiance à cet homme. J'allais rentrer et oublier cet épisode de paranoïa.

Ouais.

D'une seconde à l'autre.

Ouvre la portière, Bella. Sors de la voiture.

Ouvre la portière.

Ouvre la satanée portière !

Je démarrai. Mon cœur rata un battement. Je savais que j'étais en train de commettre une erreur.

Mais un petit coup d'œil ne tuerait personne. Il ne saurait même pas que j'étais là. Ma curiosité serait apaisée, ma paranoïa mourrait d'une mort rapide et sans douleur et l'homme que j'aimais ne saurait jamais que j'avais eu des difficultés passagères à le croire au sujet d'une jolie blonde. Et, bam, problème résolu.

Mais tandis que je faisais marche arrière pour sortir de l'allée, l'autre côté de mon cerveau s'écria : *Qu'est-ce que tu fabriques ? Imbécile ! Rentre à la maison !*

Ma conscience se rebella jusqu'à la salle de sport ; celle que Fox aimait fréquenter. Après avoir rapidement fait le tour du parking et repéré son *truck*, je me garai non loin de la porte d'entrée mais dans la direction opposée de celle où il s'était garé.

Il n'aurait aucune raison de regarder dans cette direction en sortant. Et j'aurais une image claire d'elle. Alors je saurais une fois pour toute que notre relation ne craignait rien.

Alors que mes yeux commençaient à brûler tant je scrutais la sortie du bâtiment, un toc-toc à ma vitre me fit pousser un cri de surprise et faire un bond de deux mètres.

Plaquant une main sur mon cœur pour le garder à l'intérieur de ma poitrine, je tournai la tête. Gracen me fusillait du regard, les sourcils dressés et l'expression sévère.

Je soupirai et baissai la vitre.

— Comment est-ce que tu…

Il leva son téléphone.

— Tu aurais dû arrêter de partager ta localisation avec moi si tu ne voulais pas que je sache où tu étais. En plus la seule fois où tu m'as appelé pour t'empêcher de faire quelque chose de stupide c'était après l'avoir fait. Fais demi-tour, rentre chez toi et oublie toute cette histoire.

— Mais…

— Espionner ton petit ami par jalousie ne te mènera à rien de bon, Isabella. Je n'arrive pas à croire que ton estime de toi soit tombée si bas que tu ne puisses même pas faire confiance à Fox. Fox, bon sang. Mon Dieu. Est-ce qu'avoir été trompée par Ethan t'a anéantie à ce point-là ?

— Oui ! répondis-je en rugissant. Et Fox comprendrait que j'aie besoin…

— Fox serait effondré s'il savait que tu l'espionnes car tu ne lui fais pas confiance.

Mon menton trembla et des larmes perlèrent dans mes cils.

— Mais je dois le voir de mes propres yeux, Gray, s'il te plaît. Je ne peux pas… Un jour je serai capable de mieux gérer les choses. Mais pas encore. Pas aujourd'hui. Tu n'écoutais pas quand papa l'a décrite ? Il a dit que c'était une blonde, belle; parfaite et qu'elle avait le plus joli sourire. Mon Dieu, j'ai l'impression de revivre l'épisode Yellow Nicksen.

Gracen tressaillit. Je partis d'un rire sans joie.

— Et Fox a ouvertement admis qu'elle était jolie et qu'elle était sa cliente préférée. « El est spéciale », ajoutai-je, baissant la voix pour l'imiter. « Elle est adorable. »

Reniflant, je secouai la tête et reportai mon attention sur mon frère.

— Il m'a dit ça, tu te rends compte ?

— El ? répéta Gray en fronçant légèrement les sourcils.

— Je ne sais pas.

Je levai les yeux au ciel et fis un geste de la main.

— C'est comme ça qu'il l'a appelée.

— El…, murmura-t-il encore, se parlant à lui-même cette fois.

Gracen leva les yeux vers le complexe sportif, pinça les lèvres et fronça les sourcils comme il le faisait chaque fois qu'il se concentrait. Puis il baissa la tête vers son téléphone.

— Qu'est-ce que tu… ?

Plissant les yeux, je me hissai sur mon siège pour mieux voir. Mais il ne faisait que consulter la liste de ses appels récents.

— Il ne m'a pas appelé ce matin, se dit-il à lui-même, l'air stupéfait. Oh putain, il ne m'a pas…

Il reporta son attention vers la salle de sport. Ses yeux s'écarquillèrent comme s'il venait de réaliser quelque chose.

— Oh putain.

— Quoi ?

Je me tournai vers l'entrée mais personne ne sortait du bâtiment.

— Papa ne l'a jamais rencontrée, si ? murmura-t-il, se parlant toujours à lui-même.

— Rencontré qui ?

Mais Gracen continua de m'ignorer tandis qu'il répondait à sa propre question.

— Non. Pourquoi l'aurait-il rencontrée ? Je ne l'avais même pas rencontrée jusqu'à… Seigneur.

Se tournant soudain vers moi, il plongea la main par la vitre ouverte et attrapa mon bras, me faisant sursauter.

— Écoute-moi, Bella, dit-il, la voix plus sérieuse que jamais. Il faut que tu t'en ailles. Tout de suite.

Je secouai la tête, stupéfaite.

— Quoi ? bafouillai-je. Pourquoi ? De quoi est-ce que tu viens de te rendre compte ?

Il secoua la tête lui aussi.

— Je te le dirai plus tard. Je le jure. Pour l'heure, aies foi en moi, s'il te plaît. Fais ce que je te dis.

— Qu'est-ce qui se passe, bon sang ? m'exclamai-je, commençant à paniquer. Qu'est-ce que tu as découvert ?

— Je vais te suivre en voiture jusque chez toi, je te préparerai un chocolat chaud et du pop-corn, et on parlera. Si tu veux, on peut inviter Fox après sa séance pour parler de tout ça. Qu'est-ce que tu en dis ?

Une vague appréhension s'insinua en moi. Je frémis et secouai la tête avec méfiance.

— Non. Tu me fais peur, frérot. Quoi que tu aies à dire, dis-le-moi maintenant.

Mais il refusa.

— Pas ici. S'il te plaît, je… J'ai besoin d'un moment pour…

Jetant un regard vers l'entrée de la gym, il s'interrompit, devenant blanc comme un linge.

— Merde.

Je tournai brusquement la tête et inspirai. Fox était sorti. Il portait un short de sport, un T-shirt et des chaussures de course, ainsi qu'un gros sac de sport à l'épaule. Il sourit à la nana qui l'accompagnait et éclata de rire.

Mon cœur s'arrêta net dans ma poitrine et ma vue se troubla.

Papa avait raison ; elle était belle. Queue de cheval blonde, corps de rêve, sourire charmant. Même alors qu'elle galérait pour hisser son gros sac sur son épaule, elle avait l'air absolument parfaite. Elle ressemblait à…

Attendez.

Je clignai les yeux et penchai la tête sur le côté. Ce n'était pas seulement qu'elle ressemblait à Yellow Nicksen. C'était Yellow Nicksen.

En chair et en os.

Et pourtant, mon cerveau continua d'essayer de le nier. Pointant un doigt vers elle, je tournai la tête vers Gracen.

— Est-ce que… ?

Son expression s'emplit de culpabilité.

— Non, chuchotai-je, secouant la tête tandis que douleur et trahison montaient en moi. Tu le savais ?

Il leva les mains pour se libérer de toute culpabilité.

— Je l'ai compris il y a trente secondes, je le jure.

C'était trente secondes de trop ; il aurait dû me le dire tout de suite.

— Espèce d'enfoiré, fulminai-je, attrapant la poignée et poussant la portière. Je n'arrive pas à croire que tu ne m'aies pas prévenue.

— Hé !

Il referma la portière avant que je puisse l'ouvrir.

— Qu'est-ce que tu fabriques ?

— Je vais tuer cette salope une bonne fois pour toutes, grondai-je.

Je poussai une nouvelle fois mais mon traître de frère appuya de tout son poids.

— Dégage de mon chemin, Gracen.

— Non ! explosa-t-il. Tu n'as pas les idées claires. Ce n'est que sa cliente ; il ne te trompe pas avec elle. Je te le promets. Rentre chez toi, Bella.

— Dans tes rêves !

Hors de question que je rentre avant d'avoir scalpé cette connasse. Il ne me trompait peut-être pas. Mais cela ne voulait pas dire qu'elle n'essayait pas de me le piquer. Pourquoi choisirait-elle mon petit ami comme coach ? Elle essayait de me piquer un autre de mes copains, je le savais.

Elle ne réussirait pas cette fois. Elle ne me ferait plus jamais de mal. J'en avais fini d'être sa cible.

Gracen se pencha, mettant son visage directement devant le mien.

— Je t'en supplie, ne fais pas ça.

Je l'insultai, incapable de croire qu'il ne comprenait pas ma souffrance, et relâchai la poignée pour plonger vers le côté passager.

— Bella ! cria-t-il, se ruant pour faire le tour du capot. Non ! Attends…

Mais il arriva trop tard. J'ouvris la portière. Il se la prit de plein fouet.

— Putain de merde, grogna-t-il, se ratatinant par terre, son bras serré contre son estomac.

Je m'arrêtai, inquiète. Lui avais-je fait mal ?

Mais quand il leva les yeux, je vis qu'il était en état de se débrouiller tout seul et qu'il irait bien. Je me précipitai vers Fox et la briseuse de ménage, encore près de l'entrée.

— Hé ! criai-je en m'approchant.

Fox et Yellow s'arrêtèrent. Fox s'avança vers moi.

— Bella ? s'étonna-t-il. Qu'est-ce que tu… ?

— Toi, sifflai-je, l'ignorant et me concentrant uniquement sur elle.

Je m'excuserais auprès de Fox plus tard pour mon espionnage. Pour l'heure, la salope-voleuse-de-petit-ami devait mourir.

Elle écarquilla les yeux. Effrayée, elle fit un pas en arrière. Son sac glissa de son épaule.

— Isabella ?

Elle avait raison d'avoir peur, très peur.

— Tu ne t'en sortiras pas cette fois, menaçai-je, secouant lentement la tête.

Je me jetai sur elle pour l'attaquer, portée par toute la rage en moi.

Mais quelqu'un enroula un bras autour de ma taille, m'arrêtant à trente centimètres de Yellow avant que je puisse arracher la peau de son visage parfait.

Je hurlai de rage et me débattis si fort que Fox dut passer les deux bras autour de moi pour me retenir.

— Mais, hoqueta-t-il dans mes cheveux. Qu'est-ce qui te prend, Bells ?

— Comment oses-tu ? criai-je, fusillant Yellow du regard. Comment oses-tu ? Je ne sais pas pourquoi tu me détestes au point de continuer à piquer mes petits amis, mais c'est terminé. Tu ne l'auras pas, tu m'entends ? Tu m'as déjà pris Ethan. Mais, non. Pas lui aussi. Tu ne peux pas le prendre lui. Tu ne l'auras pas.

— Ethan ? répéta Fox, surpris, resserrant son bras autour de moi. Qu'est-ce qu'Ethan a à voir là-dedans ?

Yellow s'était tournée vers Gracen. Légèrement plié en deux et essoufflé, il boitait vers nous, son avant-bras contre son abdomen.

Les yeux scintillant de larmes, elle le regardait comme s'il l'avait trahie.

— Tu devais me prévenir avant de lui dire pour nous, dit-elle, sa voix rauque de douleur.

— Je…

Je fis volte-face pour fusiller mon frère du regard, ce qui lui fit perdre sa contenance. Ses yeux inquiets étaient emplis d'excuses. Puis il reporta son attention sur Yellow et secoua lentement la tête.

— Je ne lui ai pas dit.

C'était quoi ces histoires, bon sang ?

Me dire quoi ?

Pourquoi est-ce que rien n'avait le moindre sens ?

Je jetai un regard noir vers Yellow. C'était elle la coupable dans l'histoire.

— Pourquoi est-ce que tu regardes Gracen ? l'interrogeai-je.

Mais au fond de moi je connaissais la réponse, même s'il m'était impossible d'y croire après l'avoir vue sortir du gymnase avec mon petit ami. Je repris, crachant presque :

— Je parlais de Fox.

— Fox ? demanda-t-elle d'un air confus, secouant lentement la tête comme si elle ignorait de qui il s'agissait.

Mais ensuite elle leva les yeux vers l'homme derrière moi qui continuait de me retenir.

— Tu veux dire Parker ? demanda-t-elle en le désignant du doigt.

— Oui, aboyai-je. Parker. Fox Parker. Mon petit ami. Ethan je n'en avais rien à foutre mais tu ne me prendras pas Fox.

— Mais, je… oh mon Dieu !

Bouche bée, elle leva les yeux au-dessus de mon épaule encore une fois et secoua la tête vigoureusement.

— Isabella Lowe est ta *bae* ? lui demanda-t-elle.

— Oui. Donc attends. Gracen est ton… Douze ?

Douze ? J'en eus le souffle coupé. Qu'est-ce que ça voulait dire ? Les entendre parler dans un langage qui m'était inconnu me rendit folle de jalousie. Étaient-ils proches à ce point ? Mon estomac se noua douloureusement. Un sanglot me déchira la gorge.

Gray avait raison. Elle semblait vraiment être sa cliente, mais et si… et si…

Ils semblaient complices. Même s'il ne m'avait pas trompée avec elle, il l'aimait sûrement plus que moi et avait peut-être envie d'être avec elle.

Ethan l'avait voulu. Pourquoi pas Fox ?

Et si Fox voulait vraiment être avec Yellow mais qu'il ne savait pas comment rompre avec moi d'abord sans me faire de mal ? Ça m'anéantirait. Et il était incapable de blesser qui que ce soit.

Mon Dieu. Et si j'étais devenue la Angie collante et incapable de passer à autre chose avec qui il était sorti avant moi, celle qui lui faisait vivre un enfer ?

Je me tournai vers mon jumeau, ayant besoin de son soutien, mais il regardait Fox et Yellow les sourcils foncés et l'air confus, tout en tenant son poignet douloureux contre sa poitrine. Alors je reportai mon attention sur eux, moi aussi.

Yellow observait Fox, ses yeux noisette écarquillés d'inquiétude.

— Mais cela voudrait dire…

Il s'interrompit et recula lentement, s'éloignant de nous tous.

Je me tournai vers lui ; son visage arborait une expression horrifiée. Croisant mon regard, il agrippa sa casquette.

— Non, hoqueta-t-il.

Puis, plus surprenant encore, des larmes jaillirent dans ses yeux. Il secoua la tête et poussa un cri étranglé.

— Non !

— Parker, murmura Yellow avec compassion en avançant vers lui.

Je levai une main pour l'en empêcher.

— Je t'interdis de t'approcher de lui.

Elle s'arrêta aussitôt mais me lança un regard suppliant.

— Il a besoin d'aide.

— Pourquoi ? m'écriai-je. Qu'est-ce que tu lui as fait ?

— Je… je n'ai pas…

Elle secoua la tête et passa devant moi pour attraper le bras de Fox.

— Parker. Regarde-moi. Respire. OK ? Respire.

— Je ne peux pas…

Son visage était rouge tomate, et ses larmes commençaient à déborder et couler sur ses joues.

J'avançai vers lui. Je voulais l'aider, moi aussi. Mais quand il leva les yeux, c'était le soutien de Yellow qu'il cherchait. Je m'arrêtai net, la gorge serrée.

— Je ne peux pas, répéta-t-il, secouant la tête et la regardant droit dans les yeux. Je n'arrive pas à y croire. Non. Pas ma Bells. Elle… elle ne sait même pas. Elle ne se doute de rien.

Savoir quoi ?

Je fis volte-face vers mon frère.

— Qu'est-ce qu'il se passe ?

Gracen avait l'air aussi inquiet et confus que moi.

— Je ne…

Il secoua la tête et nous approcha lentement, attrapant mon bras tandis qu'il regardait Fox et celle qui l'accompagnait.

— Yellow ? demanda-t-il doucement.

Elle regarda vers lui, l'air paniqué.

Fox profita de cet instant pour se précipiter vers le parking.

— Non ! s'écria-t-elle, se ruant après lui. Gracen, aide-moi.

Mon jumeau me surprit totalement quand il obéit derechef, se précipitant après eux pile au moment où Yellow rattrapait Fox et se plaçait devant lui, posant les deux mains sur sa poitrine.

— Qu'est-ce que tu fais ? l'apostropha-t-elle. Où est-ce que tu vas ?

Il ne répondit pas mais essaya de la contourner.

— Laisse-moi passer.

— Non.

Elle se replaça devant lui et empoigna son T-shirt. Il grogna et essaya de la contourner de l'autre côté. Une brève lutte suivit jusqu'à ce qu'elle hurle :

— Stop !

Il s'arrêta, lui jetant un regard noir.

— Non. Il ne s'en sortira pas comme ça. Je vais tuer ce fils de pute.

— Waouh, hé !

Cette fois, ce fut Gracen qui bloqua son chemin et l'arrêta avec une main sur la poitrine.

— Qui est-ce qu'on tue et pourquoi ?

Fox cligna les yeux.

— Oui ! siffla-t-il.

Il plongea son regard dans celui de Gray.

— On peut le démolir ensemble. Ça nous fera tellement de bien. Allez, mec. Viens avec moi.

— Euh…

Gracen cligna les yeux à son tour pendant que Yellow secouait la tête avec vigueur.

— C'est une idée terrible. Tu n'as pas les idées claires. Il faut que tu te calmes et…

— Je lui pète la gueule pour toi aussi, aboya Fox avec un regard noir.

Mais elle ne fit que lever les yeux au ciel.

— N'importe quoi. Ce n'est pas ce que je veux. Tu vas avoir des problèmes et tu seras probablement jeté en prison et ça me contrarierait plus que tout. Donc, non, je t'interdis de dire que tu ferais ça pour moi. Ou pour Isabella.

Fox tressaillit et regarda vers moi. Il paraissait tellement tourmenté que j'avançai vers lui, incapable de rester éloignée.

— Fox ?

Je levai une main hésitante.

— Tu me fais peur. Que se passe-t-il ?

Un sanglot lui déchira la poitrine. Il prit ma main et tint mes doigts serrés.

— Je suis désolé, lâcha-t-il, la voix brisée.

Il avança, enroula ses bras autour de moi et enfouit son visage dans mes cheveux.

— Je suis désolé. J'ignorais que c'était toi. Tout ce temps, je… Putain. Je n'arrive pas à y croire.

Lorsqu'il s'arrêta, incapable de continuer, je caressai son dos doucement.

— Tout va bien.

Je n'avais aucune idée de ce qui était en train de se passer mais j'étais certaine qu'il ne m'avait jamais été infidèle. Ni avec Yellow, ni avec qui que ce soit. C'était autre chose qui le tourmentait.

— Mais qu'est-ce qui se passe au juste ? demandai-je doucement. Je ne comprends pas.

Il frémit, renifla, et s'essuya le nez avec le revers de la main avant de croiser mon regard. Mais au lieu de me répondre, il tourna la tête vers Yellow.

— Je ne peux pas lui cacher. À aucun d'eux. Bella et Gray sont mes… Ils sont… je suis désolé. Je ne peux pas.

Yellow pâlit. La peur lui creusait les traits mais elle acquiesça de la tête.

— Très bien. Alors je leur dirai, murmura-t-elle.

Fox relâcha un soupir soulagé et se ratatina contre moi.

— Merci, dit-il. Je pense que lui cacher la vérité ne l'a pas aidée comme tu l'espérais de toute façon.

Yellow hocha tristement la tête et leva les yeux vers Gray. Voyant le regard qui passait entre eux, je plissai les yeux. Puis il prit sa main. Un poids me tomba sur l'estomac.

— Y a-t-il un endroit où on pourrait tous aller parler ? lui demanda-t-elle.

Gracen hocha immédiatement la tête.

— On peut aller chez Bella. On sait tous où elle vit.

— Très bien.

Yellow prit une profonde respiration comme si le regard de mon frère suffisait à lui donner confiance et courage.

— Ouais, je me rappelle où elle vit. C'est bon.

— Retrouvons-nous tous là-bas dans dix minutes, décida Gracen.

Puis il regarda vers moi pour me demander la permission, alors qu'il avait déjà proposé que la grande révélation se fasse à mon appartement.

Qu'il aille se faire voir.

— Non.

Je reculai, secouant la tête avec virulence.

— Les mensonges que cette femme veut nous faire gober ne m'intéressent pas.

— Bella, réprimanda Gracen d'une voix déçue.

Je me foutais de le décevoir. Moi non plus je n'étais pas très contente de lui.

— Je t'interdis de me parler.

Puis, ne pouvant m'en empêcher, je grognai :

— Tu as couché avec elle, n'est-ce pas ? Tu as couché avec Yellow Nicksen ?

Fox me serra plus fort.

— Bells, dit-il doucement, essayant de me calmer.

Mais une douleur déchirante s'empara de moi. Mon jumeau m'avait trahie. Jamais, jamais je n'aurais imaginé une telle bombe. Je frémis d'horreur de la tête aux pieds tandis qu'un cri de douleur résonnait dans ma tête. Un sanglot me déchira la poitrine.

Gracen soupira et secoua tristement la tête.

— C'est un tout autre sujet de conversation. Gérons déjà ce qui se passe maintenant et on parlera de Yellow et moi plus tard, d'accord ?

— C'est une question simple à laquelle on répond par « oui » ou par « non », frangin. As-tu ou n'as-tu pas couché avec la femme qui a baisé avec mon…

— Elle me plaît, dit-il, les dents serrées.

Il avança vers moi avec un regard dur. Il n'arborait pas le moindre air coupable alors qu'il me brisait le cœur. L'enfoiré.

— Et je ne pense pas qu'elle t'ait trompée avec Ethan, ajouta-t-il. Alors je veux entendre ce qu'elle a à…

— Tu te fous de moi ? m'écriai-je, incrédule. Tu l'as vue de tes propres yeux sortir de son appartement avec son putain de soutif à la main. Je l'ai vue nue au lit avec lui.

— Raison pour laquelle je veux vraiment entendre ce qu'elle a à dire là-dessus, insista-t-il.

— Non, rétorquai-je avec un reniflement moqueur. Tu veux simplement croire aux mensonges qu'elle veut nous faire gober pour pouvoir continuer à la baiser avec la conscience tranquille.

— Bells, répéta Fox, touchant doucement mon coude.

Je tressaillis et tournai la tête vers lui. Le regarder était douloureux. Il paraissait anéanti. Je voulais l'emmener à l'écart, l'aider à soigner ses blessures et oublier que mon frère – mon meilleur ami depuis la naissance – m'avait trahie. Malgré moi, je fus secouée d'un autre sanglot. Super. Les larmes ne devaient plus être bien loin.

Fox toucha mon visage, l'air aussi peiné que moi.

— Est-ce que tu me fais confiance ? demanda-t-il.

Je déglutis en grimaçant et hochai la tête.

— Bien.

Le sourire tremblant, il ajouta :

— Alors fais-moi confiance maintenant. Oublie Gracen l'espace d'une minute. J'ai besoin que tu écoutes ce qu'elle a à dire. Je refuse qu'il y ait un tel secret entre nous et je ne peux pas être celui qui te l'annonce. C'est son histoire. Et si tu ne la crois toujours pas après coup, très bien. Tous les trois – toi, Gracen et moi – la ferons sortir de nos vies complètement.

— Hé, attends, commença Gracen, gêné, pas fan d'être inclus dans cette déclaration, mais Fox lui lança un regard dur.

Gray le lui rendit mais se tut après avoir vu mon expression.

L'homme que j'aime reporta son attention sur moi et appuya son front contre le mien.

— Je pense que tu la croiras.

Je secouai la tête. Une larme solitaire roula sur ma joue tandis que le froid envahissait mon corps tout entier. Une peur étrange s'empara de moi.

— Je ne suis pas sûre de vouloir le découvrir, admis-je d'une voix tremblante.

— J'en suis convaincue, confirma Yellow avec compassion. Mais le passé semble avoir rattrapé le présent. Et cette fois le problème ne disparaîtra pas.

Fox caressa ma joue et tourna ma tête vers lui.

— Tu es forte, m'assura-t-il avec un hochement de tête ferme. Tu sauras faire face.

Oh ! bordel. Je me sentis soudain malade.

Je les regardai tous les trois, plissant les yeux quand ils se posèrent sur celle qui avait brisé mon couple et mon frère qui m'avait trahie sans remord.

— D'accord, lâchai-je à contrecœur. Allons-y.

Chapitre 23

FOX

— Je peux monter avec toi ? demandai-je à Bella tandis que Gracen escortait Yellow jusqu'à sa voiture.

Je ne voulais pas être séparé d'elle, même pour une minute. Après ce que je venais d'apprendre, je me sentais à vif et brisé. En plus, si je restais seul, je craignais d'être pris d'une frénésie meurtrière.

— Quoi ? demanda-t-elle distraitement, les yeux rivés sur son frère qui s'éloignait avec El.

Je secouai la tête, essayant encore d'absorber le fait que Gray était Douze. J'avais eu raison de le décrire comme un « joli garçon ». Et El avait eu raison de penser qu'il lui rappelait moi. On avait été élevés ensemble ; on avait probablement beaucoup de valeurs et d'idées similaires. On chantait même tous les deux dans la voiture pour accompagner les chansons qui passaient à la radio.

Le fait qu'elle l'ait rencontré au cinéma aurait dû me mettre sur la voie. C'était le plus gros fan de ciné que je connaissais. Il y avait eu tant d'indices, et pourtant je ne m'étais jamais douté de rien.

Je me sentais vraiment bête de ne pas avoir fait le lien.

— Je n'arrive pas à croire qu'il m'ait caché ça, lâcha Bella d'une voix rauque, le menton tremblant tandis qu'elle regardait Gracen enlacer El avant de reculer pour la laisser monter dans sa voiture.

Je haussai les épaules. Je ne ressentais pas la même trahison car j'en savais plus qu'elle. Touchant son coude pour qu'elle reporte son attention sur moi, je murmurai avec regret :

— Tu n'as pas été très honnête avec lui ces derniers temps non plus.

Elle eut un brusque mouvement de recul, comme si je venais de la gifler. Je relâchai un soupir peiné.

— Mais au moins, maintenant, il sait pour nous, lançai-je d'une voix hésitante mais joyeuse.

Elle hocha la tête.

— Je lui ai dit. Quand j'ai essayé de le faire venir ici pour vous espionner toi et ta…

Elle déglutit avec une grimace douloureuse avant d'ajouter :

— Cliente. Mais il a pris ton parti et a refusé, donc…

— Donc tu es venue ici pour m'espionner toi-même, dis-je, en conclusion, essayant d'ignorer le pincement au cœur que son incapacité à croire en ma fiabilité suscitait.

Elle m'avait fait assez confiance pour accepter d'écouter El, alors j'allais me concentrer là-dessus.

Les yeux larmoyants, elle attrapa mon bras.

— Ce n'est pas que je ne te crois pas, essaya-t-elle d'expliquer.

Je recouvris sa main de la mienne.

— Tu ne pouvais te fier à personne dans cette situation, je sais, répondis-je, compréhensif.

— Je suis désolée.

Je secouai la tête. J'étais incapable de lui en vouloir.

— Ne t'inquiète pas, tout va bien. Allons-y.

Je la suivis jusqu'à sa voiture.

Une fois installés, on prit la route.

— C'est vraiment ta cliente ? m'interrogea-t-elle.

J'inclinai la tête.

— Depuis un petit peu plus d'un an.

Bella souffla d'un air contrarié.

— Donc elle n'a pas pu t'embaucher simplement pour s'en prendre à moi, déclara-t-elle avec une pointe de déception dans la voix. Tu étais son coach avant qu'on se mette ensemble.

— Ouaip. Et elle m'a raconté son histoire avant aussi alors tu ne pourras pas dire qu'elle l'a inventée pour essayer de séduire Gray. Je l'ai entendue avant qu'elle et lui se mettent ensemble. Mais je… Bon sang, je n'avais pas compris que c'était de toi qu'elle parlait. On appelait toujours les gens par codes pour protéger leur identité, mais si j'avais su dès le début…

Je tournai la tête pour regarder ma magnifique, ma formidable Bella. Elle était si forte et déterminée, mais tout ceci l'avait affectée sans même qu'elle s'en rende compte. On aurait pu lui trouver de l'aide un an plus tôt si simplement j'avais…

— Que va-t-elle me dire, Fox ?

Ses deux mains étaient enroulées autour du volant et sa mâchoire était super crispée. La façade se fendillait de plus en plus.

Je poussai un soupir.

— Tu sais ce qu'elle va te dire. Au fond de toi, quelque part, tu l'as toujours su. Tu l'as enfoui et tu t'es voilé la face. Chaque fois que quelque chose t'effraie, tu fais comme si ça n'existait pas.

Son menton se mit à trembler plus rapidement.

— Ce sont les nuits dont je ne me souviens pas, n'est-ce pas ? répondit-elle, les yeux fixés sur la route. Quand je croyais que j'avais trop bu.

Je reconnus bien là la femme forte que je connaissais, celle capable d'affronter ses problèmes.

Son courage faillit me faire m'effondrer. Pour elle.

Je me remis à pleurer ; c'était plus fort que moi. Je détestais me sentir aussi impuissant. Il n'y avait plus rien à faire pour elle tant de mois après les faits. Il n'y aurait aucune justice suffisante, pas de mots assez purs pour immédiatement guérir ses blessures. Je voulais faire en sorte que sa douleur disparaisse. Mais c'était impossible.

— Je suis désolé, lâchai-je dans un sanglot. Je suis si désolé que tu traverses cette épreuve.

Elle se gara dans son allée et coupa le moteur. Puis elle se tourna vers moi.

— Faut-il encore que je l'écoute ?

Je souris doucement.

— Oui. Si tu ne le fais pas pour toi, alors fais-le pour El. Pour Gray, aussi. Je pense qu'ils s'aiment vraiment. Alors tu ne peux pas continuer à la détester.

Poussant un grognement irrité, elle leva les yeux au ciel.

— Mais être méchante et grossière avec elle m'a aidée à tenir au loin toute la douleur et le mal-être en moi. La détester a été la seule chose qui m'a empêchée de sombrer.

— Eh bien alors je suppose qu'à partir de maintenant c'est moi qui t'empêcherai de sombrer, répondis-je en levant les sourcils.

Sa résistance fondit. Elle se pencha vers moi, plaqua la main autour de ma nuque et m'attira vers elle pour appuyer son front contre le mien.

— Tu m'en veux d'avoir été aussi horrible avec elle à la salle de sport ?

Le tremblement et la vulnérabilité dans sa voix faillirent

me briser. Je pris son visage dans mes mains pour qu'elle me regarde dans les yeux.

— Tu as explosé sous le coup d'une émotion violente et incontrôlable. Ça nous arrive à tous. Ce qui compte maintenant, c'est la façon dont tu vas réagir. Et j'ai toute confiance, je sais que tu me rendras fier d'être celui qui partage ta vie.

Ses yeux s'emplirent de larmes. Elle se fendit d'un large sourire.

— Mon Dieu, hoqueta-t-elle. Je ne te mérite pas. Tu es de loin le meilleur homme que j'aie jamais fréquenté. Je t'aime tellement.

Attendez, quoi ?

Je reculai brusquement et plongeai mon regard dans le sien.

— Est-ce que j'entends des voix ou est-ce que tu viens de dire…

Elle leva les yeux au ciel et partit d'un rire nerveux.

— Oui, confirma-t-elle. Je t'aime. En fait je l'ai déjà annoncé à Gracen – excuse-moi – alors je ne vois plus le besoin de cacher la vérité plus longtemps. Je t'aime et étrangement c'est la chose la plus facile que j'aie jamais eu à admettre. Je veux que tout le monde le sache. J'ignore totalement pourquoi je m'en suis cachée aussi longtemps mais…

— Ça n'a pas d'importance. Tu le dis maintenant. C'est tout ce qui m'importe. Je t'aime aussi, ajoutai-je la voix enrouée, tremblant de joie.

On s'embrassa au-dessus de la console centrale et je pris son visage dans mes mains tandis qu'elle faisait valser ma casquette pour enfouir les doigts dans mes cheveux.

— Pour toujours, promis-je entre chaque baiser enflammé.

Le moment prit fin quand on tapa sur la vitre côté passager. Je me tournai et lançai un regard noir à Gracen.

Il se contenta de hausser un sourcil, m'informant qu'il m'en voulait de ne pas lui avoir dit que je sortais avec sa sœur.

— Dépêchez-vous, lança-t-il. On a des affaires à régler.

Bella prépara du thé. Après nous avoir dit de nous asseoir à table, elle s'affaira dans la cuisine pour s'empêcher de penser à la discussion qui l'attendait.

— Je peux t'aider ? demanda El avec espoir, ayant visiblement besoin de s'occuper elle aussi.

Mais Bella secoua la tête.

— Non, je m'en occupe.

Son expression n'était plus emplie de rage ni de haine lorsqu'elle croisait son regard. Yellow s'assit alors en silence à côté de Gracen, qui, les coudes sur la table et les mains serrées, me fusillait du regard.

— Tu as vraiment mauvaise mine, railla-t-il finalement, la voix dénuée de compassion.

Je lui lançai un regard froid.

— Merci.

Il renifla et jeta un œil vers sa sœur qui sortait quatre tasses du placard. Puis il la désigna du menton tandis qu'il s'adressait de nouveau à moi.

— Tu lui as dit. Dans la voiture. N'est-ce pas ? Elle est toute calme. Elle sait.

Je ne répondis pas, mais je n'en avais pas besoin.

— Génial, railla-t-il, levant les mains dans les airs et s'adossant contre le dossier de sa chaise. Vraiment génial. Je suis donc le seul ici qui n'a pas la moindre idée de ce qui se passe. Ça fait plaisir.

Il posa son avant-bras sur la table en bois et se mit à pianoter impatiemment des doigts.

Je grinçai des dents. Dans d'autres circonstances, le bruit ne m'aurait pas dérangé, mais là…

Sentant que son geste rendait tout le monde nerveux, El recouvrit silencieusement la main de Gray de la sienne. Il posa sur elle un regard empli d'inquiétude puis il prit sa main et la leva à sa bouche pour embrasser ses articulations.

Je tournai la tête vers Bella. Elle les regardait de l'autre côté de la pièce d'un air résigné. Puis elle déposa deux tasses devant Gray et El.

— Voilà, dit-elle.

Son frère descendit la sienne d'un trait à la manière d'un shot d'alcool et la reposa brutalement devant nos regards ébahis.

Quand il réalisa qu'il avait attiré notre attention, il marmonna :

— Quoi ?

Bella soupira et partit chercher les deux autres tasses. Puis elle sirota une petite gorgée pendant qu'El se servait en sucre. Je ne touchai pas à ma boisson. Je savais que mon estomac ne pourrait rien supporter.

— On peut commencer ? finit par exploser Gray.

El rougit et s'éclaircit la gorge.

— Pardon. Ouais, on peut…

— Il t'a violée, c'est ça ? explosa Gracen. Il t'a violée, putain. J'avais les signes sous le nez et je ne les ai pas vus. Mais comment est-ce arrivé deux fois ? Et pourquoi…

— Lowe, grondai-je, en fronçant les sourcils. Tu veux bien te taire et la laisser parler ?

Il ferma les yeux, souffla pour se calmer et les rouvrit pour se concentrer sur El.

— Pardon. Je suis désolé. Je… je ne peux pas rester assis. J'ai besoin de marcher.

Il se mit debout, fit le tour de la table avant de traverser la cuisine et revenir vers nous. El attendit qu'il ait fini puis reporta son attention sur Bella.

— Le premier soir, commença-t-elle, il m'a envoyé un texto pour me proposer de boire un verre au QG habituel du groupe.

Son visage pâlit. Baissant la tête honteusement, elle confessa :

— Je pensais que vous seriez là tous les deux. Je pensais que vous alliez me témoigner votre soutien puisque toutes les autres filles du groupe crachaient dans mon dos parce que j'étais sortie avec Chad après ma rupture avec Liam.

— Je t'ai défendue, murmura Bella.

El lui lança un sourire aussi triste que reconnaissant.

— Merci.

Puis elle soupira et leva les yeux au ciel.

— Tu n'étais pas là quand je suis arrivée. J'aurais dû savoir que c'était mauvais signe. J'ai même consulté mes textos le lendemain ; il avait écrit *nous retrouver* comme pour t'inclure. Alors j'avais toutes les raisons de m'attendre à ce que tu sois là.

Fermant les yeux, elle prit un moment pour réfléchir. Puis elle les rouvrit et riva son regard au mur.

— Il était déjà ivre quand je suis arrivée – du moins, je pensais qu'il l'était. Et il était contrarié. Soi-disant tu avais rompu avec lui, et il ne savait pas quoi faire.

Elle s'arrêta pour lever la tête vers Gracen qui s'était approché de la table et agrippait le dossier de sa chaise comme si c'était le cou d'Ethan qu'il tordait.

Le regard de Yellow glissa vers Bella.

— J'ai trouvé étonnant qu'il me contacte moi. S'il y avait eu une personne avec qui j'étais encore en bons termes dans le groupe, je l'aurais appelée pour qu'elle vienne s'occuper de lui. Et évidemment je ne pouvais pas te contacter car je pensais que tu l'avais largué.

Alors j'ai... J'ai proposé de le ramener car il ne pouvait pas rester là dans son état. Il m'a convaincue de prendre un verre avec lui, et ensuite il a accepté que je le ramène chez lui en voiture.

— Connard, fulmina Gracen, lâchant la chaise et se redressant si vite qu'il la fit vaciller.

Il passa une main irritée dans ses cheveux et recommença à faire les cent pas.

— Je ne... je ne me souviens de rien après ça, confia El à Bella à voix basse. Jusqu'au lendemain matin quand j'ai été réveillée par tes cris.

Bella ne dit rien. Elle poussa un long soupir et posa les coudes sur la table pour couvrir sa bouche. Avachi sur ma chaise, les jambes légèrement écartées, ma casquette baissée pour masquer mes yeux, j'entrelaçai les doigts et posai les mains sur mon ventre.

— J'étais si perturbée, confessa El. J'étais sûre de ne pas avoir bu tant que ça, mais il m'a convaincue que je m'étais bourré la gueule quand on était arrivés chez lui et que je lui avais fait des avances. Quand j'ai posé des questions sur votre rupture, il a haussé les épaules, disant que vous aviez eu une énorme dispute, et qu'il en avait conclu que c'était fini. Mais quelque chose me dérangeait. Alors je suis retournée chez lui une semaine plus tard pour lui poser plus de questions.

— Oh putain, marmonna Gracen de l'autre côté de la cuisine, commençant à faire craquer son cou d'un côté et de l'autre pour soulager sa tension.

— Il m'a offert un verre quand je suis arrivée car j'étais super nerveuse. Je pensais encore que j'avais trop bu la première fois mais c'était un verre sans alcool alors j'ai accepté car j'avais la gorge très sèche. Et ensuite j'ai vraiment commencé à l'interroger sur notre nuit ensemble, mais ma vue a commencé se troubler et ma tête s'est mise à tourner. Je me rappelle le rictus effrayant qu'il m'a lancé. Il a dit quelque chose, genre : « Oh ! elles font effet, maintenant, n'est-ce pas ? Tu sens les drogues, hein, Yellow ? »

— Fils de pute, siffla Gracen tandis que Yellow frissonnait de dégoût.

Il se passa lentement les mains sur le visage comme s'il essayait de faire disparaître les images horribles qu'il devait avoir en tête. Bella ferma les yeux et pinça les lèvres.

— J'ai répondu : « Des drogues ? Quelles drogues ? », continua Yellow. Et ensuite j'ai paniqué, comprenant qu'il m'avait donné une sorte de GHB. Je me revois courant vers la porte mais plus j'essayais de l'atteindre plus elle semblait s'éloigner. Puis, tout à coup, il était derrière moi, contre moi, et m'empêchait de bouger. Je pleurais mais il m'a dit de me calmer, que tout irait bien, que le matin, je ne me rappellerais pas ce qui s'était passé. « Bella ne se souvient jamais », m'a-t-il assuré.

Gracen fit volte-face et la fixa bouche bée.

— Quoi ? s'écria-t-il. Tu veux dire quoi par là, putain, « Bella ne se souvient jamais » ?

Il se tourna vers sa sœur, les lèvres entrouvertes de choc, mais elle se ratatina et se mit à sangloter.

— Hé, hé, murmurai-je, l'attirant vers moi. Viens là.

Elle s'appuya sur mes genoux et je la tins serré, caressant ses cheveux pendant qu'elle pleurait.

Son jumeau la regarda bouche bée, l'air incrédule, puis se tourna vers Yellow.

— Il a aussi violé Bella ? Il a violé ma sœur ?

El hocha légèrement la tête.

— Elle a probablement été plus droguée que moi.

Gracen poussa un cri étranglé et recouvrit sa bouche. Il se tourna mais fit volte-face aussitôt vers Yellow.

— Mais on t'a vue, accusa-t-il, les yeux écarquillés et emplis de colère. On t'a vue le lendemain matin, sortant de son appartement. Avec ton soutien-gorge…

Il poussa une bordée de jurons et prit sa tête dans ses mains.

— Bordel, tu avais vraiment l'air d'avoir été droguée et violée. Tu avais un regard effaré, empli d'horreur, mais j'ai cru que c'était simplement parce que tu craignais Bella.

— Eh bien…

El haussa les épaules et laissa échapper un petit rire.

— J'avais effectivement peur d'elle aussi.

— Mais bon sang, pourquoi… pourquoi n'as-tu rien dit à ce moment-là ? On était devant toi. Tu aurais pu lui dire. Tu aurais pu…

Il secoua la tête et déglutit, semblant perdre son fil de pensée.

— On t'aurait aidée.

— Je ne le savais pas, admit El, ses yeux se remplissant de larmes. Je pensais que Bella me détestait. Et en plus j'étais en état de choc. Quand je me suis réveillée auprès de lui et me suis rappelée ce qui s'était passé, mon instinct de survie a pris le dessus. J'aurais été incapable de dire quoi que ce soit à quiconque. Il fallait que je prenne la fuite. Je suis désolée, Bella. Je suis vraiment désolée de ne pas avoir pu te le dire à ce moment-là.

— Je comprends, répondit Bella, levant le visage de mon épaule pour s'essuyer le nez. J'aurais sans doute fait la même chose à ta place. Qui sait ?

— Je te l'aurais peut-être dit plus tard, admit El. Mais ensuite j'ai commencé à faire des cauchemars la nuit et des crises d'angoisse le jour. J'ai eu une courte période de boulimie et de dépression, d'agoraphobie et d'haptophobie. J'ai vraiment perdu pied. Et je ne voulais pas que tu traverses la même chose. Puisque tu avais déjà rompu avec lui, je pensais que tu étais en sécurité. Tu étais libre. Tu pouvais me faire porter le chapeau et continuer à vivre le reste de ta vie en paix sans jamais savoir ce que moi je savais.

— Sauf que ça ne s'est pas exactement passé comme ça, répondit Bella, se collant à moi. Mon instinct sentait que quelque chose s'était passé et mes émotions ont réagi en conséquence. Si Gracen et Fox n'avaient pas été là, j'aurais probablement sombré et me serais retrouvée dans un état pire que le tien.

Yellow hocha la tête pour dire qu'elle comprenait et sourit tristement avant de regarder vers moi, puis Gray.

— Parker et Gracen sont vraiment les meilleurs. Ce sont les deux personnes qui m'ont le plus aidée à traverser cette épreuve aussi.

Gray voûta les épaules et secoua la tête en avançant d'un pas trainant vers elle.

— Je ne vois pas en quoi je t'ai aidée. Je t'ai dit des choses horribles.

Tombant à genoux devant elle, il lui demanda pardon.

— Je ne sais même pas comment tu peux supporter de me regarder.

Levant les yeux au ciel, Yellow ébouriffa affectueusement ses cheveux.

— Tu n'as pas été si horrible que ça.

— J'ai été un connard, marmonna-t-il, rampant en avant pour s'appuyer contre ses jambes.

— Mais tout ce que tu m'as dit, c'était pour montrer ton soutien à Bella. Tu ne faisais que te comporter en frère loyal.

— J'ai probablement ravivé tes blessures au passage, protesta-t-il, posant la tête sur sa cuisse et soupirant. Tu aurais dû me dire d'aller me faire foutre.

— Euh, il me semble que je te l'ai dit une fois, lui rappela-t-elle, amusée. Au cinéma, tu te souviens ?

— Oh ouais.

Il leva le visage et sourit, hochant la tête en se rappelant leurs bons souvenirs.

— C'était mémorable.

— Vous êtes vraiment bizarres tous les deux, décréta Bella, toujours lovée sur mes genoux.

Ils se tournèrent à l'unisson vers nous.

— Ouais, renchéris-je. Mais ça semble marcher pour eux, alors ça me plaît.

— Tu veux savoir ce qui est bizarre, riposta Gracen. Vous voir vous, en couple. Le reste de la famille va péter les plombs quand ils le découvriront. Les mamans organiseront probablement une nouvelle *baby shower* dans l'espoir que vous fassiez des bébés tout de suite.

Bella leva le visage de mon épaule et plongea son regard dans le mien.

— Pas de problème ; on est prêts.

Oui, on l'était.

Quand elle se pencha pour appuyer son front contre le mien, Gracen s'éclaircit la gorge.

— Alors, vous allez me tourner le dos, ou pas ?

Sa sœur regarda vers lui.

— Hein ?

Il leva les yeux vers El.

— Je ne ferai pas une croix sur Yellow.

Bella poussa un long soupir. Puis elle marmonna avec regret.

— Tu sais ce que cela signifie, n'est-ce pas ? Si tu insistes pour la garder dans nos vies ? Alors il faudra que je rampe – beaucoup –

pour qu'elle me pardonne pour la façon dont je la traite depuis plus d'un an.

— Oh ! tu n'as pas à t'excuser, intervint El. De ton point de vue, tu avais tous les droits de…

— Non, non, coupa Gray, en agitant la main. Laisse la ramper. Elle le fait si rarement. Je veux profiter du spectacle.

Sa sœur lui lança un regard noir et lui fit un doigt d'honneur avant de reporter son attention sur Yellow, l'air sérieux. Quand elle ouvrit la bouche pour parler, cependant, elle fut coupée par un sanglot.

Des larmes emplirent ses yeux et elle secoua la tête. Ses épaules se mirent à trembler.

— J'ai été une vraie garce, renifla-t-elle.

— Non, protesta doucement El.

Inquiète, elle tendit les mains vers elle.

— Tu pensais que je t'avais trahie. Tu…

— N'avais pas besoin d'être une salope pour autant, coupa Bella, se penchant en avant pour serrer les mains de El. Et j'en suis désolée. Plus que tu ne le sauras jamais. S'il te plaît, pardonne-moi.

— C'est fait, répondit El d'un air léger.

Un sourire heureux aux lèvres, elle recula.

— Tu es pardonnée.

— Waouh. Tu pourrais me faire galérer un peu plus que ça, tu sais, répondit Bella sèchement. Je le mérite. Et plus encore.

El haussa les épaules avec une grimace chagrinée.

— Pardon. Mais je t'avais déjà pardonnée avant que chaque parole blessante ait quitté tes lèvres.

Soufflant avec irritation, Bella secoua la tête comme si elle était mécontente de la clémence de Yellow.

— J'aimerais pouvoir être aussi gentille et adorable que toi, ronchonna-t-elle.

El se fendit d'un rire sarcastique.

— Non. Crois-moi. Les gens en profitent constamment. J'aimerais être plus comme toi, en fait.

— Que dieu nous en préserve, marmonna Bella.

Je caressai son bras pour lui montrer que je l'aimais comme elle était. Elle ajouta :

— Mais merci, Yellow. Un jour je me rattraperai et mériterai ton pardon. Je te le jure.

— J'espère juste qu'on pourra redevenir amies, répondit El.

Cette fois ce fut au tour de Bella de répondre :

— C'est fait.

Pendant qu'elles échangeaient un regard chaleureux et affectueux, Gracen pointa son menton vers moi pour capter mon attention

— Ne t'attends pas à ce que je dise que j'aimerais être plus comme toi parce que ça n'arrivera pas, trouduc.

Je reniflai, l'informant que ce n'était pas dans mes intentions.

— Comme si tu pouvais être aussi génial que moi, bouffon.

— Ah ah, fit Bella en me donnant un coup de coude dans les côtes. Que vous êtes drôles tous les deux.

Avec un gloussement, je me penchai en avant pour appuyer le front sur son épaule.

— On essaie, murmurai-je en souriant.

Mais je serrai aussitôt les dents quand Bella trembla, me rappelant pourquoi on avait cette conversation.

— J'aimerais qu'il y ait un moyen de faire payer ce bâtard, grognai-je, voulant que justice soit rendue à ma nana.

— Je suis partant avec ton plan d'aller lui casser la gueule ensemble, annonça Gray.

J'acquiesçai de la tête, prêt à y aller tout de suite. Mais El s'éclaircit la gorge discrètement.

— Euh, je connais peut-être une autre façon de procéder. Après la seconde fois, je suis rentrée chez moi, prête à prendre une douche et nettoyer toutes les preuves mais… je ne sais pas. Pour une raison quelconque, j'ai arrêté et je suis allée à l'hôpital à la place. Ils ont fait des tests, un rapport, et la seule chose que je ne leur ai jamais dite c'est son nom.

— Quoi ? explosa Gray, stupéfait. Pourquoi pas ?

Quand il se leva et baissa la tête pour lui lancer un regard irrité, El eut une moue gênée et commença à tortiller ses mains.

— Les autres nanas du groupe ont commencé à m'envoyer des textos pleins de haine. Elles avaient dû entendre parler de la deuxième fois.

Bella grimaça.

— C'était ma faute, admit-elle.

Mais El fit taire ses inquiétudes d'un geste de la main.

— Je sais pourquoi tu l'as fait mais sur le coup ça m'a fait réfléchir. Je me suis demandé si quelqu'un me croirait si soudainement je racontais que j'avais été droguée. Dans la salle d'attente de l'hôpital, la télévision était allumée. Les informations parlaient d'une actrice célèbre qui avait accusé un de ses réalisateurs d'agression sexuelle. Et des gens qui n'étaient pas là au moment des faits et n'avaient aucune idée de ce qui s'était vraiment passé débattaient autour d'une table : fallait-il la croire ou non ? Certains l'ont crue sans poser de question mais d'autres l'ont traitée de tous les noms. Je me suis sentie mal, me demandant ce que tout le monde dirait de moi. J'ai quitté l'hôpital en courant avant même de finir mon entrevue. Une inspectrice de police m'a appelée une semaine plus tard pour m'informer que j'avais été testée positive au Rohypnol[1]. Elle voulait

1 Molécule appartenant à la famille des benzodiazépines, prescrite comme tranquillisant.

que je lui donne plus d'informations et porte plainte, mais je n'en avais plus la force alors elle m'a dit qu'elle laisserait l'enquête ouverte, et que je pouvais revenir la voir quand je serais prête.

— Appelons-la maintenant, dis-je, me redressant.

Mais Bella saisit mon poignet et me lança un regard suppliant.

— Mais tout le monde le saura. Ils demanderont pourquoi je n'ai rien remarqué et penseront que je suis une idiote de…

— Bells, hoquetai-je, posant la main sur sa joue. Non. Personne ne pensera…

— Comment est-ce que tu le sais ? accusa-t-elle. Bon sang, même moi je le pense. Pourquoi est-ce que les autres ne le penseraient pas ?

— Rien à foutre des autres. Leurs opinions ne comptent pas.

— Sauf que si, coupa El doucement. Que ce soit de la part d'un ami ou d'un inconnu, les commentaires négatifs te rongent et te font douter de toi-même et sombrer. Et quand tu affrontes déjà quelque chose de si personnel et traumatisant, c'est trop. Je ne voulais pas que ça se sache, ni que mon expérience horrible se transforme en cirque médiatique dans le seul but d'obtenir justice. Je n'aurais pas supporté toute cette attention. Et je ne blâmerais aucune femme qui souhaiterait garder ce traumatisme pour elle.

— Mais j'admire celles qui parlent, acquiesça Bella en hochant la tête.

El lui jeta un regard entendu.

— Ouais.

Éberlué, je les dévisageais.

— Alors, quoi ? protestai-je, secouant la tête. Il va s'en sortir malgré ce qu'il a fait ? Putain, non. C'est hors de question. Pensez à toutes les autres femmes qu'il a abusées depuis. Et avant. Si on ne dit rien, c'est comme si on l'autorisait à continuer.

— Tu n'as pas parlé comme ça la première fois que je t'ai raconté mon histoire, murmura El, en m'observant d'un air pensif.

— Si, protestai-je, les sourcils froncés. La toute première chose que je t'ai dite c'est de porter plainte et ensuite trouver un thérapeute, pas un coach de vie. Mais tu as dit non alors je n'ai pas insisté. Je t'ai aidée du mieux que je pouvais. Mais maintenant, non seulement j'ai un nom et un visage à mettre sur cet enculé, mais j'apprends qu'il a également fait du mal à l'amour de ma vie alors, ouais, j'ai envie qu'il paie. Cher.

— Tu nous as aidées à guérir, Parker. C'est une forme de justice. Il a peut-être fait de nous des victimes, mais on s'en est sorties. Et tu... tu nous as tendu la main dont on avait besoin pour nous relever.

Bella posa ses doigts sur mon cœur et me lança un regard reconnaissant.

— Oui, dit-elle. Ainsi que...

Mais quand elle leva les yeux, son sourire s'évapora.

— Où est Gracen ?

— Oh non ! s'exclama Yellow, bondissant sur ses pieds.

Elle couvrit sa bouche des deux mains tandis qu'elle passait en revue la cuisine.

— Mais il était là il y a une minute.

Elle se tourna vers Bella et moi.

— Vous ne pensez pas qu'il... ?

Sauf qu'on savait tous que si.

— Merde, grommelai-je.

Je ne savais pas si j'étais contrarié par le fait qu'il ne m'avait pas emmené avec lui pour tuer cet enfoiré ou plutôt par le fait de devoir l'empêcher de tuer quelqu'un que j'aurais bien achevé moi-même.

Chapitre 24

GRACEN

Ethan n'était pas chez lui. L'enfoiré.

Debout devant sa porte, les sourcils froncés, les mains sur les hanches, je m'interrogeai : que faire ? Je ne pouvais vraiment pas attendre qu'il rentre avant de le tuer. Cela faisait déjà plus d'un an qu'il s'en tirait.

Poussant un soupir irrité, je sortis mon téléphone de ma poche. Bella et Fox m'avaient envoyé plusieurs messages mais je les ignorai. Je n'en avais reçu aucun de Yellow. Cela n'avait rien d'étonnant : on n'avait pas encore échangé nos numéros.

Il fallait clairement qu'on le fasse.

Mais plus tard.

Tapant le nom d'Ethan dans mon répertoire, je sifflai un *yes* quand je trouvai l'enfoiré. Je savais qu'être paresseux et oublier d'effacer certaines personnes de mes contacts s'avèrerait utile un jour.

Je cliquai sur son profil et eus un rire sarcastique en voyant les deux derniers messages qu'on s'était envoyés. Il avait demandé si on pouvait encore être amis lorsque ça n'avait pas marché entre ma sœur et lui.

J'avais répondu :

Va te faire foutre.

Souriant, je cliquai sur sa fiche d'informations. Il avait partagé sa localisation avec moi le jour où Bella et lui étaient allés à un mariage dans un endroit un peu atypique et isolé. Travaillant tard, Bella n'avait pas pu partir avec lui alors je l'y avais conduite. J'avais eu un mal de chien à trouver les lieux alors…

Oui ! Je l'avais encore.

Il était au Goldman's Bar et Grill. J'eus comme une envie soudaine de frites au fromage et d'une bière. Je m'y arrêterai sur le chemin de la maison histoire de rattraper le temps perdu avec un vieil ami et de commettre un petit homicide.

— *Mama*, chantonnai-je en rangeant mon téléphone dans ma poche et en joggant jusqu'à ma voiture. *Just killed a man. Put a gun against his head, pulled my trigger, now he's dead…*

Freddy Mercury, mec. Soudain, j'appréciai les paroles de *Bohemian Rhapsody* comme jamais auparavant.

— *Scaramouch, Scaramouch, will you do the Fandango ?* continuai-je de chanter en me glissant derrière le volant et en mettant le contact avec force. *Thunderbolt and lightning, very very frightening me. Gallileo, Gallileo, Gallileo, Figaro.*

Le moins qu'on puisse dire c'était que le temps que j'arrive au pub, j'étais remonté à bloc et prêt à affronter ce fils de pute.

J'entrai. Quasiment tout le monde regardait le match diffusé sur les écrans. Il dut se passer quelque chose car soudain la moitié de la salle poussa des cris de joie tandis que les autres poussaient des grognements et agrippaient leurs têtes. J'avançai, regardant alentour, puis je laissai passer une serveuse minuscule qui portait un immense plateau avec trois pintes de bière.

Une fois qu'elle fut plus loin, je soufflai et continuai ma recherche. Soudain, je le trouvai, dans un coin éloigné, entouré de visages familiers. J'en reconnaissais la moitié. Je les avais rencontrés quand lui et Bella sortaient ensemble. Ils m'avaient fait l'impression de trouducs prétentieux à l'esprit étroit alors je n'avais pas passé beaucoup de temps avec eux.

Ethan venait de rejoindre une table haute et ronde. Il tenait deux pintes à la main et se trouvait dos à moi. Il en donna un à une femme assise là ; je ricanai et secouai la tête.

— Si j'étais vous, je ne boirais pas ça, lui conseillai-je sèchement.

Elle s'arrêta, le verre à mi-chemin de la bouche, et écarquilla les yeux dans ma direction. Ethan fit volte-face, surpris, avant d'adopter un sourire perplexe et nerveux.

— Gracen, lança-t-il amicalement avec l'expression de celui qui jurait n'avoir jamais drogué aucune femme.

Espèce de sale menteur.

— Salut. Qu'est-ce que tu…, continua-t-il.

— C'est vrai ? demandai-je, tout en m'approchant pour envahir son espace vital.

— Waouh, hé. Doucement.

Il bondit en arrière et leva les mains pour se défendre avant d'avoir un petit rire inquiet.

— Qu'est-ce qui est vrai ?

Puis il regarda ses amis avec un air supérieur et moqueur l'air de dire : « il se prend pour qui, celui-là ? »

— Est-ce que tu donnes de la drogue aux femmes pour les

violer ? Même celles avec qui tu sors ? l'interrogeai-je, observant sa réaction.

La nana à qui il avait donné une pinte la reposa rapidement et la poussa loin d'elle.

Ethan se tourna brusquement vers moi. Son sourire narquois avait disparu.

— Tu as dit quoi ?

Il prit un moment pour digérer l'accusation avant de lever les mains à nouveau, les tenant écartées comme le ferait un politicien avant de raconter des bobards à ses électeurs.

— Écoute. Je ne sais pas ce que Bella t'a dit mais…

— Bella ?

Je clignai les yeux, comme si je ne comprenais pas pourquoi il parlait d'elle.

— Bella ne m'a rien dit. Pourquoi ? Tu l'as droguée elle aussi ? Les soirs où elle te disait non, elle n'était pas d'humeur, mais tu ne pouvais pas le supporter ? Est-ce que tu as violé ma sœur ?

J'avançai vers lui, la mâchoire tendue.

— Et Yellow Nicksen ?

En entendant ce nom, ses yeux s'écarquillèrent.

— Quoi ? Non ! Putain, non, cracha-t-il. C'est ridicule. Écarte-toi de moi, mec. Yellow est une Marie-couche-toi-là et ta sœur ne tient pas l'alcool. Mais, eh…

Il haussa les sourcils.

— Si tu veux croire une salope de menteuse et une meuf alcoolique, je t'en prie.

Cette fois, il était allé trop loin.

Une rage brûlante m'envahit, descendant de mes cheveux jusqu'à mon col en passant par mon visage. Je serrai le poing, essayant de déterminer où frapper sur son visage. Devrais-je choisir l'endroit le plus douloureux ? Ou l'endroit qui le défigurerait le plus longtemps ? Les deux options étaient trop tentantes pour n'en choisir qu'une.

Il faudrait que je le frappe deux fois. Au moins.

Mais alors que je commençais à lever le bras, une main m'agrippa fermement.

— Non.

Je levai les yeux, tombant nez à nez avec Fox.

Merde. Ils avaient retourné ma ruse de localisation contre moi.

— Ce n'est pas ce que veulent les filles, déclara-t-il fermement.

Je montrai les crocs, prêt à lui dire que les gens obtenaient rarement ce qu'ils voulaient. Ce matin, je n'avais certainement pas voulu me réveiller pour apprendre que deux femmes très importantes dans ma vie avaient été violées par le même homme. Je voulais me réveiller enroulé autour de ma belle blonde aux mèches roses et bleues, et passer le reste de l'après-midi au lit avec elle.

Je n'avais pas voulu réconforter ma sœur qui s'était effondrée après une agression qu'elle n'avait même pas conscience d'avoir subie.

Et je n'avais pas voulu qu'elle soit émotionnellement traumatisée au point de ressentir le besoin de me cacher sa relation avec l'un de mes meilleurs amis.

Alors pourquoi est-ce que quiconque obtiendrait-il ce qu'il voulait, maintenant ?

Mais Fox continuait de me regarder alors je soufflai avec contrariété. Je savais qu'il avait raison.

Ethan dévisagea Fox d'un air sombre.

— T'es qui toi ? Pour qui est-ce que tu te prends ?

Mon ami tourna lentement la tête vers lui.

— Sérieusement ? On s'est rencontrés une demi-douzaine de fois à toutes les réunions familiales auxquelles Bella t'a emmené.

Ethan plissa les yeux un instant.

— Ah ouais, c'est vrai. Tu es un de ces cousins qui n'est pas vraiment un cousin. Comme je suis chanceux d'avoir échappé à cette parodie de fami…

Fox fit un pas énervé vers lui ; Ethan s'interrompit aussitôt. Il recula d'un pas.

— Tu penses sérieusement que tu vas continuer à t'en sortir, n'est-ce pas ? murmura Fox, secouant la tête d'un air abasourdi. Que toutes ces pauvres femmes continueront de se convaincre que tu ne leur ferais pas une chose pareille ? Tu penses qu'elles continueront toutes de penser qu'elles étaient bourrées, que tout était leur faute, et que c'est pour cette raison qu'elles ne se rappellent pas ce qui s'est passé.

— Oh mon Dieu, s'écria une des trois femmes à table.

On se tourna tous vers elle. Le visage entre les mains, elle avait le teint blême.

— Ce n'était pas ma faute, n'est-ce pas ? demanda-t-elle à Ethan d'une voix qui trahissait son choc étourdi.

L'homme à côté d'elle lui lança un regard surpris.

— Qu'est-ce que tu as dit ? s'exclama-t-il.

— Je, je…

Elle se mit à pleurer.

— Je ne te tromperais jamais. Je te le jure. Je t'aime. Mais il… il a dit… il m'a dit que je…

— Il a dit quoi ? exigea de savoir son homme, se levant lentement en la regardant bouche bée.

— Je me suis réveillée nue près de lui, expliqua-t-elle. Mais je ne me rappelle pas comment je suis arrivée là, ou ce qu'il s'est passé entre nous.

— Tu te fous de moi ?

— Je suis tellement navrée, sanglota-t-elle.

Elle était si bouleversée qu'une de ses amies se rapprocha et passa un bras réconfortant autour d'elle.

— Je... je ne pouvais pas te le dire. Je ne voulais pas te perdre.

— Fils de pute.

Il pivota vers Ethan.

— Tu as touché mon épouse ?

Ethan écarquilla les yeux et commença à faire machine arrière.

— Je, quoi ? Non. Je ne ferais jamais ça. Cette salope est en train de mentir, putain. C'est elle qui m'a fait des avances.

— Crystal ne ment pas, reprit son mari, les dents et les poings serrés. Et ce n'est pas une salope.

Fox agrippa mon T-shirt et m'écarta au moment où le mari de Crystal se jetait sur Ethan et commençait à le tabasser sans pitié.

— Je vais faire tester cette pinte, annonça une femme du groupe.

Elle leva le verre juste avant qu'Ethan et le mari de Crystal percutent violemment la table et la renversent.

Deux personnes autour d'eux poussèrent des cris de surprise. Un type attrapa un portefeuille posé au centre d'une autre table et vida son contenu. Puis il marqua une pause et souleva un pack de dix pilules vert olive rectangulaires.

Il en manquait une.

— C'est vrai, murmura-t-il, regardant sans en croire ses yeux la preuve dans ses mains. Putain, mec, tu transportes des drogues sur toi en ce moment même. T'es un putain de...

Il s'interrompit, trop occupé à regarder son ami tabasser Ethan jusqu'au sang. Alertés par le bruit, les autres arrêtèrent de regarder leur match et se regroupèrent autour d'eux pour filmer le chaos ou appeler à l'aide.

Fox et moi échangeâmes un regard.

— Je pense que notre travail ici est terminé, annonçai-je.

Il acquiesça d'un hochement de tête.

On se tourna de concert vers la sortie. Je me sentais super bien. Fox semblait ressentir la même chose. Il me lança un petit sourire satisfait, alors je passai un bras autour de son épaule et on quitta le pub ensemble. Deux femmes se jetèrent immédiatement sur moi et me serrèrent fort.

Fox recula. Je les enlaçai et inspirai leurs deux odeurs très familières.

Mes nanas.

— Tu vas bien, hoqueta Bella de soulagement.

— On était si inquiètes, ajouta Yellow.

Croisant le regard de Fox au-dessus de leurs têtes, je fronçai les sourcils.

— Comment est-ce que tu as fait pour les empêcher d'entrer ?

— Tu te moques de moi ? grogna Bella, s'écartant pour me fusiller du regard. Comme si j'avais envie de m'approcher de ce connard.

Yellow acquiesça de la tête.

— Pareil pour moi.

— Et bon sang !

Ma sœur me frappa dans la poitrine.

— Qu'est-ce qui t'a pris d'aller le voir ?

— Hum, je voulais vous venger, répondis-je.

Quelle question.

— Tu aurais pu avoir des ennuis, être blessé ou arrêté. Tu crois que c'est ce qu'on veut Yellow et moi ?

— Non, ce n'est pas qu'on veut, me dit Yellow, l'air aussi bouleversée que Bella. On s'en fout qu'il paie pour ses crimes ; on s'inquiétait pour toi.

— Mais je ne l'ai pas tué, protestai-je. Je n'ai même pas touché ce connard répugnant.

Il aurait probablement laissé une tache dégoûtante sur moi si je l'avais touché.

— Et regardez.

Je désignai la fenêtre du pub. Une foule immense s'était regroupée autour de la table d'Ethan. Quelqu'un avait fait cesser la bagarre mais Ethan ne s'en tirait pas très bien. Le visage tout ensanglanté et tuméfié, il avait besoin de l'aide de quelqu'un pour rester debout.

— Justice a été rendue, annonçai-je.

Ou elle le serait.

Au loin, on entendait les sirènes de police.

Si le karma était de notre côté, peut-être qu'Ethan passerait du temps derrière les barreaux, à compter d'aujourd'hui.

C'était ce que j'espérais.

— Venez, lança Fox. Partons d'ici et allons célébrer tout cela quelque part.

Bella fronça le nez vers lui.

— Euh, célébrer quoi ?

— Plusieurs choses. D'une, justice va être rendue. Et de deux… maintenant je suis autorisé à faire ça en public.

Il prit sa main et l'embrassa devant le pub.

Yellow se tourna vers moi. Elle souriait.

— J'aimerais célébrer le fait d'être capable de faire ça partout maintenant.

Elle se dressa sur ses orteils pour appuyer sa bouche sur la mienne. Je lui rendis son baiser mais les sirènes de police qui continuaient de s'intensifier gâchaient l'ambiance.

J'arrêtai de l'embrasser, tournai la tête dans leur direction puis reportai mon attention sur Yellow.

— Je te dois un petit déjeuner.

Elle rit ; l'après-midi était bien avancé. Mais elle haussa les épaules.

— C'est vrai que je suis affamée, déclara-t-elle.

Je me tournai vers les deux autres. Ils se bécotaient encore car visiblement c'étaient des gens étranges qui pouvaient s'embrasser alors que les forces de l'ordre approchaient, sirène hurlante.

— Je sais où aller. Suivez-moi. Non, attendez. Toi, tu viens avec moi, dis-je à Yellow, lui faisant un clin d'œil en prenant sa main.

Puis je regardai vers Fox et Bella qui avaient enfin arrêté de s'embrasser.

— Vous deux vous nous suivez.

Bella me lança un regard noir et posa une main sur sa hanche. Un véhicule de police s'engagea dans la rue, les gyrophares rouge et bleu allumés.

— Avoir onze minutes de plus que moi ne fait pas de toi le leader de ce groupe.

Je ricanai.

— Si, carrément.

— C'est ça, ouais.

On se tourna tous les quatre à l'unisson vers le parking pendant que la police s'arrêtait derrière nous.

— J'aimerais voir où il est écrit que le jumeau à peine plus âgé dicte les règles, disait Bella.

— Pas de problème, lui dis-je en passant un bras autour de Yellow. Je trouverai où c'est écrit, t'inquiète.

Fox se pencha vers Yellow et leva les sourcils dans sa direction.

— Tu es sûre que tu es prête à rejoindre cette famille ?

Mais elle se contenta de sourire puis finit par répondre.

— Oui, affirma-t-elle. Je le suis.

C'est tout ce que j'avais besoin d'entendre.

Épilogue

FOX

Je consultai l'heure à mon poignet et fronçai les sourcils. Mais enfin, où étaient-ils ? Les jumeaux Lowe étaient très rarement à l'heure, mais j'avais espéré que ce soir au moins ils feraient un effort.

Tous les membres de la famille me lançaient des regards curieux et je commençais à me sentir mal à l'aise. J'avais dit à mes parents que je viendrais accompagné, mais quand même…

Ne pouvaient-ils pas trouver un autre sujet de commérage ? J'avais l'impression d'être un pauvre insecte sous un microscope.

On avait une autre de nos réunions familiales dans l'arrière-salle du bar de Pick, mais en toute honnêteté j'avais oublié ce qu'on célébrait cette fois. Je n'avais pas été obligé d'apporter de cadeau – ou d'argent en guise de cadeau –, ce qui avait été un soulagement.

Oh ! attendez. Remarquant qu'Haven, accompagnée de son fiancé Wick, montrait sa bague à Eva, je me rappelai : *Mais oui, c'est vrai !* C'était leur fête de fiançailles. Bah. J'étais vraiment à l'ouest. J'avais tellement peur que Bells se dégonfle et ne fasse pas la grande révélation comme elle l'avait prévu.

Je consultai à nouveau ma montre, tenté de lui envoyer un texto, mais sentant une présence à côté de moi, je levai les yeux. Luke me salua de la tête et prit une gorgée de bière.

— Alors où est cette nana dont tout le monde parle et qui est censée t'accompagner ce soir ? Elle t'a posé un lapin ou elle est invisible ?

Je lui lançai un regard noir.

— La ferme, trouduc. Elle va arriver.

— Hum, murmura-t-il, ne me croyant pas du tout.

Mais alors qu'il levait la bouteille à sa bouche, il s'arrêta, les yeux rivés sur l'entrée, la bouche grande ouverte.

— J'hallucine.

Tournant la tête, je souris.

Elle jeta un œil hésitant dans la salle du fond de la boîte de nuit où notre groupe faisait beaucoup de bruit. Il faut dire qu'on n'était pas vraiment discrets. Elle donnait l'impression d'être un agneau perdu qui venait d'entrer dans une tanière de loups.

Ayant pitié, je levai le bras.

— Eh, El ! appelai-je.

Son regard se posa sur moi. Elle s'avança, une expression de soulagement visible sur son visage.

Luke la regarda comme s'il était en transe.

— Impossible qu'elle soit là pour toi, souffla-t-il. Cette déesse de la perfection ne t'accorderait jamais la moindre attention. Elle ne peut pas être ton rendez-vous de ce soir. Dis-moi que ce n'est pas elle.

Je haussai les épaules.

— OK. Ce n'est pas mon rendez-vous de ce soir.

— Bonjour, dit-elle, s'arrêtant devant nous et saluant Luke d'un sourire poli avant de se retourner vers moi.

— Salut, répondis-je, avec un signe de tête. On dirait que tu as trouvé facilement.

— Ouais. En fait je suis déjà venue ici. J'ai toujours aimé l'ambiance.

Luke, en mal d'attention, s'inséra dans la conversation.

— Oui. Le *Forbidden* a une super atmosphère.

C'était probablement la première fois qu'il utilisait le mot *atmosphère* de sa vie. Je me demandai même s'il savait ce que ça voulait dire.

— En fait, continua-t-il, me poussant sur le côté pour pouvoir se rapprocher de El. Je travaille ici. Je suis pratiquement le propriétaire, alors si tu veux visiter, je peux te montrer tous les passages secrets et cachés. Ce que le client *lambda* ne voit jamais, quoi.

Elle écarquilla les yeux de curiosité.

— Il y a vraiment des passages secrets ?

Je levai les yeux au ciel.

— Non, répondis-je sèchement.

J'avais exploré tous les coins et recoins de ce bâtiment en grandissant, tout comme Luke, Gray et les autres. Et la chose la plus intéressante qu'on avait trouvée c'était une porte qui s'ouvrait sur un mur de briques.

Désignant du pouce mon cousin – qui n'était pas vraiment un cousin –, je dis :

— Voici Luke, au fait. C'est un chien errant qu'on a nourri à quelques reprises car on se sentait super mal pour lui, mais maintenant il refuse de s'en aller.

Le sourire de Luke se durcit. Gardant son attention sur El, il passa un bras autour de mes épaules comme s'il allait se montrer sympa. Mais ensuite il serra plus fort avant de me pencher en avant et de frotter ses articulations avec force sur ma tête.

— Je suis au courant de chaque chose embarrassante que Fox ici présent a faite depuis sa naissance, annonça-t-il.

Pendant que j'essayais de me libérer, El éclata de rire. Mais on se redressa tous les deux quand la maman de Bella apparut devant nous.

— Les garçons. Soyez sages, réprimanda Reese, avant de regarder vers El avec un grand sourire. Ne vous inquiétez pas. Ils sont un peu brutaux sur les bords mais je vous jure qu'ils ont tous les deux un cœur d'or.

Elle tendit une main empressée vers elle.

— Je suis Reese, au fait.

Je trouvai très curieux que ce soit la première maman à se présenter. Ou peut-être qu'elle était simplement la plus proche de nous à ce moment-là.

Ouais, c'était l'explication la plus plausible qui me vint en tête.

— C'est Reese Lowe, expliquai-je à El en levant les sourcils avant de me libérer de la prise de Luke et de réarranger mes vêtements avec irritation.

Les yeux de El s'écarquillèrent. Elle se retourna vers la mère de Gray avec un peu plus de concentration.

Reese me lança un regard étrange – elle avait dû trouver bizarre que j'insiste sur son nom de famille – et se retourna vers El avec un de ses sourires chaleureux.

— Vous savez, quand mon mari vous a décrite la première fois, admit-elle, se penchant d'un air confidentiel vers El, je me suis dit qu'il exagérait votre apparence. Mais vous êtes absolument ravissante.

Puis elle regarda entre nous et hocha la tête, un sourire satisfait aux lèvres.

— Vous formez un couple mignon tous les deux.

— Oh !

Je secouai la tête et agitai les mains tandis qu'El et moi échangions un regard perplexe.

— Non, dis-je à Reese en me tournant vers elle. Non, on n'est pas en couple. Pas du tout. El est ma cliente.

— Je le savais ! siffla Luke à côté de moi, pendant que Reese fronçait les sourcils d'un air confus.

— Mais ta mère a dit que tu viendrais accompagné ce soir.

— Il est accompagné, répondit une voix derrière elle.

Reese se tourna et découvrit sa propre fille qui se tenait là, le sourire aux lèvres.

— C'est moi, maman, annonça Bella. Je suis celle qui l'accompagne.

— Qu'est-ce que… commença, clignant les yeux de confusion.

Mais Bella passa devant elle, s'approcha de moi et enroula les bras autour de mon cou. Je suis sûr que tout le monde poussa des cris de stupeur quand nos lèvres se rencontrèrent mais j'étais trop concentré sur mon baiser avec ma petite amie pour le remarquer. Ou m'en soucier.

— Oh mon Dieu, fut la première chose que j'entendis quand je m'écartai enfin pour sourire à ces beaux yeux bleu-gris. Oh mon Dieu, répéta Reese, portant les mains à son visage. Oh… J'aime ce couple encore plus. Je veux dire…

Les yeux écarquillés d'horreur, elle se tourna vers El.

— Pardon. Je suis sûre que vous êtes adorable aussi. Je… je veux dire…

Fronçant le nez, elle pencha la tête.

— Je suis perdue. Qui êtes-vous, au juste ?

— C'est mon rencart, répondit son fils, apparaissant derrière El et enroulant ses bras autour de sa taille pour pouvoir frotter sa joue contre la sienne et y déposer un baiser affectueux.

— Ton… ?

Avec une expression stupéfaite sur le visage, Reese regarda El se laisser tomber dans les bras de Gray et lever la main derrière elle pour caresser ses cheveux soyeux. Puis elle se retourna vers Bella et moi, dans les bras l'un de l'autre. Clignant rapidement les yeux, elle digéra la nouvelle.

— Mes deux enfants sont en couple ? murmura-t-elle, émerveillée.

Puis elle tapa dans ses mains en poussant un cri strident.

— Mes deux enfants sont en couple ! Enfin ! Je vais avoir des petits-enfants !

— Maman ! siffla Bella, choquée par ses propos.

— Oups, pardon.

Reese arrêta de sautiller, s'éclaircit la gorge et prit une expression plus sérieuse.

— Tu as raison, bien sûr. Il est beaucoup trop tôt. Mais un jour...

Elle tapa encore dans ses mains, n'arrivant pas à contenir son excitation.

— Peut-être que j'aurai des petits-enfants. Et un avec Fox, aussi. Oh ! Bella, quel bon choix. Je l'aime comme si c'était l'un des miens.

Elle me prit dans ses bras pour un câlin inattendu et je ris, essayant de ne pas perdre l'équilibre tandis qu'elle déposait un baiser sonore sur ma joue. Puis elle me lâcha brusquement et se tourna vers El et Gracen.

— Et vous. Je ne connais même pas encore votre prénom. Mais j'ai envie de vous enlacer aussi.

Reese attira El dans ses bras. El eut l'air un peu alarmée mais elle ne paniqua pas et ne fit pas de crise d'angoisse alors que cela aurait été le cas un an plus tôt. Elle rougit et partit d'un rire nerveux quand la mère de Gray s'écarta pour discuter avec elle.

— Eh...

Luke me donna un coup de coude.

— Bella, hein ? Dingue.

Puis son regard dévia vers El et il leva un sourcil avec intérêt.

— Mais sérieusement, tu as d'autres clientes ?

Et c'est ainsi que la famille apprit que Bella et moi étions ensemble.

Yellow

Un filet de sueur coulant sur la tempe, j'amorçai le dernier virage autour du complexe sportif. À côté de moi, la respiration régulière de Parker me tenait compagnie.

Mais, euh, on n'était pas censés courir seuls. Ensemble, on jeta un regard curieux vers l'arrière.

Il n'y avait aucun signe des jumeaux Lowe derrière nous.

Ils étaient si loin que ça ?

Je levai les yeux vers Parker et dressai les sourcils pour marquer mon interrogation silencieuse. Il se contenta de hausser les épaules.

Je n'étais plus sa cliente. On était tous les deux tombés d'accord sur le fait que je n'avais plus besoin de l'aide d'un coach, surtout après la façon dont j'avais géré mon témoignage au procès d'Ethan. Il avait été déclaré coupable de multiples viols et avait été envoyé en prison, mais on continuait de s'entraîner ensemble le samedi matin. Et quand Bella avait déclaré qu'elle voulait se joindre à nous, Gracen avait décidé de nous accompagner aussi. Mais ils avaient disparu dès qu'on avait commencé notre footing.

Parker poussa mon bras puis fit un geste du menton vers l'avant. Je tournai la tête. Ils étaient sur un banc près de l'entrée. Penchée légèrement en arrière, appuyée sur les mains, Bella avait le visage levé vers le ciel, comme si elle était à la plage et essayait d'absorber un maximum de vitamine D.

Gracen était allongé la tête sur ses genoux, l'air endormi.

On jogga vers eux et on s'arrêta devant leur banc.

Parker s'arrêta devant sa petite amie et leva les bras en riant.

— C'est quoi ce délire ? On pensait que vous vouliez courir avec nous.

La main en éventail, Bella se rafraîchit le visage.

— Ouais, mais Gracen et moi on a décidé qu'on n'était pas fans de jogging, annonça-t-elle.

Entendant son nom, ce dernier ouvrit les yeux, s'assit, poussa un bâillement et me sourit affectueusement.

— Oh ! salut. C'est déjà fini ? Vous avez bien couru. Vous avez tout donné.

Puis il tapa dans ses mains et regarda autour de lui.

— Qu'est-ce qu'on fait ensuite ?

— Pourquoi est-ce que vous ne rentrez pas tous les deux ? suggéra Parker sèchement. Si vous êtes incapables de faire le tour du bâtiment, vous n'aurez jamais envie de transpirer sur le terrain de basket.

— Beurk, on va transpirer ?

Bella se leva, fronça le nez, poussa un grognement et s'étira.

— C'est dégueulasse de transpirer.

— Oh ! vraiment ? riposta Parker en l'attrapant par la taille pour l'attirer contre lui pour un baiser enflammé.

Il s'écarta, lui sourit et lui fit un clin d'œil.

— Tu ne disais pas ça hier soir.

— Beurk. Ça c'est dégoûtant, leur dit Gracen avec une grimace. Vous me donnez vraiment envie de vomir.

Puis il me rejoignit et sourit joyeusement.

— Salut. Ne t'inquiète pas, j'aime la sueur. Surtout ta sueur.

Et il le démontra en léchant une goutte qui coulait sur le côté de mon cou.

Le moins qu'on puisse dire, c'est que le temps qu'on arrive sur le terrain, tout le monde avait été minutieusement embrassé.

Parker alla récupérer un ballon.

— OK, annonça Parker, le faisant rebondir entre ses mains pour attirer notre attention. Faisons équipe. El, tu es avec moi.

— Waouh, eh ! Attends une seconde, objecta Gracen. Tu ne peux pas prendre ma petite amie comme coéquipière.

— Quoi ? demanda Parker innocemment. Je te laisse faire équipe avec ma petite amie. Les Lowe contre les non-Lowe.

Les jumeaux échangèrent un regard soupçonneux avant que Bella secoue la tête.

— Nope, ça sent la conspiration.

— Oh ouais, acquiesça Gracen, croisant les bras sur son torse et se tournant vers nous. Ils mijotent quelque chose.

— On ne mijote rien du tout, insista Parker, levant les mains en l'air. Je n'ai jamais joué avec El avant. On a toujours fait des sessions en un contre un, on a toujours été rivaux. C'est la première fois que j'ai l'occasion d'être son coéquipier.

— Je n'ai jamais joué avec toi avant, moi non plus, argumenta Bella, posant les mains sur les hanches. C'est quoi l'histoire ?

Il joua des sourcils.

— Bébé, on fait équipe ensemble tous les soirs.

— Mon Dieu, grogna Gray, lançant la tête en arrière et enfonçant ses paumes dans les orbites de ses yeux. Vous allez arrêter tous les deux de dire des trucs pareils ? Je vais grandir en ayant de sérieux problèmes mentaux.

Parker ricana.

— Toi ? Grandir ? Ouais, c'est ça. En plus, tu as déjà des problèmes mentaux.

Puis il dribbla le ballon une fois avant de le rattraper.

— Allez, on joue ou pas ?

Bella fit la grimace en regardant son frère.

— Ils vont grave nous botter le cul.

— C'est clair.

Mais ensuite il se tourna vers moi. L'expression dans son regard s'adoucit immédiatement.

— Ceci dit, je ne pourrais pas perdre contre quelqu'un de plus sexy, déclara-t-il. Alors c'est parti pour la dérouillée.

— Génial ! s'enthousiasma Parker en lançant immédiatement le ballon vers moi.

Je fonçai en avant, dribblant vers le panier. Bella poussa un cri et plongea derrière moi mais me rata complètement et finit sa course sur le côté. Gray s'avança vers moi aussi mais Parker bloqua son avancée.

Abandonnant l'idée d'un *lay up*[1] car mon truc c'était plutôt les *jump shots*, je pris soin de viser.

Une seconde plus tard, le ballon atterrit dans le panier.

— Oui ! criai-je de joie, levant les mains en triomphe et me retournant vers les autres.

Par terre, Bella poussa un grognement de défaite. Fox me félicita et courut récupérer le ballon.

— Elle est géniale, chanta Gracen.

Je me tournai vers lui et levai les yeux au ciel.

— Tu cites encore *Les Croods*, hein ?

— Ouais, t'as vu ?

Il leva les sourcils d'un air suggestif.

— Et on n'est même pas au lit ensemble cette fois.

Alors qu'elle se relevait, sa sœur laissa échapper une exclamation de surprise et nous jeta un regard interrogateur. Puis elle secoua la tête comme si elle ne voulait pas savoir ce que ça voulait dire.

— Vous êtes tellement étranges tous les deux, commenta-t-elle.

1 Mouvement de passe au basket.

Elle avait raison. Mais j'adorais ça.

Je penchai la tête en arrière et éclatai de rire, me sentant on ne peut plus heureuse.

— La vie est géniale, non ? dis-je à Bella.

Gracen s'arrêta pour me regarder. Il semblait si enamouré que mon gloussement mourut dans ma gorge et que le rouge me monta aux joues. Puis je penchai la tête d'un air curieux, lui demandant silencieusement à quoi il pensait.

Un sourire se répandit sur son visage.

— Je…, lança-t-il, levant la voix un peu plus à chaque mot, suis… un… homme… des… cavernes.

Et il fonça vers moi, m'attrapa par la taille d'un bras et me souleva. Éclatant de rire, je poussai un cri strident de protestation et m'accrochai à lui.

Tandis qu'il nous faisait tournoyer en cercle, essayant d'imiter un homme de Cro-Magnon, Fox s'arrêta à côté de Bella et tint le ballon contre sa hanche tandis qu'il nous regardait aussi.

— Tu sais, Lowe, remarqua-t-il d'une voix plate. Si tu as besoin d'aide concernant tes tendances cinéphiles, je connais quelqu'un.

Gracen plissa les yeux.

— Plus tu parles plus je m'énerve, rétorqua-t-il, citant encore le film. Continue comme ça.

— Oh ! super réplique, le félicitai-je, prenant son visage dans mes mains pour le regarder dans les yeux avec adoration.

Il me fit un clin d'œil.

— Je peux jouer à ça toute la journée, c'est pas un problème, dit-il, citant encore *Les Croods*.

— Fais-le pour le restant de mes jours, lui ordonnai-je.

Je passai les bras autour de lui et serrai fort. Je ne voulais plus jamais le lâcher.

Il soupira contre moi et posa le visage sur mon épaule.

— Ça marche, ton truc, murmura-t-il. Comment tu appelles ça ?

Caressant ses cheveux, je finis la réplique :

— J'avais dans l'idée d'appeler ça un câlin.

— Mon Dieu, murmura Bella, s'appuyant contre Fox tandis qu'ils continuaient de nous observer. Vous êtes mignons à en avoir la nausée.

Puis elle secoua la tête tristement et leva les yeux vers Fox.

— J'ai toujours su que leur histoire ressemblerait à celle d'un amour super cucul en mode « tout est super génial ».

— Mauvais film, déclara Gracen, ne regardant même pas vers elle tandis qu'il continuait de m'enlacer.

— « Tout est super génial » vient du film *La Grande Aventure Lego*, pas de *Les Croods*, expliquai-je.

Parker et Bella se regardèrent.

— Ouais, tu as raison, lui répondit-il. Ils forment un petit couple de geeks parfait.

Il passa son bras libre autour de ses épaules et fit claquer sa langue.

— On reprend le match, pour qu'El et moi puissions vous botter le cul, ou est-ce que vous jetez déjà l'éponge, les jumeaux ?

Bella lui donna un coup de coude dans les côtes pour le pousser.

— Vas-y, mon pote. Prépare-toi à saigner.

— Tu sais…, ajouta Gracen en le fusillant du regard lui aussi. J'ai eu envie de te jeter dès que je t'ai connu.

Parker fronça le sourcil de confusion avant de regarder dans ma direction.

— S'il te plaît dis-moi que ce n'était pas une autre réplique du film.

Souriant, je hochai la tête.

— Si.

— Seigneur.

Tout en grognant, il leva les yeux au ciel et me lança un regard interrogateur.

— Et tu prétendais que ce gamin immature valait un douze ? Vraiment ?

— Euh ?

Gracen reporta aussitôt son attention vers moi.

— Attends. C'est ce que mon surnom Douze signifie ? Tu lui as dit que j'étais un douze ? Sur 10 ?

Je mordis ma lèvre et sentis le rouge me monter aux joues.

— Peut-être.

Il sourit.

— Carrément.

Puis il appuya son front contre le mien et me dit :

— Pour ta gouverne, je pense que tu vaux un douze sur dix, aussi.

Il fit rouler son front affectueusement contre le mien et soupira.

— Si ça ce n'est pas de l'amour…

Et c'est ainsi que Gracen me dit pour la première fois qu'il m'aimait.

Gracen

— Ils arrivent ! Ils arrivent !

Yellow sauta sur son siège et frappa dans ses mains avec excitation.

Nous étions assis autour d'une table recouverte d'une nappe blanche sur laquelle était déposée une bougie allumée. Au centre, trônait un petit arrangement floral. Je tournai la tête. Main dans la main, Fox et Bella se faufilaient parmi les tables pour nous rejoindre.

— Ouaip, dis-je.

Yellow se pencha vers moi.

— Tu penses qu'elle soupçonne quelque chose ? chuchota-t-elle. Elle n'a pas l'air de se douter de quoi que ce soit.

Je me fendis d'un petit sourire et regardai vers elle, voyant qu'elle les regardait toujours.

— Elle ne se doute de rien, murmurai-je.

— Oh ! là, là !

Yellow prit ma main et la serra avant de lever les yeux vers moi.

— J'ai hâte de voir l'expression sur son visage quand il fera sa demande.

Oh ! j'avais hâte de voir leur expression à tous.

— Bonsoir, lança Bella une fois qu'ils nous eurent rejoint.

Fox tira sa chaise, et dès qu'elle y fut assise et confortablement installée, elle se pencha vers nous.

— Cet endroit est vraiment huppé, souffla-t-elle. Vous avez vu cette entrée ?

— C'était plutôt dur à rater, répondis-je sèchement. Puisqu'on a dû la traverser pour arriver jusqu'ici.

— Je sais ! répondit Yellow à Bella, en me poussant du coude pour que je me comporte correctement. Ce lustre coûte probablement aussi cher que notre maison.

« Notre maison. »

J'adorais quand elle disait « notre ».

On s'était installés ensemble environ quatre mois plus tôt et c'était formidable. Il y avait les accrocs habituels, bien sûr. Ça aurait été super ennuyeux si on avait été d'accord sur tout. Mais les tensions apportées par nos différences de personnalités et de genres rendaient les choses intéressantes et divertissantes.

Tandis que les nanas parlaient de moulures et de chandeliers, je regardai vers ma gauche.

Fox était assis bien droit, l'air tendu et mal à l'aise.

Je poussai son bras et tournai le haut de mon corps vers lui.

— Tu sais..., taquinai-je. Ça t'aiderait peut-être de respirer toutes les deux minutes.

Il me lança un regard noir.

— J'y penserai. Après coup. Quand est-ce que c'est censé commencer ?

— Après l'apéro et les entrées, murmurai-je, regardant vers les femmes pour m'assurer qu'elles n'écoutaient pas. Avant le plat principal.

Puis je ricanai et levai les sourcils en reportant mon attention sur lui.

— J'espère pour toi qu'elle dira oui, ou le dîner promet d'être franchement embarrassant.

— T'es un enfoiré, rétorqua-t-il, les yeux plissés.

Notre serveur arriva avant que je puisse répondre, portant une bouteille de vin. Il la posa contre la serviette drapée sur son avant-bras et nous montra l'étiquette, expliquant ses attributs.

Yellow et Bella voulurent le tester.

— Je ne sais pas pourquoi mais les endroits super sophistiqués comme ça me donnent toujours envie de rire nerveusement, annonça Yellow, appuyant une main sur sa poitrine en levant son verre de vin.

— J'ai toujours peur de roter à la fin du repas, confessa Bella.

— Ou de péter, lançai-je.

Les filles levèrent les yeux au ciel. Fox me jeta un regard noir, me réprimandant probablement d'avoir dit le mot péter à voix haute lors de sa grande soirée.

Je haussai les épaules, articulant : *quoi ?*

— Ça va, bébé ? demanda soudain Bella.

Il pivota vers elle, les yeux écarquillés, une expression coupable sur le visage.

Ses sourcils se froncèrent d'inquiétude.

— Tu es horriblement silencieux. Tu as passé une mauvaise journée au travail ?

— Oh mon Dieu, ça me rappelle, débita Yellow, empêchant Bella de se concentrer sur son petit ami nerveux. Vous ne devinerez jamais ce que Jada m'a fait faire au boulot aujourd'hui…

Je me penchai vers mon pote.

— Détends-toi, putain, soufflai-je.

Serrant les dents, il se tourna vers moi lentement.

— Comment ? siffla-t-il.

— Je ne sais pas.

C'était lui le coach ici. Pas moi.

— Bois plus.

Il pouffa avec sarcasme et leva les yeux au ciel avant de descendre le contenu de son verre en une gorgée. Yellow garda Bella occupée pendant les entrées et les salades.

Un homme portant une chemise noire à moitié déboutonnée, enfoncée dans un pantalon noir, et des cheveux coiffés à la mode des années 80 entra en coup de vent et s'approcha d'une table dans le coin. Yellow et Bella sursautèrent et arrêtèrent de se parler pour regarder curieusement ce qu'il se passait tandis qu'il s'arrêtait devant un homme plus âgé et annonçait :

— *No one puts Baby in the corner.*

Puis il attrapa la main d'une femme plus jeune portant une robe rose.

— Oh mon Dieu ! s'exclama Bella, plaquant les mains sur ses joues. C'est un *flash mob* ? Je crois que c'est un *flash mob* ! On va voir un *flash mob*. Oh ! J'ai toujours voulu en voir un.

Fox regarda vers elle et sourit tandis que le faux Johnny Castle menait Baby dans la salle. Un homme à une autre table se leva, chantant :

— *Now I've...*

Il appuya une main sur sa poitrine et tendit le bras.

— *Had... the time of my life.*

Une femme à une autre table se leva pour ajouter :

— *And I've never felt this way before.*

— Putain. C'est génial, souffla Bella.

Je souris quand je les vis, Yellow et elle, se balancer en se tenant par la main, incapable de réprimer leurs sourires pendant qu'elles profitaient du spectacle.

Le temps que le show se termine par la scène où le mec levait la fille dans les airs au-dessus de sa tête, la moitié de salle s'était jointe à eux, chantant ou dansant sur la musique.

Je touchai discrètement le bras de Yellow. Avec réticence, elle arracha son regard du spectacle et tourna la tête vers moi. Prenant une profonde inspiration, je levai la bague entre nous. La lumière se refléta sur l'énorme diamant serti dans son anneau de platine.

Elle baissa la tête. Sa bouche s'entrouvrit, et ses yeux s'écarquillèrent.

— Mais je croyais... souffla-t-elle en se penchant vers moi.

J'appuyai un doigt sur mes lèvres pour la faire taire.

— C'est pour toi aussi, chuchotai-je. Ça a toujours été pour toi aussi.

— Je t'ai aidé à planifier ma propre demande en mariage ?

Avec un haussement d'épaule gêné, je répondis :

— Quelle meilleure façon de m'assurer que tu aurais exactement ce que tu voulais ? Et, en plus, je ne savais pas comment garder le secret.

— Oh ! Gracen.

Ses yeux scintillèrent de larmes.

— C'est incroyable. C'est…

Pendant ce temps, de l'autre côté de la tablée, Fox se levait de son siège et sortait de sa poche un petit écrin bleu, affublé de la marque Tiffany. Les regards se tournèrent vers lui.

— Oh merde, sifflai-je, attrapant la main de Yellow et lui passant la bague au doigt. Il commence. Hors de question qu'ils se fiancent avant nous.

Elle gloussa et enfouit son visage dans le col de la veste de mon costume pour étouffer le bruit mais ni Fox ni Bella ne nous prêtait la moindre attention. Fox se mit à genoux devant elle et ouvrit l'écrin.

Bella plaqua ses mains sur sa bouche. Son regard scintillant de larmes navigua entre la bague et l'expression sincère de Fox.

Yellow s'appuya contre moi pour les regarder tandis que Fox prononçait les paroles adéquates que j'avais totalement zappées quand j'avais fait ma demande. Puis Bella plongea vers lui et le prit dans ses bras.

— Oui ! Oh mon Dieu, oui ! s'écria-t-elle.

La pièce explosa en applaudissements. Ma fiancée et moi échangeâmes un sourire complice avant nous joindre à eux.

Bella se tourna enfin vers nous, prête à partager son moment.

— Regardez ! Oh mon Dieu, regardez-moi ça.

Yellow bondit de son siège pour enlacer ma jumelle.

— Fais-moi voir, s'écria-t-elle. Oh mon Dieu. Félicitations !

Mais quand elle commença à s'écarter, Bella marqua un temps d'arrêt avant d'attraper la main gauche de Yellow et de la tirer vers son visage pour regarder de plus près.

— Mais non. Toi aussi ? souffla-t-elle, levant les yeux vers sa future belle-sœur avant de lancer un regard choqué vers moi.

Je souris fièrement, pendant que Yellow disait :

— Oui. À l'instant.

— Attends. Quoi ?

Fox se pencha au-dessus de Bella pour jeter un œil à la bague de Yellow. Puis il pivota vers moi.

— Mais tu étais d'accord pour que je fasse ma demande en premier, accusa-t-il, incrédule.

Avec un haussement d'épaule dénué de toute culpabilité, je répondis :

— J'ai menti.

— C'est quoi ce délire, mec ? Toute cette soirée était mon idée. J'ai seulement accepté de te laisser participer car tu as juré que les filles adoreraient des doubles fiançailles. Mais j'ai toujours été censé faire ma demande en premier.

— Hé. Onze minutes, enfoiré, lui dis-je sans l'ombre d'un remord.

— Quoi ? aboya-t-il.

Il ne voyait pas du tout où je voulais en venir.

— Je suis né en premier, lui rappelai-je. Onze minutes avant Bella. Par conséquent, je me fiance en premier.

— Tu te fous de moi ? s'écria Fox, le visage virant au rouge tomate. Tu as éclipsé ma demande en mariage à cause de ta stupide rivalité de jumeaux de onze minutes ?

— Je n'ai rien éclipsé du tout, protestai-je. Personne n'a remarqué ma demande en mariage. C'est vous deux qui avez reçu tous les applaudissements.

Ce qui était exactement pourquoi j'avais fait la mienne en privé. Bella avait adoré l'attention. Yellow, elle, aurait été super embarrassée. Mais elle avait aimé regarder le *flash mob* autant que Bella alors on avait tous les deux fait notre demande comme on le souhaitait.

— Ignore-le, bébé, dit Bella à Fox, prenant son bras et le forçant à reporter son attention sur elle. Laisse-lui les fiançailles. On se vengera plus tard. Peut-être qu'on peut se marier avant eux.

Je ricanai.

— Ouais, essayez toujours.

Yellow soupira et se pencha vers moi.

— On se marie demain, je parie ?

Ah, mon amour. Elle me connaissait si bien.

— Probablement.

Et c'est ainsi que je fis ma demande avant que Fox puisse faire la sienne.

Bella

— Onze minutes, mon cul, jubila mon mari dans un murmure à côté de moi. Qu'est-ce que tu penses de tes onze minutes, maintenant, enfoiré ? continua-t-il, narguant mon frère qui n'était même pas là.

— Fox, sifflai-je, serrant le nourrisson plus près de ma poitrine en essayant de recouvrir ses oreilles. Pas de grossièretés devant le bébé. Elle est, genre, âgée de vingt minutes. Dieu du ciel. On ne peut pas être dès le début de si mauvaises influences pour elle.

— Merde, désolé, chuchota-t-il. Tu as raison.

Puis son regard se posa sur sa fille posée sur ma poitrine et il craqua.

— Je peux la tenir ?

Il semblait si pressé et plein d'espoir que je ne pus lui dire non, bien que je me sente déjà très attachée à ma princesse. Elle était chaude, petite, parfaite. Je ne voulais pas la lâcher. Mais je partagerais si j'y étais obligée.

L'échange attendu entre chaque couple de nouveaux parents suivit.

— Attention.

— Doucement.

— Tu la tiens ?

— Je la tiens.

— OK. Soutiens bien sa tête.

Finalement, Fox tenait son bébé dans ses bras.

— Coucou ma beauté.

Une expression émerveillée sur le visage, il passa doucement un doigt sur sa poitrine.

— Regarde-toi. Tu es tellement adorable. Tu es merveilleuse. Je n'arrive pas à croire que je suis ton père.

Je souris faiblement. La montée d'adrénaline était en train de disparaître et je commençais à sentir le contrecoup de l'accouchement. J'étais épuisée.

Fox traversa la chambre, s'assit sur la chaise visiteur et baissa les yeux vers sa fille.

— Ta maman a dit que je pouvais te raconter l'origine de ton prénom, alors la voici. Un jour, mamie et papi Parker ont eu un petit garçon. C'était moi. Ils n'avaient pas encore décidé comment l'appeler. Alors Papi Ten – ne t'inquiète pas ; tu le rencontreras bientôt – a dit : Pourquoi est-ce que vous n'associez pas vos deux prénoms ? Et Knox mélangé à Felicity a donné Fox. Alors quand ta maman et ton papa ont essayé de trouver un prénom pour toi, ils ont a décidé de suivre leur exemple. Et c'est ainsi que tu es devenue Bex ; un peu de Bella et un peu de Fox pour faire beaucoup d'amour.

La seule réponse de Bex fut de remplir sa couche avec un son très déplaisant.

Et l'odeur qui allait avec.

J'éclatai de rire. Fox se leva pour me la rendre.

— Tiens, tu peux la récupérer maintenant.

— Non, non. Tu dois apprendre à changer les couches.

— Mais j'ai entendu dire que les premières selles sont comme du goudron. Alors, euh, non, je ne m'approche pas de cette merde.

— Fox !

— Caca. Pardon.

Je lui lançai un regard noir.

— Oh. Peut-être qu'on peut attendre qu'une des mamies arrive. Je suis sûre qu'elles feront la course pour changer la première couche.

— Oh ! oui. Bonne idée. Elles ne devraient pas tarder.

Pile à ce moment-là, on frappa doucement à la porte de notre chambre d'hôpital. Fox et moi échangeâmes des sourires de conspirateurs.

— Génial, se réjouit-il, avant de lever la voix pour lancer, Entrez.

On était sauvés.

Ce n'était pas seulement les deux paires de grands-parents qui entrèrent, mais sa sœur, mon frère et leurs moitiés.

— Elle vient de remplir sa première couche. Qui la veut ? lança Fox.

— Moi ! s'écrièrent ma mère, la sienne et Bentley.

Tandis que les trois femmes poussaient des « Oh ! » et des « Ah ! » devant les doigts et les orteils adorables de Bex, Gracen nous rejoignit, accompagné d'une Yellow enceinte jusqu'aux yeux qui avançait d'un pas lourd. Elle avait trois jours de retard et j'avais une semaine d'avance, alors elle pouvait accoucher d'un moment à l'autre.

Ils allaient avoir une fille, eux aussi. Elle s'appellerait Sienna. Gray prétendait qu'ils avaient choisi ce prénom lors leur première nuit ensemble car c'était une couleur, ou un truc dans le genre. Ils n'avaient pas donné beaucoup de détails sur l'origine de son prénom mais il me plaisait, alors c'était tout ce qui comptait. Sienna et Bex seraient les meilleures amies et les plus proches confidentes. Je le savais déjà.

— Oh mon Dieu, félicitations, s'enthousiasma Yellow, prenant mes mains et les serrant fort. Comment est-ce que tu te sens ?

— Bien.

Je hochai la tête et lui donnai un sourire un peu fou.

— Épuisée. Peut-être un peu *stone* à cause des antidouleurs.

Ma belle-sœur rit.

— Tu as bonne mine.

— Qu'est-ce que tu racontes ? lui demanda mon jumeau avec incrédulité. Son visage est gonflé comme une pastèque trop mûre.

— Gracen, aboya Yellow, lui jetant un regard noir tandis qu'elle lui donnait un coup de coude dans le ventre. On ne dit pas une chose pareille à une femme qui vient d'accoucher.

— Ouais, rétorquai-je. Alors je t'interdis de dire ça à Yellow dans quelques jours quand elle sera toute gonflée et marbrée à force d'avoir poussé ton enfant. Je te botterai le cul.

— Oui, acquiesça Yellow. S'il te plaît, ne dis pas ça. Je pleurerais, c'est sûr.

— Jamais, lui promit-il, prenant sa main et embrassant sa joue. D'une, parce que tu n'es pas ma sœur. Et de deux, tu serais belle que tu sois gonflée ou non.

— Hum, pardon, grondai-je.

Est-ce qu'il venait d'insinuer que je n'étais pas belle là tout de suite ?

Comme s'il sentait que mon frère me cherchait des noises, mon mari regarda vers nous.

— Alors, Gracen, dit-il, s'éloignant de nos pères et de Beau qui étaient groupés autour de lui.

Lançant un sourire narquois à mon frère, il ouvrit les bras et annonça :

— Alors, qui a eu le bébé en premier ? Hein ?

Gracen souffla par les narines et regarda droit devant, murmurant tristement :

— Et c'est parti.

— Oh que oui, c'est parti. Tu pensais que j'oublierais ? Sûrement pas, dit Fox, pour enfoncer le clou. J'attends de pouvoir me venger depuis presque deux ans maintenant. Et regarde…

Il désigna ma mère du doigt. Celle-ci roucoulait. Elle leva une Bex fraîchement changée dans ses bras et l'appuya contre son épaule pour tapoter son dos.

— Le premier petit-enfant Lowe, murmura Fox. Tu peux te mettre tes onze minutes là où je pense.

— Ouais, ouais. OK, grommela Gracen, en lançant un regard tristounet vers maman qui berçait doucement ma fille. Tu gagnes. Cette fois.

Et c'est ainsi que Fox se vengea enfin de Gracen qui l'avait piégé lors de nos demandes en mariage.

NOTE DE L'AUTRICE

Je fais de gros, gros câlins virtuels à toutes les victimes de harcèlement et d'agressions sexuelles. C'est si douloureux, enrageant et injuste quand des choses qui nous arrivent échappent à notre contrôle. Ce dernier s'exerce toutefois aussi dans la manière dont nous réagissons. C'est là que réside notre pouvoir.

J'espère que vous ne subirez jamais de pression, de honte ou de culpabilisation lorsque vous réagirez, de quelque manière que ce soit, face à votre traumatisme. En pardonnant, en oubliant et en passant silencieusement à autre chose, ou en vous levant et en réclamant justice. Je ne vous souhaite pas de rester bloqué dans la position de victime. Votre moment est arrivé. Je veux donc que vous vous sentiez capable d'utiliser votre pouvoir de réaction pour faire ce qui est le mieux pour vous, pour guérir, et peut-être même pour devenir encore plus fort que vous ne l'étiez auparavant. Vous n'avez pas à traverser cela seul.

Si vous avez besoin de soutien, si vous voulez de l'aide et êtes prêts à en recevoir, appelez le 3919 pour contacter la ligne téléphonique nationale dédiée aux victimes d'agressions sexuelles. Je vous souhaite le meilleur.

Linda

Vous avez aimé *Sexy Little Liars* ?
Découvrez le premier roman de Linda Kage

Amour ou vengeance,
son cœur doit faire un choix.

Tournez-vite la page pour découvrir un extrait !

Harper
Collins
POCHE

Chapitre 1

HENRY

NUMÉRO 1 DE « HENRY LE DÉSESPÉRÉ »
par Alice Bennet
paru dans The University Gazette

Soudain elle apparut à l'entrée de l'amphi.

Je me tassai aussitôt sur mon siège, au fond de la salle, pour mieux l'observer en douce. Le menton légèrement baissé pour dissimuler mon visage sous la visière de ma casquette de base-ball. Me mordillant l'ongle du pouce.

Qu'elle était belle !

Elle portait *le* T-shirt, ce qui me fit sourire. C'était grâce à lui que je l'avais remarquée, la première fois. À son motif plus exactement : Lucille, la batte de base-ball de *The Walking Dead,* et la Chevy Impala des Winchester dans *Supernatural*, avec pour légende « Papa est parti chasser ». Mes séries TV préférées. J'avais tout de suite capté le message et éclaté de rire, me disant que j'adorerais avoir le même.

Il m'avait fallu plusieurs secondes, en revanche, pour remarquer que le T-shirt s'étirait sur une très jolie paire de seins. Quand mon cerveau avait finalement percuté, j'avais écarquillé les yeux de surprise et laissé mon regard se balader sur sa silhouette.

Depuis, j'étais accro.

Elle était avec deux amies. Tandis qu'elles trouvaient trois sièges contigus vers les premières rangées, elle leur dit quelque chose qui les fit glousser. Puis elle sourit, satisfaite. Je m'en réjouis ; j'adorais son sourire. Il illuminait toute la pièce.

Mélancolique et la poitrine serrée, je me demandai si c'était la blagueuse du groupe et quel genre d'humour elle avait : mordant et sarcastique, ou gentil pitre ?

Je n'en avais pas la moindre idée. Mais je voulais le découvrir. Je voulais tout savoir à son sujet. Comme son nom. J'étais certain que son nom déchirait. Une nana aussi jolie avait forcément un nom du tonnerre.

Aujourd'hui, elle portait les cheveux détachés. Elle se pencha sur le côté pour sortir un livre du sac à dos qu'elle avait posé près de son genou, et des boucles blondes lui tombèrent sur le visage. Elle en passa quelques-unes derrière son oreille d'un crochet du majeur, en se redressant. Chacun de ses gestes respirait l'art. Même si je me faisais l'effet d'un pervers, à toujours l'observer, il m'était impossible de regarder ailleurs quand on assistait au même cours.

Elle me fascinait en tout point.

— Yo, mec. T'es au courant pour Baxter ?

Jordan Rush – un autre membre de la fanfare – se laissa lourdement tomber sur le siège à côté de moi, et me tira de ma rêverie. Je clignai des yeux et me redressai, secouant la tête pour faire taire les désirs et les aspirations qui m'animaient.

— Ouais. Accident de voiture. Ce n'est vraiment pas de bol.

Rush ricana.

— Pas de bol pour lui, mais c'est la chance de ta vie, mec.

— Hein ?

Je fronçai les sourcils. Il soupira et leva les yeux au ciel.

— Il ne peut plus jouer, il s'est bousillé la main. Et il ne reviendra pas d'ici la fin de l'année. Quelqu'un va devoir le remplacer comme trompettiste en chef.

— Pourquoi pas Chad ou…

— Mec, personne ne joue aussi bien que toi ! Tu es à côté de la plaque si tu penses que le directeur ne s'en rend pas compte. Si tu auditionnais, tu obtiendrais la place.

Il siffla tout bas et me donna un coup de coude.

— Tu devrais essayer.

Je me redressai encore, plus attentif. Je n'avais même pas envisagé cette possibilité. Mais, maintenant que Rush avait planté cette graine, j'étais tenté.

Je secouai toutefois la tête. Une part de moi rejetait instinctivement une idée aussi improbable.

— Aucune chance, à mon avis.

J'étais en première année. Ce n'était pas possible d'accéder à une telle position.

Ou peut-être que si ?

Rush pointa le doigt vers moi d'un air entendu, comme s'il lisait dans ma tête.

— Penses-y, d'accord ?

Du coin de l'œil, je vis une manne de cheveux blonds bouger. Pile au moment où je tournais la tête, elle se leva de sa chaise et se dirigea vers une poubelle pour y jeter quelque chose. Un emballage de chewing-gum ? Le numéro de téléphone qu'un loser avait essayé de lui refiler ? Le secret pour conquérir son cœur ?

Rush continuait de me parler de la fanfare, mais je n'entendais plus un mot.

Extrait

C'était probablement un emballage de chewing-gum. À la cannelle. Ça semblait bien être son style.

Je la suivis du regard, tandis qu'elle regagnait son siège et se rasseyait. Rush agita la main devant mon visage.

— Hé ! T'es où, là, mon pote ?

Je clignai des paupières et me tournai vers lui, contrarié.

— Quoi ?

Je n'avais que cette malheureuse petite heure, trois jours par semaine, pour l'observer. Chaque minute était précieuse.

— Mec, tu étais dans la lune. Et… tu recommences.

Réalisant que j'avais recommencé à la contempler, je reportai mon attention sur Rush.

— *Quoi ?* répétai-je.

— Sérieux, qu'est-ce qui te rend si… ?

Il suivit mon regard et leva des sourcils intéressés.

— Oooh, je vois…, lâcha-t-il d'un air entendu. Une fille.

Les yeux écarquillés, il se tourna brusquement vers moi.

— Attends ! C'est *la* fille ? Celle dont tu parles tout le temps pendant les répétitions ?

— Je ne parle pas *tout le temps* d'elle, grommelai-je, baissant la voix et jetant un coup d'œil alentour pour m'assurer que personne ne nous écoutait.

Je me tassai un peu plus sur mon siège. Merde, j'avais parlé d'elle tant que ça ?

— Euh… si. Laquelle c'est ?

Il se rapprocha avec un air de conspirateur, et les reluqua toutes les trois.

— Celle du milieu, je parie ? Ou bien celle de gauche ?

Je secouai la tête, incrédule. Avait-il vraiment besoin de poser la question ? N'était-ce pas évident ? Bon sang, comment avait-il pu se tromper ? Deux fois en plus !

— Sur la droite, répondis-je, renfrogné.

Il plissa le nez avant de me jeter un regard de biais.

— Celle sur la droite ? Tu rigoles ? C'est *d'elle* que tu es accro ? C'est quoi ce délire, mec ? Ne le prends pas mal, elle est mignonne et tout… Le genre que tu présentes à tes parents et avec qui tu fais des gâteaux le dimanche, mais putain… Celle du milieu crie fais-moi des trucs cochons. Elle est cinquante fois plus sexy !

Je me rembrunis plus encore et me redressai sur mon siège. Personne ne critiquait la nana de mes rêves.

Personne.

— Non, répondis-je fermement, prêt à en découdre s'il osait me contredire. Pas du tout. C'est celle de *droite* la plus jolie.

Elle était plus jolie que les deux autres réunies. Y'avait pas photo.

Rush se contenta de hausser les épaules.

— Tout doux, murmura-t-il. Couché. T'en pinces grave pour elle, dis donc !

Je reniflai et reportai mon attention sur la fille de mes rêves, la comparant rapidement à ses amies. Sérieux, Rush avait tellement tort que c'en était presque comique.

Il me tapa dans le dos, l'air inquiet.

— Tu connais son nom ou pas encore ?

J'essayai de l'ignorer, mais il insista :

— Alors ?

— Non, marmonnai-je, les dents serrées.

— *Quoi* ? Sans blague ? Qu'est-ce que tu fous, Henry ? Sois un homme et va lui parler.

— Bientôt, répondis-je avec irritation.

Extrait

Lorsque le professeur entra dans l'amphi, elle ouvrit un classeur et déboucha son stylo avec les dents, prête à prendre des notes.

— Bientôt, répétai-je. Quand ce sera le bon moment.

Le cours commença. Rush me donna un coup de coude.

— C'est à toi de décider quand c'est le bon moment.

Et lui dire quoi ?

Je ne pouvais pas l'aborder comme ça. Il me fallait une raison pour l'approcher, une stratégie qui me donnerait l'air amusant et génial. Je devais dire ou faire quelque chose qui capterait vraiment son attention et lui laisserait une impression mémorable. Elle ne savait pas encore que j'existais. Je voulais me démarquer pour qu'elle ne m'oublie pas, une fois qu'on aurait fait connaissance.

Petit bémol : je n'avais pas encore trouvé le plan parfait.

Rush attrapa son entrejambe et secoua le paquet, répétant en silence *Sois un homme.*

Je levai les yeux au ciel et me concentrai sur le cours.

OK, c'était peut-être un manque de cran qui me retenait. J'avais clairement besoin de prendre mon courage à deux mains et d'agir en homme. Mais je ne voulais pas rater mon coup. Ça faisait deux mois qu'elle occupait mes pensées. Notre première rencontre devait être unique, mémorable.

Extraordinaire, même.

Pendant l'heure qui suivit, j'alternai entre la regarder et essayer de suivre le cours. Heureusement qu'il me suffisait de lire le manuel pour rester à jour, car je ne retenais jamais grand-chose quand elle était dans la salle.

Une fois le cours terminé et alors que je fourrais mes affaires dans mon sac à dos, Rush s'empara de mon téléphone, que j'avais posé sur le coin du bureau.

Extrait

Je lui lançai un regard agacé. Il leva l'appareil d'un air entendu.

— Je te le rendrai dès que tu lui auras parlé.

Soupirant, je secouai la tête et tendis le bras.

— Rends-le-moi, bouffon.

Il le tint éloigné.

— Pas tant que tu ne lui auras pas parlé.

Je laissai retomber la main, l'air menaçant.

Il rit.

— Allez, mec. Je ne te dis pas de l'inviter à sortir. Simplement de lui *parler*. Histoire de découvrir son prénom et de savoir si elle mérite toutes les heures que tu passes à rêver d'elle.

— Non. Ce n'est pas le bon moment.

— Et ce sera quand le *bon* moment, pour toi ?

— Je ne sais pas. Mais… pas maintenant.

— Pourquoi pas ? Parce que t'es une couille molle ?

Je lui lançai un regard noir. Il afficha en retour un air moqueur. Puis il pencha la tête comme si une nouvelle pensée venait de lui traverser l'esprit.

— Attends, rassure-moi, tu sais comment on parle aux nanas, quand même ?

Pas vraiment.

Je poussai un grognement.

— Arrête d'être un crétin immature et rends-moi mon portable !

Il s'approcha, le téléphone contre la poitrine.

— Pas tant que tu ne lui auras pas parlé. Vois ça comme un entraînement. Si tu n'es même pas capable de parler à une meuf, alors tu ne choperas jamais. Et, si tu ne chopes pas, tu vieilliras seul. Un pauvre puceau, minable et pathétique. Et je ne traîne pas avec les puceaux minables et pathétiques, alors… fonce !

— Putain, c'est bon !

Extrait

Je me levai brusquement et me dirigeai d'un pas irrité vers les premiers rangs.

— Tout pour que tu la fermes.

Maintenant, je devais aller au bout, sinon il saurait que j'étais une couille molle. Il comprendrait que cette fille dont j'ignorais le nom m'intimidait à mort. Il ne me laisserait jamais tranquille. Pire, il le dirait à tout le monde dans la fanfare, et *personne* ne me respecterait pendant les quatre ans à venir.

Je lui lançai un regard furieux par-dessus mon épaule. On se serait cru au lycée, avec ses conneries.

L'enfoiré me gratifia d'un rictus et me fit signe de continuer.

Une fois que j'eus atteint le premier rang, je marquai une pause. Je pouvais aller sur la gauche et l'approcher, ou bifurquer à droite vers la sortie.

Merde. Mon estomac commença à protester. La nausée monta. Je me mis à transpirer. Ma vision s'assombrit sur les bords, et je me sentis soudain étourdi.

Alors je partis sur la droite, loin d'elle.

Rush était au fond à se marrer car je m'étais dégonflé. J'en eus la nuque qui brûlait de honte.

Puis la peur me gagna. J'imaginai l'humiliation que j'allais endurer pendant les répétitions, plus tard dans l'après-midi. J'ignorais ce qui serait le pire : essayer de lui parler et m'évanouir à ses pieds, ou me faire charrier par mes camarades de la fanfare durant les quatre prochaines années.

Merde, merde, merde.

Je m'arrêtai à la porte et me décalai sur le côté pour laisser les autres passer, puis je me tournai vers elle.

Ses amies et elle avaient fini de ranger leurs affaires et se levaient.

Vite, comment l'accoster ?

Extrait

Pas la moindre idée ! Mes paumes devinrent moites. Mon souffle tourna court. Ma vision se brouilla. Tout devint flou autour d'elle. J'en eus le tournis. Oh ! mon Dieu ! Et si je m'évanouissais vraiment ?

Ça lui laisserait un souvenir mémorable, ça c'était sûr ! Aucune nana ne pourrait oublier le mec qui s'était évanoui à ses pieds.

Plus sérieusement. Comment l'aborder ?

Joli T-shirt ?

Non. Trop ringard.

Je t'aime ?

Merde. Non. Tout mais pas ça.

Elle approchait.

C'était le moment ou jamais.

Je m'avançai.

Elle sourit par-dessus son épaule à ses amies qui sortaient de l'autre côté de l'amphi, leur criant au revoir, et se dirigea vers moi sans regarder où elle allait.

Oh ! merde. Trop près. On allait se rentrer dedans.

J'essayai de reculer pour éviter la collision, mais elle me percuta de plein fouet, son épaule tapant contre mon bras.

— Ouch ! s'écria-t-elle.

Sa silhouette fine ne faisait pas le poids contre la mienne, et elle tituba.

— Je suis vraiment désolée.

Elle leva la tête.

Game over.

Il me suffit de croiser ses yeux noisette immenses et superbes pour perdre pied.

Elle était encore plus jolie de près. Et son odeur… nom de Dieu. Elle sentait super bon. Je me penchai légèrement en avant pour la humer.

Puis je reculai brusquement : pas question de passer pour un *weirdo* !

Et là, le flash…

Enfer et damnation !

Ça ne marcherait pas. Ça ne marcherait pas *du tout.* J'avais créé un fantasme dans ma tête. On ne se connaissait pas, pourtant je m'étais convaincu qu'elle était parfaite. Si j'apprenais à la connaître maintenant et qu'elle n'arrivait pas à la hauteur de mes attentes – et, franchement, comment elle le pourrait ? —, je serais déçu. Et, si jamais elle ressemblait de près ou de loin à la personne que j'avais imaginée, alors je ne méritais pas une fille aussi incroyable.

La relation était foutue avant même de commencer.

J'avais vraiment été stupide de fantasmer comme ça sur elle avant même de lui parler. J'avais tout gâché.

Comme si ça ne suffisait pas, ça faisait plusieurs secondes que je la dévisageais. Elle devait vraiment me prendre pour un mec chelou.

Elle fronça les sourcils.

Je vacillai sur mes pieds, tellement en manque d'oxygène que j'en étais désorienté.

— Ça va ? s'enquit-elle.

Elle m'attrapa le bras pour m'aider à retrouver mon équilibre. Sa poigne était ferme mais amicale. L'inquiétude mêlée de compassion dans son regard finit de m'achever.

De nombreuses images défilèrent dans ma tête : notre premier baiser, moi à genoux pour lui demander sa main, nous deux debout devant l'autel, moi en smoking, elle en robe de mariée, des Noëls et des Thanksgiving passés ensemble, des visites au zoo, des vacances, des soirées tardives sur le canapé devant la télévision, nos enfants, nos petits-enfants, nous côte à côte dans de vieux rocking-chairs assortis, nous tenant la main en regardant le soleil se coucher, sur nos vieux jours.

La vie entière qu'on pourrait partager défila dans ma tête.

Elle me lâcha le bras, et les images s'évaporèrent.

Je hochais bêtement la tête, déjà nostalgique de ne plus sentir son contact, et triste de perdre l'avenir que je venais de me représenter.

— Euh… ouais. Ça va, marmonnai-je, fermant les yeux brièvement. Désolé.

Je reculai pour la laisser passer.

— Je n'ai pas fait exprès.

— Aucun problème.

Je me risquai à lui jeter un coup d'œil. Juste avant de me dépasser, elle me lança un regard hésitant, mais qui se voulait rassurant.

— Bon ben… salut, murmura-t-elle avant de sortir de l'amphi et de s'éloigner de moi.

Pour toujours.

Quel imbécile !

— Eh ben. C'était carrément douloureux à regarder !

Rush s'arrêta près de moi et émit un sifflement.

— Mon pote, t'es vraiment pas doué avec les meufs.

Je lui flanquai un crochet dans l'épaule.

— La ferme ! Et maintenant rends-moi mon téléphone.

Il me laissa le prendre sans protester. Je compris alors qu'il ne se moquerait pas de moi. Pas plus qu'il ne parlerait aux autres de ma tentative de conversation qui s'était soldée par un échec cuisant. Le bâtard se sentait navré pour moi.

Ce qui était encore pire que les moqueries.

— N'aie aucune crainte, mon ami, dit-il, passant un bras autour de mes épaules et nous entraînant vers la sortie. Je vais t'aider. D'ici la fin de la semaine, tu l'auras prise dans tes filets tel Casanova. Fais confiance à ce bon vieux Rush. Je suis le docteur de l'amour. Tu es entre de bonnes mains.

— Pitié, tue-moi, marmonnai-je.

J'étais foutu.

Je n'aurais jamais assez de courage pour lui parler. Les « et si » me hanteraient pour toujours.

Composé et édité par HarperCollins France.

Achevé d'imprimer en mars 2022.

CPI
FIRMIN-DIDOT

à Mesnil-sur-l'Estrée (Eure)

Dépôt légal : avril 2022.

Pour limiter l'empreinte environnementale de ses livres, HarperCollins France s'engage à n'utiliser que du papier fabriqué à partir de bois provenant de forêts gérées durablement et de manière responsable.

Imprimé en France